王向遠教授

學術論文選集

● 第九卷 ●

日本古典文論與美學研究

編輯弁言

　　萬卷樓圖書股份有限公司與王向遠教授部分的學生，組成編輯委員會，於王向遠教授從事教職滿三十週年（1987-2016）之際，推出《王向遠教授學術論文選集》。

　　《王向遠教授學術論文選集》是王向遠教授的論文選集，選收一九九一至二〇一六年間作者在各家學術刊物公開發表的學術論文二百二十餘篇，以及學術序跋等雜文五十餘篇，共計兩百五十餘萬字，按內容編為十卷，與已經出版的《王向遠著作集》全十卷（寧夏人民出版社，2007年）互為姊妹篇。

　　各卷依次為：

　　第一卷《國學、東方學與東西方文學研究》

　　第二卷《比較文學學科理論研究》

　　第三卷《比較文學學術史研究》

　　第四卷《翻譯與翻譯文學研究》

　　第五卷《日本文學研究》

　　第六卷《中日現代文學關係研究》（上）

　　第七卷《中日現代文學關係研究》（下）

　　第八卷《日本侵華史與侵華文學研究》

　　第九卷《日本古典文論與美學研究》

　　第十卷《序跋與雜論》

　　以上各卷所收論文，發表的時間跨度較大，所載期刊不同，發表時的格式不一。此次編入時，為統一格式原刊有「摘要」（提要）、關鍵詞等均予以刪除；「注釋」及「參考文獻」一般有章節附註與註腳

兩種形式，現一律改為註腳（頁下註）。此外，對發現的錯別字、標點符號等加以改正，其他一般不加改動。

　　感謝王向遠教授對本書編輯出版的支持，也感謝本書編委會諸位成員為本書的編校工作及撰寫各卷〈後記〉所付出的辛勞。

萬卷樓圖書股份有限公司
二〇一六年六月

目次

日本古代文論的生成、發展、特色及漢譯問題[1]

一

　　「日本古代文論」，指的是日本傳統的文學評論、文學理論與文藝理論，但由於日語中沒有與漢語的「文論」同形同義的「文論」一詞，我們說「日本文論」，可能會令日本人不知其所云。在日本古代文學史上，只有具體的「歌論」、「連歌論」、「俳諧論」、「能樂論」、「詩話」與「詩學」（「詩」指漢詩）、「文話」之類的針對具體文體形式的概念，而缺乏「文論」這樣統括性的概念。到了近代，日本人用漢語詞翻譯西語，才有了「文學理論」、「文藝理論」、「文學論」、「文學評論」之類的概念，並被普遍使用起來。然而這些來自西方的概念，與屬於東亞漢字文化圈的日本古代關於文學的相關思考與言說，在文化內涵、表達方式等方面都有相當的差異，實際上並不適用。因此，用一個什麼樣的概念來統括日本古代關於文學的種種思考與言說，就成為一個不得不先行解決的問題。筆者認為，使用漢語的「文論」一詞，表述為「日本文論」、「日本古典文論」或「日本古代文論」是妥當的。

　　其理由主要有三：第一，研究表明，在日本古典文獻中，「文」是統括一切文學現象及各類文體的最高範疇[2]，因此日本傳統文學中

1　本文原載《廣東社會科學》（廣州），2012年第4期。
2　王向遠：〈中日「文」辨〉，原載《文化與詩學》2010年第2期。

的一切關於「文」的評論，順理成章地應稱為「文論」。第二，日本的文論屬於漢文化圈的「東方文論」系統，使用「日本文論」或「日本古典文論」的提法，可以標注日本文論不同於西方詩學的文化特性。第三，「文論」這一概念不僅所指很明確，而且包容性、彈性更強，既可以涵蓋「文學理論」、「文學批評」兩種形態，也可以超出「文學」範圍，延伸至「文藝理論」與「文藝評論」的範圍。如今，中國學術界已經普遍地將西方文學理論與文學評論簡稱為「文論」。雖然從學理上看不太嚴謹，但也表明：用中國的「文論」概念可以涵蓋歐洲「詩學」概念，反過來「詩學」概念卻不能涵蓋「文論」，可見「文論」一詞的適用性是很強的。而當我們將「文論」這一概念運用於日本傳統文學的時候，它既可以包括「和歌論」等日本各體文學論，也可以包括漢詩漢文論，還可以包括像世阿彌的〈風姿花傳〉那樣的文學論兼藝術（含戲曲表演等）論。進而，日本近現代的文學理論與文學評論，也可以用「文論」一詞來統而括之。據此，筆者將日本的和歌論、連歌論、俳諧論、能樂論、物語論等各體文學論的相關文獻，統稱之為「文論」。

我們說漢語中的「文論」這一概念適用於日本，也是因為日本古代文論的源頭就在中國。日本作為文明周邊國，其文論的產生卻較早，成熟也較早，而且能夠自成體系，這與中國文化與文論的直接影響密切相關。

日本文論起源於「詩論」（古代日本所謂的「詩」就是漢詩），而詩論則是直接從中國引進的，早在西元七世紀初日本「遣隋使」來中國前，中國的一些書籍，包括文論方面的書籍也通過朝鮮半島傳到了日本。隨著遣隋使、遣唐使的陸續西渡，到了西元八至九世紀，從兩漢到魏晉時代的大量的詩論著作，已經在日本廣泛流傳。當時日本人之所以對中國詩論之類的書籍感興趣，首先是為了學習漢語的需要。當時誰漢語學得好，誰就會受到尊敬，就會受到重用，就有了立身立

業的資本。漢語學得好的標誌，是會吟詩作賦；要吟詩作賦，就要掌握詩文寫作的技巧。由於更多的人無法直接來中國求學，關於詩文的技法技巧、尤其是對日本人來說最難掌握的聲韻格律等方面的文章書籍，特別受歡迎。

中國文論引進期集大成的成果，是曾經作為遣唐使來中國留學兩年的空海大師（774-835）的《文鏡秘府論》一書。《文鏡秘府論》及在此基礎上精編的《文筆眼心抄》，以音韻修辭為中心，將中國唐代及唐代以前的相關詩文論著加以分類編輯，或全文收錄，或部分採擷，或片段拼接。空海注重的是漢詩技法音韻等語言形式方面的論述，而對文以載道等形而上的議論則不甚措意。這一點既考慮到了當時日本人吟詩作賦在漢語學習上的實際需要，也對後來的日本文論特別是話題選擇，產生了決定性的影響。後來的日本文論正是承接這樣的價值取向，十分關注語言形式、文體樣式與法式技巧，圍繞具體的作品、現象展開評論，而對文學本質論、功用論等哲學、社會學層面的抽象問題則很少關心、很少論述。

在引進中國詩論的同時，日本人對中國文論也開始了模仿、挪用和學習、套用。模仿和挪用最早體現在對漢詩文的評論方面。例如奈良時代的漢詩集《懷風藻序》（西元752年，作者佚名）、平安時代前期的漢詩集《淩雲集序》（814年，作者小野岑守）、《經國集序》（827年，作者滋野貞主）等，作為日本人的最早一批的評論文章，都直接用漢文寫成，在思路與觀念上幾乎全部挪用中國文論，例如「經國之大業」論、「文質彬彬」論、「風骨」論之類，可以說是中國文論的一個延伸。

套用中國詩論來評論日本漢詩，是切實可行而又輕而易舉的，但是套用中國詩論來評論日本固有的民族詩歌——和歌，就不那麼容易、也不那麼對路了。在這方面，日本人經歷了從「套用」到「活用」的過程。就是首先將漢詩文的評論方法、評價標準，「套用」在

和歌上，然後再逐漸地加以調整、改造，以適應適合和歌的具體情況，也就是由「套用」發展到「活用」。

　　將漢詩的評判標準套用於和歌，集中體現在西元八世紀藤原濱成的〈歌經標式〉及此後陸續出現的一系列「歌式」書。流傳下來的有四種，後人根據作者分別稱為「濱成式」、「喜撰式」、「孫姬式」和「石見女式」，並稱「和歌四式」。「歌式」這一名稱，顯然是套用了唐代皎然的《詩式》，意在為和歌劃分體式。特別是套用中國文論的「詩病」、聲韻概念，從語言修辭的意義上，明確和歌的各種違反聲韻的「歌病」，以便加以規避。於是，「濱成式」提出了「和歌七病」，「喜撰式」提出了「和歌四病」，「孫姬式」則提出了「和歌八病」。實際上，日語與漢語是兩種不同的語言，日語完全沒有漢語那樣的「韻」，也沒有與漢詩相同的「病」。但儘管如此，「和歌四式」套用漢詩的有關規範格式，特別是將中國的聲韻理論挪用到和歌創作中，為和歌體式的初步分類尋求了根據，也強化了和歌的語言修辭意識，並為和歌的鑒賞與批評提供了基準。在「歌學」形成的初期，這樣對漢詩及中國文論的套用，是自然的和有益的。

二

　　如果說上述的「歌式」，主要是從語言修辭的角度確定「歌病」，那麼，十世紀初（905 年）著名歌人紀貫之為《古今和歌集》撰寫的兩篇序言——「真名序」（漢語序）與「假名序」（日語序），則套用〈詩大序〉的「詩有六義」說，即「風雅頌賦比興」，進一步從題材（風雅頌）與抒情言志的方式方法（賦比興）這兩種角度，為和歌劃分出題材類型與抒情方法的不同種類。這就為和歌的評判與鑒賞，提供了較之語言聲韻更高一個層次的、更具有文學性的層面和切入點。其中，由於「真名序」使用漢語表述，一些概念、提法尚不可能擺脫

漢字概念，特別是將「風雅頌賦比興」直接套用於和歌，稱作「和歌六義」難免生硬，但「假名序」就不同了，作為第一篇用日語寫作的歌論文章，意義重大。該篇序言用日語寫作，為擺脫漢語的表達方式乃至中國詩論的束縛提供了可能。與「真名序」對「六義」的直接套用不同，「假名序」並非原封不動地使用「風雅頌賦比興」的概念，而是用日語做了解釋性的翻譯，分別稱為「諷歌」（そへ歌）、「數歌」（かぞへ歌）、「準歌」（なずらへ歌）、「喻歌」（たとへ歌）、「正言歌」（ただごと歌）、「祝歌」（いはひ歌），這既是對漢語「六義」的翻譯，也是改造和闡發。兩序在對六位著名歌人加以簡單批評的過程中，使用了「心」、「情」、「詞」、「歌心」、「誠」、「花」與「實」等詞彙作為基本的批評用語，與中國古代詩論中關鍵詞的使用有所不同，作者對這些詞彙未做任何闡釋與界定，卻為此後這些詞語的逐漸概念化、範疇化打下了基礎，也初步顯示了日本歌論的民族特點。同時，作者還體現出了明確的「倭歌」或「和歌」的獨立意識，作者稱：「和歌樣式有六種，唐詩中亦應有之。」本來「六義」來自中國，卻說「唐詩中亦應有之」，聽上去好像和歌「六義」與唐詩「六義」是平行產生似的，甚至和歌「六義」更為元初。說和歌「始於天地開闢之時」；「天上之歌，始於天界之下照姬；地上之歌，始於素盞嗚尊」，這就從起源上否定了漢詩與和歌形成的淵源關係。不僅如此，「假名序」還體現出了和歌與漢詩對峙與競爭的意識，認為漢詩的盛行導致和歌的「墮落」，又將漢詩稱為「虛飾之歌、夢幻之言」。這表明，平安時代的日本歌人已經清楚地意識到了和歌與漢詩的不同，並有意識地開始確立和歌特有的審美規範，自覺地與漢詩相頡頏了。

　　從平安時代前期即九世紀末開始，隨著宮廷上層社會「歌合」（賽歌）的盛行，「判詞」（和歌評判）作為一種批評與鑒賞的樣式大為流行，由此進一步促進了和歌批評走向繁榮。批評的繁榮，需要批評角度的多樣化、鑒賞和評判標準的多層次化，於是，和歌批評家們

不再滿足於語言修辭上的「歌病」與「六義」這樣的簡單劃分，而是
在借鑒中國文論的基礎上，進一步劃分各種不同的「歌體」和各種不
同的風格，以便與和歌創作中日益豐富複雜的內容表達與形式表現相
適應。這種努力集中體現在壬生忠岑的《和歌體十種》、藤原公任的
《新撰髓腦》與《和歌九品》中。壬生忠岑在《和歌體十種》（西元
945 年）的小序中認為之前的「六義」比較粗略，隨著時世推移，需
要知道和歌之「體」。該文對和歌體式的劃分方法，明顯參照了中國
唐朝崔融《新定格詩》中的詩「十體」和司空圖的《詩品》中的「二
十四詩品」。但壬生忠岑在歌體的劃分及命名上並沒有照搬或套用中
國詩論，在給「十體」命名的時候，他將漢字與日本式的表達結合起
來，創制了一系列新的名目，包括「古歌體」、「神妙體」、「直體」、
「餘情體」、「寫思體」、「高情體」、「器量體」、「比興體」、「華豔
體」、「兩方體」，並舉出若干首和歌為例，對各種體式做了簡要的界
定與說明。雖然對各體和歌的界定過於簡略，有模糊不清、語焉不詳
之處，但他畢竟從審美風格的角度對和歌的種類加以劃分和界定。而
且他明確說明：十體的劃分「只明外貌之區別」。他所謂的「外貌」，
就是和歌的總體的外在特徵，也就是今人所說的審美風貌、美學風
格。「十體」劃分的重要性在於：對每種「體」的劃分，必然予以命
名，命名必然使用名詞，而命名時所使用的相關名詞，就有可能被概
念化。壬生忠岑的「十體」命名中，「神妙」與「比興」是借鑒中國
詩論早有的概念，而「餘情」則在後來成為日本歌論及文論中的基本
概念之一。

　　壬生忠岑的《和歌體十種》的歌體劃分與命名，在邏輯關係上不
免有隨意、繁瑣與模糊之嫌，隨後藤原公任的《新撰髓腦》（約
1041）和《和歌九品》（約 1009），則從內容與形式兩分的角度，刪
繁就簡，明確提出了「心」與「詞」這兩個對立統一的範疇，並將壬
生忠岑的「體」，改稱為「姿」，進而論述了心、詞、姿這三個概念之

間的關係。「心」就是作者內在的思想感情,「詞」就是具體的遣詞造句、語言表現,而「姿」就是心詞結合後的總體的美感特徵(風姿、風格)。他提出和歌需要「『心』深、『姿』清」;「『心』與『姿』二者兼顧不易,不能兼顧時,應以『心』為要」;認為「假若『心』不能『深』,亦須有『姿』之美」。藤原公任之後,「心、詞」兩者的關係、或「心、詞、姿」三者的關係,一直成為日本和歌論乃至日本文論的基本問題。

在此基礎上,其他重要的基礎概念、範疇也逐步浮出並定型。例如源俊賴在〈俊賴髓腦〉(1111-1115)一書中,在「心」的概念的基礎上,將「歌心」一詞加以概念化。俊賴之子藤原俊成則在大量的和歌判詞中,除繼續鞏固「心」、「詞」、「姿」的概念外,又提出了「姿心」的概念,還頻繁使用原本為佛教道教名詞的「幽玄」這一概念。此前,《古今和歌集》真名序有「或興入幽玄」一語,壬生忠岑《和歌體十種》有「義入幽玄」一語,均使用有限,但藤原俊成則將「幽玄」作為和歌判詞的基本用語,有「心幽玄」、「心詞幽玄」、「姿幽玄」、「幽玄體」、「幽玄調」、「幽玄之境」等,用「幽玄」來指稱那種不可言喻的微妙的極致之美。藤原俊成之子藤原定家在「心詞」論、「幽玄論」的基礎上,提出了「幽玄的有心」這一範疇,「幽玄的有心」簡稱「有心」。在〈每月抄〉中,他按「姿」(風格)將和歌劃分為「十體」,即「幽玄體」、「事可然體」、「麗體」、「有心體」、「長高體」、「見體」、「有一節體」、「濃體」、「拉鬼體」。認為在這十體中,最能代表和歌本質的是「有心體」,其他各體都需要「有心」,有心的反面是「無心」。藤原定家因「『有心體』非常難以領會」,而沒有做明確界定。但仔細體會他的意思,可以看出他所說的「有心體」的和歌就是歌人「用心」吟詠出來的和歌,「有心」就是要有一種審美的心胸,心既要「深」,又要「新」,這樣吟詠出來的和歌才具有獨特的精神內涵。這一主張與他在〈近代秀歌〉中提出的「『詞』學古人,

『心』須求新,『姿』求高遠」的「秀歌」理想是一致的。

和歌是日本古典文學的基礎樣式,上述的「和歌論」也為整個日本文論的發展奠定了基礎,此後的連歌論和俳諧論,都繼承了和歌論傳統並各自有所發展。

「連歌」是和歌的變體,指多人聯合吟詠的和歌。隨著連歌的盛行,十四世紀後,關於連歌的論述也大量出現,連歌理論的奠基人是二条良基,他寫了一系列連歌論的文章與書籍,包括《僻連抄》、《連理秘抄》、《擊蒙抄》、《愚問賢注》、《筑波問答》、《九州問答》、《連歌十樣》、《知連抄》、《十問最秘抄》等,對連歌的各方面的知識做了整理概括,並系統提出了自己的主張與見解。一三五七年,二条良基編纂了第一部敕選連歌集《菟玖波集》,收集自古以來四百六十多人及其他佚名作者的各種形式的連歌兩千多首,該集第一次將和歌與連歌明確區分開來,確立了連歌的相對獨立性及其在日本文學中的獨特位置。同時,《菟玖波集》還十分重視連歌風格多樣性的包容,除那些反映貴族趣味的「幽玄」風格的作品外,還收錄了一些由中下層歌人吟詠的通俗的所謂「地下連歌」,將狂放的「狂歌」、滑稽的「俳諧」納入連歌的部類中。二条良基最早使用「俳諧」這個概念,為後來俳諧獨立於連歌打下了基礎。此後,正徹(1381-1459)、心敬(1406-1475)、宗祇(1421-1504)等,都從不同角度豐富了連歌理論。連歌論仍以和歌論中的「幽玄」為最高審美理想,也強調以「心」為第一,從連歌唱和的角度,論述「心」、「詞」、「姿」的關係、「花」與「實」的關係等。但「連歌論」比起「和歌論」來,更注重連歌的相互唱和在社交活動的作用與價值,因而更強調題材、語言修辭技巧、特別是接續唱和時的心境、心情,並把這一點作為修心養性的途徑與方式,與佛教的心的修行相聯通。

隨著連歌的衰落和十七世紀後「俳諧」這一新的短小詩體從連歌中脫胎而出,「俳諧論」又在連歌論的基礎上發展起來。如果說連歌

論注重的是在歌會等公開場合人與人之間的唱和交流，是一種藝術性的社交論，那麼俳諧論則強調俳諧對個人的心身修煉作用。「俳聖」松尾芭蕉及其弟子向井去來、服部土芳等人，在一系列文章和著作中，將俳諧視同「風雅」，即把此前滑稽俚俗的俳諧，提升為修心養性的「風雅」之道，進而將此前和歌論與連歌論中的「心」與「詞」、「花」與「實」、「雅」與「俗」等二元論加以調和與統合，提出了「風雅之誠」、「風雅之寂」的概念，而其中的核心概念便是「寂」（さび）。「寂」在外層或外觀上，表現為聽覺上的「動靜不二」的「寂聲」，視覺上以古舊、磨損、簡素、黯淡為外部特徵的「寂色」。在內涵上，「寂」當中包含了「虛與實」、「雅與俗」、「老與少」、「不易與流行」四對子範疇，構成了「寂心」的核心內容，所表示的是俳人的心靈悟道、精神境界與審美心胸。「寂」表現於具體俳諧作品上，則是「寂姿」，是以線狀連接、餘情餘韻為特徵的「枝折」；「枝折」將這上述四對範疇分別呈現、釋放出來，從而使俳諧呈現出搖曳、飄逸、瀟灑、詼諧的「枝折」之美。總之，從外在的「寂聲」、「寂色」，到內在的「寂心」，再到外在的「寂姿」，構成了一個入乎其內、超乎其外、由內及外的審美運動的完整過程。

三

在日本古代文論史上，上述的「和歌論──→連歌論──→俳諧論」是一條一以貫之的主線，主線之外還有兩條支線，那就是「能樂論」與「物語論」。

「能樂論」是隨著日本民族戲劇樣式──「能」（或稱「能樂」，又稱「申樂、猿樂」）──的發展和成熟而產生的戲劇理論。由於能樂有較為嚴格的文學劇本，作為能樂劇本的主體部分的唱詞大都是「五七」調的和歌，與和歌有密切的關係，再加上除了已有的和歌理

論外，能樂理論的建構並沒有其他的理論參照，於是能樂論就順乎其然地繼承了和歌論的傳統。能樂論的奠基者和集大成者世阿彌，在〈風姿花傳〉（1400-1418）、《至花道》（1420）、《三道》（1423）、〈花鏡〉（1424）、《遊樂習道風見》、《九位》（寫作年代不詳）等二十多部著作中，將和歌論中的「幽玄」論作為戲劇文學的最高審美觀念，同時將和歌論中的「心」與「詞」關係論，改造並發展為「心」與「身」的關係論，作為演員的表演藝術論；將和歌中的「姿」論發展為「風姿」論，作為其戲劇藝術風格論；將和歌論中的「體」的理論，發展為「風」或「風體」論，作為其戲劇體裁類型論；將和歌論中的「誠」、「實」論，發展改造為「物真似」（模仿）論，作為其表演藝術論。在此基礎上，世阿彌又從自己豐富的劇本創作與編導經驗出發加以總結提煉，從大自然的花朵中觀像取譬，提出了「花」這一範疇，作為對表演藝術最高魅力的象徵與概括，在「花」的範疇之外，將「花種」作為永保藝術生命之根本的概念，又就「花」劃分為不同品級，將「妙風花」作為最高之「花」，在此基礎上還以同樣的「觀像取譬」的方法，提出了「柔枝」（しおれたる）等概念。他還借鑒佛教哲學及中國哲學觀念，提出並論證了「藝位」、「二曲三體」、「三道」、「六義」、「九位」、「序破急」等一系列概念。世阿彌的戲劇理論來自實踐又努力用理論指導實踐，既有經驗總結、心得體會，又有抽象的概念與概括，乃至體系性的理論建構。在日本古典戲劇理論中，世阿彌的能樂論以其全面性、系統性獨占鰲頭，在世界戲劇理論史上也具有獨特地位。世阿彌的女婿和藝術繼承人金春禪竹對世阿彌的理論也有所繼承和發揮，試圖將世阿彌的經驗總結性的形態，上升為抽象的理論形態，尤其是對「幽玄」論等的核心概念做出獨到的闡發。為此他更多地乞援於佛理、佛教概念（例如「色」、「性」、「色性」、「緣」等）乃至中國古典哲學概念，雖然有時不免生硬與玄虛，但畢竟對世阿彌的能樂論有所發展和深化。

　　日本古代文論的另一條支線是物語論。

　　「物語」是日本古代敘事性散文文學的獨特樣式。「物語論」最早見於十世紀末宮廷女作家紫式部的《源氏物語》。《源氏物語》的《螢之卷》以人物對話的方式，對「物語」這種文學樣式發表了深入的議論，後人公認為是日本「物語論」的濫觴，對後來日本人的文學觀、物語觀產生了一定的影響。但在紫式部之後，關於物語的理論十分匱乏。十二世紀末出現了一本對話體的物語《無名草子》（作者不詳，一說藤原俊成之女），對《源氏物語》等平安王朝的多種物語作品做了品評，但都是對其中的人物形象的好惡善惡的議論，沒有涉及物語文學的本體問題，缺乏文論的價值。本來物語在日本產生很早，而物語論卻長期匱乏，主要原因是物語的創作與欣賞不像和歌、連歌那樣普泛，物語本身也受到歧視，許多人認為物語僅僅是供女子消愁解悶的讀物，這一點與中國文人傳統上重視詩文而歧視小說是一樣的情形。而且，「物語」作為平安王朝宮廷貴族文學特殊文體，隨著宮廷貴族文化的衰落而創作不繼，很快衰落，雖然後來也有「戰記物語」等物語的變體，但都未能像和歌那樣成為日本文學的主流樣式，再加上要評論和概括物語，涉及到社會、倫理、歷史、風俗、心理、美學等各個方面的知識領域，難度和歌論相比要大得多。從平安王朝末期，以藤原伊行的《源氏釋》為發端，陸續出現了藤原四辻善成的《河海抄》（1362-1368）等多種關於《源氏物語》的注釋、考證之書，但都屬於出典考證而不是理論性的研究。到了十八世紀安藤為章的《紫家七論》一書，才對《源氏物語》的作者、文體、形象、主題思想等做了全面論述，但總體上是以中國儒家文論的「勸善懲惡」道德判斷模式為出發點的。這種情況直到江戶時代前期的「國學家」契沖的《源注拾遺》（1696）開始有所突破，而本居宣長所著《紫文要領》（1763）一書的出現，才真正建立了日本獨特的物語論的體系。

　　本居宣長的物語論，也是建立在和歌論的基礎之上的，但他沒有

囿於此前長期流行的和歌論概念，而是獨闢蹊徑，提出了「物哀」這一新的範疇。他在研究和歌的專著《石上私淑言》（1763）一書中，認為和歌的宗旨是表現「物哀」，為此，他從辭源學角度對「哀」（あはれ）、「物の哀」（もののあはれ）進行了追根溯源的研究。他認為，在日本古代，「あはれ」（aware）是一個感歎詞，用以表達高興、興奮、激動、氣惱、哀愁、悲傷、驚異等多種複雜的情緒與情感。由於日本古代只有言語沒有文字，漢字輸入後，人們便拿漢字的「哀」字來書寫「あはれ」，但「哀」字本來的意思（悲哀）與日語的「あはれ」並不十分吻合。「物の哀」則是後來在使用的過程中逐漸形成的一個固定詞組，使「あはれ」這個嘆詞或形容詞實現了名詞化。本居宣長對「あはれ」及「物の哀」的詞源學、語義學的研究與闡釋，以及從和歌作品中所進行的大量的例句分析，呈現出了「物哀」一詞從形成、演變、到固定的軌跡，使「物哀」由一個古代的感歎詞、名詞、形容詞，轉換為一個重要概念，並使之範疇化、概念化了。與此同時，在《紫文要領》（1763）一書中，本居宣長以「物哀」的概念對《源氏物語》做了前所未有的全新解釋。他認為，長期以來，人們一直站在儒學、佛學的道德主義立場上，將《源氏物語》視為「勸善懲惡」的道德教誡之書，是非常錯誤的。而實際上，《源氏物語》乃至日本傳統文學的創作宗旨、目的就是「物哀」，即把作者的感受與感動如實表現出來與讀者分享，以尋求他人的共感，並由此實現審美意義上的心理與情感的滿足，此外沒有教誨、教訓讀者等任何功用或實利的目的。而讀者的審美宗旨則是「知物哀」，只為消愁解悶、尋求慰藉而讀，此外也沒有任何其他的功用的或實利的目的。在本居宣長看來，「物哀」與「知物哀」就是感物而哀，就是從自然的人性與人情出發的、不受倫理道德觀念束縛、對萬事萬物的包容、理解、同情與共鳴，尤其是對思戀、哀怨、寂寞、憂愁、悲傷等使人揮之不去、刻骨銘心的心理情緒有充分的共感力。而在所有的人

情中，最令人刻骨銘心的就是男女戀情。而在戀情中，最能使人「物哀」和「知物哀」的，則是背德的不倫之戀，亦即「好色」。《源氏物語》中絕大多數的主要人物都是「好色」者，都有不倫之戀，包括亂倫、誘姦、通姦、強姦、多情泛愛等等，由此而引起的期盼、思念、興奮、焦慮、自責、擔憂、悲傷、痛苦等，都是可貴的人情。只要是出自真情，都無可厚非，都屬於「物哀」，都能使讀者「知物哀」。由此，《源氏物語》表達了與儒教佛教完全不同的善惡觀，即以「知物哀」為善，以「不知物哀」者為惡。在本居宣長看來，「知物哀」是一種高於仁義道德的人格修養特別是情感修養，是比道德勸誡、倫理說教更根本、更重要的功能，也是日本文學有別於中國文學的道德主義、合理主義傾向的獨特價值之所在。

就這樣，本居宣長在對《源氏物語》的重新闡釋中完成了「物哀論」的建構，並從「物哀論」的角度，徹底顛覆了《源氏物語》評論與研究史上流行的、建立在中國儒家學說基礎上的「勸善懲惡」論及「好色之勸誡」論。「物哀論」既是對日本文學民族特色的概括與總結，也是日本文學發展到一定階段後，試圖擺脫對中國文學的依附與依賴，確證其獨特性、尋求其獨立性的集中體現，標誌著日本文學觀念的重大轉折和日本古代文論的成熟。

四

就這樣，在從西元七世紀的奈良時代，到西元十八世紀江戶時代的一千多年間，日本文論從引進中國的詩論，到形成自己的和歌論、連歌論、俳諧論，再發展到能樂論和物語論，形成了悠久的歷史傳統，在借鑒、改造中國哲學、美學及文論概念範疇的基礎上，形成了一系列具有民族特色的審美概念與範疇。例如，將中國哲學及佛學中的相關範疇「心」、「詞」、「誠」、「體」、「姿」、「風」、「豔」、「秀」、

「情」、「物」、「感物」、「理」、「玄」、「幽玄」等等，加以引申和發揮，形成了「心」、「歌心」、「心詞」、「有心」、「餘情」、「妖豔」、「體」、「風體」、「姿」、「風姿」、「秀逸」、「物哀」、「幽玄」、「枝折」、「細」等文論範疇，這些範疇涉及到了創作主體論、審美理想論、創作風格論、語言表現論等各個方面。而其中最核心的、最具有民族特色的三大概念範疇是「物哀」「幽玄」和「寂」。「物哀」對應於和歌與物語，「幽玄」對應於和歌、連歌和能樂，「寂」對應於俳諧。在比喻的意義上可以說，「物哀」是鮮花，它絢爛華美，開放於平安王朝文化的燦爛春天；「幽玄」是果，它成熟於日本武士貴族與僧侶文化的鼎盛時代的夏末秋初，「寂」是飄落中的葉子，它是日本古典文化由盛及衰、新的平民文化興起的象徵，是秋末初冬的景象，也是古典文化終結、近代文化萌動的預告。從美學形態上說，「物哀論」屬於創作主體論、藝術情感論，「幽玄論」是藝術本體論和藝術內容論，「寂」論則是審美境界論、審美心胸論或審美態度論。

　　日本古代文論所關注的中心，是創作主體的態度、審美心胸、藝術立場及作品的創作技巧與審美效果，大多從心理學、語言學角度著眼，具有濃厚的文藝心理學、文學語言學的色彩，屬於文學本體論、作家作品本體論。而中國文論、西方文論中所大量涉及的功用價值論、文學本質論等，在日本古代文論中很少見。這顯示了日本古代文論在論題、話題選擇上的特點，那就是對文學的社會價值與功能問題、文學抽象本質問題、文學本源問題等，缺乏關心、缺乏探討。日本古代文論對文學的社會功用論的論述，所謂「經國之大業」、「成夫婦、厚人倫、美教化、移風俗」、「文以載道」之類，只見於早期從中國引進的詩論，並在後來的一些儒學家的著述中偶爾可見，但這只是從中國學來的套話。而在和歌論、連歌論、俳諧論、能樂論、物語論等日本特色的文論中，文學功用價值論則基本上沒有觸及。原因是日本文學不必用來「載道」，而只是怡情悅性的消遣、唯美唯情的文

學。七至十二世紀的奈良時代、平安王朝時代的文學家主要是宮廷貴族，在世襲制的制度下，他們不必像中國文人那樣用文學作為晉身出仕的手段，也無意用文學的方式對下層民眾施以教化。十三至十六世紀的鎌倉時代和室町時代，日本文學的創作主體主要是出家的佛教僧侶和隱逸者，他們是政治局外人，所關心的與其說是社會，不如說是個人的身心修煉。其文論的論題，也不可能是文學的社會功用，而是文學作為技藝、作為美的相關問題。那個時期盛行的連歌，其本身是一種社交性的文學活動，但這種社交活動完全沒有功利目的，而只是一種集體性的文學創作與欣賞。到了十七世紀後的江戶時代，以本居宣長為代表的國學家，為了建立日本自主的以「物哀」為中心的文論體系，極力切割日本文論與中國文論的關係，於是對中國文論中以倫理教化為中心的功用論給予了全面批判和徹底否定，強調文學的非功利性。可見，文學的社會功用論的缺項，是日本文論的一個顯著特點。

　　日本文論也缺乏對文學的抽象本質的論述，缺少一個關於文學本源論、文學本質論的最高的統括範疇。雖然中國的「道」這個最高的哲學與文論概念很早就傳到了日本，日本古代文論中也較多地使用「道」字，但日本人對「道」的抽象內涵沒有深刻把握和理解，只將「道」作為「人道」看待，又在「人道」之「道」中，避開了抽象的「性」、「理」的內涵，而以「道」集中指稱人的學問或學藝。這樣，「道」就與日本古代文學、古代文論有了密切的關係。《古今和歌集‧假名序》有「和歌之道」一語，此後，「歌道」作為一個概念就更常用了。「歌道」之後出現的是「連歌道」、「能樂道」、「俳諧道」等。在此基礎上，較晚近時則出現了一個對各種文學藝術之「道」加以統括的「藝道」這一概念。然而用中國哲學之「道」的眼光來看，用「道」來稱謂本來屬於技藝範疇的東西，已經不是形而上的「道」，而是形而下的「器」了。沒有文學的形而上學論、沒有本

源、本質論，就無法找到文學藝術最終極的依據，也就很難建立起一個高屋建瓴、層次完整的文論體系。而在世界各民族古代文論中，一般都有系統的「本原論」。例如，在中國有「原道」論，在古希臘有蘇格拉底的「神賜」論和柏拉圖的「理式」論，在印度梵語古典詩學中有神啟論等等。而日本古代文論卻對文學藝術的本原問題、最終依據問題幾乎沒有觸及。〈歌經標式〉開篇云：「原夫和歌所以感鬼神之幽情、慰天人之戀心者也……。」《古今和歌集・真名序》也在開篇寫道：「夫和歌者……可以述懷、可以發憤。動天地，感鬼神，化人倫，和夫婦，莫宜於和歌。」這些說法固然都有一些本原論的色彩，但可惜基本上是從漢代〈毛詩序〉中抄來的。在此後的日本文論中，連這樣的有一定本原論色彩的文學價值論的闡述都很少見到了。日本文論的大部分抽象概念都是從漢語中借鑒而來，但在中國文論中常用的高度抽象的範疇，如「氣」，如「神」，在日本古典文論中卻使用極少，更未成為固定的概念。例如「氣」，在日語中已經不是中國的陰陽和合之「氣」，而是人的感情、心情，與漢語中的「氣」的含義相去甚遠。能樂理論家世阿彌對「氣」字有少量使用，例如〈花鏡〉一文中有所謂「一調、二氣、三聲」，其中的「氣」指的是人的氣息。又如，中國文論中常常以「神」、「神思」來形容無限自由的精神世界，而日本則完全沒有這樣的用法。古代日語中的「神」（かみ）只是一個名詞，是指具有超人能力的實在。「神道教」將天皇及其家族直接視為「神」，甚至後來民間的神道教將普通的死者都視作「神」。可見，拒絕玄妙的抽象是日本人思維的重要特點。後來，一些日本文論家似乎感到了日本文論在理論高度的受限。為突破這種侷限性，便將「藝道」與「佛道」結合起來，從而將「藝道」加以提升。「藝道」與「佛道」結合的方法大致有兩種。第一，就是借助佛經的表述方式，來表述和歌之道。如藤原俊成在和歌論著〈古來風體抄〉中就有這樣的主張。「藝道」與「佛道」結合的第二種情形就是以佛道來

解說歌道，或以佛道譬喻歌道。連歌理論家心敬在《私語》中，世阿彌在《遊樂習道風見》中，金春禪竹在《六輪一露記》、《六輪一露記注》、《幽玄三輪》、《至道要抄》等論著中，都使用了這樣的方法。但這些多屬於對佛教概念的套用，未能根本改變日本文論的理論抽象程度不高的問題。

在著述方式上，日本古代文論具有私人性、非社會性、家傳化的特點。比較而言，西方的文論從古希臘文論開始，就具有強烈的社會化特徵，文論家的著述對象，一開始就是面向社會公眾的，包括文論在內的古希臘羅馬的學術文化的傳播方式，主要是在面向社會的「學園」和面向公眾的演說中實現的。印度古代文論依託於社會化的印度教，也具有相當的社會性。中國古代由於采風制度、科舉制度等，文學與文論也具有很強的社會化特點，文論作者都有以此立身揚名、經世濟民的想法。例如梁代劉勰費盡心血寫成的體大慮周的《文心雕龍》，卻沒有藏於家中、留給後代，而是千方百計將此書獻給朝廷，為此而裝作賣書人天天守候在路旁，等待當時的文壇領袖沈約路過時獻上，類似這樣的情況在日本文論史上是絕對沒有的。日本文論屬於「歌道」、「藝道」，而在日本的傳統文化中，包括各種技藝在內的「藝道」，都具有很強的私密性，不外傳、不示人，只傳給特定的繼承人。作為日本文學基礎的和歌之學，在日本平安王朝後期逐漸成為一種「家學」，由若干世家名人，對和歌、連歌技法的制定、傳承與唱和方式的確立、理論主張的提出等，加以壟斷。在這種情況下，和歌論、連歌論也帶有很強的「家學」色彩。日本文論的題名中大都有「秘府」、「秘傳」、「口傳」、「秘抄」、「最秘抄」等字樣，明確表明了這些書籍和文章的私秘性。更有一些文論家（如世阿彌）常常在書後或文末，特別叮囑此書為「秘傳」，萬萬不可外傳，只傳給某某人，如此之類。有的是文論家應特定人士的要求，而將某一問題寫成書信，專給特定人士閱讀，並叮囑勿要給別人看。日本文論中的名篇，

如源俊賴的〈俊賴髓腦〉、藤原俊成的〈古來風體抄〉、藤原定家的
〈近代秀歌〉、〈每月抄〉等，都是私人通信。到了十七世紀後的江戶
時代，隨著書籍作為商品流通，文論著作的這種「家學」性質有所改
變，但仍然以「私學」（私人學校、私塾）及私學先生為中心，帶有
很強的圈子化特徵。日本文論的社會化的實現，則是在晚近的明治時
代才開始的。

　　日本文論的家傳化、私秘化的著述與流傳方式，甚至決定了日本
文論在文體上的特點。那就是文論著述的散文化、隨筆化。相比而
言，西方文論的文體特徵是邏輯化、體系化、論辯化的，邏輯性的煽
情是其文體的突出特徵，這與其公開演說與授業施教的傳播方式密切
相關；中國文論的文體特點是「美文」化的理論文體，將詩意的辭章
與較為嚴密的義理結合起來，常常表現為侃侃而談的高頭講章，這與
中國文論的社會化閱讀與傳播方式密切相關。而日本文論的傳授對象
是特定的、有限的，主要是日常生活中熟悉的家人或朋友，強烈的邏
輯、嚴謹的布局、華麗的辭藻，反而會使人感到疏遠，而輕鬆散漫的
文體，卻更有利於「以心傳心」，讓對方心領神會。縱觀日本文論，
堪與西方文論相比的純理論文章非常罕見，中國的《文心雕龍》式的
體系性著作，也非常罕見。世阿彌的〈風姿花傳〉是江戶時代之前僅
有的篇幅較大而且自成系統的著作，但仍然侷限於經驗總結的層面，
理論抽象程度不高。一直到了十八世紀後的江戶時代後期，由於儒學
成為官方意識形態並使漢文寫作成為文人的基本修養，來自中國的朱
子學抽象的性理思辨、剛剛傳入的西學（「蘭學」）的嚴密的體系架
構，對日本文人及其文論著作產生了雙重影響。那時期的國學家賀茂
真淵、本居宣長，還有歌學家香川景樹等人的文論著作，也由傳統的
隨筆性的軟性文體，逐漸轉化為理論性、論辯性的剛性文體。

五

日本古代文論的文獻資料相當豐富，也具有相當的理論價值，但迄今為止譯成中文的甚少。一九六五年出版的《古典文藝理論譯叢》第十輯，收錄了劉振瀛先生譯藤原定家〈每月抄〉全文和世阿彌〈風姿花傳〉的選譯，共約三萬字。三十多年後的一九九六年，曹順慶先生編選《東方文論選》，第四編是「日本文論」，約請王曉平先生編譯了四十多篇相關文獻（其中有些篇目是直接用漢語寫成的以漢詩為對象的「詩話」），共約十五萬字。一九九九年，中國社會科學出版社出版了王冬蘭翻譯的〈風姿花傳〉全文。中國的日本古典文論翻譯的家底大致如此。

日本古代文論的漢譯之所以一直沒有系統展開，一是因為古典文論本身的專門性與學術性，沒有大眾讀者的市場支撐；二是因為翻譯的難度大。日語古文的古奧艱深，和歌俳句等「不可譯」文學樣式的大量夾雜，再加上時代與文化的阻隔、知識含量的密集，使得日本古典文論的翻譯不是通常意義上的翻譯，而是文學翻譯與學術翻譯的結合，更是翻譯與研究的結合，難度很大。但是，儘管沒有大眾市場、儘管翻譯難度很大，中國的日本文學翻譯既然已經有了一百多年的歷史積累，發展到今天，就必然要求我們實現從功利性翻譯到審美性、學術性翻譯，從大眾市場的翻譯到小眾閱讀的翻譯這樣一種轉變，必然要求我們在翻譯選題上有所突破、有所深化，以適應不同層次讀者的多元化的閱讀需要。從更大處著眼，作為中國這樣的文化大國，必然應該是一個翻譯大國。翻譯大國的標誌就是有能力翻譯、閱讀、消化、吸收世界各國從古到今的文化精華，將人類文化成果化為己有，使世界各國有價值的文學文獻都有我們的語言譯本，都納入我們的閱讀和研究視野。這樣，我們才能不滿足於在各地浮光掠影、走馬觀花，我們才能真正走進外民族文化的深處，走進人家的內心世界，成

為一個真正的地球人和世界公民。

　　要繼續推進中國的文學翻譯事業特別是日本文學翻譯事業，不僅要翻譯古代的《古事記》、《萬葉集》、《源氏物語》、《平家物語》、松尾芭蕉、井原西鶴，近現代的夏目漱石、芥川龍之介、川端康成、村上春樹等，還要翻譯日本歷代文論家對這些作家作品的批評、研究與概括的文論著作。換言之，不僅要了解日本作家創作了什麼，還要了解日本文論家如何解釋他們的創作。這一點非常重要。對一般的日本文學讀者而言，假如對日本文論知之甚少、甚至一無所知，那麼對日本文學作品的閱讀很可能只流於感覺感受的淺層，理解的深度就有侷限，乃至會產生誤解，就有可能用我們自己既定的觀念文化來曲解外來文學及文本。如果是這樣，那麼日本文學縱然讀得很多，我們對日本人的理解，特別是對其情感心理、審美趣味的理解，仍然難以做到準確、深入、到位。因此，對一般讀者來說，閱讀日本古典文論的文獻，將文論與創作相互參讀，是深入理解日本傳統文學乃至日本人精神世界的必要與有效的途徑。

　　從學習研究與學術翻譯的角度看，日本古代文論的系統編選翻譯，可以為文學理論與文學批評、比較文學與比較詩學、東方文學及東方古典詩學、日本文學及中日比較文學等學科的學習與研究，提供必要的基礎文獻，將有助於改變日本文學翻譯中文論翻譯十分薄弱的狀況，有助於改變中國的東方文論的譯介嚴重不足、東方文論與西方文論的譯介嚴重不平衡的狀況，有助於糾正在比較文學、比較詩學中存在的「中西比較」模式所帶來的偏頗。印度、日本、阿拉伯、波斯等東方古典文論不在場的「中西比較」的模式之所以長期盛行不衰，很大的原因是東方古典文論的譯介沒有跟上來。一個理論研究者不可能通過多種原文直接閱讀東方各國的文論文獻，因而我們不必責怪他們為什麼不把除中國以外的東方文論納入視野，不必責怪他們為什麼常常將「中西比較」所得出的結論視為普遍有效的結論。我們的當務

之急是要動手翻譯，把譯本呈現在讀者和研究者面前。好在，近幾年
的古代東方文論的翻譯已經取得了重要進展，黃寶生先生翻譯的《梵
語古典詩學彙編》已經出版[3]，據說穆宏燕研究員翻譯的《波斯古典
詩學》也即將問世，現在筆者的《日本古典文論選譯》也將要問世
了[4]。這些古代東方文論的文獻陸續翻譯出版後，假若文學理論、比
較詩學與比較文論的一些研究者仍然視而不見，那只能歸於無知與偏
見了。

　　《日本古典文論選譯·古代卷》所編譯的日本古典文論，分為
「和歌論」、「連歌論」、「俳諧論」、「能樂論」和「物語論」五種主要
的文論形態，是日本古代文論主流的、正統的形態。譯者在編選過程
中，充分參照了日本出版的各種選本，主要有東京岩波書店《日本古
典文學大系》中的《歌論集　能樂論集》、《連歌論集　俳論集》和《近
世文學論集》，其次是東京小學館《新編日本古典文學全集》中的
《歌論集》和《連歌論集　能樂論集　俳論集》，還有筑摩書房出版的
《古典日本文學全集36　藝術論集》等，同時放出自己的眼光，對這
些版本所選篇目加以閱讀甄別和綜合採納，又在各種選本之外選收了
若干篇目，全書共翻譯三十九名理論家的文論著述六十五篇。選材的
基本標準是理論色彩和理論價值。理論價值不高的，即便日本的選本
有選編，也不予翻譯。例如「物語論」部分選目就較少，這是因為該
領域中有理論價值的篇目少，筑摩書房《古典日本文學全集36　藝術
論集》收錄了《無名草子》（作者佚名，成書於十三世紀初）中的關
於《源氏物語》等王朝物語的評論文字，但閱讀之後，仍感到那只是
對人物形象的很感性的善惡品評，缺乏理論色彩，故未選入；江戶時
代還有一些通俗小說（包括市井小說「浮世草子」、根據中國小說改

3　黃寶生：《梵語古典詩學彙編》上、下冊（北京市：崑崙出版社，2008年）。
4　王向遠：《日本古代文論選譯》（北京市：中央編譯出版社，2012年），古代卷上下，
　　近代卷上下。

編的「讀本小說」等類型）的序跋之類的文字，基本上都缺乏文論上
的價值，故不列入本書翻譯選題的範圍。在編排方式上，本書先按上
述五種形態分門別類，再分別按照時序先後加以編排。限於篇幅，有
些較長的篇目只能節譯。絕大多數篇目為首次翻譯，少量的重譯，則
力圖改正所發現的差錯，並期望在譯文質量上有所提高。譯文的注
釋，除特殊注明者外，均為譯者針對中國讀者的閱讀需要而加，同時
對日本的各種版本的注釋也有所參考。

　　嚴格地說，在上述五種文論形態之外，還應包括以漢詩為對象的
「詩論」。但由於「詩論」是以漢詩文為對象的，不是日本本土化的
文論形態，總體上是中國「詩話」的一個延伸，在理論觀點上與中國
詩話大同小異，而且許多文獻都是直接用漢語寫成而不需翻譯。早在
一九一九年，日本學者池田四郎就編選了大規模的《日本詩話叢書》
（東京：文會堂書店，1919 年），囊括了日本詩話史上的重要篇目文
獻。由於這些原因，《日本古典文論選譯・古代卷》未把「詩論」包
括在內。

感物而哀

——從比較詩學的視角看本居宣長的「物哀論」[1]

　　「物哀」是日本傳統文學、詩學、美學理論中的一個重要概念。可以說，不了解「物哀」就不能把握日本古典文論的精髓，就難以正確深入地理解以《源氏物語》、和歌、能樂等為代表的日本傳統文學，就無法認識日本文學的民族特色，不了解「物哀」也很難全面地進行日本文論及東西方詩學的比較研究。而要具體全面地了解「物哀」究竟是什麼，就必須系統地研讀十八世紀的日本著名學者、「國學」泰斗本居宣長（1730-1801）的相關著作。

一　本居宣長對「物哀」的闡發

　　本居宣長在對日本傳統的物語文學、和歌所做的研究與詮釋中，首次對「物哀」這個概念做了系統深入的發掘、考辨、詮釋與研究。

　　在研究和歌的專著《石上私淑言》一書中，本居宣長認為，和歌的宗旨是表現「物哀」，為此，他從辭源學角度對「哀」（あはれ）、「物哀」（もののあはれ）進行了追根溯源的研究。他認為，在日本古代，「あはれ」（aware）是一個感歎詞，用以表達高興、興奮、激動、氣惱、哀愁、悲傷、驚異等多種複雜的情緒與情感。日本古代只有言語沒有文字，漢字輸入後，人們便拿漢字的「哀」字來書寫「あはれ」，但「哀」字本來的意思（悲哀）與日語的「あはれ」並不十

---

[1]　本文原載《文化與詩學》（北京），2011年第2期。

分吻合。「物の哀」則是後來在使用的過程中逐漸形成的一個固定詞組，使「あはれ」這個嘆詞或形容詞實現了名詞化。本居宣長對「あはれ」及「物の哀」的詞源學、語義學的研究與闡釋，以及從和歌作品中所進行的大量的例句分析，呈現出了「物哀」一詞從形成、演變、到固定的軌跡，使「物哀」由一個古代的感歎詞、名詞、形容詞，而轉換為一個重要概念，並使之範疇化、概念化了。

幾乎與此同時，本居宣長在研究《源氏物語》的專著《紫文要領》一書中，以「物哀」的概念對《源氏物語》做了前所未有的全新解釋。他認為，長期以來，人們一直站在儒學、佛學的道德主義立場上，將《源氏物語》視為「勸善懲惡」的道德教誡之書，而實際上，以《源氏物語》為代表的日本古代物語文學的寫作宗旨是「物哀」和「知物哀」，而絕非道德勸懲。從作者的創作目的來看，《源氏物語》就是表現「物哀」；從讀者的接受角度看，就是要「知物哀」（「物の哀を知る」）。本居宣長指出：「每當有所見所聞，心即有所動。看到、聽到那些稀罕的事物、奇怪的事物、有趣的事物、可怕的事物、悲痛的事物、可哀的事物，不只是心有所動，還想與別人交流與共用。或者說出來，或者寫出來，都是同樣。對所見所聞，感慨之，悲歎之，就是心有所動。而心有所動，就是『知物哀』。」本居宣長進而將「物哀」及「知物哀」分為兩個方面，一是感知「物之心」，二是感知「事之心」。所謂的「物之心」主要是指人心對客觀外物（如四季自然景物）的感受，所謂「事之心」主要是指通達人際與人情，「物之心」與「事之心」合起來就是感知「物心人情」。他舉例說，看見異常美麗的櫻花開放，覺得美麗可愛，這就是知「物之心」；見櫻花之美，從而心生感動，就是「知物哀」。反過來說，看到櫻花無動於衷，就是不知「物之心」，就是不知「物哀」。再如，能夠體察他人的悲傷，就是能夠察知「事之心」，而體味別人的悲傷心情，自己心中也不由地有悲傷之感，就是「知物哀」。「不知物哀」者卻對這一

切都無動於衷，看到他人痛不欲生毫不動情，就是不通人情的人。他強調指出：「世上萬事萬物，形形色色，不論是目之所及，抑或耳之所聞，抑或身之所觸，都收納於心，加以體味，加以理解，這就是知物哀。」綜合本居宣長的論述，可以看出本居宣長提出的「物哀」及「知物哀」，就是由外在事物的觸發引起的種種感情的自然流露，就是對自然人性的廣泛的包容、同情與理解，其中沒有任何功利目的。

　　在《紫文要領》中，本居宣長進而認為，在所有的人情中，最令人刻骨銘心的就是男女戀情。在戀情中，最能使人「物哀」和「知物哀」的是背德的不倫之戀，亦即「好色」。本居宣長認為：「最能體現人情的，莫過於『好色』。因而『好色』者最感人心，也最知『物哀』。」《源氏物語》中絕大多數的主要人物都是「好色」者，都有不倫之戀，包括亂倫、誘姦、通姦、強姦、多情泛愛等，由此而引起的期盼、思念、興奮、焦慮、自責、擔憂、悲傷、痛苦等，都是可貴的人情。只要是出自真情，都無可厚非，都屬於「物哀」，都能使讀者「知物哀」。由此，《源氏物語》表達了與儒教佛教完全不同的善惡觀，即以「知物哀」為善，以「不知物哀」者為惡。看上去《源氏物語》對背德之戀似乎是津津樂道，但那不是對背德的欣賞或推崇，而是為了表現「物哀」。本居宣長舉例說：將污泥濁水蓄積起來，並不是要欣賞這些污泥濁水，而是為了栽種蓮花。如要欣賞蓮花的美麗，就不能沒有污泥濁水。寫背德的不倫之戀正如蓄積污泥濁水，是為了得到美麗的「物哀之花」。因此，在《源氏物語》中，那些道德上有缺陷、有罪過的離經叛道的「好色」者，都是「知物哀」的好人。例如源氏一生風流好色成性，屢屢離經叛道，卻一生榮華富貴，並獲得了「太上天皇」的尊號。相反，那些道德上的衛道士卻被寫成了「不知物哀」的惡人。所謂勸善懲惡，就是寫善有善報，惡有惡懲，使讀者生警戒之心，而《源氏物語》絕不可能成為好色的勸誡。假如以勸誡之心來閱讀《源氏物語》，對「物哀」的感受就會受到遮蔽，因而

教誡之論是理解《源氏物語》的「魔障」。

就這樣，本居宣長在《源氏物語》的重新闡釋中完成了「物哀論」的建構，並從「物哀論」的角度，徹底顛覆了日本的《源氏物語》評論與研究史上流行的、建立在中國儒家學說基礎上的「勸善懲惡」論及「好色之勸誡」論。他強調，《源氏物語》乃至日本傳統文學的創作宗旨、目的就是「物哀」，即把作者的感受與感動如實表現出來與讀者分享，以尋求他人的共感，並由此實現審美意義上的心理與情感的滿足，此外沒有教誨、教訓讀者等任何功用或實利的目的。讀者的審美宗旨就是「知物哀」，只為消愁解悶、尋求慰藉而讀，此外也沒有任何其他功用的或實利的目的。在本居宣長看來，「物哀」與「知物哀」就是感物而哀，就是從自然的人性與人情出發、不受倫理道德觀念束縛、對萬事萬物的包容、理解、同情與共鳴，尤其是對思戀、哀怨、寂寞、憂愁、悲傷等使人揮之不去、刻骨銘心的心理情緒有充分的共感力。「物哀」與「知物哀」就是既要保持自然的人性，又要有良好的情感教養，要有貴族般的超然與優雅，女性般的柔軟、柔弱、細膩之心，要知人性、重人情、可人心、解人意、富有風流雅趣。用現代術語來說，就是要有很高的「情商」。這既是一種文學審美論，也是一種人生修養論。本居宣長在《初山踏》中說：「凡是人，都應該理解風雅之趣。不解情趣，就是不知物哀，就是不通人情。」在他看來，「知物哀」是一種高於仁義道德的人格修養特別是情感修養，是比道德勸誡、倫理說教更根本、更重要的功能，也是日本文學有別於中國文學的道德主義、合理主義傾向的獨特價值之所在。

「物哀論」的提出有著深刻的歷史文化背景。它既是對日本文學民族特色的概括與總結，也是日本文學發展到一定階段後，試圖擺脫對中國文學的依附與依賴，確證其獨特性、尋求其獨立性的集中體現，標誌著日本文學觀念的一個重大轉折。

歷史上，由於感受到中國的強大存在並接受中國文化的巨大影

響，日本人較早形成了國際感覺與國際意識，並由此形成了樸素的比較文學與比較文化觀念。日本的文人學者談論文學與文化上的任何問題，都要拿中國做比較，或者援引中國為例來證明日本某事物的合法性，或者拿中國做基準來對日本的某事物做出比較與判斷。一直到十六世紀後期的豐臣秀吉時代之前，日本人基本上是將中國文化與中國文學作為價值尺度、楷模與榜樣，並以此與日本自身做比較的。但豐臣秀吉時代之後，由於中國明朝後期國力的衰微並最終為蠻夷（滿清）所滅，由於中國文化出現嚴重的禁錮與僵化現象，由於江戶時代日本社會經濟的繁榮及日本武士集團的日益強悍，日本人心目中的中國偶像破碎了。他們雖然對中國古代文化（特別是漢唐文化及宋文化）仍然尊崇，江戶時代幕府政權甚至將來自中國的儒學作為官方意識形態，使儒學及漢學出現了前所未有的繁榮，但同時卻又普遍對現實中的中國（明、清兩代）逐漸產生了蔑視心理。在政治上，幕府疏遠了中國，還慫恿民間勢力結成倭寇，以武裝貿易的方式屢屢騷擾進犯中國東南沿海地區。在這種情況下，不少日本學者把來自中國的「中華意識」與「華夷觀念」加以顛倒和反轉，徹底否定了中華中心論，將中國作為「夷」或「外朝」，而稱自己為「中國」、「中華」、「神州」，並從各個方面論證日本文化如何優越於漢文化。特別是江戶時代興起的日本「國學」家，從契沖、荷田春滿、賀茂真淵、本居宣長到平田篤胤，其學術活動的根本宗旨，就是在《萬葉集》、《古事記》、《日本書紀》、《源氏物語》等日本古典的注釋與研究中極力擺脫「漢意」，尋求和論證日本文學與文化的獨特性，強調日本文學與文化的優越性，從而催生了一股強大的復古主義和文化民族主義思潮。這股思潮將矛頭直指中國文化與中國文學，直指中國文化與文學的載體——漢學，直指漢學中所體現的所謂「漢意」即中國文化觀念。「物哀論」正是在日本本土文學觀念意欲與「漢意」相抗衡的背景下提出來的。

二　「物哀」論與宣長的中日詩歌比較

　　正因為「物哀論」的提出與日中文學文化之間的角力有著密切的關聯，所以，只有對日本與中國的文學、文化加以比較，只有對中國文學觀念加以否定與批判，只有對日本文學與日本文化的優越性加以凸顯與張揚，「物哀論」才能成立。從這一角度看，本居宣長的「物哀論」，很大程度上就是他的日中比較文學和比較文化論。

　　在本居宣長看來，日本文學中的「物哀」是對萬事萬物的一種敏銳的包容、體察、體會、感覺、感動與感受，這是一種美的情緒、美的感覺、感動與感受，這一點與中國文學中的理性文化、理智文化、說教色彩、偽飾傾向都迥然不同。

　　在《石上私淑言》第六十三至六十六節中，本居宣長將中國的「詩」與日本的「歌」做了比較評論，認為詩與歌二者迥異其趣。中國之「詩」在《詩經》時代尚有淳樸之風，多有感物興歎之篇，但中國人天生喜歡「自命聖賢」，再加上儒教經學在中國無孔不入，區區小事也要談善論惡，辨別是非。隨著歲月推移，此種風氣越演越烈，詩也墮入生硬說教之中，雖有風雅，但常常裝腔作勢；雖有感物興歎之趣，但往往刻意而為，看似堂而皇之，卻不能表現真情實感。本居宣長接著談到了中國詩歌何以如此的原因，他認為這是中國的社會政治使然：「中國不是日本這樣的神國，從遠古時代始，壞人居多，暴虐無道之事不絕如縷，動輒禍國殃民，世道多有不穩。為了治國安邦，他們絞盡腦汁、想盡了千方百計，試圖尋找良策，於是催生出一批批謀略之士，上行下效，以至無論何事，都作一本正經、深謀遠慮之狀，費盡心機，杜撰玄虛理論，對區區小事，也論其善惡好壞。流風所及，使該國上下人人自命聖賢，而將內心軟弱無靠的真情實感深藏不露，以流露兒女情長之心為恥，更何況賦詩作文，只寫堂而皇之的一面，使他人完全不見其內心本有的軟弱無助之感。這是治國安邦

之道所致，乃虛偽矯飾之情，而非真情實感。」在該書第七十四節中，本居宣長指出：與中國的詩不同，日本的和歌「只是『物哀』之物，無論好事壞事，都將內心所想和盤托出，至於這是壞事、那是壞事之類，都不會事先加以選擇判斷……和歌與這種道德訓誡毫無關係，它只以『物哀』為宗旨，而與道德無關，所以和歌對道德上的善惡不加甄別，也不做任何判斷。當然，這也並不是視惡為善、顛倒是非，而只是以吟詠出『物哀』之歌為至善」。

　　在《紫文要領》中，本居宣長又從物語文學的角度，比較了日本文學與中國文學對人的真實感情的不同表現。他認為人的內心本質就像女童那樣幼稚、愚懦和無助，堅強而自信不是人情的本質，常常是表面上有意假裝出來的。如果深入其內心世界，就會發現無論怎樣的強人，內心深處都與女童無異，對此不可引以為恥，加以隱瞞。日本文學中的「物哀」就是一種弱女子般的感情表現，《源氏物語》正是在這一點上對人性做了真實深刻的描寫，作者只是如實表現人物的脆弱無助的內心世界，讓讀者感知「物哀」。而中國人寫的書彷彿是照著鏡子塗脂抹粉、刻意打扮，看上去冠冕堂皇，慷慨激昂，一味表現其如何為君效命、為國捐軀的英雄壯舉，但實際上是裝腔作勢、有所掩飾，無法表現人情的真實。進而，本居宣長將日本作家「物哀」的低調和謙遜，與中國書籍中的好為人師、冠冕堂皇的高調說教加以比較，凸現日本文學的主情主義與中國文學的教訓主義之間的差異。在《紫文要領》中，本居宣長認為，將《源氏物語》與《紫式部日記》聯繫起來看，可知紫式部博學多識，但她的為人、為文都相當低調，討厭賣弄學識，炫耀自己，討厭對他人指手畫腳地說教，討厭講大道理，認為一旦炫耀自己，一旦刻意裝作「知物哀」，就很「不知物哀」了。因此，《源氏物語》通篇沒有教訓讀者的意圖，也沒有講大道理的痕跡，惟有以情動人而已。

　　在《石上私淑言》第八十五節中，本居宣長還從文學的差異進一

步論述日本與中國的宗教信仰、思維方式、民族性格差異。他認為，
中國人喜歡「講大道理」，以一己之心來推測世間萬物，認為天地之
間、萬事萬物都應符合自己設定的道理，而對於一些與道理稍有不合
的事物便加以懷疑，認為它不應存在。在本居宣長看來，中國人的這
種思維方式是很不可靠的。因為天地之理並非人的淺心所能囊括，有
很多事情都是那些大道理所不能涵蓋的。他認為日本從神代以來，就
有各種各樣不可思議的靈異之事，以中國的書籍則難以解釋，後世也
有人試圖按中國的觀念加以合理解釋，結果更令人莫名其妙，也從根
本上背離了神道。他認為這就是中國的「聖人之道」與日本的「神
道」的區別。他說：「日本的神不同於外國的佛和聖人，不能拿世間
常理對日本之神加以臆測，不能拿常人之心來窺測神之御心，並加以
善惡判斷。天下所有事物都出自神之御心，出自神的創造，因而必然
與人的想法有所不同，也與中國書籍中所講的大道理多有不合。所幸
我國天皇完全不為那種大道理所束縛，並不自命聖賢對人加以訓誡，
一切都以神之御心為準則，以此統治萬姓黎民。而天下黎民也將天皇
御心作為自心，靡然而從之，這就叫作『神道』。所以，『歌道』也必
須拋棄中國書籍中講的那些大道理，並以『神道』為宗旨來思考問
題。」在本居宣長看來，日本的「神道」是一種感情的依賴、崇拜與
信仰，是神意與人心的相通，神道不靠理智的說教，而靠感情與
「心」的融通，而依憑於神道的「歌道」也不做議論與說教，只是真
誠情感的表達。

　　由上可見，本居宣長的「物哀」論及其立論過程中的日中文化與
文學比較論，大體抓住並凸顯日本文學與中國文學的某些顯著的不同
特點，特別是指出了中國文學中無處不在的泛道德主義，而日本文學
中以「物哀」為審美取向的情緒性、感受性高度發達，這是十分具有
啟發性的概括。但他的日中比較是為著價值判斷的需要而進行的、刻
意凸現兩者差異的反比性的比較，而不是建立在嚴謹的實證與邏輯分

析基礎之上科學的比較，因而帶有強烈的主觀性，有些結論頗有片面
偏激之處，例如他斷言中國詩歌喜歡議論說教、慷慨激昂、冠冕堂
皇，雖不無道理，但也難免以偏概全。實際上中國文學博大精深，風
格樣式複雜多樣，很難一言以蔽之，如以抒寫兒女情長為主的婉約派
宋詞顯然就不能如此概括。從根本上看，本居宣長是在「皇國優越」
論的預設前提下進行日中比較的，他在《玉勝間》第三七三篇中聲
稱：「我們皇國比許多國家都要優秀。越是了解了許多國家，越是有
助於感受皇國的優越。」他的日中比較要匯出的正是這樣一個結論。

三　「物哀」論與「漢意」的去除

　　本居宣長要證明日本的優越，就要貶低中國；為了說明日本與中
國如何不同並證明日本的獨特，就要切割日本與中國文化上的淵源關
係。從本居宣長的「物哀論」的立論過程及日中文學與文化的對比來
看，明顯體現了這樣一個根本意圖，那就是徹底清除日本文化中的中
國影響即所謂的「漢意」，以日本的「物哀」對抗「漢意」，從確認日
本民族的獨特精神世界開始，確立日本民族的根本精神，即寄託於所
謂「古道」中的「大和魂」。

　　在學術隨筆集《玉勝間》中，本居宣長將「漢意」對日本人滲透
程度做了一個判斷，他認為：「所謂漢意，並不是只就喜歡中國、尊
崇中國的風俗人情而言，而是指世人萬事都以善惡論、都要講一通大
道理，都受漢籍思想的影響。這種傾向，不僅是讀漢籍的人才有，即
便一冊漢籍都沒有讀過的人也同樣具有。照理說不讀漢籍的人就不該
有這樣的傾向，但萬事都以中國為優，並極力學習之，這一習慣已經
持續了千年之久，漢意也自然瀰漫於世，深入人心，以致成為一種日
常的下意識。即便自以為『我沒有漢意』，或者說『這不是漢意，而
是當然之理』，實際上也仍然沒有擺脫漢意。」他舉例說，在中國，

無論是人生的禍福、國家的治亂，世間萬事都以所謂「天道」、「天命」、「天理」加以解釋，這是因為中國眼裡沒有「神」，真正的「神道」湮滅不傳，《古事記》所記載的神創造了天地、國土與萬物，神統治著世間的一切，對此中國人完全不能理解，所以就只能拎出「天道」、「天命」、「天理」之類的抽象的概念來解釋一切。而長期以來，在對日本最古老的典籍《古事記》、《日本書紀》的研究中，許多日本學者一直拿中國人杜撰的「太極」、「無極」、「陰陽」、「乾坤」、「八卦」、「五行」等一大套繁瑣抽象的概念理論加以牽強附會的解釋，從而對《古事記》神話的真實性產生了懷疑。在本居宣長看來，對神的作為理解不了，便認為是不合道理，這就是「漢意」在作怪。

正是意識到了「漢意」在日本滲透的嚴重性與普遍性，本居宣長便將去除「漢意」作為文學研究與學術著述的基本目的之一，一方面在日中文學的比較中論證「漢意」的種種弊端，另一方面則努力論證以「物哀」為表徵的「大和魂」，與作為「大和魂」之歸依的日本「古道」的優越。換言之，對本居宣長來說，對「物哀」精神的弘揚是為了清除「漢意」，清除「漢意」是為了凸顯「大和魂」，凸顯「大和魂」是為了歸依「古道」。而學問研究的目的正是為了弘揚「古道」。所謂「古道」，就是「神典」（《古事記》、《日本書紀》）所記載的、未受中國文化影響的諸神的世界，也就是與中國「聖人之道」完全不同的「神之道」，亦即神道教的傳統。在本居宣長看來，日本不同於中國的獨特的審美文化與精神世界，是在物語、和歌中所表現出的「物哀」。「物哀」是「大和魂」的文學表徵，而「大和魂」的源頭與依託則是所謂「古道」。因此，本居宣長的「物哀」論又與他的「古道」論密不可分。

在《初山踏》中，本居宣長認為「漢意」遮蔽了日本的古道，因此他強調：「要正確地理解日本之『道』，首先就需要將漢意徹底加以清除。如果不徹底加以清除，則難以理解『道』。初學者首先要從心

中徹底清除漢意，而牢牢確立大和魂。就如武士奔赴戰場前，首先要
抖擻精神、全副武裝一樣。如果沒有確立這樣堅定的大和魂，那麼讀
《古事記》、《日本書紀》時，就如臨陣而不戴盔甲，倉促應戰，必為
敵人所傷，必定墮入漢意。」在《玉勝間》第二十三篇中他又說：
「做學問，是為了探究我國古來之『道』，所以首先要從心中祛除
『漢意』。倘若不把『漢意』從心中徹底乾淨地除去，無論怎樣讀古
書、怎樣思考，也難以理解日本古代精神。不理解古代之心，則難以
理解古代之『道』。」不過，本居宣長也意識到，要清除「漢意」，必
得了解「漢意」。在本居宣長那裡，「漢意」與「大和魂」是一對矛盾
範疇，沒有「漢意」的比照，也就沒有「大和魂」的凸顯。所以，本
居宣長雖然厭惡「漢意」，但在《初山踏》中也主張做學問的人要閱
讀漢籍。但他又強調：一些人心中並未牢固確立大和魂，讀漢文則會
被其文章之美所吸引，從而削弱了大和魂；如果能夠確立「大和魂」
不動搖，不管讀多少漢籍，也不必擔心被其迷惑。在《玉勝間》第二
十二篇中，本居宣長認為：有閒暇應該讀些漢籍，而讀漢籍則可以反
襯出日本文化的優越，不讀漢籍就無從得知「漢意」有多不好，知道
「漢意」有多不好，也是堅固「大和魂」的一種途徑。

　　本居宣長反覆強調「漢意」對日本廣泛深刻的滲透，這就是承認
了「漢意」對日本的廣泛深刻的影響，但另一方面卻又千方百計地否
定中國文學對日本文學的影響。

　　在《石上私淑言》等著作中，本居宣長認為，在日本古老的「神
代」，各地文化大致相同，有著自己獨特的言語文化，與中國文化判
然有別，並未受中國影響。奈良時代後，雖然中國書籍及漢字流傳到
日本，但文字是為使用的方便而借來的，先有言語（語音），後有文
字書寫（記號），語音是主，文字是僕，日語獨特的語音中包含著
「神代」所形成的日本人之「心」。即使後世許多日本人盲目學習中
國，但日本與中國的不同之處也很多。在該書第六十八節中，本居宣

長強調，和歌作為純粹日本的詩歌樣式是在「神代」自然產生的獨特
的語言藝術，不夾雜任何外來的東西，絲毫未受中國自命聖賢、老道
圓滑、故作高深之風的污染，一直保持著神代日本人之「心」，保持
神代的「意」與「詞」。和歌心地率直，詞正語雅，即便夾雜少量漢
字漢音，也並不妨礙聽覺之美。而模仿唐詩而寫詩的日本人同時也作
和歌，和歌與漢詩兩不相擾，和歌並未受漢詩影響而改變其「心」，
也未受世風影響而改變其本。在《紫文要領》中，本居宣長認為：
「物語」也是日本文學中一種特殊的文學樣式，沒有受到中國文化的
污染與影響，與來自中國的儒教佛教之書大異其趣，此前一些學者認
為《源氏物語》「學習《春秋》褒貶筆法」，或者說《源氏物語》「總
體上是以莊子寓言為本」；有人認為《源氏物語》的文體「仿效《史
記》筆法」，甚至有人臆斷《源氏物語》「學習司馬光的用詞，對各種
事物的褒貶與《資質通鑒》的文勢相同」，等等之類，都是拿中國的
書對《源氏物語》加以比附，是張冠李戴、強詞奪理的附會之說。誠
然，如本居宣長所言，像此前的一些日本學者那樣，以中國影響來解
釋所有的日本文學現象是牽強的、不科學的。然而，本居宣長卻矯枉
過正，走向了另一個極端，一概否定中國影響。現代的學術研究已經
證明，《古事記》及所記載的日本的「神代」文化本身，就不純粹是
日本固有的東西，而是有著大量的大陸文化影響印記，而和歌、物語
等日本文學的獨特樣式中，也包含了大量的中國文學的因數。抱著這
種與中國斷然切割的態度，本居宣長不僅否定日本古代文學受中國影
響，而且對自己學術所受的中國影響也矢口否認。例如，當時一些評
論者就指出，本居宣長的「古道」論依據的是中國老子的學說，但本
居宣長卻在《玉勝間》第四一〇篇中辯解說：中國的老子對「皇國之
道」一無所知，自己的「道」與老子沒有關係，兩者僅僅是看上去
「不謀而合」罷了。平心而論，日本古代語言中原本就沒有「道」（ど
う）字，連「道」字這個概念都來自中國，怎能說對日本之「道」沒

有影響？本居宣長與老子相隔數千年，如何「不謀而合」呢？

　　無論如何，中國文學對日本文學、包括物語與和歌的廣泛而深刻的影響是不可否認的事實。本居宣長對中國影響的否定，不是科學的學術判斷，而是出於自己的民族主義、復古主義思想主張的需要。正因為如此，「物哀」論的確立，對本居宣長而言不僅解決了《源氏物語》乃至日本古典文學研究詮釋中的自主性問題，更反映了本居宣長及十八世紀的日本學者力圖擺脫「漢意」即中國影響，從而確立日本民族獨立自主意識的明確意圖。「物哀論」的確立就是日本文學獨立性、獨特性的確立、也是日本文化獨立性、獨特性的確立的重要步驟，它為日本文學擺脫漢文學的價值體系與審美觀念，準備了邏輯的和美學的前提。

四　「物哀」與中國文論及世界文論的相關範疇

　　從世界文學史、文學理論史上看，「物哀論」既是日本文學特色論，也具有普遍的理論價值。從理論特色上看，從世界各國古典文論及其相關概念範疇中，論述文學與人的感情的理論與概念不知凡幾，但與「物哀」在意義上大體一致的概念範疇似乎沒有。

　　例如，古希臘柏拉圖的「靈感說」、「迷狂說」與「物哀論」一樣，講的都是作家創作的驅動力與感情狀態，但「靈感說」與「迷狂說」解釋的是詩人創作的奧秘，而「物哀」強調的則是對外物的感情與感受。「物哀」源自個人的內心，「靈感說」與「迷狂說」來自神靈的附體；「靈感說」是神秘主義的，「物哀論」是情感至上主義的。古希臘亞里斯多德的「卡塔西斯」講的是戲劇文學對人的感情的淨化與陶冶，「卡塔西斯」追求的結果是使人獲得道德上的陶冶與感情上的平衡與適度，而「物哀」強調的則是不受道德束縛的自然感情，絕不要求情感上的適度中庸，而且理解並且容許、容忍情感情欲上的自然

失控，如果這樣的情感能夠引起「物哀」並使讀者「知物哀」的話。

　　印度古代文學中的「情味」的概念，也把傳達並激發人的各種感情作為文學創作的宗旨，但「情味」要求文學特別是戲劇文學將觀眾或讀者的豔情、悲憫、恐懼等人的各種感情，通過文學形象塑造的手段激發出來，從而獲得滿足與美感。這與日本的「物哀論」使人感物興歎、觸物生情從而獲得滿足與美感，講的都是作品與接受者的審美關係，在功能上是大體一致的。然而印度的「情味」論帶有強烈的婆羅門教的宗教性質，人的「情味」是受神所支配的，文學作品中男女人物的關係及其感情與情欲，往往也不是常人的感情與情欲，而是「神人交合」、「神人合一」的象徵與隱喻。而日本的「物哀論」雖然與日本古道、與神道教有關，但「物哀論」本身卻不是宗教性的。本居宣長推崇的「神代」的男女關係，是不受後世倫理道德束縛的自然的男女關係與人倫情感，「物哀論」不是「神人合一」而是「物我合一」。另外，印度的「情味」論強調文學作品的程式化與模式化特徵，將「情」與「味」做了種類上的繁瑣而又僵硬的劃分，這與強調個人化的、情感與感受之靈動性的「物哀」論，也頗有差異。

　　中國古代文論中的「物感」、「感物」、「感興」等，與本居宣長的「物哀論」在表述上有更多的相通之處，指的都是詩人作家對外物的感受與感動。「感物」說起於秦漢，貫穿整個中國古代文論史，在理論上相當系統和成熟，而日本的「物哀論」作為一種理論範疇的提出則晚在十八世紀。雖然本居宣長一再強調「物哀」的獨特性，但也很難說沒有受到中國文論的影響。「物哀論」與劉勰《文心雕龍》中的「人稟七情，應物斯感，感物詠志，莫非自然」，與鍾嶸〈詩品序〉中的「氣之動物、物之感人，故搖蕩性情，形諸歌詠」，尤其是與陸機〈贈弟士龍詩序〉中所說的「感物興哀」，在涵義和表述上都非常接近。但日本「物哀」中的「物」與中國文論中的「感物」論中的「物」的內涵外延都有不同。中國的「物」除自然景物外，也像日本

的「物哀」之「物」一樣包含著「事」，所謂「感於哀樂、緣事而發」（《漢書・藝文志》）；但日本的「物哀」中的「物」與「事」，指的完全是與個人情感有關的事物，而中國的「感物」之「物」（或「事」）更多側重社會政治與倫理教化的內容。中國的「感物」論強調感物而生「情」，這種「情」是基於社會理性化的「志」基礎上的「情」，與社會化、倫理化的情志合一、情理合一；但日本「物哀論」中的「情」及「人情」則主要是指人的與理性、道德觀念相對立的自然感情即私情。中國「感物」的感情表現是「發乎情，止乎禮儀」，「樂而不淫，哀而不傷」；而日本的「物哀」的情感表現則是發乎情、止乎情，樂而淫、哀而傷。此外，日本「物哀論」與中國明清詩論中的「情景交融」或「情景混融」論也有相通之處，但「情景交融」論屬於中國獨特的「意境」論的範疇，講的是審美主體與審美客體的關係，主體使客體詩意化、審美化，從而實現主客體的契合與統一，達成中和之美。「物哀論」的重點則不在主體與客體、「情」與「境」的關係，而是側重於作家作品對人性與人情的深度理解與表達，並且特別注重讀者的接受效果，也就是讓讀者「知物哀」，在人所難免的行為失控、情感失衡的體驗中，加深對真實的人性與人情的理解，實現作家作品與讀者之間的心靈共感。

　　「物哀」與中國古代文論的「興」（有時具體表述為「感興」）這一範疇也有內在關聯。作為文論範疇的「興」或「感興」指的主要是以文學作品為觸媒的一種情感的發動、抒發或激發，具有直覺性、即興性的意味。既是文學的審美作用與審美功能論，也是文學創作的動力論，在這一點上，「興」、「感興」與日本的「物哀」顯然具有相通性。孔子在《論語》中所講的「詩可以興」，指的是用文學來感動人、來陶冶情操，就是朱熹在《論語集注》中所注解的「感發志意」，是「興」的功能論；同樣的，本居宣長的「知物哀」論也是一種情感修養的功能論。但是，「物哀」具有唯情主義、唯美主義的限

定，而「興」、「感興」卻在從先秦到明清時代的漫長演變中，被賦予
了遠為複雜的內涵。「興」、「感興」本質上屬於儒家的詩學理論，包
含著儒家的言志載道的社會內容，「興」與「比」合成的「比興」一
詞，更具有意在言外的諷喻寄託含義。相比之下，「物哀」論遠為單
純。而且，就審美意義而言，「興」是積極主動的審美行為，而「物
哀」則是消極被動的觀照與反應；「興」體現了中國人及中國文化的
樂天合群，而「物哀」則更多地顯示出日本人的悲觀、無常的世界觀
與孑然孤寂的人生姿態。

　　中國明代異端思想家李贄的「童心說」，在許多方面與本居宣長
的「物哀論」相同。「童心說」反對儒學特別是程朱理學，這與本居
宣長「物哀論」反對儒學及朱子學是完全一致的。「童心說」的「童
心」又稱「真心」，與本居宣長「物哀論」所說的「心」及「誠之
心」意思相同，都是指未受倫理教條污染的本色的人性與人情。「童
心說」認為「童心」的喪失是由於「道理聞見」，是「讀書識義理」
的結果，讀了儒家之書，喪失了童心，人就成了「假人」，言就成了
「假言」，事就成了「假事」，文就成了「假文」，而本居宣長的「物
哀論」也認為讀儒佛之書會喪失「誠之心」。李贄先於本居宣長約一
百年，明代學術文化對江戶時代的日本有較大影響，在反正統儒學的
問題上，本居宣長的「物哀論」與李贄的「童心說」是不約而同的，
抑或是前者受到後者的影響？尚值得探討與研究。

　　本居宣長的「物哀論」與幾乎同時期以盧梭為代表的「自然人性
論」、「返回自然論」等，作為一種生存哲學與人生價值論也有一定的
共通之處，反映了十七至十八世紀東西方市民階級形成後，某些不約
而同的衝破既成道德倫理的禁錮、解放情感、解放思想、返璞歸真的
要求。但盧梭的「自然人性論」、「返回自然論」是一種「反文學」的
理論，因為他認為現代文明特別是科學及文學藝術敗壞了自然人性，

這與「物哀論」肯定文學對人性與人情的滋潤與涵養作用是完全不同的。

　　總之,「物哀論」既是獨特的日本文學論,也與同時期中國及世界其他國家的文論具有一定的共通性,它涉及文學價值論、審美判斷論、創作心理與接受心理論、中日文學與文化比較論等,從世界文論史上、比較文學史上看,也具有普遍的理論價值。

日本的「哀・物哀・知物哀」
——審美概念的形成流變與語義分析[1]

　　在日本審美意識史上，感物興歎的「哀」，發展為審美對象之概念的「物哀」，再發展到指稱審美活動的「知物哀」，是一個歷史發展與邏輯演進相統一的過程。然而，迄今為止，日本學界的相關研究成果，甚至是最有創見、最為代表性的研究成果，如大西克禮的《關於「哀」》、岡崎義惠的《「哀」的考察》、《作為日本文藝根本精神的「哀」》等論著論文中，都是以「哀」來統括「物哀」和「知物哀」，而對「哀—物哀—知物哀」的演化過程缺乏清晰的邏輯層次的辨析，對「物哀」之「物」、「知物哀」之「知」也缺乏透澈的語義分析。因而，筆者認為有必要站在現代美學的高度，在批判地考察日本學者現有研究成果的基礎上，對這個缺憾加以彌補。

一　「哀」

　　「物哀」這個詞是一個合成詞，是由「物」（もの）與「哀」（あはれ）兩個詞素構成。作為偏正詞組，其詞根是「哀」。在相當長的歷史時期中，「哀」在文獻中大多是獨立使用的。在日語假名發明之前，「哀」大多用漢字標記為「阿波禮」，有時也標記為「阿波例」、「安波禮」、「安者禮」等，假名創制後，則寫作「あはれ」，讀若「aware」。後來，大約在中世時代，也有人用漢字「哀」來標記「あ

1　本文原載《江淮論叢》（合肥），2012年第5期；《新華文摘》2012年第24期摘編。

はれ」。雖然漢字的「哀」的悲痛、悲哀、可憐、悲悼的語義不足以
概括「あはれ」的感物興歎的全部含義，但也約定俗成。作為中國讀
者，為了記憶和閱讀的方便，我們不妨將「あはれ」一律稱為
「哀」。

　　在日本的傳統的審美觀念中，「幽玄」、「風雅」、「風流」等都是
從中國傳入的而逐漸被日本化的，而「あはれ」卻是日本固有的表示
感動的詞。一般而言，一個人出生後最早發出的第一聲都是嘆詞，一
個民族發出的第一聲大體也是如此。據平安時代的學者齋藤廣成《古
語拾遺》記載：「……當此之時，上天初晴，眾俱相見，面皆明白，
相與稱曰『阿波禮』，言天晴也……。」這裡講的是「記紀神話」中
的天照大神終於從「天之岩戶」中出來，遂使漫漫黑夜結束，天下大
白，眾神面目互相看得清晰，於是高興地相與呼喊：「阿波禮」。作者
緊接著解釋道「言天晴也」，是祝賀太陽出來、天空放亮晴時說的
話。這是日本歷史文獻中所記載的所謂「神代」（神話時代）「阿波
禮」的最早用例，在辭源學頗具有象徵意義。在八世紀日本最早的文
獻著作《古事記》和《日本書紀》及所記載的歌謠中，「阿波禮」之
類的用例數量不多，偶有所見，而且大多用作感歎詞。據《萬葉集總
索引》統計，在日本最早的和歌總集《萬葉集》中，「阿波禮」這個
詞出現了九處，其中純粹使用假名的只有一處，其他都是「可憐」、
「阿憐」之類的相關漢字詞的訓讀。為什麼在收錄四千多首和歌的
《萬葉集》中，「あはれ」（阿波禮）的使用如此之少呢？日本學者對
這個問題似乎沒有給予明確回答，主要原因或許在於，以剛健質樸著
稱的《萬葉集》，與細膩善感的「阿波禮」在根本上還是有距離的。
同時也表明，在《萬葉集》時代，「阿波禮」這個詞作為日常用詞使
用並不普遍。

　　但是到了平安王朝時代，隨著宮廷貴族感性文化的發達，「あは
れ」（阿波禮）的使用很快頻繁起來。到了《源氏物語》中，「あは

れ」（阿波禮）除嘆詞外，還被用作形容動詞、動詞等，不僅詞性豐富起來，而且內涵也有了極大的拓展。據統計，在《源氏物語》中，使用「あはれ」（阿波禮）的地方約有一千〇二十幾處。日本學者西尾光雄將其用法做了劃分，其中屬於感歎詞的有四十一例，表達「反省」、靜觀意味的有一百一十四例（若把兩例「物之哀」包括在內，則一百一十六例），用作動詞的有一百三十七例，用作「形容動詞」（日語中由動詞轉化而來的形容詞）最多，有六百三十八例，占到總數的七成以上[2]。這些「哀」（あはれ）分別用以表達感動、興奮、優美、凄涼、寂寞、孤獨、思戀、回味、憂愁、抑鬱、悲哀等種種情感體驗。例如，有的單純表達心情的悲哀，〈明石〉卷有：「把久久擱置起來的琴從琴盒裡取出來，凄然地彈奏起來，身邊的人見狀，都感到很悲哀（あはれ）」；〈賢木〉卷寫藤壺出家時的情景：「宮中皇子們，想起昔日藤壺皇后的榮華，不由地更加感到悲哀（あはれ）」；用來形容人的姿態之美，如〈航標〉卷有：「頭髮梳理得十分可愛，就像畫中人一般的哀（あはれ）」；形容動聽的琴聲，如〈橋姬〉卷有「箏琴聲聲，聽上去哀（あはれ）而婉美」；形容自然美景，如〈蝴蝶〉卷：「從南邊的山前吹來的風，吹到跟前，花瓶中的櫻花稍有淩亂。天空晴朗，彩雲升起，看去是那樣的哀（あはれ）而豔」，〈藤裡葉〉卷有「正當惜花送春之時，這藤花獨姍姍來遲，一直開到夏天，不由令人心中生起無限之哀（あはれ）」，〈浮舟〉卷有：「景色豔且哀（あはれ），到了深夜，露水的香氣傳來，簡直無可言喻」，〈須磨〉卷有「薄霧迷朦，與朝霞融為一片，較之秋夜，更有哀（あはれ）之美」；用「哀（あはれ）」來形容天空的更多，如〈木槿〉卷中源氏有一段話：「……冬夜那皎潔的月光映照地上的白雪，天空呈現一種奇

2　西尾光雄：《あはれ》，《日本文学講座・日本文学美の理念・文學評論史》（東京：河出書房，1954年），頁40-52。

怪的透明色，更能沁入身心，令人想起天外的世界。這種情趣、這種
哀美（あはれ）無與倫比」，〈手習〉卷有：「到了秋天，空中景色令
人哀（あはれ）」，又有「黃昏的風聲令人哀（あはれ），並教人思緒
綿綿」。（需要提到的是，《源氏物語》的中文譯本〔包括豐子愷譯
本、林文月譯本〕中，對於「哀」，大部分情況下沒有直接譯為
「哀」，而是根據不同語境做了解釋性的翻譯。）

　　這些用例中，都是從不同角度對人的情感活動、特別是帶有審美
性質的心理活動的一種表述和形容。這也是平安王朝時代宮廷貴族多
情善感、感性文化與審美文化高度發達的表徵。對此，大西克禮在
《關於哀》中，對「哀」的心理學意義、審美意味做了逐層的分析，
但「哀」字的使用畢竟非常感性化。作者紫式部作者並沒有把「哀」
作為一個概念來使用，因而，像大西克禮那樣對「哀」這個形容詞和
嘆詞做過度的理論闡發，就會把「哀」與後來在概念的層面上使用的
「物哀」混為一談，或者是把「物哀」看作是「哀」的一種表述方
式，這都是不可行的。

　　值得注意的是，在《源氏物語》中，絕大多數情況下「あはれ」
是單獨使用的，只在少量場合，「あはれ」與「物」（もの）作為一個
詞組使用，大約只能找到十來個用例，約占全部「あはれ」用例的百
分之一。例如〈薄雲〉卷描寫藤壺去世時的一段文字，寫道：「……
在誦經堂中待了一整天，哭了一整天。美麗的夕陽照進來，山巔上的
樹梢清晰可見，山頂上飄浮著一抹薄雲，呈灰濛色，令人格外有物哀
（物のあはれ）之思。」〈若菜・卷上〉有「胸中的物之哀（物のあ
はれ）無以排遣，便取過一把琴，彈奏了一首珍奇的曲子，真是一場
趣味無窮的夜會。」由於用例很少，可以說，在《源氏物語》中，
「物哀」僅僅是「哀」（あはれ）的一種特殊狀態，並沒有固定為一
個獨立的概念。

　　「あはれ」這個詞到了日本的中世時代（鎌倉室町時代），開始

在物語論、和歌論中有所使用。最早把「あはれ」作為鑒賞與評論用語的，是《源氏物語》問世約一百年後出現的《無名草子》（約成書於 1200-1201 年），這是一部以談話聊天和即興評論的方式寫成的獨特作品，其中的核心內容是對當時的物語文學特別是《源氏物語》的評論。在評論《源氏物語》的故事內容、人物性格、人物心理分析時，頻繁而又大量地使用「あはれ」一詞，或作為副詞、或作為形容詞，或作為嘆詞，可以說開啟了從「あはれ」的角度評論《源氏物語》的先例。在評論性的文章中使用「あはれ」，對於「あはれ」由普通詞彙轉向概念化，起到了很大的推進作用。中世時代的和歌論中，「あはれ」則更多地以「物哀」的形式使用，並被逐漸概念化，例如歌人、和歌理論家藤原定家（1162-1241）在〈每月抄〉中說：「要知道和歌是日本獨特的東西，在先哲的許多著作中都提到和歌應該吟詠得優美而物哀（物あはれ）。」在中世歌論書《愚秘抄》中，最早把「物哀」作為和歌之一「體」，在和歌的各種歌體中獨具一格，室町時代的歌人正徹（1381-1459）在《正徹物語》中第八十二則中說：「『物哀體』是歌人們所喜歡的歌體。」

二　「物哀」

到了江戶時代中後期，著名國學家本居宣長在前人的基礎上，對「あはれ」及「物の哀」做了詞源學、語義學的研究與闡釋，他將「あはれ」正式表述為「物哀」（物之哀）。雖然，如上所說，「物哀」一詞早在《源氏物語》中甚至《源氏物語》之前就有人使用了，但「物哀」主要是作為一個詞組來使用的，作為一個獨立的詞並不十分固定；上述的歌論中的「物哀」有概念化使用的傾向，但相對於「幽玄」、「長高」等概念，「物哀」使用是很少的，而且也不通行。「哀」僅僅是一個嘆詞和帶有形容詞性質的形容動詞，還缺乏成為一

個概念的客觀穩定性，因而本居宣長在《紫文要領》、《石上私淑言》、《源氏物語玉小櫛》中，將「物哀」一詞首次明確地作為一個完整的概念加以使用和闡述，不僅把「物哀」作為《源氏物語》這樣的物語文學的術語概念，而且也用作和歌批評的概念，進而將「物哀」看作是日本文學不同於中國文學的根本的民族精神之所在。本居宣長認為，《源氏物語》乃至日本古典和歌所要表現的就是「物哀」。而且只以表現「物哀」為宗旨和目的，此外沒有其他目的。

　　「物哀」這個詞的構造看上去十分簡單，在本居宣長之前「物哀」的少數用例中，有時寫為「物あはれ」，有時寫為「物のあはれ」，本居宣長則正式寫作「物の哀」（物之哀）。如此加上一個結構助詞「の」（的），就使得「物哀」成為一個偏正詞組，這樣一來，「哀」這個古代的感歎詞、名詞、形容動詞，就有條件轉換為一個重要概念──「物哀」。

　　從概念形成與確定的過程來看，「哀」與「物哀」的概念化程度是很不同的。「哀」只是一種主觀感情，是主觀化的感歎、感受或描述，是不受客觀標準制約的，故而「哀」常常作為一個意味很不確定的、內容較為曖昧的形容詞來使用。「哀」的階段是自我言說、自我表現、自我創作的抒情階段。在「哀」的階段，由於沒有「物」的限定，你完全可以根據你的心情，將此時此刻的晴天看作是烏雲蔽空的陰天，甚至你可以把這一感受寫成詩歌，那不但無可厚非，而且還具有一定的藝術表現的價值。但是，在「物哀」中，由於「物」的限定，「哀」就被客觀化了，如果此地此刻是晴天，你只能將晴天作為一種客觀事實來接受、來表達，這就不是「哀」，而是「物之哀」了。

　　在「物之哀」中，「物」與「哀」形成了一種特殊關係。「物哀」之「物」指的是客觀事物，「物哀」之「哀」是主觀感受和情緒。「物哀」就是將人的主觀感情「哀」投射於客觀的「物」，而且，這個「物」不是一般的作為客觀實在的「物」，而是足以能夠引起「哀」

的那些事物。並非所有的「物」都能使人「哀」，只有能夠使人「哀」的「物」才是「物哀」之「物」。換言之，「物哀」本身指的主要不是實在的「物」，而只是人所感受到的事物中所包含的一種情感精神，用本居宣長的話說，「物哀」是「物之心」、「事之心」。所謂的「物之心」，就是把客觀的事物（如四季自然景物等），也看作是與人一樣有「心」、有精神的對象，需要對它加以感知、體察和理解；所謂「事之心」主要是指通達人性與人情，「物之心」與「事之心」合起來就是感知「物心人情」。這種「物心人情」就是「物哀」之「物」，是具有審美價值的事物。

綜合《源氏物語》的描寫表現以及本居宣長的「物哀」論，可以認為，這樣的「物哀」之「物」是要加以審美的過濾和提煉的，要把那些不能引發「哀」感和美感的「物」排斥在外。那麼，哪些「物」不屬於「物哀」之「物」呢？這大體可以分為如下三個方面：

首先，「政治」作為一種事物，不屬於「物哀」的「物」。在《源氏物語》中是表現「物哀」的，對於不能夠引起「哀」的那些事物，作者也是有明確交代的。紫式部明確表示：作者只是一介女子，「不敢侈談天下大事」。其實就是聲言不寫政治。所謂「天下大事」，當然主要是指政治。《源氏物語》的背景是宮廷，宮廷是天下權力的中心，也是政治鬥爭的舞臺，描寫宮廷顯貴，卻不涉及政治，有意迴避政治鬥爭的描寫，一般而言是很困難的，在除日本之外的其他國家的相關文學中，寫宮廷必須寫政治，寫政治必寫政治鬥爭，幾乎是普遍現象。《源氏物語》把對政治本身的描寫控制在盡可能小的限度，原因顯然在於政治不能令人「哀」，用現在的話說，因為政治其赤裸裸的功利性、爭權奪利的非人性、爾虞我詐的殘酷性，而沒有美感可言。如果說「哀」與「物哀」是純然個人、個性的表現，而政治則是人際關係；「哀」與「物哀」是柔軟性的，政治是剛硬性的；「哀」與「物哀」是非功利、超越的情緒詠歎，而政治則是充滿利害考量；

「哀」與「物哀」只是情感的判斷和審美的判斷，而政治需要做善惡好壞的價值判斷。所以，政治不是「物哀」之「物」，「哀」也不直接指向政治功利。

　　第二，「物哀」之「物」也不能直接就是世俗倫理道德的內容。毋寧說，「物哀」之「物」是超越道德的東西。道德是作為一種行為習慣和思維方式的定型化，其指向是「善」。「善」當然可以是「美」的，但世俗道德中的「善」作為人們行為與思維的定型化，常常並不考慮個人、個性和具體情景，而要求一種絕對性，這就勢必與個人的感覺、個人的意願與要求形成矛盾衝突，從而引起個人在行為與心理上的抗拒。在這種情況下，道德上的這種「善」無法與審美所要求的「美」達成統一，甚至處於背反的狀態。很難設想，這樣的道德之善能夠引起作為審感受的「哀」，因而在本居宣長的「物哀」論之「物」中，對這種道德上的「善」是明確加以排除的。另一方面，引起「哀」的種種情緒與感受，實際上又是在道德倫理的矛盾衝突中形成的。在《源氏物語》中，那些貴族男女的「哀」之情，大都是在各種各樣的不道德的行為中產生的，個人的情感要求、肉體欲望受到現有的道德倫理的限制、壓制、壓抑、阻撓，當事人明知自己的想法或行為會觸犯道德，卻又躍躍欲試，於是游移、彷徨、苦惱；或者在道德上犯禁之後，擔心道德輿論的壓力與譴責，或惶恐不安、或自怨自艾，於是產生了「物哀」。這樣看來，「物哀」之「物」其實與「道德」密不可分，但這個「物」絕不是道德本身，而是對道德的超越，是反道德、非道德、超道德。換言之，道德不能直接成為「物哀」之「物」。只有在對道德加以背反和超越之後，才能間接地成為「物哀」的「物」。

　　第三，與上述的相關，在本居宣長的「物哀」中，理性化、理論化、學理化、抽象性的勸誡、教訓的內容也不能成為「物哀」的「物」。在世界各國文學中，「寓教於樂」現象是極其普遍的，中國、

印度、歐洲文論中都有寓教於樂的理論主張。但是這卻是「物哀」論
所排斥的。原因顯然是是同樣的——教訓以理智說服人，以邏輯征服
人，卻不能以情緒打動人，不能使人「哀」。本居宣長在《紫文要
領》中反覆強調，《源氏物語》的作者紫式部非常謙遜和低調，從來
不顯示自己比讀者高明，不炫耀學識、不伸張自己的主張，在她的
《源氏物語》中幾乎看不到有教訓讀者的地方。一個作家在長篇作品
中始終堅持這一點、做到這一點，實在並不容易。為了不教訓讀者，
紫式部也很少講大道理，很少說理。像歐洲文學中常見的大段大段的
慷慨激昂的高談闊論，中國文學中常見的堂而皇之的道德包裝，印度
文學常見的玄虛高蹈的宗教說教，阿拉伯與波斯文學中的好為人師的
哲理愛好，在以《源氏物語》為代表的日本傳統作品中，都是很少見
的。本居宣長把這一點作為日本文學的獨特之處，認為日本文學只是
把個人的真情實感表現出來，並讓讀者感受到而已，是以情動人，而
不是以理服人。若以理服人會落入所謂的「理窟」（りくつ）中，與
審美的「哀」感格格不入。

　　總之，表現在《源氏物語》為代表的平安時代文學作品中「物
哀」中的「物」，主要指能夠引發「哀」感的審美性的事物，在描寫
的題材內容上，表現出了強烈的審美選擇和唯美訴求。在將社會政
治、倫理道德、抽象哲理排除之後，剩下的就是較為單純的人性、人
情的世界，以及風花雪月、鳥木蟲魚等大自然。而且，即便對這一領
域的事物，也仍然有著更進一步的審美過濾，凡不能引發「哀」感即
美感的東西，都盡力迴避。例如，《源氏物語》一方面著力描寫兩性
關係，但一方面有迴避惡俗的肉體、色情的描寫；一方面描寫生死別
離特別是死亡，一方面卻只對英年夭折之類的死亡之美加以渲染，而
對生病的病理病態、對醫生的診療，對老醜而死的事幾乎迴避不寫，
正如本居宣長在《紫文要領》中所指出的，在紫式部及當時的人看
來，「依賴於醫生，乞靈於藥物，則顯得過於理性，而不近人情，聽

起來也不風雅。」甚至當寫到生病和吃藥，為了美感也將「藥」寫為「御湯」。而在中國文學、西方文學中，對所描寫的「物」幾乎是不加這樣的篩選和過濾的。就寫人而言，中西文學首先將「人」也看成是一種物即「人物」，既然是物，就有物的特性，即中國哲學中所謂的「物性」，這是不以人的意志為轉移的，人們只能正確、真實、客觀地觀察它、描寫它，這就形成了中國和西方小說史上的寫實傳統，形成了西方文論中的「寫實」論和「典型論」，在中國傳統文論中形成了「肖物」、「逼真」、「傳神」的主張等。比較而言，中西小說總體上是以真實再現的「肖物」為美，而日本的物語文學則以感物興哀的「物哀」為美。本居宣長的「物哀」論，以及所暗含的對「物」與「哀」的關係、及對「物」的選擇和限定，是理解「物哀」論的基礎和根本。在這一點上，日本現有的關於「物哀」的研究的大量成果，闡述得還很不到位。通過這樣的理解和分析，我們對本居宣長將「哀」正式改造和表述為「物哀」的理論價值與開創性貢獻，才能有足夠的理解。

中國的一些日本文學翻譯與研究者，較早就意識到了「物哀」及其承載的日本傳統文學、文論觀念的重要性。早在二十世紀八〇年代初，中國的日本文學翻譯與研究界就對「物哀」這個概念如何翻譯、如何以中文來表達，展開過研究與討論，其中大體上可以分為兩種意見。一種意見認為「物哀」是一個日語詞，要讓中國人理解，就需要翻譯成中文，如李芒先生在〈「物のあわれ」漢譯探索〉[3]一文中，就主張將「物のあわれ」譯為「感物興歎」。李樹果先生在隨後發表的〈也談「物のあわれ」〉[4]表示贊同李芒先生的翻譯，但又認為可以翻譯得更為簡練，應譯為「感物」或「物感」。後來，佟君先生一文，

3　李芒：〈「物のあわれ」漢譯探索〉，《日語學習與研究》1985年第6期。
4　李樹果：〈也談「物のあわれ」〉，《日語學習與研究》1986年第2期。

也在基本同意李芒譯法的基礎上，主張將「感物興歎」譯為「感物興情」[5]等。有些學者沒有直接參與「物哀」翻譯的討論，但在自己的有關文章或著作中，也對「物哀」做出了解釋性的翻譯。例如二十世紀二〇年代謝六逸先生在其《日本文學史》一書中，將「物哀」譯為「人世的哀愁」，八〇年代劉振瀛等（佩珊）先生翻譯的西鄉信綱《日本文學史》則將「物哀」譯為「幽情」，呂元明在《日本文學史》一書中則譯為「物哀憐」，趙樂珄在翻譯鈴木修次的《中國文學與日本文學》一書時，將「物哀」翻譯為「愍物宗情」。另有一些學者不主張將「物哀」翻譯為中文，而是直接按日文表述為「物之哀」或「物哀」。例如，葉渭渠先生在翻譯理論與實踐中一直主張使用「物哀」，陳泓先生認為「物哀」是一個專門名詞，還是直譯為「物之哀」為好。趙青在認為，還是直接寫作「物哀」，然後再加一個注釋即可。筆者在一九九一年的一篇文章〈「物哀」與《源氏物語》的審美理想〉[6]及其他相關著作中，也不加翻譯直接使用了「物哀」。

　　從中國翻譯史與中外語言詞彙交流史上看，引進日本詞彙與引進西語詞彙，其途徑與方法頗有不同。引進西語的時候，無論是音譯還是意譯，都必須加以翻譯，都須將拼音文字轉換為漢字，而日本的名詞概念絕大多數是用漢字標記的。就日本古代文論而言，相關的重要概念，如「幽玄」、「好色」、「風流」、「雅」、「豔」等，都是直接使用漢字標記，對此我們不必翻譯，而且如果勉強去「翻譯」，實際上也不是真正的「翻譯」，而是「解釋」。解釋雖有助於理解，但往往會使詞義增值或改變。清末民初中國從日本引進的上千個所謂「新名詞」，實際上都不是「翻譯」過來的，而是直接按漢字引進來的，如「幹部」、「個人」、「人類」、「抽象」、「場合」、「經濟」、「哲學」、「美

5　佟君：〈日本古典文藝理論中的「物之哀」淺論〉，《中山大學學報》1999年第6期。
6　王向遠：〈「物哀」與《源氏物語》的審美理想〉，《日語學習與研究》1991年第1期。

學」、「取締」等等，剛剛引進時一些詞看起來不順眼、不習慣，但漢字所具有的會意的特點，也使得每一個識字的人都能大體上直觀地理解其語義，故能使之很快融入漢語的詞彙系統中。具體到「物哀」也是如此。將「物哀」翻譯為「感物興歎」、「感物」、「物感」、「感物觸懷」、「愍物宗情」乃至「多愁善感」、「日本式的悲哀」等，都多少觸及了「物哀」的基本語義，但卻很難表現出「物哀」的微妙蘊含。

三　「知物哀」

因為只有客觀化了的「物哀」，才能成為人們「知」的對象，才需要人們去「知」，去感知、了解、體驗或解讀。於是，順乎其然地，從「物哀」中進一步衍生出了「知物哀」這一指稱審美活動的重要概念。

「知物哀」作為一個詞組，中世歌人西行在《山家集》中有一首和歌曰：「黃昏秋風起，胡枝子花飄下來，人人觀之知物哀（あはれ知れ）。」「知物哀」有一個否定語，就是「不知物哀」（物のあはれをしらず），九世紀的紀貫之的《土佐日記》中，有「船夫不知物哀」一句，十四世紀作家吉田兼好的《徒然草》中有一段文字寫道：「……問『有人在嗎』？若回答說：『一個人也不在』，這便極其不知物哀了。」本居宣長在《紫文要領》等相關著作中，在「物哀」的基礎上進一步提煉出了「知物哀」的概念，並認為《源氏物語》的創作宗旨就是「知物哀」。在《紫文要領》中，本居宣長這樣解釋「知物哀」——

《源氏物語》五十四卷的宗旨，一言以蔽之，就是「知物哀」。關於「物哀」的意味，以上各段已做出了分析說明。不妨再強調一遍：世上萬事萬物，形形色色，不論是目之所及，

抑或耳之所聞，抑或身之所觸，都收納於心，加以體味，加以
理解，這就是感知「事之心」、感知「物之心」，也就是「知物
哀」。[7]

　　「知物哀」的「知」就是日語的常用動詞「知」（しる）。日語的
「知」與漢語的「知」意義和用法基本相同，泛指對一切事物的資訊
接收與處理理解。本居宣長所謂的「知物哀」，就是「感知物哀」、
「懂得物哀」的意思。不過，「知物哀」的「知」，不是一般意義上的
「知」，而是一種審美感知。它具備了審美活動的三個基本特點。
　　首先，「知」是一種自由、自主的精神活動。由於「物哀」本身
是審美對象物，因而對「物哀」的「知」只涉及審美思維，而不涉及
政治、法律、道德、習俗等非審美的思維，因而「知物哀」具有審美
活動所具有的無功利性和純粹性。就《源氏物語》的閱讀而言，如果
說「物哀」的概念把《源氏物語》的世界從總體上加以審美化，那麼
「知物哀」的概念則進一步在《源氏物語》與其讀者之間，建立了一
種純粹感知與被感知的關係。假如不是從「知物哀」的角度，而是從
勸善懲惡的角度加以閱讀的話，就不是自由自主的審美性的閱讀，而
是被預先規定好了的被動的接受。讀者應該是「知物哀」的主體，
「知物哀」的「知」是對作品的自由、是無功利地、超越地、獨立自
主、自由自在地對「物哀」的感知，這就是審美活動的基本特性。
　　第二，「知物哀」的「知」，作為一種審美活動，是一種純粹的
「靜觀」或「觀照」。一般而論，美感的產生需要具備兩個基本要
素，一是「感動」，二是「靜觀」或「觀照」。「感動」是進入審美狀
態的基礎和推動力，它只為審美提供可能性，而「靜觀」才是審美本

7　本居宣長撰，王向遠譯：《紫文要領》，見《日本物哀》（長春市：吉林出版集團，
　　2010年），頁66。

身所應有的狀態。「物哀」之「哀」就是「感動」,「感動」的特點是
與對象無限貼近,設身處地、感同身受,直至與對象融為一體。例
如,當你看到一個人在悲傷的哭泣,你也不由自主地深受感動,與他
一同悲傷並哭起來,然而這不是審美,表明你與他失去了距離、失去
了與對象之間的二元張力;換言之,你與他處在了相同的利害關係
中,你沒有超越的姿態,也沒有靜觀的心境,這是參與,而不是審
美。假如你在感動之後,能夠接著超越出來,形成了一種置之度外的
客觀立場,然後靜觀之、觀照之,那便進入了審美的狀態。在這種狀
態中,除了情感上的感動之外,還有了一份理智上的適度的牽制,這
就是「知物哀」的「知」。「知」本來就是包含著「知性」在內的,
「知」不同於「感」或「感動」,「知」是在「感動」的基礎上的一種
旁觀。既要對對象保持熱情的關心,甚至也不妨有一些好惡的情感評
價,同時又不能因為這種關心和好惡評價而失去客觀性。對於作品中
的悲劇性事件,在同情、哀憫之後,要有「隔岸觀火」的心境,不能
隨著作品的悲劇主人公的遭遇而痛不欲生;對於作品描寫的血腥殘酷
的事件,在恐懼、震撼之後,要有「坐山觀虎鬥」的心情,在殘酷暴
力中見出純粹的力量之美;對於作品中的醜惡背德的事件,在激起道
德義憤之後,要能「醜中見美」,從中理解人性、人情的隱微。總而
言之,「知物哀」的「知」,是「感動」後的「靜觀」,也就是一種審
美活動。它與現代美學中的「審美無功利」說、「審美距離」說、「審
美移情」說就都是相通的了。實際上,從語義上看,「知物哀」與現
代美學中的關鍵字「審美」完全是同義詞。「審美」一詞本來是日本
近代學者對西方美學術語的譯詞,後來傳到中國。在「審美」這個詞
產生之前,「知物哀」就是日本古典意義上的「審美」的意思。

　　第三,「知物哀」又是一種以人性、人情為特殊對象的相當複雜
的審美活動。「物哀」主要關涉人性、人情,而在一切審美對象中,
人性、人情作為審美對象,是最為複雜的、最有阻隔的。相比而言,

最為簡單的審美對象是風花雪月那樣的自然美，其次是符合社會規範的行為美、道德美、習俗美，再次是反映和描寫大自然的文藝作品的美，最後才是不符合社會規範和習慣習俗的人性、人情。人性與人情往往是自然地和自發的，用道德的眼光來看，常常是惡的，是不美的。要在最微妙、最複雜的人性、人情中見出美來，就必須超越既定的社會道德的表層，而對自然人性、人情有著本質的深刻理解，這本身就是一個複雜的心理與思想的活動，這樣的「物哀」才特別需要「知」。在日常實際生活中，如果「物哀」所涉及的只是一般的自然風景、或者親情友情之類的不涉及深層倫理道德領域的東西，那麼「知物哀」一般並沒有什麼社會的、心理的阻力。然而當面對背德和不倫男女關係的時候，人們往往會根據既成習俗和道德對它做出倫理價值的判斷，於是「知物哀」便完全做不到了。對於感情世界中最為微妙複雜的男女之情而言，「知物哀」很不容易，「不知物哀」者倒是常見。普通人都能夠有一般的審美活動，但許多人也許一輩子都沒有「知物哀」的審美活動。若能從人性、人情出發，對人性、人情特別是男女之情給予理解並寬容對待的，就是「知物哀」；若不能擺脫功利因素的干擾和僵化的道德觀念的束縛，而對人性、人情做出道德善惡的價值判斷，那就是「不知物哀」；或者對此麻木不仁、渾然不覺者，也是「不知物哀」。在人性人情與道德、習俗、利益發生矛盾衝突的時候，站在人性人情角度加以理解的，就是「知物哀」；站在道德、習俗、功利角度加以否定的，就是「不知物哀」。要言之，「知物哀」就是情感上的感知力、理解力和同情心，「不知物哀」就是沒有或者缺乏情感上的感知力、理解力與同情心。

就《源氏物語》而言，有「知物哀」和「不知物哀」兩種截然不同的閱讀角度、理解方式與研究立場。在本居宣長之前的五、六百年的日本「源學」史上，學者、評論家們大都將《源氏物語》視為「勸善懲惡」的道德教誡之書，他們在《源氏物語》與讀者之間建立起來

的是一種功利的、目的論的、道德訓誡的關係，那當然都是「不知物
哀」的。相反，本居宣長認為，《源氏物語》的創作宗旨是「物哀」，
而讀者的閱讀宗旨也是為了「知物哀」。這一理論解構了此前日本的
「源學」中以儒家思想為基礎的言語與價值系統，轉換了《源氏物
語》的研究視角，以日本式的唯情主義，替代了中國式的道德主義，
標誌著江戶時代日本文學觀念的重大轉變，顯示了日本文學民族化理
念的自覺。在本居宣長看來，《源氏物語》對背德之戀似乎是津津樂
道，但那不是對背德的欣賞或推崇，而是為了表現「物哀」，是為了
使讀者「知物哀」。他舉例說：諸如將污泥濁水蓄積起來，並不是要
欣賞這些污泥濁水，而是為了栽種蓮花一樣，如要欣賞蓮花的美麗，
就不能沒有污泥濁水；寫背德的不倫之戀正如蓄積污泥濁水，是為了
得到美麗的「物哀之花」。不倫的戀情所引起的期盼、思念、興奮、
焦慮、自責、擔憂、悲傷、痛苦等，都是可貴的人情，只要是出自真
情，都無可厚非，都屬於「物哀」，讀者也應該由此而「知物哀」。因
此，本居宣長認為，《源氏物語》所表達的是與儒教佛教完全不同的
善惡觀，即以「知物哀」為善，以「不知物哀」者為惡。在《源氏物
語》中，那些道德上有缺陷、有罪過的離經叛道的「好色」者，都是
「知物哀」的好人。例如源氏一生風流好色成性，屢屢離經叛道，卻
一生榮華富貴，並獲得了「太上天皇」的尊號。相反，那些道德上的
衛道士卻被寫成了「不知物哀」的惡人。這樣的描寫絕不會起到勸善
懲惡的作用，而是為了使人「知物哀」。

　　「知物哀」作為本居宣長闡述的審美活動的概念，既有日本美學
的獨特性，也有世界文學的共通性。在古今中外的文學作品中，背德
者往往轉化為弱者而受到讀者的同情，此事並不罕見。從「知物哀」
的角度看，人們對那些背德者的同情，並不是認同其背德，而是從中
觀照他們所表現出的最深刻的人性與人情。如法國作家盧梭、俄國作
家托爾斯泰等都有其《懺悔錄》，都講述主人公的背德行徑，卻能引

起讀者深深的理解和同情，道理就在這裡。讀者閱讀這類《懺悔錄》，一般不是為了追究和聲討主人公的罪過，而是為了從中獲得對人性和人情的理解。而且最背德的行為，卻往往能夠引發出最深切的悲哀，這是由人性和人情的特殊構造所決定的。人性人情是一個內外構造，外部是社會性、倫理性，內部是自然性、個人性。兩者互為表裡的，但常常又是背反的。當外層被突破的時候，內部便暴露在外，處於失衡和沒有防護的狀態。例如，當一個人張揚自己的自然性和個人性的時候，便脫掉了社會性的防護，於是在社會面前他便成了一個弱者。弱者之所以是值得同情的，是因為弱者不得不將人人都具有的最內在的、最軟弱、最本質的東西暴露在外，這就容易使他人產生惺惺相惜的感情，有這種感情者就是「知物哀」，若連惺惺相惜的感情都沒有，那就是「不知物哀」。換言之，當我們只肯定人性中的社會性、倫理性價值的時候，就是做道德判斷，善惡判斷；這意味著我們否定了最個人的自然人性，這就是「不知物哀」；當我們充分肯定人性中的最自然、最軟弱、最個人化、最深層的狹義的人性人情的時候，我們就是做超道德的情感判斷，這就是「知物哀」。關於究竟什麼是「知物哀」，筆者曾在一篇文章中嘗試著做了如下的概括：

> 「物哀」與「知物哀」就是感物而哀，就是從自然的人性與人情出發、不受倫理道德觀念束縛、對萬事萬物的包容、理解、同情與共鳴，尤其是對思戀、哀怨、寂寞、憂愁、悲傷等使人揮之不去、刻骨銘心的心理情緒有充分的共感力。「物哀」與「知物哀」就是既要保持自然的人性，又要有良好的情感教養，要有貴族般的超然與優雅，女性般的柔軟、柔弱、細膩之心，要知人性、重人情、可人心、解人意、富有風流雅趣。用現代術語來說，就是要有很高的「情商」。這既是一種文學審

美論，也是一種人生修養論。[8]

　　當我們對本居宣長的理論做了上述的闡發之後，就會發現本居宣長的「物哀」、「知物哀」論，既是很「日本」的，也是很「世界」的；既是很古典的，也具有相當的現代價值。可以說，「物哀」論及「知物哀」論，已經走到了現代美學的大門口，值得我們認真接納、深入思考和闡發。

8　王向遠：〈感物而哀──從比較詩學的視角看本居宣長的「物哀」論〉，《文化與詩學》2011年第2輯。

日本「物紛」論
——從「源學」用語到美學概念[1]

　　日本傳統美學具有豐富的理論資源，近兩百多年來，不少日本學者，如大西克禮、九鬼周造、岡崎義惠、久松潛一等，運用現代學術方法，對這些資源做了整理、闡發，特別是對相關概念範疇做了提煉、蒸餾和闡釋，為日本美學乃至東亞、東方文學概念與體系的構建做出了貢獻。但是，仍有一些具有重要理論價值的詞彙概念，處於待發現、待整理、待闡發的狀態。其中「物紛」（物の紛れ）一詞，從一千多年前的《源氏物語》等物語文學就較多地使用了，一直到江戶時代成為《源氏物語》研究（「源學」）中的重要用語，但「物紛」一詞作為文論與美學的價值，卻長期未被現代學者們所認識。

一　《源氏物語》與「物紛」

　　「物紛」是《源氏物語》中一個重要的關鍵詞，源學研究者自然會注意到「物紛」。但現代日本源學學者關於「物紛」的文章為數極少，寥寥數篇而已。重要的有野口武彥的〈「物紛」和「物哀」——圍繞荻原廣道《源氏物語評釋》的總論〉（《書齋之窗》1981 年 1 月），今井源衛的〈「物紛」的內容〉（載佐藤泰正編：《讀源氏物語》，東京：笠間書院，1989 年），吉野瑞惠的《圍繞〈源氏物語〉「物紛」的解釋——從近世到現代》（載石原昭平編《日記文學新

―――――――――――――――――

1　本文原載《上海師範大學學報》（上海），2014年第3期。

論》，東京：勉誠出版，2004 年），三谷邦明的《源氏物語的方法：
「物紛」的極北》（東京：翰林書房，2007 年）等。因文章數量少，
未能引起應有的注意，所以在集英社《日本文學研究資料叢書‧源氏
物語》四卷的入選論文中，竟沒有一篇關於「物紛」的文章。秋山虔
監修的五卷本《批評集成‧源氏物語》近代後的三卷，也不見關於物
紛的文章。而且，這些數量有限的文章書籍，都在「亂倫私通」的語
義上使用「物紛」這個詞，把「物紛」看成是《源氏物語》所描寫的
一種題材，而沒有把它作為一個概念，特別是審美概念來看待。前幾
年，筆者在所翻譯的本居宣長的《紫文要領》中，也把其中大量使用
的「物紛」解釋性地翻譯為「亂倫生子」。現在看來，對本來可以作
為概念的詞語，應該盡量通過「迻譯」（平行移動的翻譯）方法而保
持其原型，而不是做解釋性的翻譯。筆者對江戶時代有關「源學」家
的相關文獻做了仔細的研讀分析後，發現「物紛」這個詞經歷了複雜
的語義演變和詞性轉變。在《源氏物語》中，「物紛」是用以表示主
人公私通亂倫行為的委婉用詞，在江戶時代的安藤為章的《紫家七
論》中，繼而在賀茂真淵的《源氏物語新釋》中，「物紛」成為理解
《源氏物語》的關鍵詞。在本居宣長的《紫文要領》和《源氏物語玉
小櫛》中，則將「物紛」由題材用語向審美概念轉化，而到了荻原廣
道的《源氏物語評釋》中，則將「物紛」視為《源氏物語》的創作方
法，於是「物紛」就成為概括日本作家特有創作方法及傳統文學特殊
風格的重要概念。遺憾的是，迄今為止，日本學界並沒有發現這一點。

　　「物紛」（物の紛れ）這個詞，在平安時代的文學作品中有所使
用。在《源氏物語》中，指的是「趁周圍的人不注意的時候，悄悄行
事」，由此引申為「背著別人作了錯事」，又進一步引申為「男女之間
的密會私通」。不過，在《源氏物語》中，「物紛」指代男女密會私通
的用例，可以舉出第三十四帖〈嫩菜‧卷下〉中的一節。其中寫道：

與皇妃私通，這種事情從前就有，但對此的看法不一。大家都
在宮中共事，都在皇上身邊伺候，自然有種種機會相處見面，
相互傾心，物紛也就多有發生。雖說是女御與更衣的身分，有
的人有的時候行事也不免欠缺考慮，一時輕浮，有了意外舉
動。躲躲藏藏、遮人耳目，在宮中做出不太穩重的事，這就必
然產生紛亂。

　　在這段話中，是寫源氏發現了柏木寫給三公主的一封信，知道自
己的妻子三公主與柏木私通了，並且腹中的孩子也可能不是自己的，
於是有了這段心理活動。作者使用了「物紛」（ものの紛れ）與「紛
亂」（紛れ）兩個相關的詞，其含義也相當清楚，指的就是皇族的男
女私通行為。豐子愷在《源氏物語》中譯本中，將「物紛」譯為「曖
昧之事」，將「紛亂」譯為「苟且之事」，是很傳神達意的。[2]漢語中
的「曖昧」一詞用於指代男女之事，雖然包含著否定性的價值判斷，
但在中文的語境中，也有若干不置可否、不做硬性判斷的、較為寬容
的意思。紫式部使用「物紛」一詞，而不使用「私通」、「亂倫」、「不
倫」之類的表義更明確的詞，顯然也是為了避免對人物的相關行為做
出明確的價值判斷。在這個語境中，漢語譯作「曖昧」，很接近紫式
部對「物紛」的界定。在以上引用的那段文字後頭，作者繼續寫源氏
的心理活動。源氏發現三公主出軌背叛了自己，不免很生氣，但轉而
一想，此事不可張揚，因為他想到自己當年與繼母藤壺妃子私通，父
皇很可能也是知道的，但表面上卻一直裝作不知。於是源氏覺得這是
一種輪迴之罪，意識到人一旦進入古人所謂的「戀愛之山」，肯定會
迷路的，但正因為如此，做了這樣的事，「也是無可厚非的」。這就是

2　紫式部撰，豐子愷譯：《源氏物語》（北京市：人民文學出版社，1981年），頁754-
　755。

源氏對「物紛」的想法和態度，也未嘗不是作者紫式部對「物紛」的
看法和態度。換言之，「物紛」之事固然是罪過，但人情不免如此，
只要當時是出於喜愛，就無可厚非。

　　除《源氏物語》外，在《伊勢物語》、《榮華物語》等作品中，也
有「物紛」一詞的用例，含義大體一樣。

　　但是，由於「物紛」這個詞太曖昧、一般讀者看不懂，所以後來
《源氏物語》、《榮華物語》的注釋者，一般多將「物紛」譯為「密
通」（みっつう），亦即通姦、私通。這種譯法雖然並不錯，並且意思
也更為明確了，但「密通」這個詞作為貶義詞，分量較重，包含了明
確的價值判斷，從而失去了「物紛」這個詞所包含的不做價值判斷的
微妙的曖昧性。然而有日本學者認為，像「密通」這樣的詞，仍不能
說明《源氏物語》中男女關係的實質，因為《源氏物語》中源氏及其
他男人與許多女人的關係，實際上是以男性意志為主導的關係，許多
情況下這種關係是「強姦」和「被強姦」的關係，是一種「暴行」，
因而在談到《源氏物語》中「物紛」這個詞時，必須明確意識到其中
所包含的男性暴力的成分。[3]這種看法從社會倫理學上是正確的，但
從美學上看，就已經頗為脫離作者原意了。

二　「物紛」：諷諭與「以物諷諭」

　　在此之前，「物紛」一詞一般日本人應該不太使用，進入江戶時
代以後，在源學研究中，第一次將「物紛」作為一個關鍵詞加以使用
的是安藤為章。在《紫家七論》的「之六」中，安藤為章把《源氏物
語》中皇妃私通生子，後來其子繼承皇位這件事，稱之為「物紛」，

3　今井源衛：〈「もののまぎれ」の內容〉，載《源氏物語を読む》（東京：笠間書院，
　　1989年），頁40-43。

並把「物紛」作為《源氏物語》的「全書之大事」來看待。他認為，
《伊勢物語》所描寫的二条皇后、《後撰集》中所描寫的京極御息
所、《榮華物語》中所描寫的花山女御，她們都有「物紛」之事，但
在《源氏物語》中，「物紛」不僅僅是指男女關係上之「紛」，而且指
的是「皇胤（皇祖血統）之紛」。他認為源氏與繼母藤壺妃子的「物
紛」具有特殊性，相比而言，《伊勢物語》中的二条皇后、《後撰集》
中的京極御息所、《榮華物語》中的花山女御，與他們有染的男人屬
於藤原氏或在原氏，與這些外族男子私通，會破壞「皇胤」血統的純
正，罪過就重了。而桐壺天皇的妃子藤壺是皇女，源氏也是一世源
氏，是皇子。兩人私通所生的孩子，相當於桐壺天皇的孫子，「都屬
於神武天皇的血統」，後來這個孩子（冷泉天皇）繼承了皇位，因而
他們的「物紛」並沒有破壞天皇血統。也正因為如此，桐壺天皇對源
氏的「物紛」之事佯裝不知，更不問罪。安藤為章認為，紫式部把
「物紛」之事作為「全書之大事」加以描寫，是為了警示宮中皇族女
性要維護皇統的正統性，因而具有「諷諭」的創作動機。他強調：
《源氏物語》意在諷喻，至關重要的是要對亂倫生子加以勸誡，因為
這會導致皇室血統混亂，因此可以將「物紛」視為日本式的諷諭。這
部作品是按君王的御意所寫，臣下知道薰君實為亂倫所生，便以此物
語為諷諭。他還進一步把紫式部的這種「諷諭」稱作「大儒之意」。[4]

　　在這裡，安藤為章從江戶時代流行的正統的儒家世界觀出發，用
「諷諭」來解釋作者的本意，明顯帶有「儒者」的先入之見，難免牽
強。但值得注意的是，安藤為章的「諷諭」說進一步把「物紛」由男
女關係之「紛」引申為「皇胤」之「紛」，使「物紛」突破了「密
通」的狹義，從而大大拓展了其內涵和外延。這對於「物紛」由普通

4　藤原為章：《紫家七論》，載《日本思想大系39近世神道・前期國學論》（東京：岩
　　波書店，1972年），頁433-435。

詞彙發展為美學概念，向前推進了一步。

接著，江戶時代著名「國學」家賀茂真淵在《源氏物語新釋》一書的「總考」一章中，也談到了「物紛」的問題，他使用的是「紛」（まぎれ）這個概念，即「紛亂」的意思，與「物紛」含義相同。他基本贊同安藤為章的「諷諭」說，但卻由安藤為章的「儒學」的立場轉向了以所謂「日本神教」為中心的「國學」立場。他寫道：

> 宮中男女對人情理解不當，造成了紛亂之事，看了這種事情，皇上怎能放心呢？而臣下也會家家留意，人人小心，就不會有人圖謀淫亂了，就會清楚地看到這些都是人情所致，至於是好還是壞，男女自然就會有所領會。日本神教就是這樣以物諷諭。這一點只要看看《日本紀》就知道了，因此不必多說。[5]

在這裡，賀茂真淵認為《源氏物語》是有諷諭作用的，但他認為諷諭作用是自然而然產生的，而不是作者有意為之。他更進一步把《源氏物語》歸於不同於中國儒教的「日本神教」（或稱「神道」）的系統，認為作者只是遵循日本神道的「以物諷諭」，就是通過客觀事物的描寫來諷諭，讓讀者自然領會，而不是有意識的進行說教。這樣一來，實際上等於說紫式部創作《源氏物語》並沒有主觀意圖，她只是描寫「物紛」之事，而客觀上可以起到諷諭作用。在這一點上，賀茂真淵的「以物諷諭」的觀點與安藤為章的「諷諭」說顯然大有不同。「以物諷諭」的「物」就是客觀事物，就是只做客觀的描寫、描述，而不做主觀的判斷，從而指出了紫式部的「物紛」描寫是一種客觀再現。這就接近於點出了「物紛」作為一種創作方法的實質。

5　賀茂真淵：《源氏物語新釋・總考》，載島內景二等編：《批評集成　源氏物語（近世後期篇）》（東京：ゆまに書房，1999年）。

三　「物紛」與「物哀」

　　賀茂真淵的學生本居宣長在研究《源氏物語》的專著《紫文要領》一書中，反對安藤為章的「諷諭」論，認為「諷諭」論是以中國式的道德主義的勸善懲惡觀念來看待《源氏物語》，完全違背了作者原意，無法理解《源氏物語》的真意。

　　本居宣長認為，「物紛」只是《源氏物語》中描寫的一件事而已，作者並不是從倫理道德立場將男女「物紛」之事作為純粹的壞事來寫。他引用了〈薄雲〉卷中的一段話：

> 這是不倫之戀，是罪孽深重的行為。要說以前的那些不倫行為，都是年輕時缺乏思慮，神佛也會原諒的。

　　本居宣長認為，這是源氏對「物紛」的想法。源氏認為，自己那樣的罪過都被神佛原諒了，如今年輕人在這方面的過錯有什麼了不起的呢？神佛同樣也會原諒吧。讀者也會有這樣的想法。於是，「物紛」的描寫根本不可能成為對讀者的一種警戒。既然知道不可能成為讀者的警戒，卻又要為勸誡而寫，豈不愚蠢嗎？由此可知紫式部寫作的本意絕不在於諷諭勸誡。

　　同時，宣長認為，寫「物紛」也是為了表現出源氏極盡榮華富貴的一生，正因為源氏與藤壺妃子（薄雲女院）有「物紛」之事，才生了後來即位的冷泉天皇，冷泉天皇得知源氏為生父後，要把皇位讓給源氏，源氏堅辭不就，後來被封為「天上天皇」。如此，源氏的榮華富貴即可達到絕頂。看來，「作者描寫『物紛』的用意，並不在於勸誡，而完全是為了使源氏獲得天皇之父的尊號而設計。」既然源氏的「物紛」不但沒有壞的結果，反而帶來了一生豔遇，絕頂榮華，有誰

不羨慕呢？這樣一來，「物紛」不可能會有「諷諭」的功能，而且恰恰相反。

　　既然《源氏物語》中「物紛」描寫，不是為了諷諭與勸誡，那是為了什麼呢？宣長認為，寫「物紛」是為表現「物哀」與「知物哀」。也就是為了激發人們的情感，使人動情、感動、感歎、共感，使人把人情本身作為審美觀照的對象。為此，「物紛」的描寫就是必要的。因為「一旦有物紛之事，便是越軌亂倫，違背世間道德，卻也因此相愛更深，一生難忘。對此，《源氏物語》各卷都有所表現。因為是相見時難別亦難的不倫之戀，因此相思之哀也更為深沉，這一點是深刻表現「物哀」的必要條件。[6]在他看來，《源氏物語》寫「物紛」是為了寫出複雜的人情糾葛，寫出道德與人情、精神與肉體、欲望與理智之間的矛盾膠著，由此才有「物哀」，才能使人「知物哀」，即對於人性人情有充分感知和理解，使人知風雅、解風情、通人性，也就是從審美的角度，而不是倫理道德的立場去看待「物紛」。可見，本居宣長的「物紛」論是從屬於他的「物哀」論的，「物紛」就成為「物哀」、「知物哀」產生的基礎。這樣一來，「物紛」就由此前的一個社會學、倫理學的詞彙，開始向美學詞彙轉換了。

　　但是，本居宣長站在美學立場上的「物哀論」的「物紛」說，雖然與安藤為章的儒學倫理學立場的「諷諭」說完全不同，但有一點是相同的，那就是兩人都認為《源氏物語》的作者紫式部有一個寫作的主觀意圖，即所謂「本意」。安藤為章認為這「本意」是「諷諭」，本居宣長認為這「本意」在「物哀」與「知物哀」。這與上述的賀茂真淵的「以物諷諭」說頗有不同。賀茂真淵認為作者只是寫出「物紛」

6　本居宣長：《紫文要領》，載《新潮日本古典集成　本居宣長集》（東京：新潮社，1983年），頁13-247；中文譯本見王向遠譯：《日本物哀》（長春市：吉林出版集團，2010年），頁1-123。

而不做直接判斷，讓讀者「自然有所領會」。因為「物紛」本來就「紛」，是難以說清的。

　　從「物紛」概念生成史的角度看，上述江戶時代的三位「源學」家各自都有獨特的貢獻。安藤為章第一次將「物紛」作為《源氏物語》的「全書之大事」，把它視為理解《源氏物語》的一個關鍵詞，這就使「物紛」由指代男女關係的委婉用詞，發展為一個引人矚目的特殊用詞。但是，在「諷諭」說的語境中，安藤為章沒有賦予「物紛」這個詞以自性，而只是把「物紛」看作「諷諭」的方式和手段。賀茂真淵大體同意安藤為章的「諷諭」說，但卻不認為「諷諭」出自作者的主觀本意，而是由「物紛」自然產生的閱讀效果；也就是說，在賀茂真淵那裡，「物紛」不是從屬於「諷諭」，不受「諷諭」意圖的制約，「物紛」自身可以由讀者的閱讀自然地顯示其意義。這樣就初步賦予了「紛」或「物紛」以概念所應有的自性，這是賀茂真淵對「物紛」論的特有貢獻。但是，無論是安藤為章還是賀茂真淵，「物紛」都是一個非美學詞彙，到了本居宣長的《紫文要領》，明確將「物紛」看作是「物哀」的來源，也是人的審美活動即「知物哀」的條件[7]，認為《源氏物語》的作者是為了表現「物哀」和「知物哀」而寫「物紛」，從而把「物紛」納入了審美範疇。

四　荻原廣道的「物紛」論

　　江戶時代末期，源學家荻原廣道在〈《源氏物語》評釋・總論〉中，對前輩學者安藤為章的「諷諭」論、本居宣長的「物哀」論做了細緻的評析。他認為安藤為章的「諷諭」說是「有道理」的，但安藤

7　筆者在〈哀・物哀・知物哀──審美概念的形成及語義演變〉一文中，對「物哀」、「知物哀」的語義做了細緻分析闡發，見《江淮論壇》2012年第5期。

為章的觀點，聽起來確實不免帶有儒者之意，而且也缺乏進一步論
證。荻原廣道認為：「如今，作者的用意我們越來越不能知道了。但
想想那個時代、那些事情，推察一下作者的內心，是否有諷諭之意
呢？那我們就似乎發現確有諷諭的意思。我們將自己的體驗，與作者
在這部物語中所暗含的意思，加以相互比照和思考，大體上我們就會
有所理解、有所領悟。這是可以肯定的。」這種說法與賀茂真淵的讀
者「自行領悟」的說法非常接近。另一方面，荻原廣道對本居宣長的
「物哀」、「知物哀」論也做了評析，覺得本居宣長的「物哀」論講得
有道理，但失之於片面，「物哀」並不能涵蓋《源氏物語》的全部內
容，「即便不把皇室的那些『物紛』之事，特別地提出來加以描寫，
也不妨可以深刻地表現出『物哀』來」；同時，他也不同意本居宣長
的寫「物紛」之事是為了表現源氏的幸福榮華的說法，指出《源氏物
語》中也寫了源氏許多不幸的事，「女三宮的私通，終於生出了薰
君，接著右衛門督的事、落葉宮的事情，都使源氏身心疲憊，此後再
也沒有出現什麼好事了。到了〈御法〉卷，紫上早逝，源氏悲痛至
極。及至〈幻〉之卷，寫的淨是悲哀之事。由此可見，作者並非只是
寫源氏的榮華富貴。假如作者只寫源氏的榮華富貴，那就應該將這些
不好的事情加以省略，紫上去世的事，也應該像〈雲隱〉卷那樣只
加以暗示。像柏木與女三宮私通之事，之所以沒有隱去，之所以要描
寫那樣的不好的事，都是為了表現其中的『物紛』之報應。」總之，
他認為，「物紛」才是貫穿《源氏物語》的全書始終的東西。他進而
寫道：

> 作者（指《源氏物語》的作者紫式部──引者注）又不是露骨
> 地表現報應，而是對人心有深刻的洞察，不是揮筆就是為了表
> 現諷諭，而是按照人性人情的邏輯，寫出事情的紛然複雜，同
> 時夾雜著從女人的角度發表的議論，這才是作者之意。⋯⋯

「物紛」就是《源氏物語》的主旨，其他都是為了使這「物
紛」的描寫更加紛然，也可以看作是「物紛」的點綴。只有
「物紛」，才是作者的用意所在。自然，作者的意圖究竟是什
麼，如今我們很難知道了。若要強行說清楚，未免自作聰明，
所以對此我還是打住不論。讀者好好品讀，就可以有所體悟
吧。[8]

這些話雖然表述得過於樸素和簡潔，但流露出了非常重要的詩學
思想，的確值得我們好好品讀、理解和闡發。

荻原廣道說「『物紛』就是源氏物語的主旨」，就已經不僅僅是將
「物紛」看作是指代具體的亂倫事件的詞，而是把它提升到了作者的
創作「主旨」的高度，強調「只有『物紛』，才是作者的用意所在」，
從而將這個詞加以概念化。這是對《源氏物語》中源氏與藤壺妃子、
薰君與三公主亂倫事件的描寫加以仔細體味而做出的結論。「物紛」
的字面意就是「事物紛亂」，特指主人公的亂倫行為。但在作者的筆
下，亂倫事件的發生體現了佛教的命定論或宿命論，特別是輪迴報應
的觀念。正如古希臘悲劇中的俄狄浦斯王的殺父娶母，那不是俄狄浦
斯王個人的過錯，而是命運的註定。同樣的，《源氏物語》中源氏與
繼母藤壺亂倫是宿命性的，而源氏的妻子三公主又與人私通，則也是
輪迴報應的結果。這樣一來，主人公的亂倫行為就有了客觀性，所以
才叫作「物之紛」，而不是「人之紛」。「物紛」的「物」強調的是
「紛」的本然性、客觀性，在《源氏物語》中，在「物紛」外有時也
用「事之紛」這一近義詞，但「事之紛」似乎比「物之紛」更帶有一
些主觀人為的意思。《源氏原物語》將亂倫行為看作「物紛」，是在宿

---

8 荻原廣道：《源氏物語評釈》，島內景二等編：《批評集成 源氏物語（近世後期篇）》
　（東京：ゆまに書房，1999年），頁312-313。

命與輪迴報應中身不由己的行為，這樣，就很大程度地消解了人物的
主觀之罪。作者將所有人物的混亂的性行為都如實地描寫出來，但是
這卻是作為「物紛」來描寫和表現的。事情是什麼樣子，就寫成什麼
樣子，而不是將其明晰化和簡單化。在《源氏物語》中，男女越軌之
事，從人情上說是可以理解的，而從既定道德上說是錯誤的；從倫理
道德上說是應該否定的，而從美學上說卻是有審美價值的；身體是墮
落的，心靈是「物哀」的、超越的。當事者是一邊做著錯事和壞事，
一邊又不斷地自責，他們都是不斷做著壞事的好人。「物紛」就是亂
麻一團，頭緒紛繁，說不清、理還亂；理不清、扯不斷。「物紛」論
指出了事情的這種紛繁複雜性，認為只是將本來就複雜紛然、難以說
清、難以明確判斷的事情如實地寫下來，保持「物紛」的原樣，才是
作者的用意所在，而且是越寫得紛然，也就越好。這樣一來，作者的
傾向性就隱蔽起來了，讀者就很難知道作者的創作意圖是什麼，但讀
者只有「好好品讀，就可以有所悟」。

五　「物紛」論的價值與意義

　　可見，荻原廣道實際上就是把「物紛」作為一種文學創作的手
法、方法而言的。就「物紛」的創作方法而言，作家只是盡可能地呈
現事物和事情本身，並將保持描寫對象的一定程度的混沌狀態。在傾
向性和價值判斷上似是而非、似非而是，不說清楚，讀者也不求把一
切東西都「強行說清楚」。若真地說清楚了，那就是日本古代詩學最
排斥的所謂「理窟」，即墮入了講大道理的陷阱。「物紛」寫法的反面
就是所謂「理窟」。只有「物紛」的寫法，才避免「理窟」，這就是
「物紛」的觀念使然，也體現了日本文學的一個基本特點。
　　從比較詩學和比較美學的角度看，「物紛」是一個表示作品「複
雜度」的概念。如果西方文學追求是作品的思想意蘊的「深刻度」，

中國文學追求的心物統一、情景交融、形神兼備、情理兼通的「和諧度」,那麼日本的「物紛」則追求紛然雜陳的「複雜度」。「物紛」作為創作方法的範疇,強調的是一種如實呈現人間生活的全部紛繁複雜性的寫作方法和文學觀念,近乎於當代人所說的「原生態」寫作。用「物紛」方法創作的作品,批評家難以批評,讀者也難以做出截然的判斷,但卻易感受、耐回味、耐琢磨。

在日本文學中,無論是「幽玄」的美學形態的形成,還是「物哀」的審美感興的發動,都是由作者的特殊創作方法所決定的。但長期以來,日本古典詩學對自己的創作方法的總結、提升和說明明顯不夠。歌論和漢詩論大都受中國「修辭立誠」論的影響,強調作家要有「誠」,即真實地描寫現實生活;在物語論中,有紫式部的「對於好人,就專寫他的好事」的命題,接近「類型化」的創作方法論;在戲劇論中,有世阿彌的「物真似」的模仿論,還有近松門左衛門的「虛實在皮膜之間」的虛實論。這些說法和主張,都來自作家們的創作體驗,具有相當的理論價值,但在概念的使用和表述上,總體上未脫中國詩學的真實論、虛實論的範疇,更多地帶有與中國詩學理論相通的一般性,也難以概括日本文學的特徵。只有在江戶時代「源學」中逐漸形成的「物紛」論,才概括出了日本傳統文學獨特的創作方法、獨特的藝術思維方式與審美理想。同時,「物紛」論也解釋了《源氏物語》等日本傳統創作方法及藝術魅力之所在,在這個意義上,「物紛」這一概念是打開日本文學審美之門的又一把鑰匙。

從日本文學史上看,日本作家從古至今大都奉行「物紛」的創作方法。從古代婦女日記文學開始,作者習慣於「原生態」地、赤裸裸地寫實,而不做是非對錯的判斷,謹慎流露觀念上的傾向性。日本傳統風格的作品中的人物,所謂好人與壞人、所謂好事與壞事、正面人物與反面人物,都沒有判然分明的區別,而是將人性的善惡集於一身。例如《源氏物語》中的光源氏,作者把他看成是「知物哀」的

「好人」，但從道德方面講他又做了許多壞事。中世文學的代表作
《平家物語》沒有簡單地將戰爭的雙方平氏家族、源氏家族的武士看
作好人或壞人，而是寫出了他們在不同境遇與環境中所表現的人性的
善與惡，以及值得同情或值得憎惡的兩面性。江戶時代以井原西鶴為
代表的市井小說，以好色美學或「色道」美學來描寫和評價人物，將
道德上的惡行與審美上的風流瀟灑的時尚的「意氣」之美融為一體，
使人難以釐清「美」與「善惡」之間的分界。直到日本近現代文學，
在那些繼承了日本傳統「物紛」風格的作品中，都有這樣的特點，例
如夏目漱石的後期代表作《心》，極具有道德反省精神的「先生」，卻
發現自己與最自私自利的叔父屬同一類人；菊池寬的名劇《義民甚兵
衛》中甚兵衛是傻子、是見義勇為義民、是智力不全的傻子、還是富
有報復心的復仇者，令讀者觀眾沉思；谷崎潤一郎中的《春琴抄》中
的女主人公春琴，在從天生麗質的美到毀容後的醜，從虐待者到被害
者，美醜善惡，雜然一身，一言難盡；永井荷風的《墨東綺談》等花
柳小說中的男女主人公，是反抗世俗的純愛，還是買春賣春的交易，
難以說清；川端康成的《雪國》的島村與駒子之間究竟是什麼關係，
也不好斷言。這些作品實際上都是有意無意地以「物紛」的方法來處
理情節與人物。現代名家名作是如此，至於當代流行的動漫文學中，
此種情形更是普遍。

　　在理論與創作上最能體現「物紛」特點的，則是作為日本近代文
學主潮的自然主義文學。自然主義主張純客觀的「自然」的描寫，例
如自然主義理論家長谷川天溪主張自然主義小說要「破理顯實」，認
為所有的思想、觀念、理想、理性、寫作技巧等，都屬於「邏輯的遊
戲」，都應該加以排斥；另一個理論家片上天弦主張自然主義作家作
品要「無理想、無解決」，就是只管客觀描寫，而對現實和事件不加
以任何解釋、不加任何解決。現在看來，自然主義的這些理論主張及
其作家的創作實踐，完全可以換用「物紛」這一概念加以表達。而

且，西方的自然主義文學傳到日本後，之所以被日本文壇發揚光大，並成為日本近代文學的主潮，這與日本的源遠流長的「物紛」的創作傳統是具有深刻聯繫的。換言之，從日本「物紛」的創作傳統，到近代的自然主義小說，其間一脈相承、一線相通。

　　含有「物紛」方法創作的作品，往往給人以強烈的印象，但不能給人以明晰的邏輯條理。例如日本文學中的許多小說名著都缺乏中國小說與歐美小說那樣嚴整的結構。《源氏物語》篇幅較大，長度與《紅樓夢》相當，但《源氏物語》實際上沒有邏輯結構，而是一種類似短篇連綴式的、屏風式的並列結構。《源氏物語》之前的《宇津保物語》是日本最長的、卷帙浩繁的古典物語，但結構更加紛然，致使全書缺乏統一性。近現代文學名著夏目漱石的《我是貓》、志賀直哉的《暗夜行路》、川端康成的《雪國》等一大批小說名作，都處於無頭無尾的「未完」形態。從「物紛」的角度看，這種沒有結構的結構，最大限度地擺脫了人為的編排和削鑿，是最接近生活原樣的。與此相關，日本傳統的敘事文學也是最缺乏「故事性」的，與中國古典小說及西方近現代小說相比，日本民族特色的「物紛」的文學作品，其故事往往顯得鬆散、平淡。就中國小說與西方小說而言，生活多麼神奇，文學就要寫得多麼神奇；對日本的「物紛」的作品而言，生活有多麼平淡，文學就得多麼平淡。日本的「物紛」作品看似平淡無奇，但實際上卻像生活一樣複雜；中西文學作品看上去神奇，卻只是生活的濃縮與提煉。濃縮和提煉後的生活，純度增高了，蘊含飽和了，思想明晰了、深刻了，但原生態性、複雜性、紛繁性卻不得不減弱了。

　　從世界詩學與美學史上看，中西詩學中似乎還缺乏「物紛」這樣的洗練的概念。在中國詩學中，陸機在〈文賦〉中多次用到「紛」（「方天機之駿利、夫何紛之不理」）、「紛紜」（「紛紜揮霍、形難為狀」）、「思紛」（「瞻萬物而思紛」）等相關的詞語。但在陸機看來，事

物的「紛」、「紛紜」是難以描寫的，詩人看到萬物的紛紜複雜，便會「思紛」（思緒紛紜），而只有在「天機之駿利」（文思敏捷）的時候，才能將任何紛紜複雜的事情理清楚，就是所謂「夫何紛之不理！」由此看來，中國傳統詩學充分意識到了「紛」的複雜性，但其審美理想卻是「理紛」，也就是《史記・滑稽列傳》中所說的「解紛」[9]。這與日本的「物紛」的原樣呈現，是大相逕庭的。實際上，無論是中國文學還是歐洲文學，大都追求「解紛」的明晰性、邏輯性。雖然中西文論中都承認文學作品的「詩無達詁」的不確定性、模糊性，但是同時，卻都盡可能地追求主題的明確性、結構的嚴謹性、敘事的完整性、人物的典型性。而在「物紛」的日本文學中，這些都很不重要。

總之，「物紛」一詞從一般詞語，到審美概念，經歷了一系列提煉、蒸餾和闡發的過程，這個過程到了荻原廣道基本完成。然而江戶「源學」的「物紛」論的闡釋過於簡單，更多的是一種直感的表達，缺乏理論邏輯上的論證。而現代日本學者大都安於「物紛」之「紛」，不加深究。這也許正是日本「物紛」所具有的「物紛」吧？但是今天，我們有必要站在現代美學、比較詩學的立場上，對「物紛」加以「解紛」，加以進一步研究闡發，也許習慣於「物紛」的日本學者仍然安於「物紛」，而對「解紛」不以為然，但唯有先「解紛」，才能真正呈現「物紛」的意義，才能使「物紛」作為一個詩學與美學的概念，顯示出獨特的理論價值和普遍的參考價值，也有利於現代美學、東方美學、比較詩學的相關範疇、概念的進一步整理、確立與運用。對中國人而言，理解日本傳統文學及日本傳統文化，也許就有了一個新的切入口或新的視點。

9　《史記・滑稽列傳》：「太史公曰：天道恢恢，豈不大哉！談言微中，亦可以解紛。」

入「幽玄」之境
——對日本美學一個關鍵概念的解析[1]

對於日本文學與日本文論而言，「幽玄」這個概念十分重要。如果說「物哀」是理解日本文學與文化的一把鑰匙，那麼「幽玄」則是通往日本文學文化堂奧的必由之門。因此有必要從中日文論關聯的角度考察「幽玄」的語源和語義。「幽玄」這個詞來自何處？如何演變為一個重要的文論概念？它的基本內涵與構造是什麼？提倡「幽玄」有什麼審美動機與美學功能？這些問題都是我們需要加以探究的。

一　「幽玄」概念的成立

什麼是「幽玄」？雖然這個詞在近代、現代漢語中基本上不再使用了，但中國讀者仍可以從「幽玄」這兩個漢字本身，一眼能看出它的大概意思來。「幽」者，深也、暗也、靜也、隱蔽也、隱微也、不明也；「玄」者，空也、黑也、暗也、模糊不清也。「幽」與「玄」二字合一，是同義反覆，更強化了該詞的深邃難解、神秘莫測、曖昧模糊、不可言喻之意。這個詞在魏晉南北朝到唐朝的老莊哲學、漢譯佛經及佛教文獻中使用較多。使用電子化手段模糊查索《四庫全書》，「幽玄」的用例約有三百四十多個（這比迄今為止日本研究「幽玄」的現代學者此前所發現的用例，要多得多）。從這些文獻「幽玄」用

1　本文原載《廣東社會科學》（廣州），2011年第5期；《新華文摘》2012年第20期論點摘編。

例來看，絕大多數分布在宗教哲學領域，少量作為形容詞出現在詩文中，沒有成為日常用語，更沒有成為審美概念。宋元明清之後，隨著佛教的式微，「幽玄」這個詞漸漸用得少了，甚至不用了，以至於以收錄古漢語詞彙為主的《辭源》也沒有收錄「幽玄」一詞，近年編纂的《漢語大辭典》才將它編入。可以說，「幽玄」在近現代漢語中差不多已經成了一個「死詞」。

　　「幽玄」一詞在中國式微的主要原因，從語言學的角度看，可能是因為漢語中以「幽」與「玄」兩個字作詞素的、表達「幽」、「玄」之意的詞太豐富了。其中，「幽」字為詞素的詞近百個，除了「幽玄」外，還有「幽沈」、「幽谷」、「幽明」、「幽冥」、「幽昧」、「幽致」、「幽豔」、「幽情」、「幽款」、「幽澀」、「幽憤」、「幽夢」「幽咽」、「幽香」、「幽靜」、「清幽」，等等。以「玄」字為詞素者，則不下二百個，如「玄心」、「玄元」、「玄古」、「玄句」、「玄言」、「玄同」、「玄旨」、「玄妙」、「玄味」、「玄秘」、「玄思」、「玄風」、「玄通」、「玄氣」、「玄寂」、「玄理」、「玄談」、「玄著」、「玄虛」、「玄象」、「玄覽」、「玄機」、「玄廣」、「玄邈」，等等。這些詞的大量使用，相當大程度地分解並取代了「幽玄」的詞義，使得「幽玄」的使用場合與範圍受到了制約。而在日本，對這些以「幽」與「玄」為詞素的相關詞的引進與使用是相當有限的。例如「玄」字詞，日語中只引進了漢語的「玄奧」、「玄趣」、「玄應」、「玄風」、「玄默」、「玄覽」、「玄學」「玄天」、「玄冬」、「玄武」（北方水神名稱）等，另外還有幾個自造漢詞如「玄水」、「玄關」等，一共只有十幾個；而以「幽」為詞素的漢字詞，除了「幽玄」，則有「幽暗」、「幽遠」、「幽豔」、「幽閒」、「幽境」、「幽居」、「幽徑」「幽契」、「幽魂」、「幽趣」、「幽寂」、「幽邃」、「幽靜」、「幽棲」、「幽明」、「幽幽」、「幽人」、「幽界」、「幽鬼」等，一共有二十來個。綜覽日語中這些以「幽」字與「玄」字為詞組的漢字詞，不僅數量較之漢語中的相關詞要少得多，而且在較接近於

「幽玄」之意的「玄奧」、「玄趣」、「玄覽」、「幽遠」、「幽豔」、「幽境」、「幽趣」、「幽寂」、「幽邃」、「幽靜」等詞中，沒有一個詞在詞義的含蘊性、包容性、暗示性上能夠超越「幽玄」。換言之，日本人要在漢語中找到一個表示文學作品基本審美特徵——內容的含蘊性、意義的不確定性、虛與實、有與無、心與詞的對立統一性——的抽象概念，捨此「幽玄」，似乎別無更好的選擇。

　　「幽玄」概念在日本的成立，有著種種內在必然性。曾留學唐朝的空海大師在九世紀初編纂了《文鏡秘府論》，幾乎將中國詩學與文論的重要概念範疇都搬到了日本。日本人在詩論乃至初期的和歌論中，確實也借用或套用了中國詩論中的許多概念，但他們在確立和歌的最高審美範疇時，對中國文論中那些重要概念最終沒有選定，卻偏偏對在中國流通並不廣泛、也不曾作為文論概念使用的「幽玄」一詞情有獨鍾，這是為什麼呢？

　　我認為，「幽玄」這一概念的成立，首先是由日本文學自身發展需要所決定的，主要是出於為本來淺顯的民族文學樣式——和歌——尋求一種深度模式的需要。

　　日本文學中最純粹的民族形式是古代歌謠，在這個基礎上形成了和歌。和歌只有五句、三十一個音節構成。三十一個音節大約只相當於十幾個有獨立意義的漢字詞，因此可以說和歌是古代世界各民族詩歌中最為短小的詩體。和歌短小，形式上極為簡單，在敘事、說理方面都不具備優勢，只以抒發剎那間的情緒感受見長，幾乎人人可以輕易隨口吟詠。及至平安時代日本歌人大量接觸漢詩之後，對漢詩中音韻體式的繁難、意蘊的複雜，留下了深刻印象。而空海大師的《文鏡秘府論》所輯錄的中國詩學文獻，所選大部分內容都集中於體式音韻方面，這也極大地刺激和促進了和歌領域形式規範的設立。在與漢詩的比較中，許多日本人似乎意識到了，沒有難度和深度的藝術很難成為真正的藝術，和歌淺顯，人人能為，需要尋求難度與「深」度感，

而難度與深度感的尺規，就是藝術規範。和歌要成為一種真正的藝術，必須確立種種藝術規範（日本人稱為「歌式」）。藝術規範的確立意味著創作難度的加大，而創作難度的加大不外體現在兩個方面：一是外部形式，日本稱之為「詞」；另一個就是內容，日本人稱之為「心」。

於是，從奈良時代後期（八世紀後期）開始，到平安時代初期（九世紀），日本人以中國的漢詩及詩論、詩學為參照，先從外部形式——「詞」開始，為和歌確定形式上的規範，開始了「歌學」的建構，陸續出現了藤原濱成的〈歌經標式〉等多種「歌式」論著作，提出了聲韻、「歌病」、「歌體」等一系列言語使用上的規矩規則。到了十世紀，「歌學」的重點則從形式（詞）論，逐漸過渡到了以內容（心）論與形式論並重。這種轉折主要體現在十世紀初編纂的《古今和歌集》的「真名序」（漢語序）和「假名序」（日語序）兩篇序言中。兩序所談到的基本上屬於內容及風體（風格）的問題。其中「假名序」在論及和歌生成與內容嬗變的時候，使用了「或事關神異，或興入幽玄」這樣的表述。這是歌論中第一次使用「幽玄」一詞。所謂「興入幽玄」的「興」，指的是「興味」、「感興」、「興趣」，亦即情感內容；所謂「入」，作為一個動詞，是一個向下進入的動作，「入」的指向是「幽玄」，這表明「幽玄」所表示的是一種深度，而不是一種高度。換言之，「幽玄」是一種包裹的、收束的、含蘊的、內聚的狀態，所以「幽玄」只能「入」。後來，「入幽玄」成為一種固定搭配詞組，或稱「興入幽玄」，或稱「義入幽玄」，更多地則是說「入幽玄之境」，這些都在強調著「幽玄」的沉潛性特徵。

如果說《古今和歌集》〈真名序〉的「興入幽玄」的使用還有明顯的隨意性，對「幽玄」的特徵也沒有做出具體解釋與界定，那麼到了十世紀中期，壬生忠岑的《和歌體十種》再次使用「幽玄」，並以「幽玄」一詞對和歌的深度模式作出了描述。壬生忠岑將和歌體分為

十種，即「古歌體」、「神妙體」、「直體」、「餘情體」、「寫思體」、「高情體」、「器量體」、「比興體」、「華豔體」、「兩方體」，每種歌體都舉出五首例歌，並對各自的特點做了簡單的概括。對於列於首位的「古歌體」，他認為該體「詞質俚以難采，或義幽邃以易迷」。「義幽邃」，顯然指的是「義」（內容）的深度，而且「幽邃」與「幽玄」幾乎是同義的。「義幽邃以易迷」，是說「義幽邃」容易造成理解上的困難，但即便如此，「幽邃」也是必要的，他甚至認為另外的九體都需要「幽邃」，都與它相通（「皆通下九體」），因而即便不把以「幽邃」為特點的「古歌體」單獨列出來也未嘗不可（「不可必別有此體耳」）。例如「神妙體」是「神義妙體」；「餘情體」是「體詞標一片，義籠萬端」；「寫思體」是「志在於胸難顯，事在於口難言……言語道斷，玄又玄也」，強調的都是和歌內容上的深度。而在這十體中，他最為推崇的還是其中的「高情體」，斷言「高情體」在各體中是最重要的（「諸歌之為上科也」），指出「高情體」的典型特徵首先是「詞離凡流，義入幽玄」；並認為「高情體」具有涵蓋性，它能夠涵蓋其他相關各體，「神妙體」、「餘情體」、「器量體」都出自這個「高情體」；換言之，這些歌體中的「神妙」、「難言」、「義籠萬端」、「玄又玄」之類的特徵，也都能夠以「幽玄」一言以蔽之。於是，「幽玄」就可以超越各種體式的區分，而瀰漫於各體和歌中。這樣一來，雖然壬生忠岑並沒有使用「幽玄」一詞作為「和歌十體」中的某一體的名稱，卻在邏輯上為「幽玄」成為一個凌駕於其他概念之上的抽象概念，提供了可能。

　　然而日本人傳統上畢竟不太擅長抽象思考，表現在語言上，就是日語固有詞彙中的形容詞、情態詞、動詞、嘆詞的高度發達，而抽象詞嚴重匱乏，帶有抽象色彩的詞彙，絕大部分都是漢語詞。日本文論、歌論乃至各種藝道論，都非常需要抽象概念的使用。然而至少在以感受力或情感思維見長的平安時代，面對像「幽玄」這樣的高度抽

象化的概念，絕大多數歌人都顯出了躊躇和游移。他們一方面追求、探索著和歌深度化的途徑，一方面仍然喜歡用更為具象化的詞彙來描述這種追求。他們似乎更喜歡用較為具象性的「心」來指代和歌內容，用「心深」這一純日語的表達方式來描述和歌內容的深度。例如藤原公任在《新撰髓腦》中主張和歌要「心深，姿清」；在《和歌九品》中，他認為最上品的和歌應該是「用詞神妙，心有餘」。這對後來的「心」論及「心詞關係論」的歌論產生了深遠影響。然而，「心深」雖然也能標示和歌之深度，但抽象度、含蘊度仍然受限。「心深」指個人的一種人格修養，是對創作主體而言，而不是對作品本體而言，因而「心深」這一範疇也相對地帶有主觀性。「心」是主觀情意，需要付諸客觀性的「詞」才能成為創作。由於這種主觀性，「心深」一詞就難以成為一個表示和歌藝術之本體的深度與含蘊度的客觀概念。正是因為這一點，「心深」不可能取代「幽玄」。「幽玄」既可以表示創作主體，稱為「心幽玄」，也可以指代作品本身，稱為「詞幽玄」，還可以指代心與詞結合後形成的藝術風貌或風格──「姿」或「風姿」，稱為「姿幽玄」。因而，「心深」雖然一直貫穿著日本歌論史，與「幽玄」並行使用，但當「幽玄」作為一個歌學概念被基本固定之後，「心深」則主要是作為「幽玄」在創作主體上的具體表現，而附著於「幽玄」。就這樣，在「心深」及其他相近的概念，如「心有餘」、「餘情」等詞語的衝擊下，「幽玄」仍然保持其最高位和統馭性。

二　「幽玄」的功能

「幽玄」被日本人選擇為和歌深度模式的概念，不僅出自為和歌尋求深度感、確立藝術規範的需要，還出自這種民族文學樣式的強烈的獨立意識。和歌有了深度模式、有了規範，才能成為真正的藝術；

成為真正的藝術，才能具備自立、獨立的資格。而和歌的這種「獨立」意識又是相對於漢詩而言的，漢詩是它唯一的參照。換言之，和歌藝術化、獨立化的過程，始終是在與漢詩的比較、甚至是競賽、對抗中進行的，這一點在《古今和歌集・假名序》中有清楚的表述，那就是尋求和歌與漢詩的不同點，強調和歌的自足性與獨立價值。同樣的，歌論與歌學也需要逐漸擺脫對中國詩論與詩學概念的套用與模仿。我認為，正是這一動機決定了日本人對中國詩學中現成的相關概念的迴避，而促成了對「幽玄」這一概念的選擇。中國詩論與詩學中本來有不少表示藝術深度與含蘊性的概念，例如「隱」、「隱秀」、「餘味」、「神妙」、「蘊藉」、「含蓄」，等等，還有「韻外之致」、「境生象外」、「詞約旨豐」、「高風遠韻」等等相關命題，這些詞有許多很早就傳入日本，但日本人最終沒有將它們作為歌學與歌論的概念或範疇加以使用，卻使用了在中國詩學與詩論中極少使用的「幽玄」。這表明大多數日本歌學理論家們並不想簡單地挪用中國詩學與詩論的現成概念，有意識地避開詩學與詩論的相關詞語，從而拎出了一個在中國的詩學與詩論中並不使用的「幽玄」。

　　不僅如此，「幽玄」概念的成立，還有一個更大、更深刻的動機和背景，那就是促使和歌、及在和歌基礎上生成的「連歌」，還有在民間雜藝基礎上形成的「能樂」實現雅化與神聖化，並通過神聖化與雅化這兩個途徑，使「歌學」上升為「歌道」或「連歌道」，使能樂上升為「能藝之道」即「藝道」。

　　首先是和歌的神聖化。本來，「幽玄」在中國就是作為一個宗教哲學詞彙而使用的，在日本，「幽玄」的使用一開始就和神聖性聯繫在一起了。上述的《古今和歌集・真名序》中所謂「或事關神異，或興入幽玄」，就暗示了「幽玄」與「神異」、與佛教的關係。一方面，和歌與歌學需要尋求佛教哲學的支撐，另一方面佛教也需要借助和歌來求道悟道。鎌倉時代至室町時代的日本中世，佛教日益普及，「幽

玄」也最被人所推崇。如果說此前的奈良、平安朝的佛教主要是在社
會上層流行，佛教對人們的影響主要表現在生活風俗與行為的層面，
那麼鎌倉時代以後，佛教與日本的神道教結合，開始普濟於社會的中
下層，並滲透於人們的世界觀、審美觀中。任何事物要想有宇宙感、
深度感、有含蘊性，就必然要有佛教的滲透。在這種背景下，僧侶文
學、隱逸文學成為那個時代最有深度、最富有神聖性的文學，故而成
為中世文學的主流。在和歌方面，中世歌人、歌學家都篤信佛教，例
如，在「歌合」（賽歌會）的「判詞」（評語）中大量使用「幽玄」一
詞、並奠定了「幽玄」語義之基礎的藤原基俊（法號覺舜）、藤原俊
成（出家後取法名釋阿）、藤原定家（出家後取法名明淨），對「幽
玄」做過系統闡釋的雅長明、正徹、心敬等人，都是僧人。在能樂論
中，全面提倡「幽玄」的世阿彌與其女婿禪竹等人都篤信佛教，特別
是禪竹，付出了極大的努力將佛教哲理導入其能樂論，使能樂論獲得
了幽深的宗教哲學基礎。因而，正如漢詩中的「以禪喻詩」曾經是一
種時代風氣一樣，在日本中世的歌論、能樂論中，「以佛喻幽玄」是
「幽玄」論的共同特徵。他們有意識地將「幽玄」置於佛教觀念中加
以闡釋，有時哪怕是生搬硬套也在所不辭。對於這種現象，日本現代
著名學者能勢朝次在《幽玄論》一書中有精到的概括，他寫道：

　　……事實是，在愛用「幽玄」這個詞的時代，當時的社會思潮
　　幾乎在所有的方面，都強烈地憧憬著那些高遠的、無限的、有
　　深意的事物。我國中世時代的特徵就是如此。
　　指導著中世精神生活的是佛教。然而佛教並不是單純教導人們
　　世間無常、厭離穢土、欣求淨土，而是在無常的現世中，在那
　　些行為實踐的方面，引導人們領悟到恆久的生命並加以把
　　握。……要求人們把一味向外投射的眼光收回來，轉而凝視自
　　己的內心，以激發心中的靈性為旨歸。……藝術鑒賞者也必須

超越形式上的美，深入藝術之堂奧，探求藝術之神聖。因而，
這樣一個時代人們心目中的美，用「幽玄」這個詞來表述，是
最為貼切的。所謂「幽玄」，就是超越形式、深入內部生命的
神聖之美。[2]

「幽玄」所具有的宗教的神聖化，也必然要求「入幽玄之境」者
脫掉俗氣，追求典雅、優雅。換言之，不脫俗、不雅化，就不能「入
幽玄之境」，這是「幽玄」的又一個必然要求，而脫俗與雅化則是日
本文學貴族化的根本途徑。

日本文學貴族化與雅化的第一個階段，是將民間文學加以整理、
去粗取精。奈良時代與平安時代，宮廷文人收集整理民間古歌，編輯
了日本第一部和歌總集《萬葉集》，這是將民間俗文學加以雅化的第
一個步驟。在十世紀初，又由天皇詔令，將《萬葉集》中較為高雅的
作品再加篩選，並優選新作，編成了第二部和歌總集《古今和歌
集》。到了一二〇五年，則編纂出了全面體現「幽玄」理想的《新古
今和歌集》。另一方面，在高雅的和歌的直接影響與薰陶下，一些貴
族文人寫出了一大批描寫貴族情感生活的和歌與散文相間的敘事作
品——物語。在和歌與物語創作繁榮的基礎上，形成了平安王朝時代
以宮廷貴族的審美趣味為主導的審美思潮——「物哀」。說到底，「物
哀」的本質就是通過人情的純粹化表現，使文學脫俗、雅化。進入中
世時代後，以上層武士與僧侶為主體的新貴階層，努力繼承和模仿王
朝貴族文化，使自己的創作保持貴族的高雅。這種審美趣味與理想，
就集中體現在「幽玄」這個概念中。可以說，「幽玄」是繼「物哀」
之後，日本文學史上的第二波審美主潮。兩相比較，「物哀」側重於
情感修養，多體現於男女交往及戀情中；「幽玄」則是「情」與

2　能勢朝次：《幽玄論》，見《能勢朝次著作集》（京都：思文閣出版，1981年），卷2，
　頁200-201。

「意」皆修，更注重個人內在的精神涵養。相比之下，「物哀」因其情趣化、情感化的特質，在當時並沒有被明確概念化、範疇化，直到十八世紀才有本居宣長等「國學家」加以系統的闡發。而「幽玄」從一開始概念的自覺程度就比較高，滲透度與普及度也更大。在當時頻頻舉行的「歌合」與連歌會上，「幽玄」每每成為和歌「判詞」的主題詞；在日常生活中，也常常有人使用「幽玄」一詞來評價那些高雅的舉止、典雅的貴族趣味、含蓄蘊藉的事物或優美的作品，而且往往與「離凡俗」、「非凡俗」之類的評語連在一起使用。（對此，日本學者能勢朝次先生在他的《幽玄論》中都有具體的文獻學的列舉。讀者可以參閱。）

可以說，「幽玄」是中世文學的一個審美尺度、一個過濾網、一個美學門檻，有了「幽玄」，那些武士及僧侶的作品，就脫去了俗氣、具備了貴族的高雅；有了「幽玄」，作為和歌的通俗化游藝而產生的「連歌」才有可能登堂入室，進入藝術的殿堂。正因為如此，連歌理論的奠基人二条良基才在他的一系列連歌論著中，比此前任何歌論家都更重視、更提倡「幽玄」。他強調，連歌是和歌之一體，和歌的「幽玄」境界就是連歌應該追求的境界，認為如果不對連歌提出「幽玄」的要求，那麼連歌就不能成為高雅的、堪與古典和歌相比肩的文學樣式。於是二条良基在和歌的「心幽玄」、「詞幽玄」、「姿幽玄」之外，更廣泛地提出了「意地的幽玄」、「音調的幽玄」、「唱和的幽玄」、「聆聽的幽玄」、乃至「景氣的景物等更多的「幽玄」要求。稍後，日本古典劇種「能樂」的集大成者世阿彌，在其一系列能樂理論著作中，與二条良基一樣，反覆強調「幽玄」的理想。他要求在能樂的劇本寫作、舞蹈音樂、舞臺表演等一切方面，都要「幽玄」化。為什麼世阿彌要將和歌的「幽玄」理想導入能樂呢？因為能樂本來是從先前不登大雅之堂的叫作「猿樂」的滑稽表演中發展而來的。在世阿彌看來，如果不將它加以貴族化、不加以脫俗、不加以雅化，它就

不可能成為一門真正的藝術。所以世阿彌才反覆不斷地叮囑自己的傳人：一定要多多聽取那些達官貴人的意見，以他們的審美趣味為標竿；演員一定首先要模仿好貴族男女們的舉止情態，因為他們的舉止情態才是最「幽玄」的；他提醒說，最容易出彩的「幽玄」的劇碼是那些以貴族人物為主角的戲，因此要把此類劇碼放在最重要的時段加以演出；即便是表演那些本身並不「幽玄」的武夫、小民、鬼魂、畜牲類，也一定要演得「幽玄」，模仿其神態動作不能太寫實，而應該要「幽玄地模仿」，也就是要注意化俗為雅。……由於二条良基在連歌領域、世阿彌在能樂領域全面提倡「幽玄」，「幽玄」的語義也被一定程度地寬泛化、廣義化了。正如世阿彌所說：「唯有美與優雅之態，才是『幽玄』之本體。」可見「幽玄」實際上成了高雅之美的代名詞。而這，又是連歌與能樂的脫俗、雅化的藝術使命所決定的。當這種使命完成以後，「幽玄」也大體完成了自己的使命，而從審美理念中淡出了。進入近世（江戶時代）以後，市井町人文化與文學成為時代主流，那些有金錢但無身分地位的町人們以露骨地追求男女聲色之樂為宗，町人作家們則以「好色」趣味去描寫市井小民卑俗享樂的生活場景，這與此前貴族式的「幽玄」之美的追求截然不同，於是在江戶時代，「幽玄」這個詞的使用就極少見到了。從十七世紀一直到明治時代的三百多年間，「幽玄」從日本文論的話語與概念系統中悄然隱退。「幽玄」在日本文論中的這種命運與「幽玄」在中國的命運竟有著驚人的相似：從魏晉南北朝到唐代，在中國的貴族文化、高雅文化最發達的時期，較多使用「幽玄」，而在通俗文化占主流地位的元明清時代，「幽玄」幾近消亡。雖然在中國「幽玄」並沒有像在日本那樣成為一個審美概念，但兩者都與高雅、去俗的貴族趣味密切相聯，都與貴族文化、高雅文學的興亡密切相關。

三　「幽玄」的構造特徵

在對「幽玄」的歷程及成立的必然性做了動態的分析論述之後，還需要對「幽玄」做靜態的剖析，看看「幽玄」內部究竟是什麼。

正如中國的「風骨」、「境」、「意境」等概念在中國文論史上長期演變的情形一樣，「幽玄」在日本文論發展史上，其涵義也經歷了確定與不確定、變與不變、可言說與不可言說的矛盾運動過程。歷史上不同的人在使用「幽玄」時候，各有各的理解、各有各的側重點、各有各的表述。有的就風格而言，有的就文體形式而論，有的在寬泛的意義上使用，有的在具體意義上使用，有的不經意使用，有的刻意使用，這就造成了「幽玄」詞義的多歧、複雜、甚至混亂。直到二十世紀初，日本學者才開始運用現代學術方法，包括語義考古學、歷史文獻學以及文藝美學的方法，對「幽玄」這個概念進行動態的梳理和靜態的分析研究，大西克禮、久松潛一、谷山茂、小西甚一、能勢朝次、岡崎義惠等學者都發表了自己的研究成果。其中，對「幽玄」做歷史文獻學與語義考古學研究的最有代表性的成果，是著名學者能勢朝次先生的《幽玄論》，而用西方美學的概念辨析方法對「幽玄」進行綜合分析的有深度的成果，則是美學家大西克禮的《幽玄論》。

大西克禮在《幽玄論》中認為「幽玄」有七個特徵：第一，「幽玄」意味著審美對象被某種程度地掩藏、遮蔽、不顯露、不明確，追求一種「月被薄霧所隱」、「山上紅葉籠罩於霧中」的趣味。第二，「幽玄」是「微暗、朦朧、薄明」，這是與「露骨」、「直接」、「尖銳」等意味相對立的一種優柔、委婉、和緩，正如藤原定家在宮川歌合的判詞中所說的「於事心幽然」，就是對事物不太追根究柢、不要求在道理上說得一清二白的那種舒緩、優雅；第三，是寂靜和寂寥。正如鴨長明所說的，面對著無聲、無色的秋天的夕暮，會有一種不由自主地潸然淚下之感，是被俊成評為「幽玄」那首和歌——「蘆葦茅

屋中，晚秋聽陣雨，倍感寂寥」──所表現的那種心情；第四，就是
「深遠」感。這種深遠感不單是時間與空間的距離感，而是具有一種
特殊的精神上的意味，它往往意味著對象所含有的某些深刻、難解的
思想（如「佛法幽玄」之類的說法）。歌論中所謂的「心深」，或者定
家所謂的「有心」等，所強調的就是如此；第五，與以上各點聯繫更
為緊密相連的，就是所謂「充實相」。這種「充實相」是以上所說的
「幽玄」所有構成因素的最終合成與本質。這個「充實相」非常巨
大、非常厚重、強有力，與「長高」乃至崇高等意味密切相關，藤原
定家以後作為單純的樣式概念而言的「長高體」、「遠白體」或者「拉
鬼體」等，只要與「幽玄」的其他意味不相矛盾，都可以統攝到「幽
玄」這個審美範疇中來；第六，是具有一種神秘性或超自然性，指的
是與「自然感情」融合在一起的、深深的「宇宙感情」；第七，「幽
玄」具有一種非合理的、不可言說的性質，是飄忽不定、不可言喻、
不可思議的美的情趣，所謂「餘情」也主要是指和歌的字裡行間中飄
忽搖曳的那種氣氛和情趣。最後，大西克禮的結論是：「『幽玄』作為
美學上的一個基本範疇，是從『崇高』中派生出來的一個特殊的審美
範疇。」[3]

　　大西克禮對「幽玄」意義內涵的這七條概括，綜合了此前的一些
研究成果，雖然邏輯層次上稍嫌淩亂，但無疑具有相當的概括性，其
大部分觀點我們今天仍可表示贊同。然而他對「幽玄」的美學特質的
最終定位，即認為「幽玄」是從「崇高」範疇中派生出來的東西，這
一結論事關「幽玄」在世界美學與文論體系中的定性與定位，也關係
到我們對日本文學民族特徵的認識，應該慎重論證才是，但是大西克
禮卻只是簡單一提，未作具體論證，今天我們不妨接著他的話題略作
探討。

3　大西克禮：《幽玄とあはれ》（東京：岩波書店，1939年），頁85-102。

　　如果站在歐洲哲學與美學的立場上，以歐洲美學對「美」與「崇高」這兩種感性形態的劃分為依據，對日本的「幽玄」加以定性歸屬的話，那麼我們權且不妨把「幽玄」歸為「崇高」。因為在日本的廣義上的（非文體的）「幽玄」的觀念中，也含有所謂的「長高」（高大）、「拉鬼」（強健、有力、緊張）等可以認為是「崇高」的因素。然而，倘若站在東西方平等、平行比較的立場上看，即便「幽玄」含有「崇高」的某些因素，「幽玄」在本質上也不同於「崇高」。首先，歐洲美學意義上的「崇高」是與「美」相對的。正如康德所指出的，美具有合目的性的形式，而崇高則是無形式的，「因為真正的崇高不能含在任何感性的形式裡，而只涉及理性的觀念」；「崇高不存在於自然的事物裡，而只能在我們的觀念裡去尋找。」[4]也就是說，「美」是人們欣賞與感知的對象，崇高則是人們理性思索的對象。日本的「幽玄」本質上是「美」的一種形態，是「幽玄之美」，這是一種基於形式而又飄逸出形式之外的美感趣味，更不必說作為「幽玄體」（歌體之一種）的「幽玄」本來就是歌體形式，作為抽象審美概念的「幽玄」與作為歌體樣式觀念的「幽玄」往往是密不可分的。歐洲哲學中的「崇高」是一種沒有感性形式的「無限的」狀態，所以不能憑感性去感覺，只能憑「理性」去把握，崇高感就是人用理性去理解和把握「無限」的那種能力；而日本「幽玄」論者卻強調：「幽玄」是感覺的、情緒的、情趣性的，因而是排斥說理、超越邏輯的。體現在思想方式上，歐洲的「崇高」思想是「深刻」的，是力圖穿透和把握對象，而日本的「幽玄」則「深」而不「刻」，是感覺、感受和體驗性的。

　　而且，我們不能單單從哲學美學的概念上，而且還要從歐洲與日本的文學作品中來考察「崇高」與「幽玄」的內涵。荷馬史詩以降的

4　康得撰，宗白華譯：《判斷力批判》（北京市：商務印書館，1964年），上卷，頁84、89。

歐洲文學，在自然景物的描寫上，「崇高」表現為多寫高聳的山巒、流瀉的江河、洶湧的大海，暴風驟雨，電閃雷鳴，以壯麗雄大為特徵，給人以排山倒海的巨大、劇烈感和壓迫感；而日本文學中的「幽玄」則多寫秀麗的山峰、潺潺的流水、海岸的白浪、海濱的岸樹、風中的野草、晚霞朝暉、瀟瀟時雨、薄雲遮月、霧中看花之類，以優美秀麗、小巧、纖弱、委曲婉轉、朦朦朧朧、「餘情面影」為基本特徵。在人事題材描寫上，歐洲的「崇高」多寫英雄人物九死一生的冒險傳奇經歷；日本文學則寫多情男女，寫人情的無常、戀愛的哀傷。表現在人物語言上，歐洲的「崇高」多表現為語言的揮霍，人物常常言辭鋪張、滔滔不絕，富有雄辯與感染力；日本的「幽玄」的人物多是言辭含蓄，多含言外之意。在人物關係及故事情節的描寫中，歐洲文學中的「崇高」充滿著無限的力度、張力和衝突，是悲劇性的、剛性的；日本文學中的「幽玄」則極力減小力度、緩和張力，化解衝突，是軟性的。在外顯形態上，歐洲文學中的「崇高」是高高聳立著的、顯性的，給人以壓迫感、威懾感、恐懼感乃至痛感；日本文學中的「幽玄」是深深沉潛著的、隱性的，給人以親切感、引誘感、吸附感。正因為如此，日本人所說的「入幽玄之境」，就是投身入、融會於「幽玄」之中。這裡的「境」也是一個來自中國的概念，「境」本身就是物境與人境的統一，是主客交融的世界。就文學藝術的場合而言，「境」就是一種藝術的、審美的氛圍。「入幽玄之境」也是一種「入境」，「境」與「幽玄之境」有著藝術與美的神妙幽深，卻沒有「崇高」的高不可及。要言之，歐洲的「崇高」是與「美」對峙的範疇，日本的「幽玄」則是「美」的極致；歐洲的「崇高」是「高度」模式，日本的「幽玄」是「深度」模式。

　　總之，日本的「幽玄」是借助中國語言文化的影響而形成的一個獨特的文學概念和審美範疇，具有東方文學、日本文學的顯著特性，是歷史上的日本人特別是日本貴族文人階層所崇尚的優美、含蓄、委

婉、間接、朦朧、幽雅、幽深、幽暗、神秘、冷寂、空靈、深遠、超現實、「餘情面影」等審美趣味的高度概括。

四　日本文學與「幽玄」之美

「幽玄」作為一個概念與範疇是複雜難解的，但可以直覺與感知；「幽玄」作為一種審美內涵是沉潛的，但有種種外在表現。

「幽玄」起源於日本平安王朝宮廷貴族的審美趣味，我們在表現平安貴族生活的集大成作品《源氏物語》中，處處可以看到「幽玄」：男女調情沒有西方式的直接表白，而往往是通過事先互贈和歌做委婉的表達；男女初次約會大都隔簾而坐，只聽對方的聲音，不直接看到對方的模樣，以造成無限的遐想；女人對男人有所不滿，卻不直接與男人吵鬧，而是通過出家表示自己的失望與決絕，就連性格倔強的六條妃子因嫉妒源氏的多情泛愛，卻也只是以其怨魂在夢中騷擾源氏而已。後來，宮廷貴族的這種「幽玄」之美，便被形式化、滯定化了，在日本文學藝術、乃至日常生活的一切方面都有表現。例如，《萬葉集》中的和歌總體上直率質樸，但《古今集》特別是《古今和歌集》之後的和歌卻刻意追求餘情餘韻的象徵性表達，如女歌人小野小町的一首歌「若知相逢在夢境，但願長眠不復醒」，寫的是夢境，餘情面影，餘韻無窮。在這一點雖然與漢詩有所相似，但漢詩與和歌的最大不同，就是漢詩無論寫景抒情，都具有較明顯的思想性與說理性，因而語言總體上語言是明晰的、表意是明確的，而古典和歌的「幽玄」論者卻都強調和歌不能說理，不要表達思想觀念，只寫自己的感受與情趣，追求曖昧模糊性。和歌中常見的修辭方法，如「掛詞」（類似於漢語的雙關語）、「緣語」（能夠引起聯想的關聯詞）等，為的就是製造一種富有間接感的餘情餘韻與聯想，這就是和歌的「幽玄」。

　　「幽玄」也表現在古典戲劇「能樂」的方方面面。能樂的曲目從一般所劃分的五類內容上看，大部分是超現實的，其中所謂「神能」、「修羅能」、「鬼畜能」這三類，都是神魔鬼畜，而所謂「鬘能」（假髮戲）又都是歷史上貴族女性人物以「顯靈」的方式登場的。僅有的一類以現實中的人物為題材的劇碼，卻又是以瘋子、特別是「狂女」為主角的，也有相當的超現實性。這些獨特的超現實題材是最有利於表現「幽玄」之美，最容易使劇情、使觀眾「入幽玄之境」的。在表演方面，在西洋古典戲劇中，演員的人物面部表情非常重要，而能樂中的人物為捨棄人的自然表情的豐富性、直接性，大都需要戴假面具，叫作「能面」，追求一種「無表情」、「瞬間固定表情」，最有代表性的、最美的「女面」的表情被認為是「中間表情」，為的是讓觀眾不是直接地通過最表面的人物表情，而是通過音樂唱詞、舞蹈動作等間接地推察人物的感情世界。這種間接性就是「幽玄」。能樂的舞臺藝術氛圍也不像歐洲和中國戲劇那樣輝煌和明亮，而是總體上以冷色調、暗色調為主，有時在晚間演出時只點蠟燭照明，有意追求一種超現實的幽暗，這種幽暗的舞臺色調就是「幽玄」。在劇情方面，則更注意表現「幽玄」。例如在被認為是最「幽玄」的劇碼〈熊野〉中，情節是女主人公、武將平宗盛的愛妾熊野，聽說家鄉的老母患病，幾次向宗盛請求回鄉探母，宗盛不許，卻要她陪自己去清水寺賞花。賞花中熊野看見凋零的櫻花，想起家中抱病的老母，悲從中來，當場寫出一首短歌，宗盛接過來看到上句——「都中之春固足惜」，熊野接著啜泣地吟詠出下句——「東國之花且凋零」。宗盛聽罷，當即表示讓熊野回鄉探母……。此前熊野的直接懇求無濟於事，而見落花吟詠出來的思母歌卻一下子打動了宗盛。這種間接的、委曲婉轉的表述，就是「幽玄」。「幽玄」固然委婉、間接，卻具有動人的美感。

　　「幽玄」也表現在日常生活中，例如日本傳統女性化妝時喜歡用白粉將臉部皮膚遮蔽，顯得「慘白」，卻適合在微暗中欣賞。日本式

建築不喜歡取明亮的光線，特別是茶室窗戶本來就小，而且還要有葦
簾遮擋，以便在間接的弱光和微暗中見出美感。甚至日本的飲食也都
有「幽玄」之味，例如日本作家谷崎潤一郎在《陰翳禮贊》中，列舉
了日本人對「陰翳」之美的種種嗜好，在談到日本人最為常用的漆器
湯碗的時候，他這樣寫道：

> 漆碗的好處就在於當人們打開蓋子拿到嘴邊的這段時間，凝視
> 著幽暗的碗底深處，悄無聲息地沉聚著和漆器的顏色幾乎無異
> 的湯汁，在這瞬間人們會產生一種感受。人們雖然看不清在漆
> 碗的幽暗中有什麼東西，但他可以通過拿著湯碗的手感覺到湯
> 汁的緩緩晃動，可以從沾在碗邊的微小水珠知道騰騰上升的熱
> 氣，並且可以從熱氣帶來的氣味中預感到將要吸入口中的模模
> 糊糊的美味佳餚。這一瞬間的心情，比起用湯是在淺陋的白盤
> 裡舀出湯來喝的西洋方式，真有天壤之別。這種心情不能不說
> 有一種神秘感，頗有禪宗家情趣。[5]

　　谷崎潤一郎所禮贊的這種幽暗、神秘的「陰翳」，實際上就是
「幽玄」。這種「幽玄」的審美趣味作為一種傳統，對現代日本文學
的創作與欣賞，也持續不斷地產生著深刻影響。現代學者鈴木修辭在
《中國文學與日本文學》中，將這種「幽玄」稱為「幻暈嗜好」。在
〈幻暈嗜好〉一章中，他寫道：

> 讀福田麟太郎先生的《讀書與人生》可以看到這樣一段軼事：
> 「詩人西脅順三郎是我引以為榮的朋友，他寫的一些詩很難

5　谷崎潤一郎撰，丘仕俊譯：《陰翳禮贊——日本和西洋文化隨筆》（北京市：三聯書
　店，1992年），頁15。

懂。他一旦看到誰寫的詩一看就懂，就直率地批評說：『這個一看就懂啊，沒有不懂的地方就沒味啦。』」讀完這段話實在教人忍俊不禁。福原先生是詼諧之言，並不打算評長論短，然而不可否認的是，我看了這段話也不由得感到共鳴。認為易懂的作品就不高級，高級的作品就不易懂，這種高雅超然的觀點，每個日本人多多少少都會有一點吧？這種對幽深趣味的嗜好，並不是從明治以後的時髦文化中產生的，實際上是日本人的一種傳統的嗜好。[6]

　　實際上，作為一個中國讀者，我們也常常會在具有日本傳統文化趣味的近現代文學的閱讀中，感到這種「不易懂」的一面。例如，從這個角度看川端康成的小說，可以說最大的特點是「不易懂」。但這種「不易懂」並不像西方的《神曲》、《浮士德》、《尤利西斯》那樣由思想的博大精深所造成，相反，卻是由感覺感情的「幽玄」的表達方式造成的，我們讀完川端的作品，常常會有把握不住、稍縱即逝的感覺，不能明確說出作者究竟寫了什麼，更難以總結出它的「主題」或「中心思想」，這就是日本式的「幽玄」。

　　懂得了「幽玄」的存在，我們對日本文學與文化就有更深一層的理解。「入幽玄之境」是日本人最高的審美境界，「入幽玄之境」也是我們通往日本文化、文學之堂奧的必由之門。

6　鈴木修次：《中國文學と日本文學》（東京：東京書籍株式會社，1988年），頁104。

論「寂」之美

──日本古典文藝美學關鍵字「寂」的內涵與構造[1]

　　「寂」是日本古典文藝美學、特別是俳諧美學的一個關鍵詞和重要範疇，也是與「物哀」[2]、「幽玄」[3]並列的三大美學概念之一。在比喻的意義上可以說，「物哀」是鮮花，它絢爛華美，開放於平安王朝文化的燦爛春天；「幽玄」是果，它成熟於日本武士貴族與僧侶文化的鼎盛時代的夏末秋初，「寂」是飄落中的葉子，它是日本古典文化由盛及衰、新的平民文化興起的象徵，是秋末初冬的景象，也是古典文化終結、近代文化萌動的預告。從美學形態上說，「物哀論」屬於創作主體論、藝術情感論，「幽玄論」是「藝術本體論」和藝術內容論，「寂」論則是「審美境界」論、「審美心胸論」或「審美態度」論；就這三大概念所指涉的具體文學樣式而言，「物哀」對應於物語與和歌，「幽玄」對應於和歌、連歌和能樂，而「寂」則對應於日本短詩「俳諧」（近代以後稱為「俳句」），是俳諧論（簡稱「俳論」）的核心範疇；又因為「俳聖」松尾芭蕉及其弟子（通稱「蕉門弟子」）常常把俳諧稱為「風雅」，所以「寂」就是俳諧之「寂」，亦即蕉門俳論所謂的「風雅之寂」。

1　本文原載《清華大學學報》（北京），2012第2期。

2　關於日本的「物哀」論，請參見本居宣長著《紫文要領》、《石上私淑言》等著作，中文譯文見王向遠編譯：《日本物哀》（長春市：吉林出版集團，2110年）。

3　關於日本文論史上的「幽玄」論，請參見能勢朝次等著、王向遠編譯：《日本幽玄》（長春市：吉林出版集團，2011年）。

一　「寂」的三個層面：「寂聲」、「寂色」、「寂心」

　　「寂」是一個古老的日文詞，日文寫作「さび」，後來漢字傳入後，日本人以漢字「寂」來標記「さび」。對於漢字「寂」，中國讀者第一眼看上去，就會立刻理解為「寂靜」、「安靜」、「閑寂」、「空寂」，佛教詞彙中的「圓寂」（死亡）也簡稱「寂」。如果單純從字面上做這樣的理解的話，事情就比較簡單了。但是「寂」作為日語詞，其涵義相當複雜，而且作為日本古典美學與文論的概念，它又與日本傳統文學中的某種特殊文體──俳諧（這裡主要指「俳諧連歌」中的首句即「發句」，近代以來稱為「俳句」，共「五七五」十七字音）相聯繫。如果說，「物哀」主要是對和歌與物語的審美概括，「幽玄」主要是對和歌、連歌與「能樂」的概括，那麼，「寂」則是對俳諧創作的概括，它是一個「俳論」（俳諧論）概念，特別是以「俳聖」松尾芭蕉為中心的所謂「蕉風俳諧」或稱「蕉門俳諧」所使用的核心的審美概念，在日本古典美學概念範疇中占有及其重要的位置。

　　但是，相對於「物哀」與「幽玄」，「寂」這一概念在日本古典俳論中顯得更為複雜含混，更為眾說紛紜。現代學者對於「寂」的研究較之「物哀」與「幽玄」，也顯得很不足。日本美學家大西克禮在一九四一年寫了一部專門研究「寂」的書，取名為《風雅論──「寂」的研究》，是最早從美學角度對「寂」加以系統闡發的著作，雖然該書許多表述顯得囉嗦、迂遠、不得要領，暴露出了不少日本學者難以克服的不擅長理論思維的一面，但儘管如此，該書奠定了「寂」研究的基本思路與方法，而且此後一直未見有更大規模的相關研究成果問世，另外的一些篇幅較短的論文更顯得蜻蜓點水、淺嚐輒止。較有代表性的是語言學家、教育家西尾實的論文《寂》（收於《日本文學的美的理念‧文學評論史》，東京：河出書房，1955 年），他覺察到「寂」在內涵上有肯定與否定的對立統一的「二重構造」或「立體構

造」，但他並沒有將這種構造清楚地呈現出來。至於在中國，雖然有
學者在相關著作中提到「寂」，但只是一般性的簡單介紹，難以稱為
研究。

　　為了給中國學者的相關研究提供關於「寂」的原典資料，筆者把
松尾芭蕉及其弟子的俳論擇要翻譯出來，又譯出了大西克禮的《風雅
論——「寂」的研究》，合在一起編譯了《日本風雅》[4]一書，在此基
礎上，我運用概念辨析的方法，特別是歷史文化語義學、比較比較語
義學的方法，試圖將「寂」的複雜的內部構造描畫出來，將其審美意
義揭示、呈現出來。

　　綜合考察日本俳論原典的對「寂」的使用，我認為「寂」有三個
層面的意義。第一是「寂之聲」（寂聲），第二是「寂之色」（寂色），
第三是「寂之心」（寂心）。以下逐層加以說明。

　　「寂」的第一個意義層面是聽覺上的「寂靜」、「安靜」，也就是
「寂聲」。這是漢字「寂」的本義，也是我們中國讀者最容易理解
的。松尾芭蕉的著名俳句「寂靜啊，蟬聲滲入岩石中」，表現的主要
就是這個意義上的「寂」。正如這首俳句所表現的，「寂聲」的最大特
點是通過盈耳之「聲」來表現「寂靜」的感受，追求那種「有聲比無
聲更靜寂」、「此時有聲勝無聲」的聽覺上的審美效果。「寂靜」層面
上的「寂」較為淺顯，不必贅言。

　　「寂」的第二個層面，是視覺上的「寂」的顏色，可稱為「寂
色」。據《去來抄》的「修行」章第三十七則記載，松尾芭蕉在其俳
論中用過「寂色」（さび色）一詞，認為「寂」是一種視覺上的色
調。漢語中沒有「寂色」一詞，所以中國讀者看上去不好理解。「寂
色」與我們所說的「陳舊的顏色」在視覺上相近，但「色彩陳舊」常
常是一種否定性的視覺評價，而「寂色」卻是一種完全意義上的肯定

4　大西克禮等著，王向遠編譯：《日本風雅》（長春市：吉林出版集團，2011年）。

評價。換言之,「寂色」是一種具有審美價值的「陳舊之色」。用現在
的話來說,「寂」色就是一種古色,水墨色、煙燻色、復古色。從色
彩感覺上說,「寂色」給人以磨損感、陳舊感、黯淡感、樸素感、單
調感、清瘦感,但也給人以低調、含蘊、樸素、簡潔、灑脫的感覺,
所以富有相當的審美價值。「寂色」是日本茶道、日本俳諧所追求的
總體色調(茶道中「寂」又常常寫作「佗」,假名寫作「わび」)。茶
道建築——茶室的總體色調就是「寂」色,屋頂用黃灰色的茅草修
葺,牆壁用泥巴塗抹,房樑用原木支撐,裡裡外外總體上呈現發黑的
暗黃色,也就是典型的「寂色」。「寂色」的反面例子是中國宮廷式建
築的大紅大紫、輝煌繁複、雕樑畫棟。中世時代以後的日本男式日常
和服也趨向於單調古雅的灰黑色,也就是一種「寂色」;與此相對照
的是女性和服的明麗、燦爛和光鮮。

　　日本古典俳諧喜歡描寫的事物,常常是枯樹、落葉、頑石、古
藤、草庵、荒草、黃昏、陰雨等帶有「寂色」的東西。「寂色」不僅
在古代日本文化中具有重要的審美價值,而且在現代文化中,也同樣
具有普遍的審美價值。眾所周知,在現代審美文化潮流中,「寂色」
也相當彰顯,甚至「寂色」已成為一種不衰的時尚。例如,二十世紀
五〇年代後,從北美、歐洲到東方的日本,全世界都逐漸興起了一股
返璞歸真的審美運動,表現在服裝上,則是以牛仔服的顏色為代表的
「寂色」服裝持久流行,更有服裝設計與製造者故意將新衣服加以磨
損,使其出現破綻,追求「破衣爛衫」的效果與情趣,反而可以顯出
一種獨特的「時尚」感。這種潮流到上世紀九〇年代後逐漸傳到中
國,直至如今,人們已經習以為常。但現代漢語中還沒有一個恰當的
詞來表示這種色彩與風格,我認為,借用日本俳諧美學的「寂」及
「寂色」這個名詞來概括,最為合適。

　　「寂」的第三個層面,指的是一種抽象的精神姿態,是深層的心
理學上的含義,是一種主觀的感受,可以稱為「寂心」。「寂心」是

「寂」的最核心、最內在、最深的層次。有了這種「寂心」，就可以擺脫客觀環境的制約，從而獲得感受的主導性、自主性。例如，客觀環境喧鬧不靜，但是主觀感受可以在鬧中取靜。從人的主觀心境及精神世界出發，就可以進一步生髮出「閑寂」、「空寂」、「清靜」、「孤寂」、「孤高」、「淡泊」、「簡單」、「樸素」等形容人精神狀態的詞。而一旦「寂」由一種表示客觀環境的物理學詞彙、上升到心理學詞彙，就很接近於一種美學詞彙，很容易成為一個審美概念了。

　　日本俳諧所追求的「寂心」，或者說是「寂」的精神狀態、生活趣味與審美趣味，主要是一種寂然獨立、淡泊寧靜、自由灑脫的人生狀態。所謂「寂然獨立」，是說只有擁有「寂」的狀態，人才能獨立；只有獨立，人才能自在，只有自在，才能獲得審美的自由。這一點在「俳聖」松尾芭蕉的生活與創作中充分體現了出來。芭蕉遠離世間塵囂，或住在鄉間草庵，或走在山間水畔，帶著若干弟子，牽著幾匹瘦馬，一邊雲遊、一邊創作，將人生與藝術結合在一起，從而追求「寂」、實踐「寂」、表現「寂」。要獲得這種「寂」之美，首先要孑然孤立、離群索居。對此，松尾芭蕉在《嵯峨日記》中寫道：「沒有比離群索居更有趣的事情了。」近代俳人、評論家正岡子規在《歲晚閒話》中，曾對芭蕉的「倚靠在這房柱上，度過了一冬天啊」這首俳句做出評論，說此乃「真人氣象，乾坤之寂聲」，因為它將寒冷冬天的艱苦、清貧的、單調寂寞的生活給審美化了。

　　過這種「寂」的生活，並非是要做一個苦行僧，而是為了更好地感知美與快樂。對此，芭蕉弟子各務支考在《續五論》一書中說：「心中一定要明白：居於享樂，則難以體會『寂』；居於『寂』，則容易感知享樂。」我認為這實在是一種很高的覺悟。一個沉溺於聲色犬馬、紙醉金迷之樂的人，其結果往往會走向快樂的反面，因為對快樂的感知遲鈍了。對快樂的感知一旦遲鈍，對更為精神性的「美」的感知將更為麻木化。所以，「寂」就是要淡乎寡味，在無味中體味有

味。芭蕉的另一個弟子森川許六在一篇文章中就說過這個意思的話，他說：「世間不知俳諧為何物者，一旦找到有趣的題材，便咬住不放，是不知無味之處自有風流……要盡可能在有味之事物中去除濃味。」（〈篇突〉）這裡所強調的都是「寂」是一種平淡的心境與趣味。這樣的心境和趣味容易使人在不樂中感知快樂，在無味中感知有味，甚至可以化苦為樂。這樣，「寂」本身就成為一種超然的審美境界，能夠超越它原本具有的寂寞無聊的消極性心態，而把「寂寥」化為一種審美境界，擺脫世事紛擾，擺脫物質、人情與名利等社會性的束縛，擺脫不樂、痛苦的感受，使心境獲得對非審美的一切事物的「鈍感性」乃至「不感性」，自得其樂、享受孤獨，從而獲得一種心靈上的自由、灑脫的態度。

　　「寂」作為審美狀態，是「閑寂」、「空寂」，而不是「死寂」；是「寂然獨立」，不是「寂然不動」，它是一種優哉游哉、游刃有餘、不偏執、不癡迷、不執著、不膠著的態度。就審美而言，對任何事物的偏執、入魔、癡迷、執著、膠著，都只是宗教虔誠狀態，而不是審美狀態。芭蕉自己的創作體驗也能很好地說明這一點。他曾在《奧之小道》中提到，他初次參觀日本著名風景聖地松島的時候，完全被那裡的美景所震懾住了，一時進入了一種癡迷狀態，不可自拔，所以當時竟連一首俳句都寫不出來。這就說明，「美」實際上是一種非常可怕的東西，被「美」俘虜的人，要嘛會成為美的犧牲者，要嘛成為美的毀滅者，卻難以成為美的守護者、美的創造者。例如王爾德筆下的莎樂美為了獲得對美的獨占，把自己心愛的男人的頭顱切下來；三島由紀夫《金閣寺》中的溝口為了獨占金閣的美，而縱火將金閣燒掉了，他們都成為美的毀滅者。至於為美而死、被美所毀滅的人就更多了。這些都說明，真正的審美，就必須與美保持距離，要入乎其內，然後超乎其外。而「寂」恰恰就是對這種審美狀態的一種規定，其根本特點就是面對某種審美對象，可以傾心之，但不可以占有之，要做到不

偏執、不癡迷、不執著、不膠著。一句話，「寂」就是保持審美主體
的「寂然獨立」，對此，芭蕉的高足向井去來在《三冊子》中寫道：
不能被事物的新奇之美所俘虜，「若一味執著於追新求奇，就不能認
識該事物的『本情』，從而喪失本心。喪失本心，是心執著於物的緣
故。這也叫作『失本意』。」古典著名歌人慈圓有一首和歌這樣寫
道：「柴戶有香花，眼睛不由盯住它，此心太可怕。」在他看來，沉
迷於、膠著於美，是可怕的事情。用日本近代作家夏目漱石的話來
說，你需要有一種「餘裕」的精神狀態，有一種「無所觸及」的態
度，就是要使主體在對象之上保持自由游走、自由飄遊的狀態。

二　「寂心」的四對範疇：虛實、雅俗、老少、不易與流行

那麼，究竟要在哪裡游走飄移，又從何處、到何處游走飄移呢？
綜觀日本古典俳論特別是蕉門俳論，可以發現其中存在著四個對立統
一的範疇（「四論」）及相關命題：

第一是「虛實」論，提出了「游走於虛實之間」的命題。

第二是「雅俗」論，提出了「以雅化俗」、「高悟歸宿」的命題。

第三是「老少」論，提出了「忘老少」的命題。

第四是「不易與流行」論，提出了「千歲不易，一時流行」的
命題。

要使「寂」這一審美理念得以成立，審美主體或創作主體就要在
「虛與實」、「雅與俗」、「老與少」、「不易與流行」之間飄移，由此形
成了既對立又和諧的審美張力，並構成了「寂心」的基本內涵。

先說「寂心」中的第一對範疇──「虛實」論。

「虛實」論本來是中國哲學與文論中重要的對立統一的範疇，指
的是有與無的關係，現實與想像的關係、生活與藝術的關係、虛構與

真實的關係等等。作為文論概念的「虛實」主要指一種藝術手法，具
體表述為「虛實兼用」、「虛實互用」、「虛實互藏」、「虛實相半」、「虛
實相生」、「虛實相間」、「虛實得宜」等，而日本「虛實」概念的涵義
雖然基本上與中國相當，但與中國文論所不同的是，日本俳論中的
「虛實」概念是包含在「寂」論之中的。在日語中，有一個動詞寫作
「さぶ」，名詞型寫作「さび」，這個詞在詞源上可能與「寂」有所不
同，但顯然與「寂」是同音近義的關係，所以也不妨將它作為「寂」
的派生用法。「寂」（「さぶ」、「さび」）這個接尾詞可以置於某一個名
詞之後，表示「帶有……的樣子」的意思，相當於古漢語中的「……
然」的用法。例如：「翁さぶ」、「秋さぶ」分別是「彷彿老人的樣
子」、「有秋天的感覺」的意思；「山さび」是說某某東西像是「山」。
在這裡，本體是「實」，喻體是「虛」，這是「寂」作為接尾詞在日語
中的獨特的語法功能。通過這一功能作用，就可以將「虛」與「實」
兩種事物聯繫起來、統一起來。

　　另一方面，「寂」論中的「虛實」論指的也不是中國文論中的
「虛實互用」、「虛實相間」之類的藝術表現手法，而是主張審美創作
者與美的關係，或者說是人與現實之間，形成一種既有距離、又不遠
離的若即若離的審美關係。用蕉門俳論中的術語來說，是要「飄遊於
虛實之間」。對此，《幻住庵俳諧有耶無耶關》一書中，以芭蕉的名義
寫了如下一段話：「於虛實之間游移，而不止於虛實，是為正風，是
為我家秘訣。」並舉了一個風箏的例子加以形象的說明：「虛：猶如
風箏斷線，飄入雲中。實：風箏斷線，從雲中飄落。正：風箏斷線，
但未飄入雲中。」以此來說明「以虛實為非，以正為是，漂游於虛實
之間，是為俳諧之正。」在這個形象的比喻中，地為實，天（雲）為
虛，風箏是俳人的姿態。風箏斷線，方能與「實」相脫離，但又不能
飄入雲中，否則就是遠離了「實」而「游於虛」。只有「飄遊於虛實
之間」，才是「寂」應有的狀態。

　　對此，大西克禮在《風雅論》一書中，用德國浪漫派美學家提出的「浪漫的反諷」的命題加以解釋。他認為，所謂「浪漫的反諷」就是「一邊飄遊於所有事物之上，一邊又否定所有事物的那種藝術家的眼光」。「反諷」的立場，是把現實視為虛空，又把主體或主觀視為虛空，結果便在虛與實之間飄遊，在「幻像」與「實在」之間飄遊、在「否定」與「肯定」之間飄遊。按我的理解，「審美的反諷」實際上就是一種審美主體的超越姿態，就是以遊戲性的、審美的立場，對主客、虛實、美醜等的二元對立加以消解，在對立的兩者之間來回反顧，自由地循環往復。這樣一來，「虛」便可能成為「實」，而「實」又可能成為「虛」。由此，才有可能自由地將醜惡的現實世界加以抹殺，達到一種芭蕉在《笈之小文》中所提倡的那種自由的審美境界，即「所見者無處不是花，所思者無處不是月」。

　　這一點集中體現於松尾芭蕉的創作裡。在他「寂」的「審美眼」裡，世間一切事物都帶上了美的色彩。例如，他的俳句「黃鶯啊，飛到屋檐下，朝面餅上拉屎哦」；「魚鋪裡，一排死鯛魚，呲著一口白牙」，都是將本來令人噁心的事物和景象，寫得不乏美感。十九世紀法國詩人波德萊爾的「惡之花」的審美觀與藝術表現與此有一點相似，但波德萊爾是立足於頹廢主義的立場，強調的是美與醜、美與道德的對立，而松尾芭蕉並非有意地彰顯醜，而是用他的「審美眼」、用「寂心」來看待萬事萬物。有了「寂心」，就不僅會對非審美的東西具有「鈍感性」或「不感性」，而且還能夠「化腐朽為神奇」、化醜為美。一般而言，把原本美的東西寫成美的，是寫實；將原本不美的東西寫成美的，才是審美。在這方面，不僅芭蕉如此，以「寂」為追求的芭蕉的弟子們也都如此。據《去來抄》記載，一天傍晚，先師對宗次說：「來，休息一會兒吧！我也想躺下。」宗次說：「那就不見外了。身體好放鬆啊，像這樣舒舒服服躺下來，才覺得有涼風來啊！」於是，先師說：「你剛才說的，實際上就是發句呀！你將這首《身體

輕鬆放》整理一下，編到集子裡吧！」宗次的這首俳句是：「身體輕
鬆放，四仰八叉席上躺，心靜自然涼」。所表現的是俳人苦中求樂的
生態。這種態度，這種表達，就是俳諧精神，就是「寂」的本質。芭
蕉的另一個弟子寶井其角，夜間睡眠中被跳蚤咬醒了，便起身寫了一
首俳句：「好夢被打斷，疑是跳蚤在搗亂，身上有紅斑。」同樣是將
煩惱化成快樂。在這些俳諧中所表現的，就是俳人甘於清貧、通達、
灑脫的本色，是一種無處不在的遊戲心態和審美態度。顯然，在這灑
脫的精神態度中，也含有某種程度的「滑稽」、「幽默」、「可笑」的意
味。實際上，「俳諧」這個詞的本義就是滑稽、可笑，因而俳諧與滑
稽趣味具有天然的聯繫。所以大西克禮在《風雅論》中，以西方美學
為參照，認為「寂」是屬於「幽默」的一個審美範疇。這是因為
「寂」飄遊於虛實之間，同樣也飄遊於「痛苦」與「快樂」、「嚴肅」
與「遊戲」、「諧謔」與「認真」之間，並使對立的兩者相互轉換。於
是，「寂」這種原本「寂寞」、「寂寥」、「清苦」就常常走到其反面，
帶上了「滑稽」、「有趣」、「遊戲」、「滿足」乃至「可笑」的色彩。

　　「虛實」及「虛實論」是一種俳人的人生態度與審美態度，是一
個高度抽象的哲學問題。而在具體俳諧創作中，「虛實論」又具體表
現為「華實論」。儘管日本俳論中各家對「華實」的解釋各有不同，
但基本上與中國古代文論中的「華實」論相通，就是主張以「實」為
主，以「花」為輔。例如向井去來在《去來抄·同門評》中，認為俳
諧中吟詠的中心對象是「實」，一首俳諧中「實」是確定不變的，而
「作為修飾性的『花』可以有多種多樣，但應選取有雅趣的事物」。

　　再說「寂」論的第二對範疇——「雅俗」論。

　　「寂」所包含的這種淡薄、寧靜、自由、灑脫、本色、幽默的生
活態度，從另一個角度來說，就是「風雅」。在這個意義上，「寂」常
常被稱為「風雅之寂」。我認為，「風雅」不同於日語中的另一個近義
詞「雅」（みやび）。「雅」是宮廷貴族的高貴、高雅之美，其意義結

構是單一的，而「風雅」則是一種對立結構，是「風」與「雅」的對立統一，用日語來說，就是「俚」（さとび）與「雅」（みやび）的對立統一。對於「風雅」（ふうが）這個漢字詞，日本人歷來有種種解釋，例如「風」與「雅」是漢詩「六義」中的兩義，「風雅」指詩歌文章之道，是一種藝術性的風流表現。這些解釋都是漢語中「風雅」的原意。日本俳論中對「風雅」一詞的理解也很不一致、很不明確，但是只要我們對日語及日本文學、文論語境中的「風雅」加以分析，就會看出「風雅」是作為「寂」的一個審美條件，指的是「風」與「雅」的對立統一。「風」者，風俗也，世俗也，大眾也，民間也、底層也、俚俗也；在「風雅之寂」的審美理念中，「雅」者，高尚也、個性也、高貴也、純粹也、美好也。「風雅」的實質是就是變「風」為「雅」，就是將大眾的、底層的、卑俗的東西予以提煉與提升，把最日常、最通行、最民眾、最俚俗的事物加以審美化，就是從世俗之「風」中見出美，也就是通常所說的「俗」與「雅」的對立統一。為此，松尾芭蕉提出「高悟歸俗」的主張。「高悟」後再「歸俗」，就不是無條件地隨俗，而是超越世俗，然後再回歸於俗。有時表面看上去很俗，實則脫俗乃至反俗。為此，松尾芭蕉還提出了所謂「夏爐冬扇」說。火爐與扇子固然是俗物，但夏天的火爐，冬天的扇子，一般人都會認為是不合時宜的無用之物，而「夏爐冬扇」作為一種趣味，恰恰可以表示一個人的不合時宜、不從流俗、特立獨行的姿態。從語言使用的角度看，俳諧與和歌的不同點就是使用俗語，就此，蕉門俳論書〈二十五條〉鮮明提出俳諧創作就是「將俗談俚語雅正化」，與謝蕪村在〈春泥發句集序〉中也提出俳諧使用「俗語」，但又需要「離俗」，其意思都是一樣的。或者在雅歸俗、或者在俗向雅，都存在著一個「雅」與「俗」互動，或者「俗」與「離俗」互動的審美張力。而根本的指向就是「以雅化俗」，這也是「風雅之寂」的最顯著的審美特徵。

「風雅之寂」作為一種心胸或態度，又叫「風雅之誠」。「誠」者，不僅僅是指客觀的真實，更是指主觀的真心、真性情，是很個人化的、很自我的精神世界。「風雅之寂」與「風雅之誠」，就是一種超越於雅俗的審美追求。這一點，我們也可以從一些俳人所起的名號中看出來，例如有人叫「去來」，有人叫「也有」，有人叫「橫斜」，有人叫「一茶」，有人叫「蕉村」等等，通俗至極，但奇特至極、風雅至極。站在現代社會的角度看，「風雅之寂」就是人的內在修養的外在表現，是「貴族趣味」與「平民姿態」的對立統一。一個人的精神趣味是貴族的、高雅的、脫俗的，但外在表現上卻又是平民的、隨和的、樸素的，這就是「風雅之寂」，是人格的一種大美。相反的，則是矯揉造作、假模假式，拿架子、擺派頭，那就是不「寂」，就是醜。

第三，是「寂」論的第三對範疇——「老少」論。

「寂」這一概念的深層的意義，就是「老」、「古」、「舊」。本來，「寂」在日語中，作為動詞，具有「變舊」、「變老」、「生鏽」的意思。這個詞給人的直觀感覺就是「黯淡」、「煙燻色」、「陳舊」等，這是漢語中的「寂」字所沒有的含義。如果說，「寂」的第一層含義「寂靜」、「安靜」主要是從空間的角度而言，與此相關的「寂然、寂靜、寂寥、孤寂、孤高」等的狀態與感覺，都有賴於空間上的相對幽閉和收縮，或者空間上的無限空曠荒涼，都可以歸結為空間的範疇。那麼，「寂」的「變舊」、「生鏽」、「帶有古舊色」等義，則與時間的因素聯繫在一起，與時間上的積澱性密切關聯。

「寂」的這種「古老」、「陳舊」的意味，如何會成為一種審美價值呢？我們都知道，「古老」、「陳舊」的對義詞是新鮮、生動、蓬勃，這些都具有無可爭議的審美價值。而「古老」、「陳舊」往往表示著對象在外部所顯示出來的某種程度的陳舊、磨滅和衰朽。這種消極性的東西，在外部常常表現為不美、乃至醜。而不美與醜如何能夠轉化為美呢？

　　一方面，衰落、凋敝、破舊乾枯的、不完滿的事物，會引起俳人們對生命、對於變化與變遷的惋歎、感慨、惆悵、同情與留戀。早在十四世紀的僧人作家吉田兼好的隨筆集《徒然草》第八二則中，就明確地提出殘破的書籍是美的。在該書的第一三七節，作者認為比起滿月，殘月更美；比起盛開的櫻花，凋落的櫻花更美；比起男女的相聚相愛，兩相分別和相互思念更美。從這個角度看，西尾實把《徒然草》看作是「寂」的審美意識的最早表達。在俳諧中，這種審美意識得到了更為集中的表現。例如，看到店頭的蘿蔔乾皺了，俳人桐葉吟詠了一首俳句：「那乾皺了的大蘿蔔呀！」松尾芭蕉也有一首俳句，曰：「可惜呀，買來的麵餅放在那裡乾枯了。」這裡所詠歎的是「乾皺」、「乾枯」的對象，最能體現「寂」的趣味。用俳人北枝的一首俳句來說，「寂」審美的趣味，就是「面目清臞的秋天啊，你是風雅！」在這個意義上，「寂」就是晚秋那種盛極而敗的凋敝狀態。俳人鷺立在《芭蕉葉舟》一書中認為：「句以『寂』為佳，但過於『寂』，則如見骸骨，失去皮肉」，可見「寂」就是老而瘦硬、甚至瘦骨嶙峋的狀態。鷺立在《芭蕉葉舟》中還說過這樣一段話：「句有亮光，則顯華麗，此為高調之句；有弱光、有微溫者，是為低調之句。……亮光、微溫、華麗、光芒，此四者，句之病也，是本流派所厭棄者也。中人以上者若要長進，必先去其『光』，高手之句無『光』，亦無華麗。句應如清水，淡然無味。有垢之句，汗而濁。香味清淡，似有似無，則幽雅可親。」這裡強調的是古舊之美。芭蕉的弟子之一森川許六在〈贈落柿捨去來書〉中寫道：「我已經四十二歲了，血氣尚未衰退，卻也做不出華麗之句了。隨著年齡增長，即便不刻意追求，也會自然吟詠出『寂』之句來。」可見在他看來，「寂」是一種自然而然的「老」的趣味。

　　但是，僅僅是「老」本身，還不能構成真正的「寂」的真髓，正如鷺立所說的「過於『寂』，則如見骸骨，失去皮肉」。假如沒有生命

的燭照，就沒有「寂」之美。關鍵是，人們要能夠從「古老」、「陳舊」的事物中見出生命的累積、時間的沉澱，才是真正的「寂」之美。這就與人類的生命、人類的生命體驗，產生了一種不可分割的深刻聯繫。任何生命都是有限的、短暫的，而我們又可以從某些「古老」、「陳舊」的事物中，某種程度地見出生命的頑強不絕、堅韌性、超越性和無限性。這樣一來，「古老」、「陳舊」就有了生命的移入與投射，就具有了審美價值。最為典型的是古代文物。有時候，儘管「古老」、「陳舊」的對象是一種自然物，例如一塊長著青苔的古老的岩石，一棵枝葉稀疏的老松，只要我們可以從中看出時間與生命的積澱，它們就同樣具有審美價值。

　　另一方面，俳論中的「寂」論確認了有著生命積澱的「古老」、「陳舊」事物的審美價值，但這並不意味著「寂」專門推崇、或特別推崇「古老」、「陳舊」之美。誠然，正如中國蘇東坡所說：「大凡為文，漸老漸熟，乃造平淡。」（宋・周紫之《竹坡詩話》）；又如明代畫家董其昌所說：「詩文書畫、少而工、老而淡」（《畫旨》）。是說人到老了，容易走向平淡，也就是容易得到「寂」。但這並不意味著「寂」是老年人的專利，也不意味著「老」本身就是「寂」之美。雖然俳諧的「寂」的審美理念中包含了「古老」、「陳舊」的審美價值，但我們也不能像大西克禮那樣把俳諧劃歸於「老年文學」。我認為，總體而言，日本文學與中國文學的一個最大的不同，就是中國文學在觀念上十分推崇「老」之美，常常把「老道」、「老辣」、「老成」作為審美的極致狀態，而日本文學則把「少」之美作為美的極致，而盡力迴避老醜的描寫。例如在《源氏物語》中，所有女性的主要人物都是十幾歲至二十幾歲的青年，男性則大多是屬於中青年。作者對男主人公源氏也只寫到四十歲為止。作者筆下的若干最美的女主人公，都是在二十歲前後去世的，這就避免了寫到她們的老醜之態。整個平安王朝的貴族文學，基本情形就是如此。即便是到了俳諧文學這樣後起的

文學樣式，也仍然繼承了這一傳統。最典型的代表是江戶時代後期的俳人小林一茶，他在中晚年寫了大量充滿孩子氣、天真稚氣的俳句，如「沒有爹娘的小麻雀，來跟我一塊玩吧」；「瘦青蛙，莫敗退，有我一茶在這裡」等等之類。可見，在日本文學中，似乎存在著一種「寫『少』避『老』」的傳統，存在著對「老醜」的一種恐懼感。例如井原西鶴《好色一代女》中女主人公，在年老色衰後隱遁山中不再見人；又如川端康成《睡美人》中的男主人公，因老年、性力喪失感到羞愧，只能面對服藥後昏睡的年輕女子回顧往昔、想入非非。谷崎潤一郎的《瘋癲老人的日記》所描寫的也是如此。

　　這一傳統，在日本俳諧文學及俳論中的「寂」論中同樣也有表現。「寂」論實際上包含了「老」與「少」這對矛盾的範疇。松尾芭蕉在〈閉關之說〉一文中，表達了他對「老少」問題的看法。他認為，年輕時代的男女因為「好色」而做出一些出格的事情來，是可以理解的、可以原諒的，「較之人到老年卻仍然魂迷於米錢之中而不辨人情，罪過為輕，尚可寬宥。」在芭蕉看來，青年壯年時代「好色」是人情，是美的，而年老時若只想著柴米油鹽，而失去對「人情」的感受力與實行力，那是不可原諒的。這是以「少」為中心的價值觀。所以芭蕉主張，老年人只有「捨利害、忘老少、得閑靜，方可謂老來之樂。」換言之，老年只有「忘老少」，即忘掉自己的老齡，「不知老之將至」、「不失其赤子之心」，才能真正達到「樂」的境界，也就是「寂」的境界。蕉門弟子各務支考在《續五論》中也強調：「有人說年輕則無『寂』，這樣說，是因為他們不知道俳諧出自於心。」也就是說，有沒有「寂」，不取決於年齡的老少，而決定於心靈狀態。這一點與中國文論的相關議論也頗為吻合。明代項穆在《書法雅言‧老少》中，談到書法風格時說：「書有老少……老而不少，雖古拙峻偉、而鮮豐茂秀麗之容；少年不老，雖婉暢纖妍，而乏沉重典實之意。二者為一致，相待而成者也。」也許正是為了「老」與「少」的

「相待而成」，晚年的松尾芭蕉努力提倡所謂「輕」（かるみ）的風格，所謂「輕」，是與「老」相對而言的，實際上就是「少」的意思，就是年輕、青春、輕快、輕巧、生動、活潑的意思。這個「輕」，與「寂」所本來帶有的「古老」、「陳舊」的語義是相對立的，而這一對立就是「老」與「少」的對立。不妨可以認為，以芭蕉的「夏爐冬扇」的反俗的、風雅的觀點來看，人越是到了老年，越要提倡與「老」相反的「輕」、輕快、輕巧、生動、活潑的東西。芭蕉晚年的俳諧作品中固然有著老年的不惑與練達，卻並沒有暮年的老氣橫秋，也大量表現了新鮮、少壯、蓬勃之美。如此，就使得「寂」的「古老」、「陳舊」之美中，不乏新鮮與生氣，不失去其生命活力。這就是「老」與「少」、「寂」與「輕」的相反相成的關係。換言之，「寂」之美就是從「老」與「少」的對立統一中產生出來的。

最後，談談「寂」的第四對範疇，就是「不易與流行」論。

空間意義上的「寂」與時間意義上的「寂」的交織，作為一種生命狀態、美的狀態，不是刻板的、沉悶的，而是時刻都處在變與不變之中。在這個意義上看，「寂」這一審美概念又與松尾芭蕉提出的「不易與流行」論密切關聯。

所謂「不易」，就是不變，就是「千歲不易」；所謂「流行」，就是隨時改變，就是所謂的「一時流行」。「不易與流行」就是變與不變的矛盾統一。它有兩個層面的意思。淺層的是指俳諧作品的樣式，即「不易之句」和「流行之句」。「不易之句」就是有傳統底蘊的、風格較為保守固定的俳句，「流行之句」就是追求新風的俳句。這裡講的是創作風格的變與不變的矛盾統一。但「不易、流行」的更深層的寓意，乃是指「寂」的一種本質內涵──也就是永恆與變化的矛盾統一、「動」與「靜」的矛盾統一。芭蕉弟子之一服部土芳在《三冊子》中曾引用芭蕉的一段話：「乾坤變化乃風雅之源。靜物其姿不變，動物其姿常變。時光流轉，轉瞬即逝。所謂『留住』，是人將所

見所聞加以留存。飛花落葉，飄然落地，若不抓住飄搖之瞬間，則歸
於死寂，使活物變成死物，銷聲匿跡。」說的就是「動」與「靜」的
關係。「不易與流行」論所要揭示的道理就是：「不易」是「寂」的根
本屬性，「流行」是「寂」的外在表徵；換言之，「靜」是「寂」的根
本屬性，「動」是「寂」的外在表徵。絕對的「不易」或「靜」就是
純粹的無生命、就是「死寂」；絕對的「流行」或「動」就是朝生暮
死，轉瞬即逝。只有「不易」與「流行」、永恆與變化、「動」與
「靜」的對立統一，才是真正的蒼寂而又生氣盎然的「寂」的境界。
最能體現「寂」之真諦的俳諧，最美、最具有「俳味」的俳諧，都是
「不易與流行」、「動」與「靜」的辯證統一。我們對芭蕉的為數眾多
的名句加以仔細體味，就可以常常感受到其中的「不易與流行」的奧
妙。例如，「古老池塘啊，一隻蛙驀然跳入，池水的聲音」；「寂靜
啊，蟬聲滲入岩石中」。這兩首俳句寫的是「靜」還是「動」呢？沒
有古老池塘的寂靜，哪能聽得青蛙入水的清幽響聲？沒有樹林中的寂
靜，哪能感覺到蟬聲滲入堅硬的岩石？在這裡，「寂」並非寂靜無
聲，而是因有聲而顯得更加寂靜；「寂」也並非不「動」，而是因為有
「動」而更顯得寂然永恆。這就是禪宗哲學所說的「動靜不二」。「不
易與流行」及「動、靜」所達成的這種審美張力與和諧，也就是宇宙
的本質、是世界與人之關係的本質，也就是「寂」的本質。

　　俳諧就是這樣，作為世界文學中的最為短小的由十七個字音構成
的詩體，體式上極為簡單，卻包含了上述的頗為複雜的哲學的、宗教
的、美學的思想蘊含，也許正是在這個意義上，近代俳人、俳論家高
濱虛子才斷言：「和歌是煩惱的文學，俳諧是悟道的文學」。也就是
說，和歌是以抒情為主的，而俳句是以表意為主的。和歌是苦悶的象
徵，俳諧是覺悟的表達。這樣，俳諧的簡單的體式與複雜的表意之
間，就構成一種審美的張力，這也是「寂」的一個重要特點。

三　「寂」與「枝折」（しおり）

　　以上所說的「寂」論及「寂心」中所內含著的「虛實」論、「雅俗論」、「老少」論、「不易與流行」論這四個對立統一的範疇，作為一種形而上學之「道」，只要被俳人所「悟」，就必然會在具體的俳句作品體現出來。將這四個對立統一的範疇總體地、渾然地、自然而然地加以綜合表現而呈現出來的那種外在狀態，就是日本俳論中所主張的所謂的「しおり」（舊假名標記法寫作「しをり」），讀作「shiori」。

　　從詞源上來看，「しおり」是一個合成詞，它的原型是樹枝的「枝」字——日語音讀為「し」（shi）——後頭再加上一個動詞「折る」（讀作「おる」）而形成的動詞「枝折る」（しおる），其名詞形是「枝折」（しおり）。「枝折」的意思是「折枝」，就是將柔軟的樹枝折彎、折下的狀態。在這個意義上，「しおり」又以漢字「撓」字來標記，寫作「撓り」，「撓」也就是「折」的意思；又因為被折彎、或被折下的樹枝顯得軟弱、萎靡、沮喪，所以又以漢字「萎」來標記。寫作「萎る」（しおる）時，作為動詞，它表示一種萎靡的狀態和「蔫」之美。此外，人們在走山路的時候，人們會折下或折彎路邊的樹枝，用來作為路標，這時也寫作「枝折」，又從「路標」這個意思，引申為夾在書本中的書籤，漢字寫作「栞」。

　　綜合上述「枝折」（しおり）的這些意思，可以看出這個詞有兩大特徵：第一，它表示一種柔軟、曲折之美，一種可憐、可哀的「蔫」之美；第二，它是一種標誌物，是呈現在外的視覺性的特徵。我們應該從這兩個特徵入手，對「枝折」一詞的美學屬性加以分析和理解。

　　「枝折」這個概念在日本古典俳論中使用的相當多，但由於缺乏明確的界定，也缺乏理論體系上的準確定位，以致一直以來學者們將

「枝折」與「寂」乃至與「細柔」作為同一層次的概念相提並論，從而產生了邏輯上的嚴重混亂。我認為，「枝折」與上述的四對概念一樣，也是「寂」的一個從屬範疇。如果說，「虛實」論、「雅俗論」、「老少」論、「不易與流行」論這四個對立統一的範疇是「寂」的內在涵義，那麼，「枝折」則屬於「寂」的外在表現、一種外在標誌。正如芭蕉弟子去來在《答許子問難辨》中所說：「『枝折』是植根於內而顯現於外的東西。」倘若借用日本古典文論中常常使用的「心」（內在精神）、「姿」（外在表現）的比喻來說，四個對立統一的範疇是「寂之心」，而「枝折」就是「寂之姿」。「寂」作為俳人的精神內涵，通常是沉潛著的、含而不露的，當它表現在俳諧創作中的時候，必然要體現出外在的風格特徵與表現形式（日語稱為「句姿」），這種體現就是所謂的「枝折」。

蕉門俳論中對俳句的「句姿」的「枝折」做了許多描述，如《祖翁口訣》中說：「句姿應如青柳枝上小雨垂垂欲滴之狀，又如微風吹拂楊柳，搖曳多姿。」這實際上也就是對「枝折」之美的描述。「枝折」就如同柔軟的樹枝那樣的彎曲、纖細、搖曳、遊弋、飄忽、扶搖、婀娜、瀟灑的狀態。假如借用上述的「虛實」論中飄遊的風箏來做比喻，放風箏者有一顆「寂之心」，風箏就是「寂之姿」，風箏及風箏線細長、柔韌、浮游、飄飄忽忽，若有若無，若隱若現，其作用和功能是把「寂之姿」放飛、呈現出來，這種狀態就是「枝折」。正因為如此，日本古典俳論常常將「枝折」與「細柔」（ほそみ）連在一起使用。在這種情況下，「細柔」就是「枝折」的狀態的一種描述。換言之，「枝折」的，必然就是細柔的，正如風箏線一樣，要讓風箏飄起來，達到「枝折」的效果，就必然有一條「細柔」之線。再打個比方，「寂」就像一個蠶繭，蠶繭的外殼是「寂聲」、「寂色」，內部包含著的蠶絲就是「寂心」。倘若蠶絲不抽出來，那就好比是「寂之心」沒有外化。倘若蠶絲由內及外地抽出來，就使「寂心」就有了外

在表現。表現得好、表現得美,就是藝術創作,就是藝術表現,就呈現出了「枝折」之美、「柔細」之美。這種美就是「寂姿」。「寂姿」表現在具體的俳諧(俳句)創作中,就是日本俳論中常說的「句之姿」,是一種餘情不絕、餘韻繚繞、搖曳多姿、委曲婉轉之美。這就是「枝折」的最基本的審美外化的功能。

四 「寂」理論構造

假如以上的分析與結論可以成立的話,我們就用現代學術的邏輯分析與概念辨析方法,為歷來眾說紛紜、曖昧模糊的日本「寂」論,建立起了一個理論系統,顯示出了它內在的邏輯構造。概言之——

「寂」在外層或外觀上,表現為聽覺上的「動靜不二」的「寂聲」,視覺上以古舊、磨損、簡素、黯淡為外部特徵的「寂色」。在內涵上,「寂」當中包含了「虛與實」、「雅與俗」、「老與少」、「不易與流行」四對子範疇,構成了「寂心」的核心內容,所表示的是俳人的心靈悟道、精神境界與審美心胸。「寂」表現於具體俳諧作品上,則是「寂姿」,是以線狀連接、餘情餘韻為特徵的「枝折」;「枝折」將這上述四對範疇分別呈現、釋放出來,從而使俳諧呈現出搖曳、飄逸、瀟灑、詼諧的「枝折」之美。總之,從外在的「寂聲」、「寂色」,到內在的「寂心」,再到外在的「寂姿」,構成了一個入乎其內、超乎其外、由內及外的審美運動的完整過程。

上述結論用一個圖示來表示,就是:

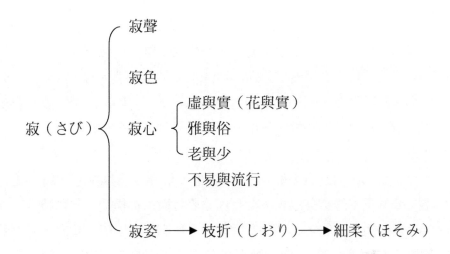

　　這樣一來，我們不但解釋出了「寂」的內在構造或「立體構造」，也將「寂」概念與「虛實」、「不易與流行」、「雅俗」、「枝折」、「柔細」等與其他相關的次級概念的邏輯關係，做出了清晰的定性、明確的定位與具體的分析闡發，可以解決長期以來日本學界對「寂」概念的解釋言人人殊、莫衷一是、缺乏學理建構的混亂局面。

　　而且，將「寂」與「物哀」、「幽玄」一起，作為日本文藝美學的三個一級概念之一，也相應地廓清了三大概念之間的歷史的和邏輯的關係。盛開於平安王朝時代的絢爛的「物哀」之花，到中世文學中結為豐碩的「幽玄」之果，到近世則成為蒼寂、飄然的「寂」之葉。「物哀」的王朝文學華麗燦爛，「幽玄」的中世文學含蘊深遠，近世的「寂」的文學，寂然而又枯淡。時光不斷流轉，代代有其「流行」，唯有對「美」的追求，千歲不易。直至今天，我們仍可以在日本的文學藝術，包括日本的近現代小說、影視作品及動漫作品中，乃至在日本人的日常生活趣味中，看到「物哀」、「幽玄」與「寂」的面影。諸如西尾實在〈寂〉一文中所指出的：「在我們〔日本人〕的生活中，堅持『寂』還具有相當大的支配力。」的確，就「寂」而言，不妨說，夏目漱石的「有餘裕」的文學及「餘裕論」、久米正雄等私

小說家的「心境」及「心境小說」論、北村透谷的「內部生命」論與
「萬物之聲」論、高山樗牛的「美的生活」論、川端康成的「東方的
虛無」論、村上春樹的「遠遊的房間」論，還有那「村上式」主人公
們那一點點窘迫、一點點悠閒、一點點熱情、一點點冷漠、一點點幽
默、還有那一點點感傷、無奈、空虛、倦怠，都明顯地帶有「寂」的
底蘊。

　　說到底，「寂」作為一個美學概念，體現了日本文學，特別是俳
諧文學的根本的審美追求，具有理論表述與思維構造上的獨特性，同
時也與其他民族的審美意識有所相通，特別是與中國文化有著深層的
關聯。在哲學方面，「寂」論顯然受到了中國的老莊哲學的返璞歸真
的自然觀、佛教禪宗的簡樸而又灑脫的生活趣味與人生觀念的影響。
在審美意識上，「寂」的狀態與劉勰《文心雕龍》中所提倡的「貴在
虛靜、疏瀹五藏、澡雪精神」的觀點十分契合，與中國文論中提倡的
「淡」，包括「沖淡」、「簡淡」、「枯淡」、「平淡」也一脈相通，與蘇
東坡提倡的「外枯而中膏、似澹而實美」（〈評韓柳詩〉），與明代李東
陽提倡的「貴淡不貴濃」等主張若合符節。在藝術形態上，日本的俳
諧、以及由此衍生出來的「俳文」、「俳話」所顯示的「寂」的風韻，
與中國古代的瘦硬枯淡的詩、率心由性的隨筆散文、空靈淡遠的文人
水墨畫，都是形神畢肖的。日本古代俳人及俳論家的智慧，就在於將
這些複雜的東西，以一個貌似簡單的「寂」字一言以蔽之、一言以貫
之，從而表現出日本化的理論思考，體現出了日本古典文藝美學獨特
的風貌，形成了日本文學從古至今的審美傳統，也為今天我們了解日
本審美文化乃至日本人的精神世界，提供了一個不可忽略的聚焦點和
切入口。

論日本美學基礎概念的提煉與闡發
——以大西克禮《幽玄》、《物哀》、《寂》三部作為中心[1]

一

「美學」作為一個從歐洲引進的新學科，早在明治初期就由西周等介紹引進，但從那時一直到大正時代，日本基本上只是在祖述歐洲美學，日本的美學家基本都是德國美學的翻譯介紹者。因此可以說，從明治到大正年間的半個多世紀中，作為學術研究、作為一個學科，日本固然是有「美學」的，但卻沒有「日本美學」，因為他們還沒有把日本人自身的審美體驗、審美意識及其相關文藝作品作為美學研究的對象。

由「美學」向「日本美學」的發展和演進，是需要基礎和條件的，那就是「日本人的精神自覺」。明治維新之前的千年間，日本歷史上精神文化、學術思想方面大都依賴於中國資源，明治維新之後則主要依賴歐美。不過，至少到了十七至十八世紀的江戶時代，日本思想文化的獨立意識也慢慢抬頭了。江戶時代興起了一股以本居宣長等人為代表、旨在抗衡「漢學」的「國學」思潮，本居宣長為了證明「日本之道」不同於中國的「道」，通過分析和歌和《源氏物語》，提出了「物哀」的觀念，「物哀」論以人情主義反對中國儒家的道德主義，以唯美主義來抗衡中國式的唯善主義，極大地啟發了近代日本文學理論家、美學家的思路。例如，為近代日本小說奠定了理論基礎的

1　本文原載《東疆學刊》（延邊），2012年第3期。

坪內逍遙的《小說神髓》，就大段地引述本居宣長的「物哀論」，並以此作為其理論支撐點之一。此後，「物哀」也就成為第一個眾所公認的標識日本文學獨特性的關鍵概念。

　　但是，像日本這樣一個一直處在「文明周邊」位置、受外來文化影響甚大的國家，要在傳統精神文化中發現獨特之處，在思想文化全面確認獨立性，較之在軍事上、政治經濟上取得自信力要困難得多，這需要經歷一個較長的探索過程。從學術思想史上看，近現代日本人在這方面走過了一個由表及裡、由外到內、由物質文化向一般精神文化、由一般精神文化向審美文化的不斷發展、深化的過程。

　　一八九四年，志賀重昂（1862-1927）出版了題為《日本風景論》的小冊子，首次論述日本列島地理上的優越性，說日本的地理風景之美、地理優越遠在歐美和中國之上。第一次試圖從地理學風土的角度確認國民的優越性，試圖打消日本人一直以來存在的身處「島國」的自卑感。這種日本地理風土的優越感的論述，很快發展為以「日本人」本身為對象的學術性闡發。一八九九年，新渡戶稻造（1862-1933）在美國出版了用英文撰寫的《武士道》，懷著一種文化自信向西方人推介日本人引以為自豪的「武士道」，並且引發了一系列關於日本人、日本國民性的文章與著作的湧現，其中正面弘揚的多，負面反省的也有，但無論是弘揚性的還是批判反省的著作，都在強調「日本人」的不同於世界其他民族的「獨特性」。不久，這種獨特性的闡發和研究上升到了最高層次，即審美文化的層次。一九〇六年，美術史家岡倉天心用英文撰寫了《茶之書》，向西方人展示了日本人及其茶道的獨特之美，特別是指出了茶道所推崇的「不對稱」和「不完美」之美，與西方的審美趣味有極大的不同。

　　進入一九二〇年代之後，日本學術界逐漸開始將日本審美文化、審美意識自身作為研究對象。一九二三年，和辻哲郎（1889-1960）發表了〈關於「物哀」〉，對本居宣長的「物哀」論做了評述。這或許

是現代第一篇將「物哀」這個關鍵概念作為研究課題的論文。和辻哲郎肯定了本居宣長的「物哀」論「在日本思想史上具有劃時代的意義」，指出本居宣長的立論依據是「人情主義」的，並從人情主義的角度對平安時代的「精神風土」做了分析。他認為，平安王朝是一個「意志力不足的時代，其原因大概在於持續數世紀的貴族的平靜生活、眼界的狹小、精神的鬆弛、享樂的過度，新鮮刺激的缺乏。從當時的文學藝術作品可以看出，緊張、堅強、壯烈的意志力，他們完全不欣賞；而對意志力薄弱而引起的一切醜惡又缺乏正確評價的能力，毋寧說他們是把堅強的意志力視為醜惡。」他進一步將平安時代的「物哀」的精神特性總結為：「帶著一種永久思戀色彩的官能享樂主義、浸泡在淚水中的唯美主義、時刻背負著『世界苦』意識的快樂主義；或者又可以表述為：被官能享樂主義所束縛的心靈的永遠渴求、唯美主義籠罩下的眼淚、塗上快樂主義色彩的『世界苦』意識。」[2]由此可見，和辻哲郎的「物哀論」實際上是對平安王朝貴族社會的一種「精神分析」，他的基本立場不是美學的，而是文化人類學的，由此他對平安時代的「物哀」文化做出了明確的價值判斷，尤其是對「男性氣質的缺乏」這種不健全的文化狀態明確表示了自己的「不滿」。這與後來大西克禮以「體驗」的方式闡釋「物哀」美學，盡量避免做出非審美的價值判斷，其立足點與結論是有所不同的。

接著，作家、評論家佐藤春夫（1892-1964）發表了題為〈「風流」論〉的長文，將「風流」這一概念作為論題，他認為古人所說的「風流」在今天我們身邊的日本人身上仍能發現，仍具有活力和表現力，而這在西洋文藝中是看不到的。「風流」就是「散漫的、詩性的、耽美的生活」，「是對世俗的無言的挑戰」，認為「風流」中包含著傳統的「物哀」（もののあはれ）、「寂枝折」（さびしをり）乃至

2　〔日〕和辻哲郎：〈もののあはれについて〉，《思想》雜誌1923年第1期。

「無常感」的成分。[3]現在看來，這篇隨筆風的文章在理論論述上並不深刻，但作者以「風流」這一關鍵詞為研究對象，並將「物哀」「寂」等日本獨特的審美關鍵詞統攝在「風流」這個漢語概念中，這在思路方法上對後來者頗有影響，如陸續出現了栗山理一的〈「風流」論〉、鈴木修次的〈「風流」考〉等文章。和佐藤春夫交往甚密、同屬於當時唯美主義文學陣營的著名作家谷崎潤一郎（1886-1965），在一九三三年至一九三四年間陸續發表了系列隨筆《陰翳禮贊》。谷崎潤一郎將日本人、特別是近世以降的日本人對幽暗、曖昧、模糊、神秘之趣味的審美追求與偏好，並以「陰翳」一詞概括之。「陰翳」這個詞並不像「物哀」、「風流」那樣，是一個被廣泛使用的概念，毋寧說是谷崎潤一郎的獨特用法，在含義上應該相當於傳統歌論、能樂論中的「幽玄」，但「幽玄」這個詞在進入江戶時代以後基本不再使用了，對江戶時代的文化無比緬懷的谷崎潤一郎，看出了江戶時代之後的「幽玄」之美的遺存，並用「陰翳」一詞稱之，實際上是將「陰翳」作為一個審美觀念、美學概念來看待的。還需要指出的是，谷崎潤一郎和佐藤春夫都是當時日本文壇上的唯美主義文學的代表人物，與此前的岡倉天心、和辻哲郎等學者與思想家的立場與方法有所不同，他們的「風流」論和「陰翳」論完全是站在唯美的、審美的立場上的，而且貫穿著作家特有的體驗認知。此後的日本美學概念研究從一般的思想史研究的立場轉向純文藝學、美學的立場，並且將純理論思辨與體驗性的闡發結合起來，谷崎潤一郎和佐藤春夫是起了一定的過渡作用的。

3　〔日〕佐藤春夫：〈「風流」論〉，《中央公論》1925年第4期。

二

　　此後，訓練有素的專門的文藝學家、美學家登場，開始了對日本傳統美學中的基礎性的審美觀念及重要概念的研究。在大西克禮登場之前，主要代表人物有土居光知、九鬼周造、岡崎義惠等。

　　土居光知（1886- ）在《文學序說》（1927）一書中，從文學史演進的角度，認為奈良時代的理想的美表現為藥師如來、吉祥天女、特別是觀音菩薩的雕像所表現出的「慈悲的美妙的容姿」，而到了平安王朝時代，「情趣性的和諧」成為美的理想。在《源氏物語》中，あはれ、をかし、うるはし、うつくし等詞彙，都具有特殊的情趣內容，而其中最主要的是「あはれ」（哀）和「をかし」（可譯為「諧趣」）兩個詞。他指出：「哀」（あはれ）這個詞在《竹取物語》中是「引起同情的」、「愛慕」、「憐惜」的意思，在《伊勢物語》中是「同情」、「寵愛」、「讚歎」的意思，在《大和物語》和《落窪物語》中又增加了「令人懷念」的意思，到了《源氏物語》其感傷的意味更為濃厚，多用於「寂寥、無力、有情趣」、「深情」、「引起同情的狀態」、「感動」、「哀傷」的意思。而「をかし」（諧趣）在《竹取物語》和《伊勢物語》中是「有趣味」的意思，在《大和物語》和《落窪物語》中是「機智的」、「值得感佩的」、「風趣的」、「巧妙的」、「有趣的」等意思，在《源氏物語》中又增加了「風流」、「上品」的意思，在《枕草子》中將有深情、寂寥之趣歸為「哀」（あはれ），將熱烈、明朗、富有機智的事物歸為「をかし」（諧趣）中，而且「哀」（あはれ）的趣味越是發達，諧趣（をかし）也越是相伴相生；人們越感傷，越要求要有諧趣（をかし）來沖淡。「哀」（あはれ）中含有「啊」的感歎，「をかし」（諧趣）中含有「噢」的驚歎。[4]土居光知

―――――――――――――――――
4　〔日〕土居光知：《文学序説》（東京：岩波書店，1978年，再訂改版），頁97-98。

把「哀」（あはれ）置於平安時代物語文學演進史中予以考察，並把「哀」（あはれ）與「をかし」（諧趣）兩個詞相對舉、相比較，是有新意的，但是他顯然主要是從語義學的表層加以概括，至多是從文學理論的層面上，而非「美學」的層面上的研究。

　　進入一九三〇年代後，哲學家九鬼周造（1888-1941）出版了小冊子《「意氣（いき）」的構造》（1930），第一次將江戶時代市井文學特別是豔情文學中常用的一個關鍵詞「意氣」（又寫作「粹」）作為一個美學詞彙來看待，並加以研究，分析了「意氣」基本內涵構造，認為「意氣」就是對異性的「獻媚」（原文「媚態」）、「矜持」（原文「意氣地」）和「諦觀」（原文「諦觀」，即審美靜觀），[5]構成了江戶時代日本人在「遊廓」（花街柳巷）中所追求的肉體享樂與精神超越之間恰如其分的張力、若即若離的美感。九鬼周造將江戶時代的市井文學的審美趣味、審美觀念用「意氣」一言以蔽之，這是知識考古學意義上的重要發現。自此，江戶時代二百多年間市井審美文化的關鍵詞或基礎概念的空缺得以填補。次年，哲學家、美學家阿部次郎（1893-1960）的《德川時代的藝術與社會》（1931）以江戶時代的文藝為例，闡述了江戶時代形成的平民文藝如何形成，又如何對後來的日本人產生無形的巨大影響。他斷言江戶時代的市井文化是一種「惡所文化」，是「性欲生活的美化」，這部書儘管沒有提及「意氣」等關鍵詞，但所謂「性欲生活的美化」基本上就是九鬼所提煉的「意氣」，因而阿部次郎彷彿是從文藝學、文化史的角度、對九鬼周造的《「意氣」的構造》做了很好的延伸和補充。後來，麻生磯次的《通·意氣》，中冶三敏的《粹·通·意氣》等一系列關於「意氣」的著述和闡釋，都是在九鬼周造和阿部次郎的基礎展開和深化的。九鬼周造的《「意氣」的構造》在思路與方法上，對後來的大西克禮顯然是有影響的。

5　〔日〕九鬼周造：《いきの構造》（東京：岩波書店，1979年，文庫版），頁21-29。

　　此外，關於「幽玄」、「物哀」和「寂」等基礎概念，在一九四〇年代初期大西克禮作為日本美學的基礎概念加以美學立場上的研究闡發之前，即在一九二〇年代後期到整個一九三〇年代的十幾年間，還有一系列論文陸續發表。其中被研究最多的基礎概念是「幽玄」。關於「幽玄」的主要論文有：久松潛一的〈鎌倉時代的歌論——「幽玄」、「有心」的歌論〉（《日本文學講座》卷 12，1927 年）、〈「幽玄」論變遷的一個動機〉（《東京朝日新聞》，1930 年 1 月）、〈「幽玄」的妖艷化和平淡化〉（《國語與國文學》，1930 年 11 月 -12 月）、〈幽玄論〉（《俳句研究》，1938 年 12 月）；西尾實的〈世阿彌的「幽玄」與藝態論〉（《國語與國文學》，1932 年 10 月）；齋藤清衛的〈幽玄美思潮的深化〉（《國語與國文學》，1928 年 9 月）；富田亘的〈從歌道發展來的能樂的「幽玄」〉（《歌與評論》，1933 年 7 月）；岡崎義惠的〈有心與幽玄〉（《短歌講座》卷 1，1936 年 6 月）；風卷景次郎的〈幽玄〉（《文學》，1937 年 10 月）；釘本久春的〈從「幽玄」到「有心」的展開〉（《文學》，1936 年 9 月）、〈「妖艷」和「有心」〉（《文學》，1937 年10 月）、竹內敏雄的〈世阿彌的「幽玄」論中的美意識〉（《思想》，1936 年 4 月）；吉原敏雄的〈歌論中的「幽玄」思想的胎生〉（《真人》，1937 年 2 月 -3 月）、〈幽玄論的展開〉（《短歌研究》，1938 年 4 月）等。可見，二十世紀二〇至三〇年代是「幽玄」的再發現的時代。說「再發現」，是因為「幽玄」這個詞不像「哀」或「物哀」那樣貫穿於整個日本文學史及文論史，十七世紀以後的數百年間，「幽玄」作為一個概念基本不用了，近乎變成了一個死詞，以至於上述的谷崎潤一郎雖然在江戶時代後日本人的生活與作品中發現了普遍存在的「幽玄」的審美現象，卻未使用曾在日本五百多年間普遍大量使用的「幽玄」，而以「陰翳」一詞代之，可見「幽玄」這一概念是被人遺忘許久了。久松潛一、岡崎義惠等人的研究，都從不同角度呈現了歷史上「幽玄」的盛況，還對「幽玄」做了現代學術上的解釋和闡發。

在「幽玄」之外，這個時期對「哀」與「物哀」、「寂」的基礎概念的研究也有不少成果，主要有久松潛一〈「寂」的理念〉（《東京帝大新聞》，1931 年 6 月 8 日）、〈作為文學評論的「寂」〉（《言語與文學》，1932 年 2 月）等；岡崎義惠〈「哀」的考察〉（《岩波講座・日本文學》，1935 年 7 月）、〈「風體」論與「不易、流行」論〉（《文化》，1937 年 5 月）；風卷景次郎的〈「物哀」論的史的限界〉（《文藝復興》，1938 年 7 月）；池田勉〈源氏物語中文藝意識的構造〉（《國文學試論》，1935 年 6 月）；釘本久春的〈寂〉（《文學》，1936 年 10 月）；宮本隆運〈「物哀」再考〉（《國文學研究》，1936 年 11 月）；各務虎雄〈關於「寂・栞・細み」的覺書〉（《學苑》，1936 年 7 月），藤田德太郎〈「寂」「枝折」的意味〉（《俳句研究》，1937 年 1 月），釘本久春的〈「妖豔」和「有心」〉（《文學》，1937 年 10 月）等等，還有一些研究「虛實」論、「華實」論、「不易、流行」等概念的文章。

在這些研究中，值得特別提及的是久松潛一（1894-1976）與岡崎義惠（1892-1982）的貢獻。他們是較早、較多涉及「幽玄」、「物哀」等基礎概念研究的現代學者，在大西克禮的「三部作」之前的日本美學基礎概念的研究中最有代表性。

久松潛一的研究的立場與視角是「日本文學評論史」，他在單篇論文和課堂講義的基礎上編寫的皇皇五大卷的《日本文學評論史》（1937 年後陸續出版）成為這個學術領域的開創者和集大成者。久松所說的「評論」，就是「文學批評」加「文學理論」的意思，他認為文學批評的基準是文學理論，文學理論的基礎是文學批評。他認為日本文學評論的基本特徵是：外部形式上是隨筆性的，內容上是「非合理」的，也就是非邏輯的、無體系的。例如他認為要對「物哀」這個詞的言語構造做出合理的說明是極其不容易的，對芭蕉所說的「不易與流行」的概念作出「變與不變」之類的合理性的說明，也會與芭蕉本人的意思有相當距離。日本文學評論相當博大深厚、豐富多彩，

但要使其成為一個體系實在太難了。[6]基於這種認識，久松潛一在
《日本文學評論史》中，主要採取描述性，而非邏輯的、體系構建的
方法，全書雖然資料豐富，但整體上看是疊床架屋、內容板塊相互重
疊交織，對「誠」、「物哀」、「幽玄」、「有心」與「無心」、「餘情」、
「雅」、「粹‧通‧意氣」等等一系列基礎概念的性質歸屬與定性定位
也不免有些凌亂，或將它們看作「思潮」，表述為「物哀的文學思潮」
「幽玄的文學思潮」等；或把它們看作是「理念」，表述為「物哀的
理念」、「幽玄的理念」等；或把它們看作是美的「形態」，表述為
「物哀美」、「幽玄美」之類；或把它們看作是評論用語，表述為「物
哀的文學論」、「『寂』的文學論」等等。這種情況的出現表明，在
「文學評論史」的架構內，既是「文學批評」的概念，又是「文學理
論」的概念，還要上升為「美學」的概念，就難免會產生這樣的定
位、定性的多歧性。這也表明，還有待於將這些概念放在更高的理論
平臺上加以凝聚和提煉。

　　稍後，岡崎義惠從「日本文藝學」的角度對這些概念做了一定程
度的提煉和進一步的闡發。

　　岡崎義惠是「日本文藝學」這個學科概念的創始者和實踐者。那
麼他的「日本文藝學」與「美學」是什麼關係呢？對此他在《日本文
藝學》一書的跋文中指出，日本文藝學是以美學為基礎的，「日本文
藝學在根本上是對美學的應用，同時它又是美學的出發點。日本文藝
學的研究將已有的美學研究成果作為闡釋的基礎，同時，美學又可以
從日本文藝學的研究中開闢新的道路。……美學一旦成為一個龐大的
不可駕馭的研究領域，就會失去中心點，就難以對一個個具體的審美
現象加以探究和說明。」而日本美學家一直忙於譯介闡釋歐洲美學，

6　〔日〕久松潛一：《日本文學評論史‧綜論 歌論 形態論篇》（東京：至文堂，1969
　　年），頁31-36。

未能立足於日本之美的研究，所以他提出「日本文藝學」旨在致力於
研究日本的美。一九三五年，岡崎義惠發表〈「哀」的考察〉一文
中，開始了「日本文藝學」的實踐，他對歷史上的「哀」的使用做了
語義學上的考察，他說：「我所要探討的問題，並不是指出『哀』使
用中的多樣性差異性，而是在多樣性與差異性的底層尋求某種本質的
統一性，指出這個本質統一性到底是什麼。因此要從文獻上出現的最
初的用例開始，依次探討該詞的用法。這樣做，乍看上去似乎只是從
語言學史的立場上，對詞語的意義及歷史變遷所進行的研究，但實際
上我的目的是要把『哀』在日本文學中如何存在、在日本文學史及文
學評論中起何種作用，明確地揭示出來。」[7]為此他對從最早的文獻
《古事記》與《日本書紀》開始，到《萬葉集》等和歌，再到平安王
朝時代的物語文學中的「哀」的用例做了若干列舉和分析。作為
《「哀」的考察》的姊妹篇，次年岡崎義惠又發表了題為〈「有心」與
「幽玄」〉（原載《短歌講座》卷1，1936年6月）的長文，不僅發現
了中國和日本文獻中許多此前從未被發現的「幽玄」用例，還運用了
一般日本文學研究者們所忽略的跨學科方法，指出了「幽玄」與中國
詩論，與道教、神仙思想和禪宗精神的關聯，展現了「幽玄」逐漸日
本化的軌跡，認為「這個『幽玄』所表示的不是優美的、現實性的情
調，而是崇高和超脫的精神。」[8]如此將「幽玄」定位於「崇高」，直
接啟發了此後大西克禮對「幽玄」的美學定位。總之，岡崎義惠使用
的雖然主要還是文獻學、語言學的方法，理論概括的高度還不夠，但
他在「日本文藝學」的框架內對「物哀」、「幽玄」的考察，為這些基
礎概念進入美學視閾，準備了一定的條件。

7　〔日〕岡崎義惠：《日本文藝學》（東京：岩波書店，1935年），頁440-441。
8　〔日〕岡崎義惠：《日本文藝學》（東京：岩波書店，1935年），頁618。

三

　　在上述研究的基礎上，進入一九四〇年代後、美學家大西克禮首次明確地站在「美學」立場上，對「幽玄」、「物哀」、「寂」三個基礎概念，進行了較為深入的研究。

　　大西克禮（1888-1959），東京大學美學專業出身，一九三〇年後長期在東京大學擔任美學教職，一九五〇年退休後仍埋頭於美學的翻譯與研究，譯作有康德的《判斷力批判》等，著有《《判斷力批判》的研究》（1932）、《現象學派的美學》（1938）、《幽玄與物哀》（1940）、《風雅論——「寂」的研究》（1941）、《萬葉集的自然感情》（1944）、《美意識論史》（1950）、去世後出版《美學》（上、下兩卷，1960-1961）、《浪漫主義美學與藝術論》（1969）等，是日本學院派美學的確立者和代表人物。

　　大西克禮在學術上最突出的貢獻之一，首先在於對日本古代文論中的一系列概念進行了美學上的提煉，最後提煉並確立了三個最基本的審美觀念或稱審美範疇，就是「幽玄」、「哀」（物哀）和「寂」。而他的基本依據則是歐洲古典美學一般所劃分的三種審美形態——「美」、「崇高」和「幽默」（滑稽），認為日本的「哀」（物哀）是從「美」這一基本範疇中派生出來的一種特殊形態，「幽玄」是從「崇高」中派生出來的一種特殊形態，「寂」則屬於「幽默」的一種特殊形態。這一劃分與西方古典美學加以對位和對應，雖然不免顯得勉為其難，但在他看來，美學這個學科是超越國界的，「日本美學」或「西洋美學」這樣的提法不過是在陳述各自的歷史而已。這樣劃分和對位不管是否牽強，但是確實解決了日本美學範疇研究中的一個大問題。在大西克禮之前，「幽玄」、「物哀」、「寂」等範疇通常是與其他範疇，諸如「誠」（まこと）、「諧趣」（をかし）、「有心」、「無心」、「雅」（みやび）、「花」、「風」或「風體」、「風雅」、「風流」、「豔」、

「妖豔」、「枝折」（しをり）、寂枝折（さびしをり）、「細柔」（ほそみ）、「意氣」（いき）・「粹」（いき）・「通」（つう）等等並列在一起加以研究的。在這種情況下，諸概念之間的級差與結構關係無法理清，一級概念、二級、三級概念的層次模糊，日本美學的體系構建便無法進行。大西克禮在這眾多的概念範疇中將這三個概念提煉出來，冠於其他概念之上，事實上構成了相對自足的「一級範疇」，而其他範疇都是次級範疇，即從屬於這三個基本範疇的子範疇，這就為日本美學的體系構建奠定了必要的前提和基礎。

　　事實上，在我看來，即便不把「幽玄」、「物哀」、「寂」與西方的「美」、「崇高」、「幽默」相對位，也可以為這三個一級範疇或概念確立找到基本依據。對此，筆者曾在一篇文章中做過簡單的論述，認為：從美學形態上說，「物哀論」屬於創作主體論、特別是創作主體的審美情感論，「幽玄論」是「藝術本體論」和藝術內容論，「寂」論則是創作主體與客體（宇宙自然）相和諧的「審美境界」論、「審美心胸論」或「審美態度」論。具體而言，從創作主體論上看，「哀」或「物哀」是一級範疇，而「誠」（まこと）、「諧趣」（をかし）、「有心」、「無心」等都屬於「物哀」的次級範疇；從藝術本體論上和藝術內容論的角度看，「幽玄」是一級範疇，而「豔」、「妖豔」、「花」、「風」或「風體」則屬於「幽玄」的次級範疇；從創作主體與客體（宇宙自然）相和諧的審美境界、審美心胸或「審美態度上來看論，「寂」是一級範疇，而「雅」（みやび）、「風雅」、「風流」、「枝折」（しをり）、寂枝折（さびしをり）、「細柔」（ほそみ）則屬於「寂」的次級範疇。從三大概念所指涉的具體文學樣式而言，「物哀」對應於物語與和歌，「幽玄」對應於和歌、連歌和能樂，而「寂」則是近世俳諧論（簡稱「俳論」）的核心範疇，幾乎囊括了除江戶通俗市民文藝之外的日本古典文藝的所有樣式。從縱向的審美意識及美學發展史上看，在比喻的意義上可以說，「物哀」是鮮花，它絢爛華美，開

放於平安王朝文化的燦爛春天；「幽玄」是果，它成熟於日本武士貴族與僧侶文化的鼎盛時代的夏末秋初，「寂」是飄落中的葉子，它是日本古典文化由盛及衰、新的平民文化興起的象徵，是秋末初冬的景象，也是古典文化終結、近代文化萌動的預告。[9]

　　大西克禮在三大基礎範疇的研究中，採取的是各個擊破式的相對獨立的研究，但他強調其研究重心是在「美學體系的構建方面」，他在《幽玄與物哀·序言》中指出：「我根本的意圖是將日本的審美諸概念置於審美範疇論的理論架構中、進而把這些範疇置於美學體系的整體關聯中展開研究。……我在對『幽玄』與『哀』進行考察的時候，始終注意不脫離美學的立場……本書只是暫且把單個獨立的範疇從美學的體系性關聯中獨立出來……。」[10]他在《風雅論——「寂」的研究》序論中，又強調指出：對於「幽玄」、「物哀」、「寂」，「重要的不僅僅是把它們相互結合、統一起來，而是要把它們在一個統一性的原理之下加以分化。換言之，要對『幽玄』、『物哀』、『寂』這樣的概念進行分門別類的美的本質的探究，也就是要從美學理論的統一根據中，加以體系性的分化，以便使它們各自的特殊性得到根本性的理論上的說明。」[11]換言之，三個基礎概念看似是孤立的研究，實際上是一種「體系性的分化」。

　　這種「體系性」的追求，體現在三個基礎範疇的具體研究中，就表現為對語義的結構性、構造性、層次性的追求。在大西克禮之前的研究中，對相關概念的語義固然也做了不少的分析，但那些分析大多是平面化的，缺乏層次感的。大西克禮則運用西方美學的條分縷析的方法，對久松潛一所說的那些「非合理」的概念內容進行了「合理」

9　王向遠：〈論「寂」之美——對日本古典美學一個關鍵字的解析〉，《清華大學學報》2012年第2期。

10　〔日〕大西克禮：《幽玄とあはれ》（東京：岩波書店，1940年），頁1-2。

11　〔日〕大西克禮：《風雅論——「さび」の研究》（東京：岩波書店，1941年），頁1-2。

的分析與建構，將相關概念的「意義內容」如層層剝筍般地加以由表及裡、由淺入深的剖析，從而呈現出一個概念的意義結構。

　　例如，關於「幽玄」，大西克禮認為「幽玄」有七個特徵：第一，「幽玄」意味著審美對象被某種程度地掩藏、遮蔽、不顯露、不明確；第二，「幽玄」是「微暗、朦朧、薄明」，這是與「露骨」、「直接」、「尖銳」等意味相對立的一種優柔、委婉、和緩；第三，是寂靜和寂寥；第四，是「深遠」感，它往往意味著對象所含有的某些深刻、難解的思想（如「佛法幽玄」之類的說法）；第五，是「充實相」，是以上所說的「幽玄」所有構成因素的最終合成與本質；第六，是具有一種神秘性或超自然性，指的是與「自然感情」融合在一起的、深深的「宇宙感情」；第七，「幽玄」具有一種非合理的、不可言說的性質，是飄忽不定、不可言喻、不可思議的美的情趣。

　　關於「哀」，大西克禮認為，對「哀（あはれ）」這個概念依次有五個階段（層次）的意味：第一是「哀」「憐」等狹義上的特殊心理學的含義。第二是對特殊的感情內容加以超越，用來表達一般心理學上的含義。第三就是在感情感動的表達中加入了直觀和靜觀的知性因素，即本居宣長所說的「知物之心」和「知事之心」，心理學意義上的審美意識和審美體驗的一般意味由此產生。第四，「靜觀」或「諦觀」的「視野」超出了特定對象的限制，而擴大到對人生與世界之「存在」的一般意義上去，而多少具有了形而上學的神秘性的宇宙感，變成了一種「世界苦」的審美體驗。於是「哀（あはれ）」的特殊的審美內涵得以形成。第五，「哀（あはれ）」將優美、豔美、婉美等等種種審美要素都攝取、包容、綜合和統一過來，從而形成了意義上遠遠超出這個概念本身的特殊的、渾然一體的審美內涵，至此，「哀」（物哀）在意義上達到了完成和充實的階段。

　　關於「寂」，大西克禮認為「寂」含有三個層面上的含義。第一，「寂」就是「寂寥」的意思。在空間的角度上具有收縮的意味，

與這個意味相近的有「孤寂」、「孤高」、「閑寂」、「空寂」、「寂靜」、「空虛」等意思，再稍加引申，就有了單純、淡泊、清靜、樸素、清貧等意思；第二，「寂」是「宿」、「老」、「古」的意思，所體現的是時間上的積澱性，是對象在外部顯示出的某種程度的磨滅和衰朽，是確認此類事物所具有的審美價值；第三，是「帶有……意味」的意思。也就是說，「寂」（「さぶ」、「さび」）這個接尾詞可以置於某一個名詞之後，表示「帶有……的樣子」的意思，通過這一獨特的語法功能作用，就可以將虛與實、老與少、雅與俗等對立的事物聯繫起來、統一起來，充實其審美內涵。

在三大基礎概念範疇的研究中，大西克禮明顯受到了德國胡塞爾等人的現象學哲學與美學的影響，注重現象學美學所推崇的「直觀」、「靜觀」、「價值意義」等，例如他特別注重研究三大基礎概念所內含的「價值」問題，對「價值概念」與「樣式概念」加以明確區分，對「價值意義」進行具體闡發；他對以往積澱起來的關於三大概念的知識特別是常識，都用「本質直覺」、「內在直觀」的方法，以「面向事物本身」的審視的態度重新放到他的「美學菜板」上加以切分剖析。他踐行現象學「凝視於現象，直觀其本質」的主張，強調一個概念之所以能夠由一般概念上升為審美概念，就在於其中包含了超越性的「靜觀」或「諦觀」的因素。

大西克禮的「三部作」屬於純學院風格的作品，理論概括度較高，思想含量與創新意識較強，語言的哲學化傾向明顯（有些表述時有學究氣的晦澀），在理論思辨薄弱、容易流於常識化的日本現代學術著作中，大西克禮並不是主流，故而讀者不多，更不曾成為暢銷書，卻具有經久不減的學術價值。後來，研究三大基礎概念的著作論文不斷出現，除「物哀」研究有所不振之外，其他兩個方面都頗有人氣，如在「幽玄」研究方面，主要有能勢朝次《幽玄論》（1944）、谷山茂的《幽玄的研究》（1944）、河上豐一郎的《能的「幽玄」與

「花」》（1944）、草薙正夫的論文集《幽玄論》等著作；在「寂」的
研究方面，主要有山口諭助的《日本的日本完成──「寂」（さび）
的究明》（1943）、河野喜雄的《寂（さび）・侘（わび）・枝折（しを
り）》（1983）、復本一郎《芭蕉的「寂」的構造》（1974）和《寂（さ
び）》（1983）等著作，還有河出書房出版的《日本文學的美的理念》
（1955）和東京大學出版會出版的《日本思想5・美》（1984）兩書中
的相關文章，都在一些方面有所推進。但總體上看，在研究規模和理
論深度方面，似乎還沒有出現堪與大西克禮的「三部作」相當的著
作。可以說，「三部作」以其創新性的見解、體系性的建構和細緻的
理論分析，在日本眾多的同類研究成果中卓犖超倫，對於讀者深入理
解日本民族的美學觀念與審美趣味，有效把握日本文學藝術的民族特
性乃至日本民族的文化心理，都極有參考價值。

　　從日本美學研究史的角度看，大西克禮的三部作所提煉和研究的
「幽玄」、「物哀」、「寂」，與此前九鬼周造在《「意氣」的構造》」所
提煉和研究的「意氣」（いき）這一概念，兩者一脈相承又異曲同
工，共同確立了日本古典美學概念的四大基礎概念與範疇，使得以研
究日本傳統審美意識與審美現象的真正的「日本美學」成為可能，從
比較美學的角度看，這些概念與中國古典美學諸概念的關係，以及兩
者的比較研究也很有價值，而且，從深化中國古典美學研究的角度來
說，如何將我們的一系列範疇，如「意境」、「氣韻」、「風骨」、「神
思」等等，加以進一步提煉和分級，使得若干基礎概念與其他從屬概
念形成一種邏輯性的結構關係，從而進一步優化以基本範疇為支點的
中國美學的理論體系，相信在這方面大西克禮的「三部作」對我們也
會有一定啟發性。

日本身體美學範疇「意氣」語義考論[1]

　　江戶時代近二百七十年間社會安定，文化重心由鄉村文化轉向城市文化，城市人口迅速擴張，商品經濟繁榮，市民生活享樂化，導致市井文化高度發達。有金錢而無身分地位的新興市民階層（町人）們努力擺脫僵硬拘禁的鄉野土氣，追都市特有的時髦、新奇、瀟灑、「上品」的生活，其生活品位和水平迅速超越了衰敗的貴族、清貧而拘謹的武士，於是，町人文化取代了中世時代由武士與僧侶主導的文化，而成為極富活力的新的城市文化的創造者。如果說，平安文化的中心在宮廷，中世文化的中心在武士官邸和名山寺院，那麼德川時代市民文化的核心地帶則是被稱為「遊廓」或「遊里」的妓院，還有戲院（「遊里」不必說，當時的戲院也帶有強烈的色情性質）。正是這兩處被人「惡所」的地方，卻成了時尚潮流與新文化的發源地，成為「惡之花」、「美之草」的孳生園地。遊里按嚴格的美學標準，將一個個游女（妓女）培養為秀外慧中的楷模，尤其是那些被稱為「太夫」的高級名妓，還有那些俳優名角，成為整個市民社會最有人氣、最受追捧的人。那些被稱為「太夫」的高級遊女、瀟灑大方的風流客和戲劇名優們的言語舉止、服飾打扮、技藝修養等，成為市民關注的風向標，為人們津津樂道、學習和模仿。富有的町人們紛紛跑進遊廓和戲院，或縱情聲色、享受揮霍金錢、自由灑脫的快樂，把遊里作為逃避

1　本文原載《江淮論壇》（合肥），2013年第3期；中國人民大學複印資料《文藝理論研究》2013年第8期轉載；《新華文摘》2013年第17期摘編。

現實的世外桃源與溫柔鄉，在談情說愛中尋求不為婚姻家庭所束縛的純愛，自然而然地產生了一種以肉體為出發點，以靈肉合一的身體為歸結點，以沖犯傳統道德、挑戰既成家庭倫理觀念為特徵，以尋求身體與精神的自由超越為指向的新的審美思潮。

一　「色道」與身體審美

　　這種身體審美的思潮，首先是由「色道」加以闡發的。

　　「色道」這個詞，在古代漢語文獻中似乎找不到，應該是日本人的造詞。色道的始作俑者是德川時代的藤本箕山，他在《色道大鏡》一書中創立了色道，被成為「色道大祖」。什麼是「色道」呢？簡言之，就是為好色、色情尋求哲學、倫理、美學上的依據，並加以倫理上的合法化與道統化、哲學上的體系化、價值判斷上的美學化、形式上的藝術化，從而使「色」這種「非道」成為可供人們追求、可供人們修煉的、類似宗教的那種「道」，而只有成其為「道」，才可以大行其「道」。藤本箕山之後，江戶時代關於「色道」的書陸續出現。如《濕佛》、《豔道通鑒》等，此外還出現了一系列青樓冶遊、與色道相關的理論性、實用性或感想體驗方面的書，如《勝草》、《寢物語》、《獨寢》等，也屬於廣義上的「色道」書。

　　與世界各國的同類書比較而言，日本「色道」著作具有自己的特點，這種「色道」不僅僅是性愛技巧、性愛醫學的書，而是具備了一般審美的性質，是對人之美、即「身體之美」的研究。換言之，日本「色道」所追求的是身體的審美化。用西方現代美學的術語來說，就是「身體美學」。當代西方的一些美學家鑒於西方傳統經典美學雖標榜「感性」卻忽略了一個重要的感性存在——肉體、身體的作用與意義，便提出了「身體美學」這一新的美學建構目標，英國美學家特里・伊格爾頓在《審美意識形態》中提出「美學是一種肉體話語」，

美國學者理查德・舒斯特曼明確提出要建立「身體美學」這一學科。實際上，在東方世界，在日本傳統文化中，雖然沒有「身體美學」之名，卻早有了身體美學之實。日本江戶時代的「色道」就屬於身體審美即「身體美學」的一種典型形態。可以說，日本文學中的「好色」，在很大程度上就是「好美」，日本的「色道」歸根到柢就是「美道」，是以審美為指向的身體修煉之道。

　　《色道大鏡》等色道書，並不是抽象地坐而論道，大部分的篇幅是強調身與心的修煉，注重於實踐性、操作性。用「色道」術語說，就是「修業」或「修行」，這與重視身體的訓練、磨礪和塑造的現代「身體美學」的要求是完全相通的。在日本「色道」中，一個具有審美價值的身體的養成，是需要經過長期不懈的社會化的學習、訓練和鍛鍊的。身體本身既是先天的，也是後天的。在先天條件下，除了肉體的天然優點之外，其審美價值，更大程度上是依靠不斷的訓練和再塑造來獲得。因而「身」（身體）的修煉與「心」（精神）的修煉是互為表裡的。而那些屬於「太夫」、「天神」級別的名妓，從小就在遊廓這一特殊體制環境下從事身心的修煉，因而成為社會上的身體修煉的榜樣和審美的楷模。

　　《色道大鏡》等色道書，詳細地、分門別類地論述了作為理想的審美化的身體所應具備的資格與條件。特別是反覆強調一個有修煉的青樓女子，在日常起居、行住坐臥、一舉一動中所包含的訓練教養及美感價值。理想的美的身體是美色與藝術的結合，因而身體修煉中用力最多的是藝術的修養。那些名妓往往是「藝者」，是「藝妓」，也是特殊的一種藝術家，她們的藝術修養包括琴棋書畫等各個方面，並以此帶動知識的修養、人格的修養、心性的修養。這種審美思潮在當時的流行文學——「浮世草子」、「灑落本」、「滑稽本」、「人情本」等市井小說中，乃至「淨瑠璃」、「歌舞伎」等市井戲劇中，都得到了生動形象的反映和表現。

　　日本「色道」作為一種「美道」，作為一種身體美學，不僅全面系統地提出了身體修煉的宗旨、目標、內容、途徑和方法，而且在這個基礎上，從日本色道中產生了以「意氣」為中心、包括「通」、「粹」等在內的一系列審美觀念和審美範疇。

二　「通」與「粹」

　　江戶時代的寶曆、明和時期，是中國趣味——包括所謂「唐樣」、「唐風」——最受青睞、最為流行的時期，萬事都以帶有中國風格、中國味為時尚、為上品，而詞語的使用則以模仿漢語發音的「音讀」為時髦。成為色道美學基本範疇的幾個詞都是如此，如「粹」讀作「sui」、「通」讀作「tuu」、意氣「iki」，發音都是漢語式的，而且表層意義上也與漢語相近。

　　「通」（つう）、「粹」（すい，日本漢字寫作「粋」）、「意氣」（いき）這三個詞，在江戶時代的不同文獻和作品中都是普遍使用的，日本有學者認為，前期多用「粹」，中期多用「通」，後期多用「意氣」；從作品文本的使用上看，從「假名草子」到「浮世草子」這兩種小說樣式中多用「粹」、「灑落本」和「滑稽本」中多用「通」，「人情本」中多用「意氣」。但這只是一個大體的情形，具體的使用情況非常複雜，需要做更為細緻的文獻詞彙用詞統計和分析，才能做出更確切的結論。從三個概念的邏輯關係上說，「通」側重外部行為表徵，「粹」強調內在的精神修煉、「意氣」總其成，而上升為綜合的美感表徵乃至審美觀念。

　　先說「通」。

　　「通」這個詞在日語中本來與中文相通，指的是對某種對象非常了解、熟悉。有通透、通曉、貫通、溝通、通達、疏通、通行等義，作為接尾詞則有「料理通」、「消息通」、「食通」等用法。而且，在漢

語中，也常用「通」字指兩性關係，有「私通」、「通姦」之意。《廣雅・釋詁一》：「通，淫也。」《小爾雅・廣訓三》：「旁淫曰通。」在中國古典文獻及文學作品中，「通」的這層含義使用甚廣。作為色道美學概念的「通」兼有以上各種含義。

　　作為色道用詞或遊廓用語，「通」與「粹」密切相關，通者必粹，粹者必通。元文三年（1738年）出版的《洞房語園》中明確說：「京都曰『粹』，關東（江戶一帶——引者注）曰『通』。」說的是兩個詞在關東與關西兩地的地方上的差別，意義上是相同的。《色道大鏡》卷一《名目抄・言詞門》對「通」的解釋是：「氣，通也，與『瀟灑』同義。遇事即便不言，亦可很快心領神會貌。」這裡的涵義與「粹」幾乎沒有什麼不同。又如〈通志選序〉中說：「遊廓中的風流人物叫作『通』。」「通」的人被稱為「通者」或「通人」。非常「通」的人叫「大通」。在江戶時代明和、安永年間以後，隨著一系列「灑落本」，如《青樓奇聞》、《辰巳園》、《遊子方言》等作品的出版，「通」、「大通」之類的詞開始流行起來。開始時特指在某一方面的造詣和技能，特別是在酒館、茶館、劇場那樣的公共社交場所，要求懂得「通言」（時髦的社交言辭），後來這個「通」主要作為遊里專用語，是指熟知冶遊之道，包括遊里的風俗習慣、遊女情況等，在與妓女交往中不會上當受騙，如魚得水、游刃有餘的人。

　　「通」的反義詞就是粗俗、土氣（野暮），而那些不通而裝通、不懂裝懂，死要面子淨吃虧、拙劣地模仿「通者」的人，則被稱為「半可通」（はんかつう）。那些為了顯示自己的「通」而過猶不及的人，被稱為「走過頭」（ゆきすぎ）。「灑落本」大多是以這種「半可通」和「走過頭」的人為描寫對象，表現他們的似通不通，並以此取得滑稽搞笑的效果。例如，《遊子方言》中，描寫的是所謂一位「通者」帶著兒子逛妓院，在那裡他似通不通、不懂裝懂，最終露怯的可笑行徑。在商業繁榮、高速城市化的江戶、大阪等地，青樓和戲院是

人員最為複雜、對社交的藝術要求最高的地方。許多剛剛進城的鄉下人、那些在經濟上剛剛富裕起來但精神面貌不免「土氣」的人，都希望儘快融入城市生活、特別是城市上層的體面生活圈，於是便努力追求「通」。而在遊里這種特殊的場合，人與人之間的接觸比其他場合更為特殊、更為密切和直接，因而對人際交往的修養的要求也更高、更嚴格。「通者」需要精通人情世故，需要在誠實率真的同時也會使用心計手腕，需要在自然本色中講究技巧和手段，穿著打扮要瀟灑不俗，言談舉止要從容得體。因而，「灑落本」的作者強調：真正的「通」不是外在的東西，而是要有所謂「心意氣」（こころいき）。例如，閑言樂山人在《多名於路志》中說：「須知『意氣』不是外表的樣子、只有外表不是『通』。」

　　再說「粹」。

　　一般認為，「粹」是從「拔粹」、「純粹」中獨立出來的。在漢語中，「粹」的意思是「不雜也」（《說文解字》），指純淨無雜質的米，進一步引申為純粹、純潔、精粹、美好等意思。根據相關辭書的解釋，「粹，純也」（《廣雅・釋言》）；「粹，引申為凡純美之稱」（段玉裁《說文解字注》）。日語的「粹」完全繼承了漢語「粹」的這些語義，起初作為形容詞，具有鮮明的價值判斷、特別是審美判斷的色彩。藤本箕山在《色道大鏡・卷五・廿八品》第六品〈瓦智品〉中寫道：「天下人，皆將於色道有修煉者，稱為『粹』，無修煉者，稱為『瓦智』（がち）。」色道有修煉者為「粹」，這是對「粹」的最基本界定，在〈拔粹品〉又寫道：「真正的『粹』，就是在色道中歷經無數，含而不露，克己自律、不與人爭，被四方眾人仰慕，兼有智、仁、勇三德，知義理而敬人，深思熟慮，行之安順。」強調的是一種品性修養，是一種人格美。

　　「粹」的根本表徵是在遊廓中追求一種超拔的「純粹」、一種「純愛」，不帶世俗功利性，不是為了占有，不落婚嫁的俗套，不膠

著、不執著，而只為兩情相悅。例如，井原西鶴在《好色二代男》卷五第三中，講述的就是這樣一個「粹」的故事：一個名叫半留的富豪，與一位名叫若山的太夫交情甚深。若山尤其迷戀半留，半留對此將信將疑。有一次他故意十幾天不與她通信，然後又寫了一封信，說自己家業已經破產。若山只想快一點見到半留，半留與她會面後，說想與她一起情死。若山當即答應。半留不再懷疑她的感情。若山按約定的日子穿好了白衣準備赴死時，卻不由地歎了一口氣。半留聽到了，認為若山歎氣表明她不想與自己情死。若山告訴半留，她歎氣不是怕死，而是想到他的命運而感到悲哀，但半留卻因這聲歎息而拿定主意，出錢將若山贖身，並把她送到老家去，而自己則很快與妓院中的其他妓女交往了。……井原西鶴寫完這個故事，隨後做了評論：「兩人都是此道達人，有值得人學習的『粹』。」認為這種做法是「粹」的表現。在作者看來，在遊里中，男女雙方既要有「誠」之心即真摯的感情，又要有「遊」（遊戲的、審美的態度）的精神。半留和若山之間的感情都「誠」的，半留希望若山對自己有「誠」，但又擔心太「誠」，太「誠」則有悖於色道的遊戲規則，那就需要以雙雙情死來解決；有所不誠，則應分手。換言之，一旦發現「誠」快要超出了「遊」的界限、或者妨礙了「遊」的話，就要及時終止，而另外尋求新的「遊」的對象。半留憑著若山的一聲歎息，便做出了對若山的「誠」之真偽的判斷，並最終做出了「粹」的選擇。看來，井原西鶴所讚賞的正是這種以感覺性、精神性為主導的男女關係，這是一種注重精神契合、不強人所難、憑著審美直覺行事的「純粹」或「粹」。

三　作為核心概念的「意氣」

上述的「粹」、「通」都與「意氣」密切相關。明和五年（1768）

刊《吉原大全》中有一段話：

> 對冶遊者而言，貧富不論，貴賤無分，只要是名副其實的「意
> 氣人」，就會受女郎青睞。又，對女郎加以欺騙耍弄的人，不
> 是真正的通人。所謂「意氣地」，就是心地率真、招人喜愛、
> 瀟灑大方、英姿颯爽，人品高尚、內涵充實者，這樣的風流倜
> 儻的冶遊者，方可謂「通人」。

這裡使用了「意氣人」、「通人」、「意氣地」、「風流」等詞，可以
顯示這些詞在意義上的聯繫。也就是說，「意氣人」是有「意氣地」
（或「意氣路」）的人，也就是「通人」。換言之，「意氣人」也就是
「通人」。在「灑落本」中所描寫的「通」中，分為表現在外在行為
的「顏通」和含於內的作為一種心性修養的「氣通」。一般認為理想
的「通」是「氣通」。「氣通」者，就是「意氣之通」，也就是「意氣
人」，這裡再次體現了「通」與「意氣」之間的密切關係。當「通」
超越了外在的手腕技巧的層面，而上升到「氣通」的層面，就與「意
氣」相通了。

事實上，與「通」、「粹」相比，「意氣」這個詞的涵義要複雜得
多。在江戶時代的相關作品與文獻中，「意氣」這個漢字詞都讀作
「いき」（iki），是模仿漢字發音的音讀，可見這個詞本質上是從漢語
詞，而且含義與漢語的「意氣」也基本相同。查《辭源》對「意氣」
的解釋，一是指「意志與氣概」，二是指「情誼、恩義」，三指是「志
趣」。說的都是人的精神層面上一種積極趨向。而所謂「情誼」，當然
也用來指男女之間的關係，這也是日語中的「意氣」一詞的最表層的
意義，例如，所謂「意氣事」（いきごと）就等於「色之事」（いろご
と），所謂「意氣話」（いきな話），指的就是與異性交往有關的話
題。雖是男女之事，但既然以「意氣」相稱，就更偏重精神層面。日

本《增補俚語集覽》對「意氣」的解釋是：「いき：『意氣』之意，指的是有意氣之人、風流人物的瀟灑風采。」這裡的「意氣」更多偏重於人的風度、風采。這種有「意氣」之風采的人物在江戶時代的「灑落本」和「滑稽本」都有描寫，而「人情本」描寫得最多。藤本箕山在《色道大鏡》卷一〈名目抄・言辭門〉中對「意氣」的解釋是這樣的：

> 「意氣」（いき），又作「意氣路」（いきじ），「路」是指意氣之道，又是助詞。雖然平常也說意氣的善惡好壞，但此處的「意氣」是色道之本。心之意氣有善惡好壞之分，心地純潔謂「意氣善」，心地齷齪謂「意氣惡」。又，意氣也指心胸寬闊，心地單純。

可見藤本箕山所說的作為「色道之本」的「意氣」，是「粹」與「通」的心理基礎和精神底蘊，是一種心理的修煉和精神的修養。「意氣」的指向是男女性關係的精神化和審美化。

「意氣」作為一個形容詞，在實際使用中有種種不同的側面和角度，在色道文獻和相關文學作品中，有「意氣之姿」、「意氣之聲」、「意氣之色」等種種用法。由於「意氣」的意義的多面性，在色道文獻與相關文學作品當中，許多作者喜歡根據不同的語境，不寫漢字的「意氣」，而是置換為另外的更能具體表意的相關漢字詞，再用「意氣」日語發音「いき」這兩個假名在該詞旁邊加以標注（即所謂「振假名」），強調其讀音是「いき」（iki）。相關漢字詞主要有「大通」（見《大通一寸郭茶番》）、「意妓」（見《意妓口》）、「好風」（見《春色湊之花》）、「當世」（見《清談松之調》）、「好雅」（見《春告鳥》）、「雅」（《大通秘密論》）、「好意」（見《梅之春》）等等。「いき」的這些不同的漢字標記不僅僅出於作者一己之好，而是表明「意氣」這個

詞不僅具有種種不同側面的意義，而且內容上都有一定的內在聯繫，例如「意妓」強調的似乎是一種精神上的性對象；「當世」是現時、當下之意，也是時髦、趨潮的意思；「好雅」、「好風」說的是對風雅或風流的愛好，也是在強調「意氣」的精神性。鑒於「意氣」這個詞的含義多樣，有時用特定的漢字來標記會受到限定和限制，因而在一些作品與文獻中，作者有時乾脆不寫漢字，而直接寫作假名「いき」，這會使讀者的理解更具有可能性和開放性。但是，從根本上說，由於「いき」原本是「意氣」的日語發音，所以將相關漢字詞訓為「いき」，在很大程度上是用「意氣」來訓釋相關的詞；而直接使用假名「いき」，根本上還是依託著「意氣」。

「意氣」的精神性，絕不僅僅是指外表的美或漂亮，而是指一種長期形成的精神氣質、精神修養及由此帶來的性感魅力。「人情本」中常有「いきな年增」（意為「意氣的中年女子」）這樣的說法。「年增」一詞相當於漢語的「半老徐娘」，是指因年齡增大而黯然失色的女性。但人情本中常把「意氣的年增」作為一種審美對象，而且是那些「未通女」（小姑娘）身上不具備的那種美。因而，「意氣」這個詞極少用來形容很年輕的女子，因為她們身上不具備「意氣」之美。「意氣的年增」是隨著年齡增大，而具有的一種女性特有的精神氣質，就是帶有「色氣」（風韻猶存）的成熟女性的性感魅力。這種「意氣」具有複雜的精神與性格的內涵，體現了一種社交、知識、性情方面的綜合修養，難以概括和形容。年紀太輕的女子因「年功」未到，是不可能具備的。

關於「意氣」與「粹」兩個詞的區別，哲學家、美學家九鬼周造在一九三〇年發表的《「意氣」的構造》一書的一條注釋中談了他的看法，他認為：

　　不妨把「意氣」（いき）和「粹」（すい）看成是意思相同的兩

個詞。式亭三馬在《浮世澡堂》第二編的上卷中，寫道了江戶女子和關西女子之間關於顏色的對話。江戶女子說：「淡淡的紫的顏色真是『意氣』呀。」上方女子：「這樣的顏色哪裡「粹」（すい）呀！我最喜歡江戶紫。」也就是說，這裡「意氣」（いき）和「粹」（すい）的意思在這裡完全相同。……「意氣」和「粹」的區別可能是江戶方言和關西方言的區別……有些時候，「粹」多用於表示意識現象，而「意氣」主要用於客觀表現。比如，《春色梅曆》卷七中有這樣一首流行小曲：「氣質粹，言行舉止也意氣。」但是……意識現象中用「意氣」的例子也很多。……綜上所述，不妨把「意氣」和「粹」（すい）的意義內容看作是相同的。即使假定一種是專用於意識現象，另一種專用於客觀表現，但由於客觀表現本質上說也就是意識現象的客觀化，所以兩者從根本上意義內容是相同的。[2]

　　總之，九鬼周造認為「粹」和「意氣」兩個詞只是地域使用的不同，在意義上幾乎沒什麼區別，又認為「『粹』多用於表示意識現象，而『意氣』主要用於客觀表現」，接著又說「但由於客觀表現本質上說也就是意識現象的客觀化，所以兩者從根本上看內容是相同的。」他所強調的「意氣」是「意識現象的客觀化」的表現，這是非常值得注意的。所謂「意識現象的客觀化」，就是將內在的精神意識表現在外面，使內在的無形的東西借助外在的有形的東西得到呈現。那麼這種東西是什麼呢？豈不就是我們通常所說的「美」嗎？不知道九鬼周造是否意識到了，他的這種「意氣」與黑格爾在《美學》一書中對「美」所下的那個權威定義——「美是理性的感性顯現」——幾

2　九鬼周造：《「いき」の構造》（東京：岩波文庫，1979年），頁30-31。

乎如出一轍（儘管九鬼周造在哲學上主要接受的是海德格爾及現象學
的影響）換言之，「粹」只是一種「意識現象」，它還沒有獲得客觀化
的外在表現形式，因而「粹」還僅僅是一種「美的可能」，而不是一
種美的現實。相反，只有獲得了「意識現象的客觀化」的「意氣」，
才能成為一種「美」的概念、才能成為一個審美範疇，成為表示日本
民族獨特審美意識的一般美學概念。

　　關於這一點，九鬼周造之後的日本學者也有相同的看法，並且表
述上比九鬼更為明確清晰。例如，關於「通」、「粹」、「意氣」這三個
詞的關係，日本九州大學中野三敏教授認為：所謂「意氣」，是由
「粹」、「通者」、「大通」等相互聯繫而形成的「意氣地」（いきじ）
的鄭重表述，是表明「粹」、「通者」、「大通」等精神狀態的一個概
念。在這個意義上，「意氣」和「粹」、「通」是完全重合的、完全同
質的存在。他進一步指出：

　　　　正因為「意氣」（いき）本來是用以表示「粹」、「通」中的精
　　　神性的概念，因而它就容易與審美意識直接結合在一起，與具
　　　體的色彩、形狀、或者具體的聲音結合在一起，並賦予它們以
　　　精神性，從而把這些對象中的審美內涵表現出來。
　　　　換言之，「粹」與「通」自身不能是一種美，它只有依靠「意
　　　氣」，才能表示美的存在如何擺脫青樓這一特殊環境的制約，
　　　以使自身含有某種精神價值，從而昇華到「意氣」這一審美意
　　　識的高度。[3]

　　這是很有見地的觀點。也就是說，正是因為「意氣」這個詞在含
義上的這種精神性和抽象性，所以它比「通」、「粹」更具有超越性，

3　中野三敏：《すい・つう・いき——その形成の過程》，見《講座日本思想・美》（東
　　京：東京大學出版會，1884年），頁141。

使它更有可能由色道用語，而成為一般社會所能使用的一種審美賓詞、一種美學概念。而「粹」和「通」這兩個詞則不能。「意氣」這個概念與「通」、「粹」的不同功能和根本區別就在這裡。

　　然而，遺憾的是，近些年來，在九鬼周造的中文評介文字及有關譯文、譯本中，對「通」、「粹」、「意氣」這幾個關鍵觀念的理解和翻譯出現了嚴重的偏差和失誤。一些譯者將「いき」譯成「粹」，將九鬼周造的《「いき」の構造》譯成《「粹」的構造》，或將「意氣」譯為「傲氣」。這樣的翻譯都是不忠實的，都將「意氣」這個核心概念縮小化了。實際上，「骨氣」也罷，「傲氣」也好，僅僅是「意氣」的一個側面的屬性和表現而已。因而用「骨氣」、「傲氣」來翻譯「意気地」（いきじ，釋義詳後）是可以的，但用來翻譯「意気」絕不可以。

　　其實，「意氣」到底是什麼，九鬼周造〈「意氣」的外延構造〉一節中做過明確的說明：

> 所謂「意氣」，正如以上所說的，它在漢字的字面上寫作「意氣」，顧名思義，它是一種「氣象」，有「氣象的精粹」的意思，同時，也帶有「通曉世態人情」、「懂得異性的特殊世界」、「純正無垢」的意思。[4]

　　這段話很重要。因為這是作者對「意氣」最明確的解釋、定性和定位。首先，九鬼明確把「いき」對應於、等同於漢字的「意氣」。這就等於提醒我們應該把《「いき」の構造》翻譯為《「意氣」的構造》而不能是《「粹」的構造》。其次，他將「意氣」解釋為「一種『氣象』」。所謂「氣象」（日文漢字寫作「気象」，假名寫作「きしょ

4　九鬼周造：《「いき」の構造》（東京：岩波文庫，1979年），頁37。著重號為引者所加。

う」）按《廣辭苑》中的解釋，一是由宇宙的根本作用所形成的現象，二是指人的「氣性」，即人的性情、氣質，三是指氣象學意義上的「氣象」。前兩條的「氣象」釋義都表明：作為「氣象的精粹」的「意氣」是根本的、基礎的母概念，所謂「氣象的精粹」就意味著「意氣」可以把「精粹」即「粹」包括在內。換言之，若不把「意氣」（いき）譯成「意氣」而譯成「粹」，就會完全顛倒這兩個概念的從屬關係、主次關係。這表明，對於學術思想著作的翻譯而言，翻譯不僅是翻譯，而且也是一種理解和闡釋。譯者的理解與闡釋必須充分尊重原文，必須弄清概念與概念之間的學理的、邏輯的關係。翻譯者必須明白，從原文的角度來說，九鬼周造書名畢竟是《「いき」の構造》而不是《「すい」（粹）の構造》，在九鬼周造的心目中，「意氣」（いき）還是可以依託的根本概念。

總之，「いき」所對應的漢字是「意氣」，因而如果要把這個「いき」還原為漢字的話，那麼它一定必須是「意氣」，而不能是「粹」或「通」。又，「粹」在表達「意氣」的意義時，固然也可以訓作「いき」、讀作「いき」（iki），但「粹」在更多的情況下音讀為「すい」（sui），「粹」難以包含「意氣」（いき）」，「意氣」卻可以包含「粹」。事實上，無論是「通」還是「粹」，作為純粹的色道用詞，較之具有一般審美概念的「意氣」，其意義要狹隘得多。歸根到柢，「意氣」是核心概念，「通」和「粹」是次級概念。「粹」是一種內在意識，而「意氣」則是內在意識的外在顯現；換言之，「粹」往往是指內容，「意氣」則是內容與形式的綜合與統一，也就是說，「意氣」大於「粹」，「意氣」可以包含「粹」，而「粹」則不能包含「意氣」。

四　「意氣」的內涵與外延

九鬼周造的《「意氣」的構造》一書的功績，就是已經很大程度

地擺脫了「色道」概念的束縛，將「意氣」從江戶時代的遊廓中剝離出來，賦予它以現代性，並作為日本民族獨特的審美觀念，運用歐洲哲學中的概念整理與辨析的方法，加以分析、整合和弘揚。這個工作沒有在江戶時代完成，當時的「色道」作家們侷限於色道和遊廓的範圍內，不可能做到這一點。九鬼周造認為，「意氣」這個詞帶有顯著的日本民族色彩，歐洲各大語種中雖然存在和「意氣」類似的詞，但無法找到在意義上與之完全等同的詞。「意氣」是「東洋文化——更準確地說，是大和民族對自己特殊存在形態的一種顯著的表達」。九鬼周造首先分析了「意氣」的內涵，認為「意氣」的第一內涵就是對異性的「媚態」。

所謂「媚態」，日語假名寫作「びたい」，與漢語的「媚態」含義相同，但不含貶義，是個中性詞。大體指一種含蓄的性感張力、或性別引力，也可以譯為「獻媚」。九鬼周造認為，「媚態」只有在男女互相接近的過程中才能產生，一旦對方完全被得到，距離便消失，張力便消失，實際上就進入了類似婚姻的狀態，美感喪失殆盡。「媚態」只是一種身體審美的過程，是一種唯美的追求，因而它與「真」、與「善」都是對立的。「媚態」排斥現實性和真實性，而只要一種曖昧的理想主義；它也排斥「善」，不承認既有的婚姻、家庭等倫理道德。

九鬼周造認為，「意氣」的第二內涵就是所謂「意氣地」。這個詞假名寫作「いきじ」。顧名思義，就是「意氣」有其「地」（基礎），也就是「有底氣」、「有骨氣」、「傲氣」的意思，也含有倔強、矜持、自重自愛之意。「意氣地」的同義詞是「意氣張」，在一些文獻和作品中也常寫作「意氣張」，就是一種「意氣沖天」而又誘人的傲氣。沒有「媚態」，雙方就不可能接近；沒有矜持和傲氣，接近就因為太容易而缺乏過程美感。只有「意氣地」即「傲氣」與「媚態」相結合的時候，男女之間、男女的身體與精神之間，才會產生一種審美的張力。

　　九鬼周造認為「意氣」的第三個內涵是「諦觀」。諦觀，日語原文「諦め」（あきらめ，有人譯為「達觀」，有人譯為「死心」，似乎都不確切），是一種洞悉人情世故、看破紅塵後的心境。「諦め」的詞幹使用的「諦」字，顯然與佛教的「四諦」（苦、集、滅、道）之「諦」有直接關係。佛教的「諦」是真理之意，「諦め」就是觀察真理、掌握真理，達到根絕一切「業」與「惑」、獲得解脫的最高境界，因而借用佛教的「諦觀」一詞來翻譯「諦め」最為傳神。從美學上看，「諦觀」就是一種審美的靜觀。九鬼認為，所謂「諦觀」，也就是基於自我運命的理解基礎上的一種不執著的、超然的態度。對女人而言，是對男人的花心抱著一種類似絕望的諦觀，不嫉妒、更不撒野；對男人而言，「諦觀」就是始終對女性抱有一種審美靜觀的態度，明明知道女方在欺騙自己，卻不從道德的、實利的角度去苛求她。在審美過程中，明知受騙，甘願受騙，甚至以被騙為樂。

　　在「意氣」這個審美概念的內涵中，除了九鬼周造所指出的「媚態」、「意氣地」、「諦觀」三種審美要素之外，筆者認為還包括「時尚」與「反俗」之美。如上文所說，在江戶時代，「意氣」本身可訓為「當世」二字，就是今天我們所說的「時尚」的意思。「時尚」就是不保守、就是追新求變，江戶時代的遊廓之所以能夠引導時代與社會的審美潮流，就在於它的「當世」及時尚性。「時尚」就是不古板、不拘泥的一種隨意和瀟灑、一種個性化的美感。關於這一點，藤本箕山在《色道大鏡》中、在當時的「浮世草子」、「人情本」等作品中，都有表現和描寫。

　　在《「意氣」的構造》中，九鬼周造除了「意氣」的內涵構造外，還分專章論述了「意氣」的外延構造、「意氣」的自然表現和「意氣」的藝術表現。認為「意氣」的外延構造是作為「意氣」之延伸的「上品」、「華麗」、「澀味」三個詞，以及與之相對的「下品」、「樸素」、「甘味」三個詞之間形成的二元張力。「意氣」的自然表現

主要表現在身體方面，「意氣」的反義詞是「土氣」（野暮）。「意氣」的體態略顯鬆懈、身穿輕薄的衣物（但不能是歐洲式的袒胸露背式或裸體），楊柳細腰的窈窕身姿可以看作是「意氣」的表現，出浴後的樣子是一種「意氣」之姿，長臉比圓臉更符合「意氣」的要求。女子的淡妝、簡單的髮型、「露頸」的和服穿法，乃至赤腳，也都有助於表現出「意氣」。在「意氣」的藝術表現上，最能體現「意氣」的是條紋花樣中的簡潔流暢的豎條紋，最「意氣」的色彩是鼠色（灰色）、茶褐色和青色這三種色系；大紅大紫、紅花綠葉、花裡胡哨的豔俗的顏色和布料不「意氣」，最「意氣」的建築樣式是簡樸的茶屋；在味覺方面，別太甜膩（「甘味」）、適度地帶一點「澀味」是「意氣」的，等等。九鬼周造對「意氣」之表現的概括與解釋，主要材料來源是江戶時代及此後的相關文獻及藝術作品，特別是文學作品中的相關描寫。

綜合分析九鬼周造的見解，再加上我們的理解，嘗試著盡可能簡潔洗練地將「意氣」定義如下──

　　「意氣」是從江戶時代大都市的遊廓及色道中產生出來的、以身體審美為基礎與原點、涉及生活與藝術各方面一個重要的審美觀念，具有相當程度的都市風與現代性。狹義上的「意氣」正如九鬼最早所說，是一種「『為了媚態的媚態』或『自律的遊戲』的形態」，是男女交往中互相吸引和接近的「媚態」與自尊自重的「意氣地」（傲氣）兩者交互作用而形成的一種審美張力，是一種洞悉情愛本質、以純愛與美為目的、不功利、不膠著、瀟灑超脫、反俗而又時尚的一種審美靜觀（諦觀），在這種審美張力與審美靜觀的交互作用中，形成了「意氣」之美。

五　意氣的組織構造

　　以上從歷史文化的角度，對「意氣」從色道概念到身體美學概念的產生、演變做了動態的縱向的梳理，對「意氣」與「粹」、「通」等概念的關係做了分析，對「意氣」的內涵和外延做了概括和界定。我們還需要從語義學、邏輯學的層面，將「意氣」這一概念置於一個橫向的、平面的組織結構中，才能進一步理解「意氣」在特定的語義組織系統中的地位，進一步看清「意氣」與相關概念的邏輯關係。為此，筆者整理出了「意氣」的組織構造圖，如下：

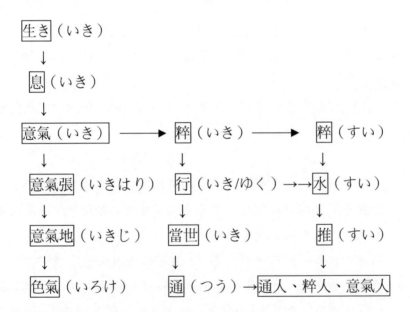

　　接下來，需要對這張構造圖加以解釋。

　　這個表分為四行（獨立不成行的頭兩個詞「生き」和「息」不計在內）和三列。其中，「意氣」處於第一行和第一列的最重要的位置，其他所有概念都是從「意氣」生發出去的。第一行表示的是從「意氣」到「粹」（いき）」和「粹」（すい）的邏輯關係。這三個詞

意義相同，但寫法、讀法不同，更重要的是，由於讀法的不同，就與
相同讀法的其他詞產生了意義上的邏輯關聯，這主要表現在以這三個
詞開頭的三列概念中。

先看圖中的左側一列。上下貫通地看，就是「意氣」這個概念從
「生き」（いき）、到「息」（いき）、到「意氣」（いき）、再到「意氣
張」（いきはり）、「意氣地」（いきじ）、乃至「色氣」（いろけ）的語
義形成與流變。從語義的邏輯起源上看，「意氣」最早的源頭應該是
「生き」。「生き」讀為「いき」（iki），意為生、活著；活著的人就要
呼吸、就有氣息，就有生命力，於是便有了「息」。「息」寫作「息
き」，也讀作「いき」（iki）。活著的、有生命力的人，就有精神，此
種精神就是「意氣」（いき）。關於這一點，九鬼周造在《「意氣」的
構造》的結尾處，有一條較長的注釋，其中有這樣一段話：

> 研究「意氣」的詞源，就必須首先在存在論上闡明「生（い
> き）、息（いき）、行（いき）、意気（いき）」這幾個詞之間的
> 關係。「生」無疑是構成一切的基礎。「生きる」這個詞包含著
> 兩層意思，一是生理上的活著，性別的特殊性就建立在這個基
> 礎之上，作為「意気」的質料因的「媚態」也就是從這層意思
> 產生出來的；「息」則是「生きる」的生理條件。[5]

這是非常具有啟發性的見解。但是在「意氣」之下，還需要繼續
往下推演。人有了「意氣」，就要表現「意氣」，意氣的表現就是「意
氣張」（いきはり），就是伸張自己的「意氣」。而「意氣」一旦得以
伸張，便有了「意氣地」（いきじ），即表現出了一種自尊、矜持或傲
氣。而這種矜持和傲氣在男女交際的場合運用得當、表現得體的時

5　九鬼周造：《「いき」の構造》（東京：岩波文庫，1979年），頁97。

候，就產生了一種「色氣」（いろけ），換言之，「色氣」是「意氣」、「意氣張」、「意氣地」的一種性別特徵。

　　然後再看縱向的第二列，即從「粹」到「通」。「粹」在江戶時代的有關作品和文獻中，許多場合下被訓作「いき」，也與「意氣」一樣讀作「いき」（iki）。這個讀作（iki）「いき」的「粹」與「意氣」完全同義，卻在另一個延長線上、在「行き」（いき）這一鏈條上，擴大了其意義範圍。對此，九鬼周造在上文提到的那段注釋的後半部分，這樣寫道：

> 　　又，「行」也和「生きる」有著不可分割的關係。笛卡爾就曾論證說，「ambulo」（行走）才是認識「sum」（存在）的根據。比如在「意気方」（いきかた，生存方法）和「心意気」（こころいき，氣魄、氣質）等詞的構成中，「意氣」的發音明顯就是「行き」（いき）的發音。「生存方式（意気方）很好」，也就是「行走得很好」的意思。而在「對喜歡的人的『心意気』」以及「對阿七的『心意気』」這樣的表達中，「心意氣」往往都與「對某某人」連用，有一種「走」向對方的趨勢。此外，「息」（いき）採用「意気ざし」的詞形、「行」（いき）採用「意気方」（いきかた）的詞形，都是由「生」衍生出來的第二義，這是精神上的「生きる」（活著）。而作為「意気」的形式因的「意気地」和「諦觀」，也是植根於這個意義上的「生きる」（活著）的。而當「息」和「行」高於「意氣」地平線的時候，便回歸到了「生」的本原性中。換言之，「意氣」的原初意味也就是「生きる」（活著）。[6]

6　九鬼周造：《「いき」の構造》（東京：岩波文庫，1979年），頁97-98。

正因為如此，「粹」便指向了「行き」，而「行き」是動詞「行く」（讀作「いく」或「ゆく」）的名詞型。動詞「行く」除了「行走」的意思之外，還有其他意思，男女做愛時的性高潮的到來叫作「行く」。其名詞型「行き」自然也就與男女之情有了內在的關聯。「行き」是一種行走，行走到別人前面的時候，就處在了前沿、前衛的位置，也就有了先進性、時尚性，這就是所謂「當世」，因此，江戶時代的相關文獻與作品中，便將「當世」二字訓為「いき」，意思是說「意氣」的人、「粹」的人、「行」得快的人，必然是時尚、時髦之人。「行」得快者，必然懂得如何才能行得快，行走也就順暢無礙，這種狀態就是「通」（つう）。於是，「粹」（いき）就經過「行き」、再經過「當世」（いき），最後達到了「通」。

最後看上表中的第三列概念。這一列的第一個概念「粹」（すい），是第二列中的「粹」（いき）的音讀。由「すい」這個音讀，又引出了以下的相關概念。那就是「水」和「推」。

江戶時代，「粹（すい）」這個詞在假名草子中的「遊女評判記」中，最早寫作「水」。是非常形而下的肉體的、實用性的。所以這個「水」與第二列中的表示性關係的「行」相聯繫。為什麼「粹」起初被寫作「水」呢？日本學者一般認為，這裡主要是借助「水」的柔軟、融通、沖刷磨練、隨物賦形、隨機應變的屬性。一些日本學者認為「水」可以用中國《荀子》中的一句話「君者盤也，盤圓而水圓；君者盂也，盂方而水方」來解釋，是不無道理的。本來，在漢語中，「水」就有性愛、女性的隱喻。例如「水性楊花」，比喻女性的用情不專，「水乳交融」、「水乳之契」狹義上多指男女間的關係。而在一些漢語文獻與作品中，「水」也用來比喻性事或娼妓的生活，如明代馮惟敏《僧尼共犯》第四折有：「俺看那不還俗的僧尼們，幾時能夠出水啊！」《中國地方戲曲集成‧安徽省卷》〈李素萍〉：「小女子情願落水為妓，也不願隨那張客人前去。」這樣看來，對當時的花街柳巷

的嫖客與妓女之間的交際而言,「水」是非常生動而又實用性、功利性的比喻。值得注意的是,這個「水」字,日本人不讀作固有的發音「みづ」(mizu),很顯然是因為日語固有詞「みづ」專指作為通常的液態物質的水,而不像漢語的「水」那樣能夠引發意義上的豐富聯想。另一方面,在「遊女評判記」中,「水」常常用來代指遊女,而那些初出茅廬、一竅不通、沒有體驗的男人,需要入「水」得以洗禮,然後才能「粹」。這樣的沒有體驗的男人又被稱為「月」(假名讀作「ぐわち」,又寫作「瓦智」二字,亦即無知又土氣)。月映於水,叫作「水月」。《寢物語》中有專門的〈水月〉一章,講的是月與水的關係。強調「月」在「水」中的浸潤、歷練。除了女性及情愛的隱喻外,「水」還被自由地加以引申,例如在《難波鉦》中,把嫖客在青樓花錢稱作「水」,而遊女千方百計讓嫖客多掏錢也是「水」。聰明的「水」的遊客就是如何依靠自己的機靈少花冤枉錢。對此,《寢物語》也說:「無論傾城女郎怎麼跟你說悄悄話,都裝作沒聽見,就叫『水』。聽見了就要花錢。」

　　除了「水」之外,「粹」有時又寫為漢字的「推」字,和「水」一樣音讀為「すい」。漢語中有「順水推舟」一詞,可見「水」和「推」是有內在聯繫的。指的都是一種由此及彼的流動、交往和推進。日本研究者一般認為,「推」字是「推察」、「推測」、「推量」的意思,是指在青樓冶遊時的善解人意、見風使舵,機智靈活,強調的更多是一種處事手腕或行事方式,而較少精神層面的涵義,近松門左衛門的戲劇作品中多用「推」,就是在這個意義上使用的。

　　在第三列概念中,「粹」(すい)入於「水」(すい),經於「推」(すい),最終便成為「通人」。「通人」在江戶時代常常讀作「すい」。這樣,在意義與語音的統一上,「粹」與「水」、「推」乃至「通人」就成為一個相互關聯的概念系列。當然,最後的這個「通人」,與第二列最後的「通」,也有邏輯上的先後關係。「通人」也叫「粹

人」、「意氣人」,「通人」便是「意氣」的最終的歸結。至此,「意氣」的語義關係和組織構造便系統、清晰地呈現了出來。

綜上,現將「意氣」與相關概念的組織構造盡可能簡單地概括如下:

「意氣」基於人的「生命」、「生息」及生命力投射之要求的「色氣」,反映在男女性愛交際中,表現為極有交際藝術、時尚帥氣、瀟灑自如的「通」,還有內在心理上的純粹無垢、通情達理、含蘊而又豁達的「粹」;而將外在表現的「通」與內在心性修煉的「粹」加以綜合呈現,便產生了「意氣」之美;有這種審美表徵的人,或者能夠理解和欣賞這種美的人,就是「通人」、「粹人」或「意氣人」。

五　「意氣」之於傳統和現代

從美學的角度看,「意氣」之美正是當代西方美學家所提倡的「身體美學」。可以說,「意氣」已經具備了「前現代」的某些特徵,代表了日本傳統審美文化的最後一個階段和最後一種形態,對現代日本人的精神氣質及文學藝術也產生著持續不斷的潛在影響。

「意氣」作為一種審美觀念,從江戶時代不知不覺、順乎其然地流入明治時代後的日本近代文化中,成為日本近代文學、近代文化中的一種別樣的傳統。對此,阿部次郎反覆強調:「作為祖先的遺產之一的德川時代中葉以後的平民文藝,在明治、大正時代被直接繼承下來,即便我們自以為可以擺脫它,但它已經成為一種文化勢力,在冥冥之中深深地滲入我們的血肉中,並在無意識的深處支配著我們的生活。」[7]雖然,在日本近現代文學中,西方理論思潮與西方概念的大量湧入,使得包括「意氣」在內的傳統審美觀念與美學範疇受到了相

7　阿部次郎:《德川時代の芸術と社會》(東京:角川書店,1972年),頁24。

當程度的遮蔽。由於「意氣」等相關範疇產生於江戶時代遊里及好色
文學中，涉及到複雜的社會道德問題，把它加以學術化、美學化即正
當化，既需要見識，也需要勇氣。在一九三〇年九鬼周造的〈「意
氣」的構造〉發表之前，人們幾乎把「意氣」這個概念忘掉了，正如
日本另一個審美概念「幽玄」在近世時代被人們忘掉了數百年一樣。
九鬼周造出身名門貴族，曾留學德國，師事胡塞爾、海德格爾等哲學
家，而母親星崎初子原本是個藝妓，據說是一位極富美感的美麗女
性，是九鬼的父親九鬼男爵把她從妓院贖身並與之結婚（在近現代日
本，上層社會的男人娶藝妓或妓女為妻者大有人在），後來初子因與
著名學者岡倉天心戀愛，而與九鬼周造的父親離婚，此後初子帶著九
鬼周造兄弟一起生活。這種特殊的家庭生活背景與經歷，也許是九鬼
周造研究和寫作〈「意氣」的構造〉的勇氣與動機所在。無論如何，
在〈「意氣」的構造〉問世之後，「意氣」這個概念在日本美學思想史
上的地位就沒有人再敢忽視了。另一方面，雖然「意氣」這個概念本
身長期被忽視，但「意氣」的審美傳統並沒有中斷過。仔細注意一下
就會感到，日本人的文學藝術，包括小說、電影、乃至當代的動漫，
都或明或暗地飄忽著那種「意氣」。例如，一直到現代社會，藝妓仍
然作為日本之美的招牌而廣為人知，在文學創作中，對所謂「江戶趣
味」的追求已經形成了日本近現代文學的一種傳統，從尾崎紅葉、近
松秋江帶有井原西鶴遺風的情愛小說，到現代唯美派作家永井荷風對
帶有江戶風格的花街柳巷的留戀和沉溺，再到戰後作家吉行淳之介的
妓院小說，乃至川端康成、渡邊淳一等描寫男女「不倫」之戀的小
說，都以不同的方式體現了「意氣」的審美與創作傳統。可見，「意
氣」之於日本人與日本文藝，都具有普遍意義。

　　廣而言之，在當代社會中，「意氣」就是身體美、性感美的普泛
化，其實質是以身體審美為指向的日常生活的審美化。這也就是「意
氣」這一審美觀念的「現代性」之所在。我們只要在現代語境下對原

本產生於青樓色道的日本「意氣」加以提純和淨化，洗去它所帶有的江戶時代的町人、放肆放蕩的「灑落」氣味，就有可能把它更生為、轉換為一般的審美觀念，就具有了一定的現實意義和普遍意義。實際上，男女之間「意氣」的身體審美現象，正是人類日常美感的主要來源，這種情形在社會交往中似乎無處不在，遠比藝術的審美來得更為頻繁、更為自然、更為迅捷，更為生活化，因而也更為重要。特別是在人口密集的現代都市中，在萍水相逢、擦肩而過、轉瞬即逝的公眾交往中，甚至是在網絡那樣的虛擬世界中，男人女人們以其身體（包括服飾、髮型、乃至舉止、氣質等）有意無意地向具體的或模糊的對象做出意欲靠近、並博取對方好感的「媚態」，是人性的自然，是審美要求的本能表現。沒有婚姻等任何功利目的，只是在審美動機的驅動下釋放或接受「色氣」即性別魅力，同時又在自尊自重的矜持與傲氣中，與對象保持著距離。就是在這種二重張力中，體驗著一種審美靜觀，確認生命的存在、感受生活的多彩。由此，男人女人們變得更美，我們這個世界也變得更美。我們不妨把這個理解為現代意義上的「意氣」。這種現象既是普遍的一種心理（觀念）現象，也是一種普遍的審美現象。

　　如今，有的西方美學家倡導美學研究應該從經典文本和藝術品的研究，轉向活生生的日常，轉向對身體審美（身體美學）的研究，提倡「日常生活的審美化」。若如此，「意氣」的審美現象是否應該引起美學研究的充分注意呢？日本的「意氣」概念是否仍有啟發價值呢？應該意識到，思想是在闡發中不斷增值的，概念範疇是在整理尋找中陸續呈現的，歷史上的許多概念起初只不過是一般的詞語，即一般的形容詞、名詞和動詞，我們的哲學研究、美學研究也不應以那些既有的、有限的概念範疇為滿足，要像九鬼周造對「意氣」的發現、發掘那樣，從傳統文本和現象中去發現、提煉、闡發新的概念與範疇。實際上，在中國傳統的思想文化中，身體問題一直是核心問題之一，

儒、釋、道各家都有自己的身體觀，但正統的身體思想都偏重於真與善，強調身體的道德性和清心寡欲的自然天性，具體而言，儒家在肯定身體的同時提倡節制，佛家追求身體靜修與超越，道家與傳統醫學則指向養生。這些主要都不是審美的訴求。而另一方面，在中國非正統的審美文化傳統中，卻一直存在身體審美的傳統，例如，魏晉時代盛行的人物品評主要是基於身體的審美批評，唐宋元明清各時代的市井通俗文化及相關文獻中，也蘊含著豐富的身體美學的思想範疇的礦床，我們是否也應該從類似於「意氣」及身體審美的角度，從大量的明清小說、戲曲及市井通俗文化現象中，尋找出、提煉出屬於那個時代的獨特的審美觀念來呢？是否可以把那個時代最為流行的某些形容詞、名詞、動詞，給予篩選、整理、優化和闡發，並由此加以概念化呢？我們對日本「意氣」加以研究的學術價值和啟發性，也許就在這裡。

中日「文」辨

──中日「文」、「文論」範疇的構造與成立[1]

　　現代日本學界，均將日本古代關於文學的相關思考及言說，統稱為「文學評論」或「文學論」。所謂「文學評論」或「文學論」是借用的西洋術語。筆者認為，對此有必要加以反省與檢討。站在中日古代文學關係的角度看，要講日本古代的所謂「文學批評」，首先應該說清對於古代日本人來說，「文」是什麼，西方的「文學批評」這一概念，與日本之「文」是否能夠對應與吻合，進而可以就中國的「文論」概念對日本的適用性問題加以考察。

一　哲學意義上的「文」

　　《易經・繫辭下》曰：「物相雜，故曰文。」《說文解字》曰：「文，錯畫也。象交文。」兩書意思相同，都是指不同事物、不同的「像」（形象）錯綜交叉，形成「文」，形成一種裝飾，這也是「文」在中國的元初含義。此後，「文」成為一個派生性、衍生力都很強的詞，在發展演變的過程中，其意義不斷引申，逐漸多層次化。「文」字傳入日本後，其基本義與中國之「文」相同，並且也有很強的衍生力與派生性，是語義較為豐富複雜的日本漢字之一，光基本讀音就有三種，[2]而且使用頻率一直很高。例如，在日本二百四十七個朝代

1　本文原載《文化與詩學》（北京），2010年第2期（總第11輯）。

2　三種讀音是：もん（monn）、ぶん（bonn）、ふみ（fumi）。前兩種是模仿中國的發

中，歷代天皇年號字頭用字裡頭，使用「文」字的就占十五個，在「天」、「永」、「元」之後，據第四位。

在中國，「文」在其元初意義的基礎上，很快被抽象化，成為中國哲學、美學與文論中的重要範疇。對此，國內外學者在有關著作中都做過論述。[3]從文學的角度看，如果說「道」論是文學「本原論」，「心」論是文學創作主體論，那麼「文」論就是文學的審美特徵論。「文」之意義的這一規定性來源於中國傳統哲學和美學。老子、莊子、孔子等中國古代原創性思想家，都將「文」看作是天地之大美，是宇宙萬物、社會人倫的審美特徵。《周易》曰：「觀乎天文，以察時變。」「天文」就是天之象、天之特徵。孔子曰「文王既沒，文不在茲乎？」「鬱鬱乎，文哉！吾從周。」「文」指的就是一種高尚的時代風氣或社會風尚。《荀子》云：「君子寬而不慢，廉而不劌，辨而不爭，察而不激，寡立而不勝，堅強而不暴，柔從而不流，恭敬謹慎而容：夫是之謂至文。」此處「文」指的是人格修養之美。《樂記》云：「聲成文，謂之音。」此處「文」指的是美的形式或美的表現。後世詩人與文學家們，更將「文」作為最高的美學範疇。如張懷瓘《文字論》云：「文也者，其道煥焉。日月星辰，天之文也。五嶽四瀆，地之文也，城闕朝儀，人之文也。」宋王禹偁〈送孫河序〉云：「天之文日月星辰，地之文百穀草木，人之文六籍五常。」而在文論著作中較早系統表達這一見解的是劉勰。他在《文心雕龍‧原道》開篇就寫道：

音。關於後一種發音，日本語言學家及大部分辭典，都認為「ふみ」的發音是從「ぶん」中轉化而來的，在用法上稍稍區別於「ぶん」。比如「ふみ」可指書信，特別是男女間寫的情書。

3　如饒宗頤：《文轍：文學史論集》，季鎮淮：《來之文錄‧「文」義探原》，于民：《春秋前審美觀念的發展》，夏靜：《禮樂文化與中國文論早期形態研究》，日本的青木正兒：《中國文學概說》，美國的劉若愚：《中國的文學理論》等。

> 文之為德也大矣。與天地並生者，何哉？夫玄黃色雜，方圓體
> 分。日月疊璧，以垂麗天象。山川煥綺，以鋪理地之形，此蓋
> 道之文也。……傍及萬品，動植皆文。龍鳳以藻繪呈瑞，虎豹
> 以炳蔚凝姿。雲霞雕色，有逾化工之妙；草木賁華，無待錦匠
> 之奇。夫豈外飾，蓋自然耳。

這就將「文」視為自然天地的外在表現（「德」），是天地宇宙、山川風景、動物植物的總體的美感特徵。

在此基礎上，再進一步將「文」加以抽象化，使其附著於客觀世界與人的精神世界渾然一體的更為抽象的「道」，於是就由「天地」之「文」形成了「道」之「文」。「文」成為聖人之「道」的外在顯現，反過來說，表現聖人之道就是「文」。這也是儒家文人的基本觀點與信念。劉勰《文心雕龍・原道》云：「道沿聖而垂文，聖因文而明道。」此處的「道」即指聖人之道。宋朱熹在《論語集注》中說：「道之顯者謂之文。」明方孝孺〈送平元亮趙士賢歸省序〉云：「文所以明道也。文不足以明道，猶不文也。」清袁枚〈虞東先生文集序〉云：「蓋以為無形者道也，形於言謂之文。」

對於中國文論中諸如此類的對「文」的抽象化的描述與闡述，古代日本人的接受僅僅限於極少數對中國語言文學與文化有相當理解的漢學家、儒學家。例如，對於以上引述的劉勰《文心雕龍》的天地之「文」，遣唐使、高僧空海在中國古典文論的輯錄性著作《文鏡秘府論》的「序」中有呼應，曰：「空中塵中，開本有之字，龜上龍上，演自然之文。」《文鏡秘府論・西卷》中的〈論病〉一節也有意思相同的話：「夫文章之興，與自然起；宮商之律，共兩儀生。是故奎星，主其文書，月日煥乎其章，天籟自諧，地籟冥韻。」該書的〈南卷〉的〈論文意〉一節中亦可窺見類似的自然：「自古文章，起於無作，興於自然，感激而成，都無飾煉，發言以當，應物便是。」空海

對「文」的這些論述，雖然也有自己的理解與共感含於其中，但總體上是直接使用漢語對中國古典文論所做的轉述或複述。空海之後，使用日語從這個角度闡述天地自然之「文」者，殆無所見。

同樣的，中國古代關於「聖人之道為文」的觀念，也只是在日本江戶時代的儒學家們用漢語寫成的文章著作中，有所呼應與闡發。其中最有代表性的是著名漢學家、日本儒學中的「古文辭派」的代表人物荻生徂徠（1666-1728），他在《論語徵》一書中，反覆強調「道」即是「文」。他說：「夫在天曰文，在地曰理。文者天之道也，謂禮樂也。堯所以安天下萬世，非禮樂不可也。」「夫文者禮樂也，禮樂者先王之道也。君子治人者也，野人治於人者也，故君子之所以為君子者，文而已矣。」「夫聖人之道曰文，文者物相雜之文，豈言語之所能盡哉！故古之能言者文之，以其象於道也，以其所包者廣也，君子何用明暢備悉為也，故孔子嘗曰『默而識之』，為道之不可以言語解故也。」另一位重要的漢學家、儒學家太宰春臺（1680-1747）在〈文論〉一文中也說：「然夫予所謂文者，何也？曰：先王之道之謂文。文也者，非他也，六藝是已。」又說：「夫君子之道以文為至，學而時習之。小可以修身，大可以治天下國家，故古之君之動作有文，言語有章。」他認為「文」是一種瀰漫抽象的東西，「文」不是「辭章」，而那些玩弄文辭的「文人」大量出現後，致使「文失其本」，是不足為訓的。

這樣的「聖人之道為文」觀點，只能是儒教學者的觀點，除日本的儒學家中的漢學家之外，對「文」做此種抽象理解的，絕無僅有。而且這樣的理解，幾乎是對中國儒學的轉述，其中很少滲透著日本人獨特的領悟。上述荻生徂徠關於「文」的觀點，與明代復古學派文學家王世貞、李攀龍的觀點同出一轍。而太宰春臺的「文以害道」的觀點，則與宋代理學家程頤的相關看法亦步亦趨。而在日本從古至今的和歌論、連歌論、俳諧論、能樂論等以各體文學論為特色的日本文論

的文章及著作中，作為天道與人道之審美呈現的抽象的「文」字，幾乎完全不在場，於是，從中國傳入的抽象概念之「文」，就長期漂浮在日本文化表面，侷限在儒學與漢語語境中，而未能下滲到日本民族觀念與思想話語的深層。日本學者中村元在談到日本民族的思維方法的時候曾指出：日語本身長於感情與情緒的表達，日語固有詞彙中沒有形成抽象詞彙的構詞法，很難表現抽象的概念，恰在此時，漢字漢語的傳入補充了日語中的抽象概念。使得日本人一直以來在表達抽象概念時來依賴於漢字。[4]除中村元所指出的這些之外，筆者還想補充說明的是：即是漢語中諸如「文」之類的抽象概念，在傳到日本後，其抽象義、抽象化的程度也被日本人盡力降低，而賦予其一定程度的具象特徵。「文」在日本古語中已不再具有中國之「文」的天地大美之意，而具象化為「花紋」之意，也就是中國之「文」的最基礎義。這種偏於具象化的思維方式，在很大程度上影響到了古代日本人對中國思想文化理解與接受的幅度與深度。

二　文學意義上的「文」

在中國傳統的關於「文」的論述中，「文」首先是「文字」之意。東漢許慎《說文解字》云：「蒼頡之初作書，蓋依類象形，故謂之『文』、其後形聲相益，即謂之『字』」。也就是說，「文」是字之形，字是形與聲的統一。又有人認為「文」是由「言」構成的，後漢王充在《論衡・書解》云：「出口為言，集劄成文」，就是說，「言」是口頭的，「文」是對「言」連貫書寫。梁朝劉勰《文心雕龍・原道》：「心生而言立，言立而文明」，是說只有立「言」，「文」才能顯

4　中村元：《東洋人思惟方法3》，見《中村元選集》（東京：春秋社，1962年），卷3，頁771-775。

明。還有人將「文」與「辭」並稱，認為「文」即是「辭」，所以「文」又稱為「文辭」（亦寫作「文詞」）。宋朝司馬光〈答孔文仲司戶書〉：「今之所謂文者，古之辭也。」宋朝魏了翁也認為：「今之文，古所謂辭也。」

　　日本人對「文」的理解與接受，是從上述的「文」的基本義開始的。直到今天，日語中的「文」仍然保存了「辭」（詞）的含義，這個意義上的「文」就相當於語言學的「句」、「句子」，因而，現代日語中的「文法」，指的是「句法」。更有近代日本人用「文論」（ぶんろん）一詞，來翻譯西語的「syntax」一詞，在這裡，「文論」是一個語言學概念，指的是句子結構及構詞、造句法的研究。其中的「文」，取的是中國之「文」的「言辭」的本義，而這一用法，現代漢語中則不太使用了。近代日本又有人將西語的語言學概念「grammar」（語法）譯為「文法」，而「文法」這一詞，在中國古代則是「法令條文」的意思（《史記》、《漢書》中都有這樣的用例），完全沒有現代意義上的「語法」、「文法」之意。可見，在日本，作為「語學」（語言學）概念的「文」，以及後來由此衍生出來的翻譯語「文論」、「文法」，都取自中國之「文」的古意，並一直保持至今。而在中國，除了「文」的古意之外（例如《說文解字》之文），「文」及其後來派生的相關的固定詞彙，基本上與語言學的範疇無關。這一點上，中日兩國之「文」又出現了一次錯位——日本之「文」淡出哲學的層面，中國之「文」則淡出語言學的層面。

　　儘管中日兩國之「文」發生了這樣的上下錯位，但在文學層面上，中日之「文」卻取得了大面積的平行嚙合。

　　如上所述，中國之「文」是漸漸由語言學意義上的「辭」向文學演進的。人們對「文」的認識漸漸由實用性向審美性發展，於是，被修飾的「文」與樸素的「詞」就有了分別，所以孟子曰：「說詩者不以文害詞，不以詞害意也。」明確將「文」與「詞」（辭）加以區

分。而經過修飾美化的辭，又被成為「文辭」。如《左傳·襄公二十五年》:「晉為伯，鄭入陳，非文辭不為功。」清葉燮《原詩·內篇上》解釋此句說:「古稱非文辭不為功。文詞者，斐然之章采也。」更進一步，將「文辭」再加修飾，又有「文采」一詞，指華麗的文辭。劉勰《文心雕龍·情采》云:「若擇源於涇渭之流，按轡於邪正之路，亦可馭文采矣。」又說:「情理設位，文採行乎其中。」既有了講究修辭的「文」即「文采」，也就會有不太講究文采的「文」，於是「文」又有「文」與「質」的風格之分，並產生了「文質」的概念。從「文」的謀篇布局的角度說，「文」還衍生出了「文章」一詞，指有一定體制結構的系統之「文」。「文章」又有不同體裁樣式，於是「文」又衍生出「文體」。有了「文章」，並且有了不同文體的文章，就有了研究它們的學問，稱為「文學」。《論語·先進》:「文學子游、子夏。」「文學」是孔子施教的四科之一，到後來，「文學」的內涵逐漸由籠統的「文章之學」向狹義的「文學」轉變。《三國志·魏志·文帝傳》云:「初帝好文學，以著述為務，自所勒成垂百篇。」此處「文學」是廣義上的概念。到了清代劉熙載的《藝概》，遂有了「儒學、史學、玄學、文學」的分別。從此，研究「文」的「學」才叫「文學」，它有別於作為文史之學的儒學、史學與玄學。

　　以上由「文」到「文學」的梳理，並不是純粹的時序演進，而是一種邏輯上的內在演進與關聯。假如我們將這一邏輯鏈條倒過來，即從「文學」上溯到「文」，即從現代的嚴格意義上的「文學」概念出發，由近及遠地加以單線上溯，並在此過程中剔去「文」的非文學性的指稱，則也可以看出:「文學」即是「文」。

　　例如，曹丕最早明確將「文」作為文學各體總稱:「而文非一體，鮮能備善，是以各以所長，相輕所短。」各種「文」都有相同性、差異性，故又說:「夫文，本同而末異。」接著，劉勰的《文心雕龍》之「文」，在具體行文中所指有所側重，但總體上「文心雕

龍」的「文」與現代意義上的「文學」的內涵完全吻合，是文學作品的統括範疇。《文心雕龍‧情采》云：「立文之道，其理有三：一曰形文，五色是也；二曰聲文，五音是也；三曰情文，五性是也。」這三項實際上說的就是文學的基本特性。梁代蕭統〈文選序〉在談到他的選「文」的依據與標準的時候寫道：「若其贊論之綜輯詞采，序述之錯比文華，事出於沉思，義歸乎藻翰，故與夫篇什，雜而集之。」對此，清代阮元〈書梁昭明太予文選序五〉：「昭明所選，名之曰文，蓋必文而後選也，非文則不選也。經也、子也，史也，皆不可專名之為文也。故昭明《文選‧序》後三段特明其不選之故，必沉思翰藻，始名之為文，始以入選也。」而且，蕭統最後明確以「文」來統領各體文學，云：「凡次文之體，各以藻聚。詩賦體既不一，又與類分。」在《文選》中，「文之體」及「文」的各種體裁樣式，是「各以藻聚」的，就是各按語言詞藻的特點來分類，以下接著又說「詩賦體既不一」云云，是將「詩賦之體」明確統馭在「文之體」之內。事實上，《文選》所選，並非狹義的「詩文」之「文」，而是包括「詩」與「文」在內的、韻文與散文並包的「文學」之統稱。《文選》明確地將「文」來統稱「文學」，這對後來中國文學觀念的形成演變產生了深遠影響。

在日本古代文學中，如上所述的「文」在「文學」意義上的各種具體含義與總括含義，也都具備了。在日本古典文學中，日本之「文」在指稱與用法上，與中國之「文」基本相同。

例如，在《源氏物語》中，「文」可以指「文章」或書籍。如《源氏物語‧夕顏》：「などといふ文は……。」亦即「《史記》之類的『書』。」此處「文」指文章、書籍。

有時候「文」指漢詩。《源氏物語‧桐壺》：「文など作りかはして。」意即「時而作文」，此處「文」指漢詩。又，《源氏物語‧花宴》：「この道のは皆探韵たまはりて文作り給ふ。」意即「此道都是

按照韻律創作」，此處「文」指漢詩。將詩含在「文」當中，是與上
述的中國之「文」的概念的外延相一致的。

有時候「文」指文字修辭、文采。如江戶時代國學家荷田在滿
〈國歌八論〉：「故に《古事記》、《日本書紀》の歌よりは文にして；
《古今集》の歌よりは質なり。」（意即：《萬葉集》與《古事記》、
《日本書紀》比較，是「文」；而與《古今集》比較，則為「質」）此
處的「文」是「文質」之「文」。

有時候「文」指的是學問，特別是研究文學的學問。如《宇津保
物語・俊陰》：「文の道は少たじろくとも。」意即「在學問上不太長
進」。吉田兼好《徒然草》第一百二十三節有「文、武、醫の道に誠
欠けてはあるべからず」（意即「文、武、醫諸方面的修養，都不可
缺少」）。此處的「文」都指學問，並且多指文學，特別是漢學中的
文學。

可見，在用日本語創作的日本古典文學中，從平安時代的《源氏
物語》，到江戶時代的「國學家」的論著，在長達七、八百年的時間
裡，「文」的概念使用，雖然角度不同，但所指卻都是「文學」。

中日之「文」意的相同性，是由中日古典文學之間的深層相通性
所決定的。日本傳統文學固然有著自己鮮明的民族特色，形成了物
語、和歌等民族文學樣式，但仍然是在中國文學或明或暗、或多或少
的影響下形成的。對此，江戶時代的齋藤拙堂在用漢語寫成的《拙堂
文話》中寫道：

　　　物語草紙之作，在於漢文大行之後，則亦不能無所本焉。〈枕
　　草紙〉，其詞多沿李義山〈雜纂〉；《伊勢物語》，如從〈唐本事
　　詩〉、〈章台楊柳傳〉來者；《源氏物語》，其體本《南華》寓
　　言，其說閨情，蓋從〈漢武內傳〉、〈飛燕外傳〉及唐人〈長恨
　　歌傳〉、〈霍小玉傳〉諸篇得來。其他和文，凡曰序、日記、日

論、曰賦者，既用漢文題目，則雖有真假之別，仍是漢文體制耳。[5]

　　值得注意的是，齋藤在這裡使用了「漢文」與「和文」兩個概念，指出「和文」實際上使用的都是「漢文體制」。又將日中兩國不同「體制」（文體）的「文」，包括漢詩、和歌、物語、小說等，全都納入「文」這一範疇。可見，統馭中日兩國文學的最高範疇，不言而喻就是「文」。從學理的角度看，無論是中國傳統文學還是日本傳統文學，要對傳統文學的總和加以概括，都必須使用「文」這一概念。舍「文」就不會有其他更恰當的概念。

　　還需要指出的是，現代文學與學術中通用的「文學」這一概念，是現代人對古今東西一切文學現象的總稱。這一概念雖然中國古已有之，但古代的「文學」實際上是一個合成詞，意即「文之學」——研究「文」的學問，而不是「文」自身。至於近代以降的「文學」概念，無論在中國還是在日本，都受到了西語 literature（文學）這一概念的過濾與規制，所以現代不少學者將現代意義上的「文學」視為一個翻譯詞與外來詞，例如「文學」一詞就被收進了高明凱等編纂的《漢語外來語辭典》（1984）。因此，站在中日傳統文學的立場上看，最恰當的總括範疇不是「文學」，而是「文」。

　　以「文」的範疇統括中日傳統文學，也是近代以降日本一些學者的共同做法。例如，一八七八年（明治十一年），日本學者榊原芳野在總結日本古典文學史的基礎上，做了一張〈文章分體圖〉，如下：

5　齋藤拙堂：《拙堂文話》，見曹順慶主編：《東方文論選》（成都市：四川人民出版社，1996年），頁818。

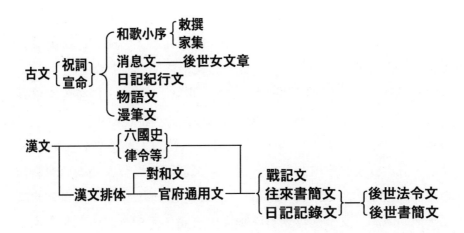

　　這張所謂〈文章分體圖〉，實際上就是日本傳統文學——包括「漢文」與「和文」——的文體樣式的系統結構圖。作者一開始就是二分，在日本「古文」與「漢文」兩類之上缺少一個總括的範疇，或許作者認為不必總括，因為這不言而喻——無論是日本的「古文」，還是「漢文」，那當然都是「文」，也必須總稱為「文」。因而，日本傳統文學的最高範疇應該就是「文」，這與中國傳統文學的最高範疇「文」，是字同義同、完全一致的。

三　「文」、「論文」與「文論」

　　中日兩國傳統文學中有了最高的範疇——「文」，那麼，關於「文」的一切言說、評論、欣賞與研究，也應該由「文」字來做主要的構詞要素。實際上，這個詞在中國早就存在了，那就是「文論」。所謂「文論」，顧名思義，就是「文之論」，它可以統括、指涉關於「文」的一切言論。

　　「文論」作為範疇的固定（日語稱「固著」），經歷了一個由「論文」到「文論」的演變發展的過程。

　　最早使用「論文」一詞的，是曹丕（187-226）的《典論》〈論文〉。曹丕的「論文」一詞，是一個動賓詞組，「論」的對象就是「文」。如上所述，他的「文」是各體文學作品的統括概念，因此，他的「論文」如改成偏正詞組來表述，就是「文論」。稍後，劉勰在《文心雕龍》中提到，魏晉時期的應瑒寫過一篇〈文論〉，可惜散佚不傳，應瑒恐怕也是最早使用「文論」一詞的人，他將曹丕的「論文」一詞由動賓詞組改為偏正詞組，使這個詞更具有成為概念與範疇的可能。至唐代，顧況（？-806？）又寫有一篇題為〈文論〉的文章，他的所謂「文」從哲學層面到文學層面，所指寬泛，但在應瑒之後再次使用「文論」一詞，對此後「文論」概念的生成產生了極大的影響。至明代，「公安派」核心人物之一袁宗道（1560-1600）寫過一篇題為〈論文〉的文章，其「文」主要指與詩相對而言的「文」，但他的「文論」仍從「文」的文學性出發，是一篇典型的「文學論」。幾乎同時，明代楊慎（1488-1559）也寫有〈論文〉一篇，認為「論文」（對「文」的欣賞評論）不能用「簡繁」、「難易」之類的標準，而應該使用「美惡」的標準，對「文」而言，「惟求其美而已」。也就是主張用文學的標準，美的標準來「論文」，即對文學作品做出審美判斷。這實際上觸及到了「論文」的價值標準問題，也為「文論」與其他領域的論述的不同，赫然劃清了界限。明代作家、學者屠隆（1542-1605）寫有一篇題為〈文論〉的文章，其中的「文」，指稱各體文學，包括「六經」之文，諸子散文，《左傳》、《國語》等歷史散文，《詩經》及歷代詩賦，唐宋散文、明代詩文等，對歷代之「文」的美醜得失做了總體評價與議論。至明末清初，作家學者毛先舒（1620-1688）寫過三篇〈文論〉，所論述的對象，包括詩文辭賦。因此，屠龍與毛先舒所謂的「文論」，作為一個概念，儘管外延還沒有涉及到戲曲小說等通俗文學，但已經具備現代意義上的「文學評論」的內涵，而「文論」一詞從動賓詞組轉向為偏正詞組「文論」，也推

動了「文論」由普通名詞向概念範疇的轉化。

可見，在中國傳統文學中，已經有了一個與古希臘的「詩學」（poetics）乃至歐洲現代的「文學理論」（theory of literature）相對應的概念，那就是「文論」。西方的「詩學」是以希臘語、拉丁語及其派生出來、以「詩」為中心的各民族文學為言說與研究對象的，而中國的「文論」則是以漢語各體文學，主要是以「詩」與「文」兩大類文體為對象的。在研究對象、文化內涵、話語方式上迥然不同。更為重要的是，西方的古典「詩學」乃至現代的「文學理論」是以學理上的研究為特徵的，表現為純理論話語方式、嚴密的邏輯論證、概念範疇的明確界定及理論體系的建構，其重點在「學」（研究）；既是西方現代的「文學批評」，也是在「文學理論」的指導下進行的作家作品的個案剖析。而中國的「文論」則重在「論」，即鑒賞、評論，以評論賞析具體的作家作品為基礎，其話語方式是以感受性、印象性的表達為主。在這些意義上，中國的「文論」與西方古典「詩學」乃至現代「文學理論」具有深刻差異。「文論」作為中國傳統學術中形成、在當今又能煥發出生命力的一個獨特範疇，可以與現代西方的「文學（文藝）理論」、「文學評論」（文學批評）相對應，它與西方的「詩學」或「文藝理論」所指也大體相同，但形態與面貌又有不同。因而，在研究中國傳統文論的時候，使用「中國古代文學理論」、「中國古代文學批評」或「中國古代文學理論批評」之類的提法，實際上是不恰當的。在這一點上，筆者同意余虹先生在《中國文論與西方詩學》一書中的提出的觀點：中國「文論」與西方「詩學」具有「不可通約性」，因此不應該用「詩學」與「文學理論」這樣的西方概念，來指稱中國古代對文學的思考成果，而「在現代漢語語境中以『中國古代文論史』來命名有關中國古代對文本言述的思考史，不僅可以沿語詞之路返回古代意識，也可以沿語詞之路溝通現代人對古代意識的理解，還可以名正言順地展開中國文論特有的廣闊空間。而不被有意

無意地限制在『文學』（literature）的敘述視野中，以至於過分突出『詩論中心』，而刪除別的文體論。」[6]所言極是。

　　同樣地，由於文化的巨大差異，西方古典「詩學」與現代「文學理論」的概念，與日本傳統文學也是不可通約的。在這種情況下，將中國「文論」這個概念運用於日本傳統文學中，是否可行呢？筆者的回答是肯定的。

　　如上所說，由於日本人傳統思維不善概括，因此只有和歌論、連歌論、俳諧論、能樂論等各體文學分論，而將各體文學加以綜合論述的著述，則付之闕如。因此，在日本，沒有像劉勰那樣的「彌綸群言」、體大慮周的文論著作，只有針對具體文體的分論。因此，作為高度概括的「文論」之類的範疇，就失去了頻繁使用的機會與可能。儘管「文論」這個詞，在日本很早有人使用了，例如以上提到的太宰春臺所寫的那篇文章，標題就是「文論」。雖然該文用漢語寫成，但也表明日本古代文人作家對「文論」這個詞應該不太陌生。但可惜的是「文論」這個漢語詞在日語中沒有固著下來，也不見於現代日本語言學家們編纂的各種日語辭典。明治時代以降，從西語中翻譯過來的「文學理論」、「文學評論」等概念，也使得「文論」這個概念，在日本失去了存在的空間。現代日本學者一直習慣性地使用「文學理論」、「文學評論」這樣的西化概念，來指稱日本傳統文學。例如，著名學者麻生磯次的名著《日本文學評論史》四卷，就用「文學評論」這一概念，來統括日本傳統文論。

　　可見，在日本的固有概念中，沒有一個現成的概念可以統括日本古代各體文學理論與文學評論的文獻。而不得不使用「文學理論」或「文學批評」這樣的近代概念，來指稱、統括日本傳統的各體文論，於是就造成了所指與能指之間的背離。譬如，如果使用「日本古代文

6　餘虹：《中國文論與西方詩學》（北京市：三聯書店，1999年），頁65。

學理論」，但許多相關文獻不是體系化的「理論」，而是鑒賞與解說性質的「文學批評」；若使用「日本古代文學評論」這一表述，則又無法囊括〈風姿花傳〉那樣的並非評論性的文獻；若使用「詩學」這一概念，表述為「日本古代詩學」，則更容易引發歧義。因為日本古語中的「詩學」是指研究漢詩的學問，而現代日語中的「詩學」一詞，又是指西洋的文學理論，是對拉丁語的「ars poetica」和英語的「poetics」的翻譯。總之，不管是用歐洲現代的「文學評論」、「文學理論」來指代日本傳統「文論」，還是用歐洲傳統的「詩學」概念來指稱日本的傳統「文論」，都容易抹殺處在東亞漢文化圈的日本傳統文學的特點。而對於這一點，據筆者的孤陋寡聞，日本學者一直無人提出質疑與反思。

　　斟酌掂量再三，筆者認為，還是使用中國傳統的「文論」這一概念，來指稱日本傳統文學的相關對象，較為妥當。其理由主要有三。第一，上文的論述已經表明：在日本傳統文學中，「文」既然是統括一切文學現象及各類文體的最高範疇，因此日本傳統文學中的一切關於「文」的評論，順理成章地應稱為「文論」。第二，日本的文論屬於漢文化圈的「東方文論」系統，使用「日本文論」或「日本古典文論」的提法，可以標注日本文論不同於西方詩學的文化特性。第三，「文論」這一概念不僅所指很明確，而且包容性、彈性更強，既可以涵蓋「文學理論」、「文學批評」兩種形態，也可以超出「文學」範圍，延伸至「文藝理論」與「文藝評論」的範圍。也許由於這樣的原因，甚至早在一九六〇年底初，伍蠡甫等先生用「文論」一詞，作為西方「文學理論」與「文學批評」的縮略語，編成了大學文科教材《西方文論選》（上下冊）一書，到一九八〇年代初又編成《現代西方文論選》。如今，中國學術界也普遍地將西方文學理論與文學評論簡稱為「文論」。雖然從學理上看不太嚴謹，但也表明：用中國的「文論」概念可以涵蓋歐洲「詩學」概念，相反，「詩學」概念則不

能涵蓋「文論」，可見「文論」一詞的適用性是很強的。而當我們將「文論」這一概念運用於日本傳統文學的時候，它即可以包括「和歌論」等日本各體文學論，也可以包括漢詩漢文論，還可以包括像世阿彌的〈風姿花傳〉那樣的文學論兼藝術（含戲曲表演等）論。總之，「文論」這一概念用於日本文論，可謂名實相副。比其用「文論」來指稱西方文學理論與批評，也更合乎學理。而且，「文論」畢竟是日本人曾經用過的一個漢字詞，只要加以明確界定，則「文論」這一概念為日本人所理解甚至接受，應該是不困難的。

　　鑒於以上觀點，筆者將最近系統翻譯的日本傳統的和歌論、連歌論、俳諧論、能樂論、物語論等各體文學論的相關文獻，統稱之為「文論」，並決定在結集出版時命名為《日本古典文論選譯》。日本人看到「文論」二字，恐不知其所指。孔子曰：「必也正名乎！……名不正則言不順，言不順則事不成。」本文的論述也是為了在日本傳統文學的語境中，為「文論」立其名，然後正其名，如此而已。

「道」通為一
——日本古代文論中的「道」、「藝道」與中國之「道」[1]

　　「道」在日本古典文論與古典美學中，是一個十分重要的概念，它與中國哲學與文論中的「道」，有著密切的關係。日本人一直以來就喜歡使用「道」字，甚至可以說比中國人更喜歡使用「道」字，他們試圖將任何東西都提升到「道」的位置。在宗教思想層面，「佛道」「神道」這樣的概念都是直接從中國輸入的。在日常生活層面，日本人遊玩有「遊之道」，喝茶有「茶道」，插花有「花道」，舞劍有「劍道」，射箭有「弓道」，下棋有「棋道」，燒香有「香道」，寫字有「書道」，音樂有「樂道」，舞蹈有「舞道」，武士修煉有「武道」，甚至，男女戀愛有「戀道」，嫖妓有「色道」，在文學藝術方面，則有種種「藝道」，包括「歌道」、「俳諧道」，「能樂道」、「芝居道」等等。這些形形色色的「道」，與中國的哲學與文論中的「道」，有聯繫又有區別。

一　具象與抽象的「道」

　　在中國，「道」最初是個具象名詞，道路之意。《說文解字》云：「道，所行道也」。《爾雅·釋宮》云：「一達謂之道。」《論語》：「士不可以不弘毅，任重道遠」。這裡的「道」都是道路之意。日本人最初也是在這個意義上使用「道」這個詞的。江戶時代日本國學家、文

1　本文原載《吉林大學學報》（北京），2009年第6期。

論家本居宣長（1730-1801）在研究和歌問題的專著《石上私淑言》
（1763）一書中認為，日本上古時代的「道」讀作「みち」
（michi），用漢字「美知」標記，就是「路」的意思，此外沒有別的
意思。「然而，從外國傳來漢字以後，『道』這個字就不僅僅是道路的
意思了，有『道德』、『道義』、『人道』、『天道』、『道心』、『道理』之
意，此外還兼有種種其他意思。而在我們日本，則是用『美知』（み
ち）這一個詞，來訓讀『道』字的所有一切含義，此後，自然而然地
『みち』這個詞就涵蓋了『道』的所有含義，並體現在很多的言語表
達中。所以，『道』字雖兼有種種意味，而『みち』除了『道路』的
意思之外，則沒有其他的含義。」[2]

　　本居宣長的這段話，顯然很武斷，但有一部分是符合事實的。上
古時代的日本人將漢字「道」訓讀為「みち」，文獻用例較早見於
《萬葉集》。曾來中國留學的山上憶良在《貧窮問答歌》中有「世の
中の道」（世間之道），「丈夫の行くとふ道」（丈夫所行之道）等。這
裡的「道」都讀作「みち」，顯然是「道」在中國的最原初的含義。
本居宣長的這一段話，也表明古代日本人對中國的含義豐富、層次很
多的「道」字，只取基本的具象的「みち」，即「道路」的含義，而
對其他的抽象含義則難以理解和接受。本居宣長作為日本民族主義的
「國學」派的代表人物，其全部著作都在於排斥「漢意」，最大程度
地淡化或否定中國對日本的影響，張揚日本文化的獨特性，在「道」
的問題上，也力主日本的「道」不同於中國之「道」。

　　實際上，除了本居宣長所說的「道」的「道路」的含義外，日本
古代文獻中的「道」還有其他的含義。首先是「道」字的初次引申
義，即「方向」，「方面」的意思。方向、方位、方面沒有物質實體，

2　本居宣長：《石上私淑言》，見《新潮日本古典集成・本居宣長集》（東京：新潮社，
　　1983年），頁401-402。

卻有空間指向，是完全可以感知的。在此基礎上再做第二次引申，又有「志向」的意思。《論語》：「道不同，不相為謀」，其中的「道」，就是指人的志向。在此基礎上再做第三次引申，則有「道理」之意，道為理，道為規律，這就已經是「道」的較為抽象的層面了。

　　文獻檢考可以表明，古代日本人也是在以上三個引申義的層面上，使用「道」這一概念的。最早的用例，可以在奈良時代用漢文寫成的日本最古老的史書和文學書《日本書紀》（20 年）找到若干。《日本書紀・推古十二年》中有「背私向公，是臣之道也。」《古今和歌集・真名序》中，有「不以斯道顯」一句，「斯道」指和歌。這類文獻因用漢語寫成，也容易將「道」字的引申義直接加以使用。西元九世紀末的《源氏物語》，所使用的「道」雖然讀作「みち」，但已不是「道路」的意思了。如〈帚木〉卷，有「木の道のたくみ」（木匠之道的技巧）一句，此「道」指的是木工的技藝。《源氏物語》的〈若菜〉卷，稱音樂為「此道」，在〈螢〉等卷中，將佛教信仰稱為「佛之道」。此外，還將焚香、下棋、遊戲、書法、繪畫等，都稱為「道」，為了綜合指稱這些不同的「道」，《源氏物語》中還出現了用兩個「道」字重疊構成的名詞，即「みちみち」（「道道」），意即方方面面，各方面，是「道」在日本古語中獨特的用法。例如《源氏物語・梅枝》中有「みちみちの上手」一句，即「各方面都拿手」之意。「道道」一詞加上詞尾「しき」，即「みちみちしき」，由名詞轉作形容詞，有「符合道理的」、「頭頭是道」的意思，例如〈帚木〉卷有「三史五經のみちみちしき方」一句，意即「三史五經樣樣精通的人」。紫式部稍後的詩人、歌人與學者大江匡房（1041-1111）在其《江談抄》一書中，在談到博雅三位與人學習琵琶秘曲的時候，用了「好道」二字加以評論，意即喜歡音樂之道，可見當時已經把音樂這樣的藝術看作是「道」的一種了。同書還使用了「諸道」這樣一個概念，與紫式部的「道道」同義，有「諸道兼學」、「諸道藝能」之類的

文句，「諸道」已經與「學」、與「藝」密切結合在一起了。在十二世紀的故事集《今昔物語》中，則有「文章之道」的表述。可見，從奈良時代到平安時代末期，所謂「道」，乃至「諸道」，逐漸集中指向了學問或學藝方面，於是乎，後來就出現了綜合指稱各種學問與各種文藝樣式的「藝道」一詞，並成為日本傳統文論與美學中的一個重要概念。

　　以上可以說明：在日本上古固有的詞彙中，只有具象的「道」（みち），而沒有在此基礎上加以引申的「方向」、「方面」、「志向」、「道理」等「道」字的較為抽象的含義。這些在「道」（みち）的基礎上引申出來的含義，顯然是從中國輸入的。並且它作為一個詞素，影響到了日本人的相關詞語的構成方式，如「道道」、「諸道」等等。換言之，沒有中國的「道」及其引申義的傳入與影響，日本人的以「道」字為構詞要素的文論與美學概念，如「歌道」、「藝道」等，則無從產生。僅僅止於「みち」即「路」的具象，極難產生抽象的「道」的觀念，也無法完成「歌道」、「藝道」等基本概念的構造。而且，「歌道」、「藝道」的「道」都模仿中國的發音，音讀為「どう」（dou），這也表明，讀作「どう」的「道」，不是日本固有的作為道路之意的「みち」。中國之「道」（どう）本身，較之日本之「道」（みち），具有抽象性與多義性的特徵。

二　「道」與「藝道」

　　以上日本人所使用的、在「道」的元初意義上引申出來的「方向」、「方面」、「志向」、「道理」等較為抽象的含義，雖然直接受到了中國之「道」的影響，然與中國的「道」比較而言，還只是「道」的較為形而下的含義。在這個「道」的使用問題上，日本人長於具象、短於抽象的思維特徵，表現得非常顯著。

　　在中國，作為一個哲學、美學與文論之概念的「道」，一開始就帶有高度抽象的特徵。「道」沒有形狀、沒有邊界、沒有色彩、沒有聲音、沒有意志、沒有指向、沒有目的，自然而然，自我運動，不可言說，不可界定。這就是《老子》第四章中所說的：「有物渾成，先天地生，寂兮寥兮，獨立而不改，周行而不殆，可以為天下母。吾不知其名，強字之曰道，強之名曰大。」「道」是虛無，同時又是產生萬物之源。「道生一，一生二，二生三，三生萬物。」《易傳》說：「形而上者謂之道，形而下者謂之器。」這是一個最高抽象的道。在中國古典文論中，「道」是客觀的本體，「道」與文學的關係是決定者與被決定者的關係。文學本於「道」，從屬於「道」，文學只能去表現、體現「道」，才能獲得合法性，才有最高的價值。劉勰的《文心雕龍》的開篇就是〈原道〉。「原道」之「原」，就是本原，所謂「道」就是形而上最高抽象的「自然之道」。「原道」就是闡明「人文之元，肇自太極」，就是要以文學創作來體現「天地之心」，就是論證文學本原於最高的「道」。

　　然而，在日本古代文論中，古代日本人對這種最高抽象的「道」，似乎沒有任何感覺和反應，更沒有人嘗試對中國這一「道」做出闡述與理解。這最初在遣唐使、日本高僧空海編纂的《文鏡秘府論》一書中，表現得相當明顯。該書輯錄了唐代及唐代以前的中國文論，卻只對詩歌的語言形式、韻律、對屬、文體、詩病等文字技巧層面的東西感興趣，完全沒有文學的本源論、本體論的內容。例如，該書多處輯錄《文心雕龍》，卻完全不涉及被稱為「文之樞紐」的〈原道〉、〈徵聖〉、〈宗經〉各篇，甚至對中國文論中大量的關於文學的社會功能的論述，似乎也沒有興趣加以輯錄。《文鏡秘府論》對日本後來的文論影響甚大，其影響也主要表現在：只關注詩文的技術、技藝的層面，對於形而上的「道」的層面缺乏探究的興趣。由於這樣的膠著於具象的思維方式，使日本在中國的儒學及朱子學、陽明學傳入之

前，特別是在十八世紀的以反抗儒學為宗旨的所謂「國學」派形成之前，未能形成本土哲學，儘管也不是完全沒有人進行哲學性的思考，但卻沒有形成形而上學及體系性的哲學，沒有出現哲學學派，也沒有出現真正意義上的哲學家。近代日本思想家中江兆民說「日本沒有哲學」，應該就是在這個意義上說的。沒有哲學，高度抽象的名詞就沒有存在的根基；沒有高度抽象的名詞，哲學概念就無法產生；沒有哲學概念，就無法形成哲學範疇；沒有哲學範疇，也就難以進行抽象的思辨；沒有思辨活動，就沒有哲學的產生。於是，「道」這樣的最高抽象的概念在日本無從運用。「道」作為宇宙本體的最高抽象，古代日本人難以理解，難以共鳴。即便是日本儒學的代表人物荻生徂徠也是如此。徂徠固然把「道」作為最高範疇，但他只談「人道」，不談「天道」，不談宇宙觀。認為「天」是神秘不可知的，人與天不同倫，因而人不能認識天。不僅對「道」的理解如此，與「道」相關的抽象概念，如「氣」，如「神」，在中國古典文論中都是最重要的核心範疇，而在日本古典文論中，卻使用極少，更未成為固定的概念。例如，「氣」，在日語中已經不是中國的陰陽和合之「氣」，而是人的感情、心情，與漢語的「氣」的含義相去甚遠。在日本古典文論中，能樂理論家世阿彌對「氣」字也有少量使用，例如〈花鏡〉一文中有所謂「一調、二氣、三聲」，其中的「氣」指的是人的氣息。又如，中國文論中常常以「神」來形容無限自由的精神世界，而日本則完全沒有這樣的用法。古代日語中的「神」（かみ）只是一個名詞，是具有超人能力的實在。「神道教」將天皇及其家族的人直接視為「神」，甚至後來民間的神道教將普通的死者都視作「神」。可見，拒絕玄妙的抽象是日本人思維的重要特點，在這種思維框架中，「道」在日本始終不能成為宇宙本體的最高抽象，就是可以理解的了。

那麼，將「道」的抽象程度降低一些，又如何呢？事實上，在中國古代一些歷史學著作中，例如在《左傳》、《國語》等古代文獻中，

確實是將原本不能劃分的混沌無名的「道」做了二分，即分為「天道」與「人道」。例如《國語‧越語下》有云：「天道皇皇，日月以為常。」《國語‧晉語》云：「思樂而喜，思難而懼，人之道也」；《左傳‧昭公十七‧十八年》云：「天道遠，人道邇」。在這裡，「天道」與「人道」是「道」的次級範疇，「人道」的抽象程度較之「道」與「天道」為低。但是儘管如此，日本古語仍然沒有吸收中國的「天道」與「人道」兩個詞。因為即便是「人道」，對日本人而言仍然非常抽象。本來，「道」除了具象名詞「道路」的元初含義之外，所有引申義都具有概括與抽象的性質，而對於日本人來說，既要使用這一概括、抽象的名詞，又難以把握和理解高層次的抽象，於是，只有將「道」附著在具體事物之後，與具體事物聯繫在一起，方能獲得他們需要並樂於使用的新名詞新概念。

於是，第一步，日本人將中國的最高抽象之「道」，乃至「道」中的「天道」，按下不問，而只將「道」作為「人道」看待。這也是中國的老莊哲學之「道」與儒家哲學之「道」的區別。由於日本古典哲學思想的主流是儒學，因而儒學對「道」所做的「人道」及「聖人之道」的規定，在日本產生了決定性的影響。除了日本儒學中的朱子學、陽明學的儒學家之外，一般日本人又在「人道」之「道」中，避開了抽象的「性」、「理」的內涵，而以「道」集中指稱人的學問或學藝。在這種語境下，只有人的學問或學藝之事，才可以稱之為「道」。於是，「道」就與日本古代文學、古代文論有了密切的關係，並成為日本文論的核心範疇。以「道」為中心，古代日本人開始了持續不斷地「造語」活動，由此而形成了一系列相關的文論與美學的概念與範疇。

首先是所謂的「歌道」。歌道又稱「和歌之道」。《古今和歌集‧假名序》，其中有云：「當今之世，喜好華美，人心尚虛，不求由花得果，但求虛飾之歌、夢幻之言。和歌之道，遂墮落於浮華之家。」這

是我們所能見到的「和歌之道」一詞的最早的用例。源俊賴（約
1055-1129）在〈俊賴髓腦〉的序言中有云：「和歌之道，在於能夠掌
握和歌體式，懂得八病，區分九品，領年少者入門，使愚鈍者領
悟。」又云：「和歌之道不繼，可悲可歎。以俊賴一人之力，堅守歌
道，經年累月不懈……。」此後，「歌道」作為一個概念就頗為常用
了。「歌道」之後出現的是「連歌道」、「能樂道」、「俳諧道」、「芝居
道」等。在此基礎上，較晚近時則出現了一個對各種文學藝術之
「道」加以統括的「藝道」這一概念。

　　「藝道」的「藝」，日本人模仿漢字讀音，讀作「げい」，顯然是
從中國傳入的一個概念。日本固有詞彙中與「藝」相近的概念是「わ
ざ」（技）。《日本書紀・天武四年》中有「才藝」一詞，曰：「簡諸才
藝者，給祿各有差。」《萬葉集》卷十七有「遊藝」一詞，曰：「但以
稚時不涉遊藝之庭，橫翰之藻，自乏乎雕蟲。」《萬葉集》卷十六有
「多能歌作之藝也」（意即「多具有創作和歌的才藝」），可表明和歌
這樣的文學樣式很早就被劃歸到「藝」當中了。這裡的「藝」與《論
語》中的「志於道，據於德，依於仁，遊於藝」的「藝」，與儒家的
所謂「六藝」（禮樂射御書數）之「藝」，意思大致相同。但上述《萬
葉集》中將和歌列為「藝」，則相當於中國儒家的「四術」（詩書禮
樂）中的「詩」，所以又並稱「術藝」。總之，「藝」泛指人需要學習
才能獲得的各種技藝。到了平安王朝時代，在漢詩漢文的文獻中，
「藝」、「術藝」、「藝術」之類的用例經常出現。如藤原宗兼的詩中有
「術藝詩情窮奧旨」等。鎌倉時代元亨《釋書》中有「國學者藝術
也」。其中的「國學」指的是不同於中國的日本獨特的文藝。與此相
適應，將日本獨特的歌舞戲劇藝術如「能樂」稱之為「藝」的用例，
也越來越多起來。又因各種「藝術」或「術藝」各有其「道」，於是
出現了「藝道」的概念。而且，鎌倉時代的故事集《古今著聞集》
（1254）中，還出現了「術道」的概念，所謂的「術道」包括立法、

天文、地理、方術，這樣便使得「術」與「藝」、「術道」與「藝道」
區別開來。

　　「藝道」一詞，在中國文獻中沒有形成一個確定的詞，更不是一
個獨立的概念。在中國古典文獻中，與「藝道」相近的只有「藝事」
一詞。例如，《三國・魏》中有「權奇之能，伎倆之材也，故在朝
也，即司空之任；為國，則藝事之政。」此處「藝事」作「技藝」
解，與「道」是有一定距離的。而日本的「藝道」，也可以寫作「藝
之道」，其實質就是將「藝」本身視為一種「道」。這種看法顯然受中
國的「藝即是道，道即是藝」之論的影響。南宋思想家、「心學」的
創始人陸九淵在《語錄下》中說：「棋所以長吾之精神，瑟所以養吾
之德性。藝即是道，道即是藝。豈惟工物，於此可見矣。」與陸九淵
的觀點相似，宋代詩人蘇軾也提出過「有道有藝」的觀點。他在〈書
李伯時山莊圖後〉一文中說：「有道而不藝，則物形於心，不形於
手。」日本的「藝道」這一概念在近世的形成，顯然與中國宋代的
「藝即是道，道即是藝」的看法不無關聯。在中國傳統文論中，雖沒
有「藝道」這樣的概念，也沒有「文之道」或「文道」那樣的相關概
念，倒是有「文與道」、「道之文」、「文以載道」、「文以明道」之類的
概念與命題。這些概念與命題與日本「藝道」觀的區別是深刻的。日
本的「藝道」是將「藝」本身作為「道」，而中國的「文與道」的命
題是主張「藝」與「道」的統一。劉勰《文心雕龍・原道》云：「辭
所以能鼓天下者，乃道之文也。」是說能夠「鼓天下」的「文」，是
「道之文」，而不是「文之道」。宋代朱熹云：「文所以載道，猶車所
以載物……況不載物之車，不載道之文，雖美其飾，亦何為乎？」強
調的是文藝必須表現「道」。這裡要說的，都是文學藝術不是「道」
本身，而是求「道」、表現「道」的途徑與手段，「藝」須服從於
「道」，這是中國古典文論中一貫通行的觀點。不過，晚近清代的方
以智在《東西均・道藝》中，破天荒地提出了「道寓於藝」的觀點。

他說：「知道寓於藝，藝外之無道，猶道外之無藝也。稱言道者之藝，則謂為恥之；亦知齊古今以遊者，恥以道名而托於藝。」這就幾乎將傳統觀念中的「道」與「藝」的關係顛倒過來了。這與日本的「藝道」觀是相通的，特別是他使用的「道藝」一詞，與日本的「藝道」的概念，也似有內在的關係。

　　如上所述，在日本古代文論的「藝道」觀中，作為最高本體的「道」並不存在，「藝道」之「道」，絕非中國劉勰的「原道」之「道」。那麼，日本的「藝道」之「道」指的是什麼呢？對此，佐佐木八郎在《藝道的構成》（1942）一書中說：

　　　日本的藝道無疑是重視技能的，但僅僅看重技能，就流於「術」，流於「工」，是遊戲本位，實用本位，絕不是現在我們所說的「道」。之所以特別地將「藝」看作是「道」，就是因為重視貫通其中的至高純真的精神。那麼，藝道中的「精神的東西」是什麼呢？這可以從幾個方面加以考察。第一，藝道中有確定的理念，而且從事藝道的人對這種理念要有明確的自覺，並以此為目標不斷精進。第二，在藝道的領域中，是有一種嚴格的、傳統的，從事藝道的人要牢牢地保持繼承傳統。第三，對藝道而言，其稽古修行要重視實踐，要在躬行鍛鍊中加以體會和體悟。重視以上三點，則「道」的精神就在其中、「道」的意義就在其中了。[3]

　　中國的「原道」之「道」是一個本體論範疇，是客觀本體、最高實在。而日本的「藝道」之「道」卻主要是一種含有主觀精神的技藝。這樣，中日兩國文論中的「道」，就形成了兩種不同的指向：中

3　佐佐木八郎：《芸道の構成》（東京：富山房，1942年），頁3。

國之「道」向外求諸宇宙，日本之「道」向內求諸人心；中國之
「道」至大至高，瀰漫天地，日本之「道」小而微妙，隱於文學藝術
作品之中。用中國之「道」的哲學的眼光來看，將「藝」作為
「道」，或用「道」來稱謂本來屬於技藝範疇的東西，已經不是形而
上的「道」，而是形而下的「器」了。而在日本人看來，從事文學藝
術的學習，便成為一種求「道」的活動。換言之，日本人是在「藝」
中求道，為此就要鑽進各種「藝」中去。「道」是「藝」之道，「道」
本身是含在「藝」之中的。換言之，「藝」之外並無「道」。因為在
「藝」的追求中一旦有了精神追求與精神境界，文學藝術便成為
「道」。這樣的「道」其實只相當於中國老莊哲學中的「技」。《莊
子‧天地》篇云：「故通於天地者，德也；行於萬物者，道也；上治
人事者，事也；能有所藝者，技也。」在這裡，「藝」在「道」、
「德」、「事」之後，處在最末的「技」的位置。而日本人的「藝道」
觀，卻將「藝」提高到了「道」的層面。

　　無論是日本的「藝道」，還是中國的「原道」，在試圖將文學創
作、文學欣賞納入「道」的範疇這一點上卻是一致的。納入「道」都
是為了使文藝突破有限的形式，追求主體與客體合一，都是使文藝突
破具體的物質載體，而獲得精神上的更大價值。然而，中日兩國在將
文藝納入「道」的時候，其宗旨、方式、方法、途徑和實踐效果，卻
有根本的不同。

　　中國文論強調文學的「原道」，就是要作家形成一種終極關懷、
天地觀念、宇宙意識，養成一種博大的胸襟與廣闊的視野，是為了使
創作者立於天地之間，站在歷史長河的盡頭，「觀天文以極變，察人
文以成化。」「道心惟微，神理設教。光彩元聖，炳耀仁孝。龍圖獻
體，龜書成貌。天文斯觀，民胥以效。」（劉勰《文心雕龍‧原
道》），在空間與時間上追求無限，以獲得最大限度的自由的精神空
間，因而中國之道具有宏觀性與瀰漫性。而日本之「道」表現出微觀

性、封閉性，他們試圖將文學藝術之「道」限制在有限的空間與時間內，在時間上，強調家傳之「道」，在空間上，強調文學「沙龍」，即所謂「座」中的臨場之道。中國對「道」的把握是「悟」，而「學」只是輔助手段；日本對「道」的把握是「學」，不可把握的「悟」常常被認為是虛幻無稽。正因為中國古典文論之「道」可「悟」，所以中國古典文論強調文學創作中的神思、想像。陸機在〈文賦〉中對這種想像與神思做了富有詩意的描述：「耽思旁訊，精騖八極，心游萬仞。」「若夫應感之會，通塞之紀，來不可遏，去不可止」；劉勰《文心雕龍》云：「寂然凝慮，思接千載，悄焉動容，視通萬里。吟詠之間，吐納珠玉之聲；眉睫之前，卷舒風雲之色」等等。與中國相反，日本的「藝道」看重的是技藝的傳承及傳承中的精神性，與藝術想像毫無關係，因此日本文論幾乎所有的著述篇目，都對藝術想像問題不做任何論述。《古今和歌集‧假名序》中有云：「當今之世，喜好華美，人心尚虛，不求由花得果，但求虛飾之歌、夢幻之言。和歌之道，遂墮落於浮華之家。」研究者都認為，所謂的「喜好華美，人心尚虛」是針對喜歡漢詩而言，這一段話正是對當時漢詩流行、和歌遭擠壓所表示的不滿。在作者看來，漢詩與和歌比較，屬於「虛飾」「夢幻」之言。而「虛幻」「夢幻」恰恰是藝術想像與誇張的特點。直到現在，日本人在談論中國國民性的時候，仍有人認為日本文學是真實地描寫，有節度地表現感情，而中國國民性與中國文學的特點之一，就是「白髮一日三千長」的無限誇張。中國人好大，日本人喜小；日本文學中的想像始終不脫離「道」的元初意義上的規定性，即「道路」之「道」（みち），追求的是可見性、技藝性、可操作性、可理解性。而中國文學的想像則往往追求老子所說的「非常道」、不可名之「道」，追求的是發散性、超越性、無限性，即主體高度自由的境界。

三　「藝道」與「佛道」、「神道」

正因為日本古典文論中的「道」總是在「藝」中，即在文學藝術本身中尋求，因而其「道」總顯得有些拘謹。一味膠著於具體的題材論、技巧論，沒有藝術本源論，沒有文學的形而上學論，沒有原道論，就無法找到文學藝術的最終極的依據，也就無法建立一個文學論體系乃至文學美學體系。至少從理論本身的表述上看，沒有「本原」論，「本體論」就缺乏支撐，「功用論」則也顯得狹隘。而在世界各民族古代文論中，一般都有系統的「本原論」，例如，在古希臘，蘇格拉底主張，神根據功用目的創造了人與萬物，人的一切能力，包括文學藝術的創作力，都由神所賜予。柏拉圖則主張，一個超越物質世界而又客觀存在著的、永恆與絕對的「理式」是文學藝術的本原，而文學創作則出於神所賦予的靈感。在印度梵語古典詩學中，則認為文學藝術乃至一切思想學術，都是天啟，都本於梵天的創造。相反，日本古代文論對文學藝術的本原問題、最終依據問題，基本上沒有觸及。八世紀藤原濱成的〈歌經標式〉是日本最早的一篇和歌規則法式論，開篇云：「原夫和歌所以感鬼神之幽情、慰天人之戀心者也……。」日本和歌論與日本文論的濫觴《古今和歌集‧假名序》，開篇云：「倭歌，以人心為種，由萬語千言而成，人生在世，諸事繁雜，心有所思，眼有所見，耳有所聞，必有所言。聆聽鶯鳴花間，蛙鳴池畔，生生萬物，付諸歌詠。不待人力，鬥轉星移，鬼神無形，亦有哀怨。男女柔情，可慰趄趄武夫。此乃歌也。」顯然，這僅僅是將和歌看作是人的一種慰藉與消遣。直接用漢語寫成的《古今和歌集‧真名序》也在開篇寫道：「夫和歌者，托其根於心地，發其花於詞林者也。人之在世，不能無為。思慮易遷，哀樂相變。感生於志，詠形於言。是以逸者其詞樂，怨者其吟悲。可以述懷、可以發憤。動天地，感鬼神，化人倫，和夫婦，莫宜於和歌。」〈真名序〉較之〈假名序〉稍微有

了一些本原論的色彩，但可惜基本上是從漢代〈毛詩序〉中抄來的。
而此後的日本文論中，連這樣的有一定本原論色彩的文學價值論的闡
述都很少見到了。

隨著思維水平的提高，一些日本人似乎感到了日本文論在理論高
度的受限。而突破這種有限性，將「藝道」加以提升，方法就是將
「藝道」與「佛道」結合起來。

這裡所謂的「佛道」，並不是「佛與道」，而是「佛之道」。古代
日本人更願意將佛視作「道」，而不是「教」，所以稱佛教為「佛
道」。平安王朝末期之後，隨著漢譯佛經的大量傳入，佛教的勢力在
日本十分興盛。從《源氏物語》等當時的文學作品中可以看出，在當
時的「諸道」中，「佛道」居於最高位置。據岡崎義惠等日本現代學
者研究，當時的日本人在漢譯佛經中看到了大量的想像性、虛構意味
極濃的文學作品，明白了原來那些「虛飾」、「夢幻」之言，那些「狂
言綺語」，也能成為佛讚之言，從中看出了「佛道」與「藝道」是可
以結合在一起的。[4]連歌理論家二条良基在《筑波問答》中說：「過
去、現在的諸佛，沒有不喜歡詩歌的。一切神佛，還有從前的聖人，
都靠詩歌而引導眾生。」所以認為「連歌可以成為菩薩的因緣。」日
本文論本來缺乏哲學根基，不像中國文論，一開始就有儒家思想、道
家哲學、佛教學說做支撐而根源深厚。一些日本文論家感受到了「藝
道」論的淡薄，於是自覺乞援於「佛道」，並且嘗試將兩「道」結合
起來。

「藝道」與「佛道」結合的方法，大約有兩種。第一，就是借助
佛經的表述方式，來表述和歌之道。著名和歌理論家藤原俊成
（1114-1204）在和歌論著〈古來風體抄〉（1197）。的序言中認為：
從古至今，論述和歌的書有很多，家家有著述，人人有心得，但是這
些書只流於好壞的判斷，至於為何，則很難說清，於是他推崇中國隋

4　岡崎義惠：《芸術論の探求》（東京：弘文堂，1941年），頁9。

朝天臺大師智顗（538-597）的弟子灌頂（章安大師）的《天臺止觀》
（又稱《摩訶止觀》）十卷，認為這部佛教書內容深奧，意味深長，
用詞雅正。本來和歌的優劣辨別、歌意的理解，用語言難以說明，但
若仿照《天臺止觀》的寫法，卻能讓人透澈理解。他寫道：

> 佛法為金口玉言，博大精深，而和歌看似浮言綺語的遊戲之
> 作，但實際上亦可表達深意，並能解除煩惱、助人開悟，在這
> 一點上和歌與佛道相通。故《法華經》中說：「若俗世間各種
> 經書，凡有助資生家業者，皆與佛法相通。」《普賢觀》也
> 說：「何為罪，何為福，罪福無主，由自心定。」因而，關於
> 和歌的論述，也像佛教的空、假、中三諦，兩者相通。

也就是說，「佛道」之書在寫法上可以成為「歌道」之書的典範。

「藝道」與「佛道」結合的第二種情形，就是以佛道來解說歌
道，或以佛道譬喻歌道。連歌理論家心敬（1406-1475）在《私語》
一書中，認為：「西行上人說過：歌道只是禪定修行之道。歌道如能
達到『誠』的境界，那就等同於頓悟直語的修行。」基於這樣的認
識，他在該書使用這樣的比喻或比附——

> 和歌、連歌猶如佛之三身，有「法」、「報」、「應」三身，
> 「空」、「假」、「中」三諦的歌句。能夠即時理解的歌句，相當
> 於「法身」之佛，因呈現出「五體」、「六根」，故無論何等愚
> 鈍者均能領會。用意深刻的歌句，相當於「報身」之佛，見機
> 行事，時隱時現，非智慧善辯之人不能理解。非說理的、格調
> 幽遠高雅的歌句，相當於「法身」之佛，智慧、修煉無濟於
> 事，但在修行功夫深厚者的眼裡，則一望可知，合於中道實相
> 之心。

又，在能樂論中，世阿彌的《遊樂習道風見》也使用同樣的以佛學相附會方法。此不贅引。

顯然，這樣的方法與中國宋代盛行的「禪宗喻詩」較為相似，但不免牽強，遠沒有中國的「以禪喻詩」那樣自然熨帖，而且沒有成為一種文學批評的普遍使用的方法。但不管怎樣，試圖將「藝道」與「佛道」結合起來，體現出了佛教對日本文學與文論的深刻影響，也體現出了日本古代文論家使「藝道」獲得無限的宇宙背景，並由此將「藝道」加以提升的內在願望。

然而這樣的將「藝道」向上提升的努力，卻被十八世紀以本居宣長為代表的所謂「國學派」文論家，給拉了下來。本居宣長的等身著作，根本宗旨是清除、否定儒教與佛教為中心的中國文化（他稱為「漢意」）對日本文化的影響，宣揚日本文化的純粹性、先進性與優越性，以日本民族的「古道」、「皇道」、「神道」或「神皇之道」來對抗來自中國儒學的「聖人之道」。在《直毗靈》一書中，他論證日本的「神道」不是天地自然之道，因此它不是中國老莊哲學的「道」，同時他也不是儒學主張的聖人製作的「道」即「聖人之道」，此「道」是由日本的《古事記》中所描寫的「高御產巢日神」之靈所創造的，後來被日本的伊邪那美命與伊邪那歧命兩個始祖神及天照大神所傳承，所以日本的「道」之為「神之道」，根本不同於中國的「道」。他還宣稱：別國的「道」都喪失了，這有日本的「神道」得其「正道」，因此日本的「道」也應成為全世界之道。眾所周知，能夠流傳於世、並具有世界性影響的哲學史、思想史、宗教史及文藝理論史上的最高抽象概念，都具有全人類與全宇宙意識，都不會自設地域的藩籬、民族的藩籬、國家的藩籬。印度的「佛」，歐洲基督教的基督，中國的「道」都是如此。本居宣長卻以狹隘的島國意識，為「道」自設藩籬，將「道」純日本化、本土化，這已經很不合「道」了。因而，「藝道」在他那裡最終不可能提升為「道」，而只能是島國

的「小道」而已。他從他的「小道」出發，在《排蘆小舟》、《紫文要領》、《石上私淑言》等著作中對日本的和歌、物語等所做的闡釋與研究，所提煉出「物哀」的觀念，固然一定程度地揭示了日本文學的某些民族特徵，但終歸沒有達到形而上之「道」的理論抽象應有的高度。此外，不知本居宣長是否意識到：連「神道」一詞，也來自中國的《周易》。《周易》云：「觀天之神道而四時不忒。聖人以神道設教而天下服。」而且，無論是日本的「神道」（しんとう）之道，還是日本的「藝道」（げいどう）之「道」，都只能取中國「道」字的音讀「とう」或「どう」，而不能是日本固有的發音「みち」。因為「みち」太具象，無法成其為抽象的「道」。只有中國之「道」才能構成日本「藝道」之「道」，乃至日本的「神道」之「道」。這樣的「漢意」，恐怕是無論如何也清除不掉的。

　　總之，在日本文學與文論發展史上，以從中國傳入的「道」為中心，逐漸形成了一個源遠流長、意義豐富的概念衍生系統，僅在文學領域中就派生出「歌道」、「連歌道」、「俳諧道」、「能樂道」等一系列重要概念，並最終形成了更具有涵蓋性的「藝道」這一範疇。「藝道」與「文論」一樣，都是統括性的元範疇。如果說來自中國的「文論」這一範疇可以統括日本古代文學理論與批評的言說形態、文獻形態、物質形態，那麼，「藝道」指稱的則是日本傳統文藝的最高狀態、抽象形態、最終依憑與精神指向。雖然日本之「道」最終未能達到中國之「道」的宇宙本原、萬物本體的形而上抽象的高度，日本的「藝道」也表現出明顯的技藝性、人為性與主觀精神性的特徵，但「藝道」範疇的形成，顯示了日本人將具體的、作為技藝行為的文學實踐活動加以形而上提升，並予以精神化甚至宗教化所做的努力，因而「藝道」已經成為一種精神，即在具體的文藝創作乃至日常勞作中貫徹著孜孜以求、嚴肅認真、類似於宗教信仰般的虔誠的求道態度，這一點作為日本國民精神的突出特徵，洵屬可貴。

「心」照神交

──日本古代文論中的「心」範疇與中國之「心」[1]

　　古代日本的「心」一詞是從中國輸入的外來詞。誠然，在「心」
這個漢字傳入之前，遠古日本人就已經有了「こころ」（kokoro）一
詞，但若細緻分析起來，「こころ」一詞的詞根似乎是「ここ」
（koko）」，意即「此處」。「ろ」（ro）在遠古日語中是一個結尾詞，
起調整語氣並表達某種情感的作用。日本原有的「こころ」，只是
「此處」的意思，本是一個方位代詞，可推知當時的日本人是以
「心」的部位指代身體所在。在漢字「心」傳入後，日本人始以「こ
ころ」來訓讀「心」。中國之「心」與日本「こころ」合而為一，同
時，保留了漢字本有的音與義的「心」，與日本固有的「こころ」並
存。這樣，「心」就有了「しん」（shin）和「こころ」（kokoro）兩種
讀法。前者是「音讀」，模仿中國固有的發音；後者是日本人的訓
讀。兩者作為詞素時，其構詞功能有所不同，但作為單字，其意思基
本相同。

一　中日之「心」的關聯

　　在中國古人看來，「心」包含著兩方面的基本意義，既是人體心
臟器官，又是思維器官與精神所寄。作為「心臟」之「心」，心是中
心；作為思維器官之「心」，心有知、情、意的功能，是認識、感

1　本文原載《東疆學刊》（延邊），2011年第3期。

情、意志的代稱，是精神與思考的所在。《說文》：「心，人心，土藏，在身之中，象形。」以心配土，土為中央，表示人心不僅是身體五臟四肢的主宰，而且是人的精神活動的中樞。《釋名・釋形體》云：「心，纖也，所識纖微，無物不貫也。」心能通過思慮而認知事物最細微的部分。心之為「纖」，強調心的認識分析與辨別的功能。《說文系傳通論》云：「心者，人之本也，身之中也，與人俱生，故於文，心象人心之正中也。」心在人體五臟四肢中居中央，為身之中、人之本。《淮南子・精神訓》：「心者，形之主。」《鬼谷子・捭闔》：「心者，神之主也。」《黃帝內經・素問》：「心者，生之本。」這些均將「心」解釋為人之主宰與根本。在後來的儒學與佛學中，「心」成為一個核心概念。隨著儒學、佛學在日本的廣泛傳播，中國之「心」以及關於心的種種言說，特別是中國儒學中的心性之學、陽明心學、佛教禪宗中的「佛即心」的佛性論，也都傳到了日本，並必然會對日本古典文論的概念範疇的形成、理論體系的構建，產生或明或暗、或多或少的影響。

　　日本人對「心」的認識，主要是在中國之「心」的影響下形成的。將「心」作為思維器官與精神中樞，主要是古代中國人特有的看法，而不是日本人固有的看法。日本現代學者新渡戶稻造在《武士道》一書中，談到日本武士為什麼要切腹自殺的時候，提及古代各民族大都是將肚子，即腹部作為精神與情感的寄託之處的。例如古代閃米特族及猶太民族，乃至法國、英國人，都將「肚子」作為精神與情感的中心。新渡戶稻造所言，似乎是世界各民族共通的現象。「肚子」的範圍所指似乎較「心」更為寬泛些，它包括了人的所有內臟器官，甚至也把「心」包括在內。古代中國人也賦予「肚子」這一部位以情感性，所以有了「牽腸掛肚」、「心知肚明」、「心腹之患」、「肝腸寸斷」、「斷腸」等詞。但中國人將「肚子」作為情感情緒之寄託的時候，大都是指較為感官的、或消極的情緒，而將「心」視為更為高級

的、更為純粹的精神與觀念的寄託。正是這一點影響到了日本人，使
得日本人將「心」與「腹」加以區分。表現在日語中，「心」與
「腹」雖然有時同義，但以「心」作詞素的相關詞語，側重在純精神
性、觀念性、審美性，而以「腹」作詞素的主要側重於肉體性、生理
性及生理性的情緒。在日本古典文論中，「腹」字極少出現，而且完
全沒有成為關鍵詞或重要概念，這與「心」這一概念在日本文論中的
地位與作用形成了強烈對照。

　　與「心」相近的還有「腦」。在日本古典文論中，「腦」與「髓
腦」合用，形成了一個名詞概念，日本古代「歌學」書，多以「××
髓腦」作為題名，故「髓腦」成為歌學書的一種體式。例如，藤原公
任（996-1041）著有《新撰髓腦》，源俊賴（1055？-1129）著有《俊賴
髓腦》等，還有佚名的《新撰和歌髓腦》等等。「髓腦」一詞，似來
自中國的《黃帝內經》。《黃帝內經》首次論及「腦髓」在人體生理活
動和精神活動中的作用。認為「人始塵，無成精，精成而腦髓生。」
（《靈樞經‧經脈》）腦的位置在頭顱骨內，而髓則在脊椎骨內，與腦
連成一體。「腦為髓之海」（《靈樞經‧海論》）。「諸髓者皆屬於腦。」
（《素問‧五臟生成》），腦是髓的彙聚，而髓是腦的延伸。腦通過髓
聯繫並制約身體臟腑四肢的活動。這就指出了髓腦在人體中的中樞作
用。不過，《黃帝內經》雖然意識到頭腦與人的精神活動密切相聯，
卻未真正認識到它是人的思維器官。在《黃帝內經》看來，人的思維
器官是「心」，腦在心的主宰支配之下活動，它只是配合眼睛審視事
物黑白短長屬性的「精明之府」。日本古代和歌論中的「髓腦」類著
作，顯然是在這個意義上使用「髓腦」一詞的。和歌「髓腦」就是指
和歌的關鍵、要害之處，主要闡述和歌的法則、要義。和歌「髓腦」
不同於和歌之「心」。「心」瀰漫於和歌的整體中，是作品的精神內
涵。而「髓腦」僅僅是要害與關鍵。「心」與「髓腦」的關係是整體
與局部、決定與被決定的關係。這樣的區分，與中國古代哲學、醫學
中關於「心」與「髓腦」的關係看法，是完全一致的。

二　「心」與「人心」，「心」與「詞」

在日本古典文論中，「心」作為一個重要範疇，貫穿了整個日本古典文論史，無論是和歌論、連歌論、俳諧論，還是能樂論，「心」都是一個重要範疇。

對「心」這個詞最早加以反覆運用的，是八世紀歌人藤原濱成（724-790）的〈歌經標式〉（772），該文直接用漢語寫成，是日本現存最早的歌學與文論論著，開篇即云：「原夫歌者所以感鬼神之幽情，慰天地之戀心者也。」又說：「夫和歌者，所以通達心靈，搖蕩懷志者也。故在心為志，發言為歌。」其觀點與表述明顯受到了中國漢代〈毛詩序〉的影響，只是將〈毛詩序〉中的「詩」置換為「歌」，而對「心」的運用與理解，也不出〈毛詩序〉對「人心」的規定。

到了十世紀初的〈古今和歌集序〉（一般認為是紀貫之所寫，包括用漢語寫成的「真名序」和用日語寫成的「假名序」），「心」由一個重要名詞，而擢升為一個核心概念。所謂核心概念，就是說它已經具備了範疇的性質，成為立論布局的眼目。

〈古今和歌集序〉賦予「心」以兩種基本規定。第一，心是「人心」，文學作品產生於心，或者說，人心是作品的精神本原。《古今和歌集‧真名序》云：「夫和歌者，托其根於心地，發其花於詞林者也。」《古今和歌集‧假名序》：「倭歌，以人之心為種，由萬語千言而成。」這裡，「心」就是文學創作的源泉。這一觀念與上述的〈歌經標式〉相同，明顯受到了中國古代詩論的影響。《禮記》云：「凡音之起，由人心生也。人心之動，物之使然也。感於物而動，故形於聲。」〈毛詩序〉：「詩者，志之所之也。在心為志，發言為詩。」朱熹〈詩集傳序〉：「詩者，人心之感物而形於言之餘也。」唐孔穎達〈詩大序正義〉云：「蘊藏在心，謂之為志，發見於言，乃名為詩。

言作詩者,所以舒心志憤懣,而卒成於歌詠……保管萬慮,其名曰心;感物而動,乃呼為志。」〈古今集序〉關於「心」的看法,未出此論。

〈古今和歌集序〉對「心」的第二個規定:「心」是文學作品的內容。與此相對的是,作為「心」之外在表現的「詞」。既然「人心」是作品的精神本原,作品是心的外在顯現,將「心」加以顯現的,則是「詞」(辭),亦即語言。在日本古典文論中,〈古今和歌集序〉最先提出了「心」與「詞」這一對範疇,成為此後日本古典文論中的基本範疇之一,「心」、「詞」之辨也是此後日本古典文論中的重要論題。關於心與詞的關係,〈古今和歌集假名序〉在評價平安王朝初期的歌人在原業平(825-880)的時候說:「在原業平之歌,其心有餘,其詞不足,如枯萎之花,色豔全無,餘香尚存。」在這裡,「心」與「詞」是一對矛盾範疇,用現代術語來理解,「心」是內容,「詞」是形式;「心」是思想感情,「詞」是語言表現。「其心有餘,其詞不足」,就是內容大於形式、精神溢出語言。

日本文論中的這一「心」與「詞」之辨,與中國文論中的「言」「意」之辨,其形態基本相同。

《莊子·天道》云:「世之所貴道者,書也。書不過語。語之所貴者,意也。意有所隨。意之所隨者,不可以言傳也。」講的是言與意的關係。漢代揚雄《法言·問神》:「故言,心聲也;書,心畫也。」梁代劉勰《文心雕龍·原道》:「心生而言立,言立而文明」;「言之文也,天地之心也。」宋代歐陽修《六一詩話》云:「若意新語工,得前人所未道者,斯為善也。」明代胡應麟《詩藪》云:「樂天詩世謂淺近,以意與語和也。若語淺意深,語近意遠,則最上一層。何得以此為嫌!」這些講的都是「心」與「詞」的關係。但比起日本的「心」與「詞的單純性,中國文論中的表述要複雜得多。其中,在許多情況下,「心」又表述為「意」。《說文解字》對「意」的

解釋是：「意：志也，從心，察言而知意也。從心，從音。」可見「意」從「心」來；「詞」在中國古典文論中又常常表述為「言」或「語」，而「心詞」關係則又表述為「言意」、「語意」、「言心」、「意心」等不同的範疇。從比較語義學的角度看，日本的「心」與「詞」之辨，是對中國的言意之辨的簡化。在日本古典文獻中，有「言」字，日本人訓讀為「こと」（koto），相同讀音者還有一個「事」字，可見在日語中「言」與「事」同源。「言」是「事」的反映，「事」是「言」的內容。孔子曰：「名不正則言不順，言不順則事不行」（《論語・子路》），這裡講的實際上就是「言」與「事」的關係。日語中的「言」與「事」詞義與此相吻合。不過，日本古典文論中的「詞」，不是孔子所說的「辭達而已矣」的「辭」。孔子所說的「辭」是一般的語言表達，而不是文學性的表達，在這種前提下，「辭達而已矣」講的是辭（詞）只求達意，不必做過分華麗的修飾。而日本古典文論中的「詞」讀為「ことば（kotoba）」，又可標記為「言葉」，又有「詞花言葉」（しかことば）一詞，可知在日本人看來，「詞」是花，「言」是葉，「詞」比「言」更具有美化裝飾意味。換言之，「詞」是指美化了的「言」或「語」，亦即文學語言。所以，當指稱文學語言的時候，日本古典文論中很少使用「言」字或「語」字（「言」與「語」在古代日語中的意思基本相同，都是指詞語、言語），而是通用「詞」字。這樣以來，「詞」就不僅指文學語言，更指文學的修辭性與外在形式、整體風貌。在文學的外在形式、整體風貌這個意義上，又有文論家將「詞」置換為「姿」。總之，在日本，「詞」與「心」完全是一種文論概念，「心詞」關係也形成了內容與形式、內在與外在的矛盾統一關係。而中國古代的「言意」之辨，不僅是一個文論問題，也是一個語言學、哲學問題，所以言意之辨的蘊含較為複雜。日本古代的「心詞」之辨僅限於文論範疇，與中國的「言意」之辨相比，日本的「心詞」之辨，其論題比中國單純，表述比中國單純，內涵也比中國單純。

　　在「心」與「詞」的關係上，中日兩國古典文論都主張「心（意）」與「詞」兼顧。

　　日本著名作家、歌人鴨長明（1155-約1216）在《無名抄》（1211）中提出：「『姿』與『心』相得益彰。」著名歌人、文論家藤原定家（1162-1241）在〈每月抄〉（1215）一文中認為：所謂「心」就是「實」，「詞」就是「花」。和歌如果無「心」，那就是無「實」；如果說要以「心」為先，也就等於說可以將「詞」看成是次要的；同樣，如果說要專注於「詞」，那也就等於說無「心」亦可，都有失偏頗，應該將「心」與「詞」看成是如鳥之雙翼。所以他指出：「心與詞兼顧，才是優秀的和歌。假如不能將心詞兼顧，那麼與其缺少『心』，毋寧稍遜於『詞』。」連歌大師與理論家二条良基（1320-1388）《十問最秘抄》（1383）云：「偏於『心』則『詞』受損，偏於『詞』則『心』受損，此事應小心。以『詞花』為要，辭藻華麗而有吸引力，也很有意思；以『心』為要，用詞卻牽強粗陋，則不可取。」講的都是「心詞兼顧」的問題。這與中國文論中的相關主張，如梁代劉勰的「情信而辭巧」（《文心雕龍・徵聖》、晉代李軌的「事辭相稱」（《法言注》）、唐代柳宗元的「言暢而意美」（《楊評事文集後序》）、宋代王鞏的「語新意妙」（《聞見近錄》）、陳岩肖的「語佳而後意新」（《唐溪詩話》卷下）、陳師道的「語意皆工」（《後山詩話》）等等，同出一轍。

　　上引藤原定家在主張「心詞兼顧」的同時，又說：心與詞兩者不能兼顧時，「與其缺少『心』，毋寧稍遜於『詞』」；還說：「不能在歌之『心』上有創新，只在用『詞』上費心思，若以為這樣就可以做出好歌來，是完全不可能的，只能弄巧成拙。」是主張以「心」為先，以「詞」為輔。同樣，二条良基在《連理秘抄》（1351）中也提出：「應以『心』為第一。」他認為連歌創作「應把『心』放在第一位，抓住此根本，就可以詠出意趣盎然的歌句。只記得連歌會上的歌句，

攎取古人的陳詞濫調，不能獨出匠心，翻來覆去，無甚趣味。」又
說：「『詞』只是表面上的東西。要在『心』的方面做到神似，才會使
尋常的事物顯出新意。」這些以「心」為主、以「詞」為輔的主張，
與中國古典文學中的「詩以意為主，文辭次之」（宋代劉攽《中山詩
話》）之類的主張，也是相通的。

　　日本古典文論由「以心為主」出發，進一步提出「心深」的概
念。例如，藤原公任在《新撰髓腦》（約1041）一書中云：「凡和歌，
心深，姿清，賞心悅目者，可謂佳作……『心』與『姿』二者兼顧不
易，不能兼顧時，應以心為要。假若心不能深，亦須有姿之美也。」
這裡，藤原公任將「詞」由語言擴大為一種形式風貌，稱之為
「姿」。值得注意的是，他在強調「以心為要」的同時，提出了「心
深」的主張。此後，俳諧大師飯尾宗祇（1421-1502）在〈長六文〉
中，從連歌創作的角度，提出了「心深詞美」論。他說：「若想作連
歌，就要將古代心深詞美的和歌熟稔於心，並能隨口吟誦，自然就可
得其要領。……和歌是動天地、感鬼神之道，不走正直之途，必定事
與願違。故古人云：『語近人耳，義貫神明。』此話雖深奧，但無論
何人，只要用心至深，必能領受神佛之意。」藤原公任和飯尾宗祇的
「心深」的主張，與《古今和歌集・真名序》中的「語近人耳，義貫
神明」的意思完全相通。「義貫（貫字一本作通）神明」，就是講意義
要深。「心深」與此前中國唐宋文論中的「意（義）深」、「旨深」等
提法，也是一脈相通的。例如，唐代劉知己提出：「辭淺而義深」
（《史通・敘事》），宋代王洙主張「意深而語簡」（《王氏談錄》），宋
代陳岩肖主張「辭壯而旨深」（《唐溪詩話》）等等，都是相同的意
思。不過，中國古典文論中的「深」字，是要求文學作品在「心」、
「意」、「旨」方面要深刻，有深意，要凝煉、含蓄、蘊藉。相比而
言，日本古典文論中的「深」則主要不是深刻之意，而是只要求和歌
之「心」的表達不要太直露、太直接、太明白，不可一語道盡，要講

究「餘心」、「餘情」，要有象徵性，要含蓄、朦朧、曖昧、婉轉、幽婉、幽遠、幽深，用日本美學中的一個重要概念來概括，就是要「幽玄」。

「心深」的要求，在藤原公任的《和歌九品》中也得到了集中體現。藤原公任以「心」為核心概念與批評標準，將和歌分為「九品」，其中包括「上品」、「中品」、「下品」共三品，這三品再各分三等，共九品，並結合具體的和歌作品加以評析。藤原公任所推崇的最高的品級「上上品」，其特點就是「用詞神妙，心有餘也。」並舉兩首和歌為例。例歌一：「只緣新春來，／雲霧蒸騰，／吉野山面目朦朧。」例歌二：「明石海灣朝霧中，／小島若隱若現，／彷彿一葉扁舟。」兩首和歌的共同特點就是「用詞神妙」，寫出了一種曖昧朦朧之美。這有助於我們理解藤原公任的「心深」之「深」所指為何。在藤原公任看來，「上上品」的和歌應該是「用詞神妙，心有餘也」；「上中品」的和歌應是「用詞優美，心有餘也。」「上下品」的和歌應是「心雖不甚深，亦有可賞玩之處。」這三個品級都要求「心深」，而「中品」則對心之「深」沒有要求，例如「中上品」是「心詞流麗，趣味盎然。」有「心」即可。「下中品」則是「對和歌之心並非完全無知。」而「下下品」則完全談不上有「心」了，是「詞不達意，興味索然」。

值得一提的是，上述藤原公任《和歌九品》以「心」與「詞」一對範疇來給和歌品級的思路與做法，與中國五代宋初時期的詩人文彧（生卒年不詳）的《文彧詩格》的思路與做法十分相似。文彧以「意」與「句」為一對範疇，將詩歌分為「句到意不到」，「意到句不到」、「意句俱到」和「意句俱不到」四種類型，其中，文彧所謂的「意」相當於藤原公任的「心」，「句」則相當於藤原公任的「詞」。

三　「歌心」

〈古今和歌集序〉還在「心」的基礎上，進一步提出了「歌心」的概念。

歌心，日文亦作「歌の心」，是「歌」與「心」的合成詞。《古今和歌集・假名序》中云：

> 和歌自古流傳，而至平城（奈良朝的都城，在今奈良縣──引者注）時方盛。奈良盛世，人深諳歌心。[2]

這裡是首次使用「歌心」這一概念。「心」的主體本是人，只有人才有「心」，《古今和歌集・假名序》卻在「人心」之外，又賦予和歌以「心」，使和歌變客體為主體，自身也具備了「心」。「人心」產生了「歌心」，和歌又有了「心」，和歌一旦有「心」而為「歌心」，又相對獨立於「人心」，因而「人心」需要理解「歌心」，「歌心」又須符合「人心」。雖然「歌心」產生於「人心」，但「人心」理解「歌心」，在《古今和歌集・假名序》作者看來是十分困難的，因而云：「時至《萬葉集》之時，深知古代和歌，深諳古代歌心者，不過一二人而已。」在此，「歌心」似乎是指和歌創作的審美規律，是和歌的審美特質。懂得「歌心」，就是掌握了和歌的審美規律，所以要深諳歌心，並不容易。

《古今和歌集・假名序》提出的「歌心」，日後成為日本歌學（和歌理論）的重要範疇之一，貫穿於整個日本古典文論史，對後來的日本歌學與文論都產生了深遠的影響，此後的文論家對此做了進一步的發揮與充實。

2　〈古今和歌集假名序〉，載《新編日本古典文學大系5・古今和歌集》（東京：岩波書店，1989年），頁11。

　　如源俊賴在〈俊賴髓腦〉中，專設一章論述「歌心」。俊賴的「歌心」的含義與紀貫之有所不同，不是指和歌自身的審美特質與規律，更多地指歌人的構思、立意、內容或創作力。俊賴例舉了一首和歌——「夜渡銀河水，／不知銀河是淺灘，／天已亮卻未到對岸」之後，接著說：「這首和歌的『歌心』，寫銀河的廣闊……」云云，這裡的「歌心」顯然是指和歌的內容，並對其「歌心」詳加分析。接下去又舉一首和歌——「心上人如淺灘海草，／漲潮時隱沒不見，／難得一見，太多想念。」在對內容加以分析詮釋後感歎道：「這種歌心，實在太美了。」此外，俊賴還有「這首歌的歌心獨運匠心」、「這首和歌的歌心是有來由的」之類的說法。都是指稱和歌的立意、構思、內容或題材。

　　藤原俊成（1114-204）〈古來風體抄〉（1197）一書的序言，在「歌心」之外，提出了「姿心」這一概念。「姿」指「風姿」，是日本古代文論中的重要概念之一，也有風格之意。藤原俊成說：「什麼是和歌的『姿心』，很難說明，但它與佛道相通，故可以借經文加以闡釋。」但統觀全書，他並沒有加以解釋，也沒有「借經文加以闡釋」。大體上，俊成的「姿心」與上述的「歌心」大同小異，但他的「姿心」比「歌心」更為具體，更強調和歌的「風格」（姿）的一面，而且提出了風格的時代性與普世性的問題。在評價《萬葉集》時代的歌人柿本人麻呂的時候，俊成認為「人麻呂的和歌不僅與那個時代的『姿心』相契合，而且隨著時代變遷，他的歌無論是在上古、中古、還是今世、末世，都可以普遍為人所欣賞。」藤原俊成之子、著名歌人、和歌理論家藤原定家（1162-1241）的〈近代秀歌〉（1209）在上述的「心」、「歌心」、「姿心」的基礎上，進一步加以綜合，將詞、心、姿三個相關概念加以系統化，提出了「『詞』學古人，『心』須求新，『姿』求高遠」的命題。

　　在「歌心」的基礎上，後鳥羽天皇（1180-1239）在《後鳥羽院

御口傳》中，提出了「歌題之心」的概念。將「心」更加縮小為和歌的題材之「心」，即和歌的題材及其立意。例如，他認為和歌可以從物語中擷取「歌心」，即「歌題之心」，主張「歌題之心」應當「鮮明突出」。

　　和歌與連歌理論家心敬（1406-1475）在《私語》一書中，用中國文論術語「賦比興」來解釋「歌心」，認為「賦」，就是「歌心在如實描述」。如：「太陽冉冉升起，金光四射，染紅一片雲霞」。「比」，就是「歌心在比擬」，如：「神宮中，散落的紅葉，回到了紅塵中。」此句中，以「ちり」（散落）來比喻同音的「ちり」（塵埃），是為「比之句」。「興」，就是「歌心在聯類比物」，如：「五月雨啊，山峰上的松風，山澗的流水。」「雅」，就是「歌心在平常」。如：「夏天的草啊，變成了，秋天的花。」因為此句中直言其物，用詞自然本色雅正，是為雅句。「頌」，就是「歌心在祝願」，如：「山茶花開放，庭院中，一片芬芳。」

　　「歌心」作為日本古典文論中的獨特範疇，不見於中國古典文論。中國古典文論中有「詩心」一詞，但使用極少。明代學者朱宣墭編寫了《詩心珠會》八卷，使用了「詩心」一詞，不過僅屬個例，其他用例極為罕見，更沒有成為一個文論概念。但日本的「歌心」這一範疇的形成，是否像中國的「詩學」之於日本的「歌學」、中國的「詩式」之於日本的「歌式」那樣，其間存在影響與被影響的關係，尚難斷言。

四　「有心」與「無心」

　　日本古典文論中的「心」範疇，還衍生出了另外一對重要概念，那就是「有心」與「無心」。

　　「有心」、「無心」作為漢語詞，很早就傳到了日本，日本的《萬

葉集》、《古今集》及此後的各種和歌集，還有《源氏物語》等物語、
《枕草子》、《紫式部日記》等散文、日記作品中，都使用過「有心」
「無心」兩個詞，但僅僅是一般名詞，尚未成為術語與概念。至藤原
定家，其在《定家十體》（散佚）中提出了「和歌十體」，其中有「有
心體」。在〈每月抄〉一文中，藤原定家於「十體」中，特別推崇
「有心體」。他指出：

> 和歌十體之中，沒有比「有心體」更能代表和歌的本質了。
> 「有心體」非常難以領會。只是下點功夫隨便吟詠幾首是不行
> 的。只有十分用心，完全入境，才可能詠出這樣的和歌來。因
> 此，所謂優秀和歌，是無論吟詠什麼，「心」都要「深」。但如
> 為了詠出這樣的歌而過分雕琢，那就是「矯揉造作」，矯揉造
> 作的歌比那些歌「姿」不成型、又「無心」的和歌，看上去更
> 不美。茲事體大，應該用心斟酌。……應當將「有心體」永遠
> 放在心上，才能詠出好的和歌來。
>
> 不過，有時確實詠不出「有心體」的歌，比如，在「朦氣」[3]
> 強、思路凌亂的時候，無論如何搜腸刮肚，也就詠不出「有心
> 體」的歌。越想拚命吟詠得高人一籌，就越違拗本性，以致事
> 與願違。在這種情況下，最好先詠「景氣」[4]之歌，只要
> 「姿」、「詞」尚佳，聽上去悅耳，即便「歌心」不深也無妨。
> 尤其是在即席吟詠的情況下，更應如此。只要將這類歌詠上
> 四、五首或十數首，「朦氣」自然消失，性機[5]得以端正，即可
> 表現出本色。又如，如果以「戀愛」、「述懷」為題，就只能吟
> 詠「有心體」，不用此體，決詠不出好的歌來。

3　朦氣：指心緒不安定的莽撞之氣。
4　景氣：指外部祥和、美麗的景色。
5　性機：有「心情」、「心境」的意思。

同時，這個「有心體」又與其餘九體密切相關，因為「幽玄體」中需要「有心」，「長高體」中亦需要「有心」，其餘諸體，也是如此。任何歌體，假如「無心」，就是拙劣的歌無疑。我在十體之中所以特別列出「有心體」，是因為其餘的歌體不以「有心」為其特點，不是廣義上的「有心體」，故而我專門提出「有心體」的和歌加以強調。實際上，「有心」存在於各種歌體中。[6]

藤原定家已經將「有心」的意思表述得很清楚了。與「心深」密切相關，「有心」就是「心」或「歌心」在和歌創作中的瀰漫化。「有心」作為和歌創作的必然要求，在所有「體」式的和歌中都應存在。用現代話語來表述，「有心」就是要求歌人要有一種審美的心胸，審美的態度，要進入一種創作的境界，就是要在和歌創作中將自己的真實的精神世界、心靈世界表現出來。因此，要創作出「有心體」的和歌，就不能有「朦氣」、「思路淩亂」，心情浮躁，而是要全神貫注，「十分用心，完全入境」。因此，「有心」實際上就是高度用心、聚精會神的狀態。藤原定家的「有心」的主張，作為和歌美學的基本理念，體現的是當時的宮廷貴族的心理追求、美學趣味與審美意識的自覺。那就是有意識地將和歌創作作為一種審美的心靈修煉與精神追求，以使作者之心沉浸於自我營造的美的和歌世界中。

「有心」的反義詞是「無心」。「無心」作為一種與「有心」相對的審美範疇，成為鎌倉時代興盛起來的「連歌」的一種審美追求。連歌是從和歌演變而來的，比起和歌的個性、貴族性、內向性，連歌具有外向性、社交性、通俗性的特點，因而，在審美趣味上，連歌與和歌的不同，在於相對於和歌的「有心」，而提出了「無心」。鎌倉時代

6　藤原定家：〈每月抄〉，載《日本古典文學大系‧歌論集‧能樂論集》（東京：岩波書店，1961年），頁427-428。

初期，連歌被分為「有心連歌」與「無心連歌」，如飯尾宗祇（1421-1502）在〈長六文〉中也推崇「有心」的連歌，「有心連歌」尊重和歌的高雅趣味與宮廷貴族傳統，但到了後來，由於僧侶和平民階層大量參與連歌創作，連歌的審美理念逐漸脫離正統和歌的「有心」，而具有了獨立性。日本人將連歌以及由連歌衍生出來的更加追求通俗、詼諧、滑稽趣味的俳諧、狂歌、川柳等，都與和歌的「有心」相對，稱為「無心」。從事這樣的「無心」連歌創作的人，被稱為「無心眾」。

　　如果說日本古典文論中的「有心」，是將「有心」這樣一個漢語中的普通名詞加以概念化、範疇化，那麼，「無心」這個名詞，在中國則本來就是一個哲學概念。日本人的「無心」的運用與提出，也多少受到了中國的哲學乃至宗教學的「無心」概念的影響。例如，莊子主張「無心」：「通於一而萬事畢，無心得而鬼神服。」（〈天地〉）無心於物，漠然自處，哀樂不易其心，便是「無心」。「形若槁骸，心若死灰，真其實知，不以故自持，媒媒晦晦，無心而不可與謀。」（〈知北遊〉）「心齋」的「虛靜」、「游心於淡」就是「無心」。魏玄學家王弼在《周易注》中說：「復其見天地之心乎？天地以無為心者也。」西晉玄學家郭象繼承老莊自然無為的思想並加以改造，提出「無心應物」、「無心而隨物化」的思想，他說：「無心於物，故不奪物宜；無物不宜，故莫知其極。」（〈大宗師注〉）「無心」也是中國佛教的一個重要概念，西晉支愍度（生卒年不詳）力倡「心無宗」，「心無者，無心於萬物，萬物未嘗無。謂經中言空者，但予物上不起執心，故言其空。」（〈肇論疏〉）東晉佛教理論家僧肇作《不真空論》認為：「聖人無心，生滅焉起！然非無心，但是無心心耳。」（《肇論・般若無知論》）唐代禪宗牛頭宗創始人法融〈心銘〉曰：「一心有滯，諸法不通，去來自邇，胡假推窮……欲得心淨，無心用功。」「無心心」，即是以無心為心。「無心用工」，就是「無心」與「用工」的統一。可

見，在中國哲學與宗教中，這裡，「無心」是一種宇宙觀，也是一種
人生觀，一種放達、達觀、灑脫、無為、自由、自然、超越的生活態
度。而在連歌中，專以表現那種放達灑脫、自由不羈、機制幽默、詼
諧滑稽的風格的連歌，稱之為「無心連歌」。到了日本江戶時代，有
一種與傳統的「有心」和歌的規則嚴禁、態度嚴肅的風格相對立者，
叫作「無心」，又稱「狂歌」。這樣的「無心」的和歌與連歌，與「有
心體」相對，稱為「無心體」。

　　古典戲劇「能樂」大師世阿彌（1363-1443）在其能樂論中，對
「心」及「有心」「無心」的概念，做了更為深刻辯證的闡述。他在
〈遊樂習道風見〉一文中，以「心」為藝術美的本源，提出「一切藝
術的『花』之『種』，都在於心」的命題，在〈花鏡〉一書裡，世阿
彌進一步論證了表演藝術中的「身心關係」論，提出了「心動十分，
身動三分」，「以心制心」的觀點，又進一步提出了「萬般技藝繫於
『一心』」的命題，他解釋說：

> 有觀眾說：「看不出演技的地方才有看頭。」這種「看不出演
> 技」的地方，就是演員的秘藏在心底的功力。……如果讓觀眾
> 看出來了，那就是有意識的姿勢動作，就不是「看不出演技」
> 之處了。必須顯得自然無為，以「無心」的境界，將用心的痕
> 跡隱藏起來，將一個個的間隙，天衣無縫地彌合起來，這就是
> 「萬般技藝繫於一心」，是內在的功力所顯示出的藝術魅力。[7]

　　在世阿彌看來，「無心」並不是無所用心，而是將用心的痕跡隱
藏起來，使人在「有心」處看似「無心」，這樣的藝術才富有魅力。
他還提出了「『一心』操縱萬『能』」的命題，也表現了有心與無心的

7　世阿彌：〈花鏡〉，載《日本古典文學大系・歌論集　能樂論集》（東京：岩波書店，
　　1961年），頁128-129。

矛盾統一。他說：「能樂模擬各色人等，而操縱它的，就是演員的心。這個『心』別人看不見，如果讓人看見了，就如同操縱傀儡的繩子暴露了出來。必須將一切技藝繫於一心，但又不露用心的痕跡。以『一心』操縱萬『能』，若能如此，一切被表演的對象，就都有了生命。」由此，「有心」與「無心」這對矛盾的範疇便達成了統一。

　　總之，日本古代文論中的「心」論，涉及到文論中的創作主體論、審美態度論、心詞（內容與形式）關係論、身心關係論、主客統一論，成為日本文論中的重要範疇之一。日本的「心」、「有心」、「無心」均來自漢語，在語義上受到中國影響，對這些詞的理解與界定也和中國基本相同。但在中國，「心」、「有心」、「無心」主要是哲學概念，而不是文論概念，在日本則主要是文論概念，其次是「藝道論」（主要包括表演藝術論、劍法論等）概念。「心」概念在中國古典文論中固然也常使用，但中國文論更多地使用「志」、「意」等由「心」抽象出來的詞彙。日本文論則堅持以「心」為本位，並將「心」由人之心加以外移，形成了「歌心」這樣的獨特概念，從而將「心」加以客觀化。日本文論中的「有心」、「無心」作為詞彙本身均來自漢語，但「有心」在中國尚是普通詞彙，「無心」則是中國哲學與佛學中的重要概念，而在日本，「有心」「無心」卻成為一對重要的文論範疇，由此而形成了日本古典文論有別於中國文論的一些特點。

　　但另一方面，日本古典文論對「心」及其相關衍生概念的界定、理解與使用，基本上止於直觀、經驗的層面，遠沒有達到中國哲學與佛學的「心」論的高度與深度。這一點，與中國古典文論的情形也有所相似。中國古典文論對「心」談得很久、談得較多，但卻一直流於常識、粗淺與老套，對哲學與佛學中的系統而深刻的「心」論，借鑒與吸收不多。反過來說，中國哲學與佛學中對「心」的深入探討，對中國文論影響不大，因而中國之「心」的範疇化的程度不夠高。這一侷限性，對日本文論也必然有所影響。較之日本的儒學、禪宗心學中

的「心」論，日本古典文論中的「心」論也不夠深入。但日本文論中的「心」論及其衍生範疇「心‧詞」、「歌心」、「有心‧無心」等概念，相比於中國文論中的「心」論而言，卻具有較高的範疇化程度，「心」論在日本古典文論中的地位與作用，也較中國的「心」論為高。

「氣」之清濁

——中日古代語言文學中「氣」概念的關聯與差異[1]

　　「氣」是中國哲學、美學、文論中的一個重要概念，並且和其他漢字詞與漢字概念一起，傳到了日本，對日本語言文學產生了相當大的影響。關於「氣」這一概念與範疇的研究，中日兩國學者也寫出了不少專門著作，重要的如日本學者赤塚行雄研究日本之「氣」的小冊子《氣的構造》（東京：講談社，1974 年）》，小野澤精一、福永光司、山井湧等合著的研究中國之「氣」的專著《氣的思想》（東京：東京大學出版社，1978 年），張立文主編《中國哲學範疇史精粹叢書‧氣》（北京市：中國人民大學出版社，1990 年），李存山著《中國氣論探源與發微》（1990 年），李志林著《氣論與傳統思維方式》（上海市：學林出版社，1990 年），陸流著《氣道》（上海市：上海文藝出版社，1994 年）、曾振宇著《中國氣論哲學研究》（濟南市：山東大學出版社，2001 年）及大量相關論文。綜觀現有「氣」的研究，中日兩國學者對「氣」的研究興趣很高，對中國之「氣」的研究成果積累豐厚。但是，將中日兩國的「氣」加以比較研究的專題文章，筆者尚未發現。眾所周知，日本的「気」與中國的「氣」有著極為密切的關係。日本學者之所以那樣熱衷於研究「氣」，恐怕與兩國之「氣」的相通性、關聯性密切相關。兩國之「氣」的關聯性幾乎盡人皆知，然而在語言文學與文論的層面上，運用比較語義學的方法，

1　本文原載《東疆學刊》（延邊），2010年第1期。

對「氣」的相通性與差異性的進行細緻的分析、比較與研究，尚待
展開。

一　中國之「气」、「氣」與日本之「気」

　　一般認為，日本的「気」就是中國的「气」或「氣」，日本的
「気」就是中國之「氣」的簡化字。但日本之「気」字不僅僅是對中
國之「氣」的簡化，也是對中國之「氣」有意識地改造和改寫。而
這，又與中國之「氣」的複雜演變歷史有關。

　　中國的「氣」字，原本寫作「气」。許慎《說文解字》解釋：
「气，雲气也，象形。」《說文解字段注》云：「象雲起之兒……又省
作乞。」而《說文解字》在「气」之後還並列出了另外一個「氣」
字，並解釋說：「氣，饋客之芻米也。從米，气聲」。如《左傳》〈桓
公十年〉載：『齊人來氣諸侯。』」可見，「气」與「氣」原本就是兩
個字，而且含義完全不同。「气」是雲气，屬於名詞，而「氣」則是
「以米饋人」的意思，屬於動詞，後來這個「氣」又被寫作「餼」。
可見，至少在東漢時代，「气」與「氣」兩字還是涇渭分明的。

　　但由於中國古代許多人識字不多，書寫規範意識不強，再加上語
言文字起源的一般規律是先有言語（口頭發音），後有文字，比起重
視字形寫法來，更注重口頭發音，所以普遍存在著一種「通假字」的
現象，即借用某個同音字，來取代本來應該使用的那個字，用現在的
話來說，就是使用「別字」。這樣的通假字用久了，用的人多了，就
與被取代的那個字相提並論，以至兩者難以分辨，甚至通假字反客為
主，越俎代庖。這種現象，也發生在「氣」字的使用上。現存的甲骨
文中，就有了借用「气」字來替代「乞求」的「乞」的用例，如「茲
气雨，之日允雨」；也有以「气」字取代「迄」的用例，如「气至五
月丁酉」。（均見《殷墟書契前編》），這樣的用法達到一定程度之後，

就有人在「气」字的「雲气」之本義之外，增加了「乞」意，並將「乞求」的「乞」看作是「气」的省略寫法，於是，「气」在此後的字書的解釋中又多了一個「乞求」的意思。如三國魏張揖《博雅》（又稱《廣雅》）在解釋「气」字的時候云：「气，求也，一曰取也，或省文作乞。」這就將「气」與「乞求」的「乞」看成是同一個字了。這樣一來，「气」字原本的「雲气」本意，便被「乞」字及其意義沖淡乃至掩蔽了。既然「气」的「雲气」之本意被沖淡、掩蔽，那麼「气」字本身也就失去了它的原本的獨立性，並最終變成了一個沒有獨立性的部首。「气」字消亡了以後，原本是「以米饋人」之意的「氣」字，就乘虛而入，完全取代了「雲气」之意的「气」字。至此，「气」與「氣」這兩個意思原本是風馬牛不相及的字，就被完全合二為一，而「氣」字的「以米饋人」的原意卻同時幾乎丟盡，充當了「雲气」之「气」的一切功能，並與其他字漢字一起，衍生出了大量以「氣」字為基本含義，以「氣」字為詞素的一系列雙音詞或成語。如「氣息」、「骨氣」、「血氣」、「氣韻」、「氣概」、「氣勢」、「氣象」、「氣義相投」、「氣宇軒昂」、「氣壯山河」等等。後來一些文字學著作，又為「氣」代「气」、「气氣」相混、張冠李戴的陰差陽錯，尋找到了貌似合理的解釋。如清代吳善述《說文廣義校訂》有云：「气字本訓雲气，得通為血气字，乃謂人之元气以谷气而昌，故從米亦可。是既分气、乞而二之，又欲合气、氣而一之。」實際上，「雲气」與「血气」可謂天壤之別、雲泥之差，如何「得通」？但木已成舟、米已成飯，以「氣」代「气」因襲既久、約定俗成，文字學家也只能這樣「強詞奪理」、予以合理化合法化了。一直到了一九五〇年代，在漢字簡化的改革中，又將「气」作為「氣」的簡化字而重新加以「啟用」。然而，這並非基於「气」與「氣」的分別，而僅僅是為了減少「氣」的筆劃。不過，這倒是「歪打正著」，使得這古老的「气」字得以重生復活。

　　漢字開始由朝鮮半島傳入日本，大概是在東漢以後，而日本人系統地大規模學習和使用漢字，則是在中國的唐代，即西元八世紀以後。那時候，「气」字何時傳入日本已經難以確證，但如果是在東漢時期，日本人應當會原樣不變地引進「气」字，因為這個雲气的「气」字，不僅用處很大，而且筆劃簡單。但實際上日本漢字中似乎始終未見這個「气」字，這說明日本人引進這個字的時候，這個字已經被「氣」字取代而不再獨立使用了，他們只能引進「氣」字。查日本最早的典籍、八世紀初的《古事記》與《日本書紀》，都使用了「氣」字。十世紀《源氏物語》等物語文學、十三世紀的《平家物語》等「戰記文學」中，使用的也都是「氣」字。但這個「氣」字大約在十七世紀的江戶時代以後，卻逐漸地被改寫為「気」字。「氣」字在日本漢字中逐漸淡出，中國的「氣」演變為日本的「気」。

　　一般認為，日本的「気」字是對中國「气」字的簡化，而不是日本所謂的「国字」（日本人自造、中國所沒有的漢字）。江戶時代學者新井白石（1657-1725）在《同文通考》中，列舉並解釋了八十一個「國字」，但沒有「気」字。現代日本學者編纂的《国字の字典》（1999）等書，也沒有把「気」字列為日本的「国字」，這表明日本人都承認「気」字及其所承載的觀念來自中國。但另一方面，「気」也不是一般的日本簡體字。簡體字主要是為了書寫的方便，而「氣」字在漢字中筆劃不算多，結構更不算複雜。僅僅從簡便的角度看，對這個「氣」字加以簡化似乎沒有必要。筆者認為，與其說日本的「気」字是對「氣」字的簡化，不如說「気」字是對中國「氣」的改寫與改造，它介乎於簡體字與日本「国字」兩者之間。日本人之所以要改寫「氣」，恐怕是為了規避中國的「气」、「氣」、「乞」、「迄」之類在歷史的發展演變中產生的一系列混亂。在中國發生的用「以米饋人」的「氣」來代替和書寫「雲气」的「气」，恐怕會有相當一些日本人難以理解和接受。而「气」字在中國早已退出不用了，日本人不

可能將「氣」直接還原為「气」。於是他們就將「氣」加以改造,把其中的「米」自換成「乂」,於是形成了日本式的「気」字。這個「乂」在漢字中屬於兩相交叉的象形,具有「治理」、「安定」、「養育」之意。中國傳統哲學認為陰陽相交而為「气」,作為生命的「气」,必以和諧、安定、生養為特徵,因而,日本對中國之「氣」的改造而形成的「気」字,無論日本人自身是否有自覺的意識,他們改寫的「気」字,實際上包含著對中國之「气」在漫長演化過程中出現的一系列混亂的超越與整理意識,在文字效果上也達到了象形性與會意性的很好的結合。

二　日本古代語言文學中的「氣」

值得注意的是,在日本,「気」字有兩種發音。一種是「け(ke)」,一種是「き(ki)」。「け」較早,「き」較晚。日本平安王朝的物語文學的經典作品《源氏物語》,主要是使用發音為「け」的「气」。而鎌倉時代以後的戰記文學作品則主要是使用「気(き)」,兩者在含義上有明顯的差別(詳後)。從「氣」傳入日本的時間來看,發音為「け」的「氣」顯然早於發音為「き」的「氣」。據此基本可以判斷,「け」屬於較早傳入的「吳音」,「き」則是後來傳入的「漢音」。五世紀時,倭國國王與東晉、劉宋等王朝交往密切,漢字開始傳入日本。中國這些王朝的中心都在中國長江下游一代,傳入日本的漢字的字音也是長江下游地區的發音,因那裡曾是吳國的領地,所以日本人稱之為「吳音」。西元七至八世紀後,中國文化向西北地方轉移,日本的遣隋使、遣唐使都到長安留學,學的是中原及西北地方的發音,日本人稱之為「漢音」。八世紀的奈良時代,日本皇室要求以「漢音」為標準音,日語的漢字音讀也要求以漢音為依據。但因為「吳音」沿襲已久,有的發音已經固定,難以改變,於是就形成了

同一個漢字詞，卻有「吳音」與「漢音」兩種發音並存的情況。後來，很多的「吳音」逐漸消失了，但有一些詞，吳音與漢音的意思有著微妙的區別，因而兩者一直並用，而「氣」字就屬於這種情形。

較早傳到日本的發音為「け」的「氣」字，明顯受到中國先秦、兩漢、魏晉南北朝時期的「氣」的思想觀念與「氣」哲學的影響。這一時期中國「氣」哲學的基本特點，就是將「氣」作為最宏觀和最微觀的兩種存在。「氣」作為最宏觀的存在，就是最高的抽象實在，即「道」的表現，是陰陽和合的產物，即「元氣」。它既是一種物質本體，又是一種精神本體，充塞和瀰漫於整個天地宇宙；同時，「氣」作為最微觀的存在，是一種「精氣」，是一種極其細微的物質，構成萬物的基本元素與質料。這樣的「氣」觀念，只有一個思維能力達到成熟階段的民族才能創造出來。而「氣」這樣的抽象概念，傳到剛剛進入文明社會的日本，不免有著很大的理解難度。學者們一般認為，日本民族傳統上是不太擅長抽象思維的民族，表現在語言上，就是表現個人的情緒、情感、感受的詞彙、表現具體物質性狀的詞彙高度發達，而幾乎所有的抽象詞彙都來自漢語。「氣」作為一個高度抽象的詞彙，傳到日本後填補了日本人固有詞彙的一個空缺。

日本人在文獻中較早使用「氣」，見於日本最古老的典籍、日本文學之祖《古事記》（朝臣萬安侶編纂）。〈古事記序〉開篇用漢語寫道：「臣安萬安侶言：夫混元既凝，氣象未效，無名無為，誰知其形？然乾坤初分，參神作造化之首，陰陽斯開，二靈為群品之祖。」這幾句話所使用的語言及其天地開闢、陰陽乾坤的觀念，都是從中國傳來的。所謂「混元」，就是混沌原始；所謂乾坤，就是天地，而「氣象」一詞，在漢語中是「氣」的一個衍生詞，在唐宋時代的哲學與文論中運用較多，為「氣之象」之意。值得注意的是，在古代日本文獻與文學作品中，「氣」字極少作為一個獨立的名詞概念加以使用，而更多地使用「氣」字詞組。例如，以上引用的〈古事記序〉中

沒有單獨使用「氣」，而是使用「氣象」，從而將「氣」這個日本人初次接觸的抽象概念予以具象化了。與《古事記》同時代出現並完全用漢語寫成的《日本書紀》中，也多處使用了「氣」字，如卷二十二有「天有赤氣」一語，但《日本書紀》中的「氣」的使用也不獨立，使用最多的相關詞有「神氣」、「疫氣」、「膽氣」等。在此後的日本語言文學與其他文獻中，情形也大體如此。

　　總體看來，《古事記》、《日本書紀》時代的日本人對「氣」與其說是理性地加以理解（他們尚不能具備這樣的能力），不如說是情緒地感知與感受，由此明顯帶上了許多神秘化、情緒化的、不可琢磨乃至恐怖的色彩。例如以上所例舉的「赤氣」，就是指一種不祥之氣。「疫氣」、「膽氣」就更不言而喻了。到了平安王朝時期的物語文學的代表作品《源氏物語》中，日本人對「氣」的理解仍然基本如此。日本學者赤塚行雄在其《氣的構造》一書中，對《源氏物語》等日本古典文學中使用的「気」（け）字做了一些探究與分析。從他的研究分析中可以看出，《源氏物語》中的人物對身體以外的一些超自然、超感官的存在，包括「靈」、「魄」、「鬼」、「怪」、「疾」、「異」等「物」（もの），普遍具有一種不可把握的神秘乃至恐懼感。正是由於這些「物」的不可思議性，日本人常常將它們都讀作「け」（氣）。例如，在《源氏物語》中，有「物之氣」（もののけ）一詞，但很多場合下寫作「物の怪」，此處「怪」的讀法與「氣」一樣讀作「け」。有的文學作品，如十世紀中期用漢語寫成的日本戰記文學的開山之作《將門記》，則將「氣」的觀念與日本獨特的「怨靈」（意即「冤魂」）思想聯繫在一起。所謂「怨靈」思想，就是相信日本的冤死者、戰死者，有一種「怨靈」，這種怨靈會時常出現在現實生活中，實施種種復仇，通過「靈之氣」對現實產生影響。因此，要想降低這種影響，活人就要善待和安撫那些「怨靈」的「靈之氣」。總之，在日本古代文學中，「氣」（け）是一種不可思議的、令人畏懼、拂之不去的、瀰漫

性的存在。

　　總體上看，日本人對「氣」（け）的這種理解，基本上是在中國先秦、兩漢、魏晉南北朝時期的「氣」的思想觀念之框架中的，但也有所不同。那時中國的「氣」既是一種客觀的物質本體及人的生命的基本構成，同時也是人的一種主觀性的、積極性的精神本體，但日本人早期對「氣」的理解，則偏於中國之「氣」的客觀性特質與消極的一面。在日本人看來，「氣」對人的生命而言，似乎並不是必不可少的東西，卻往往是對生命構成威脅和危害的東西。於是，古代日本人對「氣」（け）的感受，就與中國人對「氣」的感受大相逕庭。中國人對「氣」沒有恐懼感、沒有畏懼心，而是積極地養氣、聚氣、用氣。日本人對「氣」則因感到難以把握，而抱有一絲莫名的畏懼與不安。另一方面，當日本人感覺「氣」是可以觀察、可以把握、可以理解的時候，則「氣」字的神秘與可畏色彩大為減弱。例如在《源氏物語》中，使用較多的一個詞是「氣色」（けしき）。「氣色」一方面指自然的景色，一方面指的是人的心理、情緒顯現於表情動作的那種狀態。因「氣」與「色」搭配，「氣」借助於可視的「色」，可以加以觀察推測而得，所以「氣色」不再那樣神秘可畏。類似的「氣」字詞組，還有「氣遠し」（疏遠）、「氣近」（親近）、「氣うとし」（令人討厭）、「氣ざやか」（顯眼、清楚）等等。都是努力將「氣」加以具體化、形象化，從而使「氣」從超自然、超感官的存在變成可感可觸的存在。

　　在此後的日本語言文學中，「氣」繼續朝著這個方向發展。到了十三至十四世紀的描寫不同武士集團之間殘酷爭戰的所謂「戰記物語」中，「氣」的內涵逐漸發生了變化，由超自然、超感官的「氣」，變成了作為人的生命精神的「氣」，由不可琢磨、難以把握的「氣」，變成了可感、可養、可用的「氣」，「氣」的讀法也相應地由此前的「け」（ke）變成了「き」（ki）。尤其是受中國文化與中國文學影響

甚大的十四世紀的戰記文學鉅著《太平記》，大量使用「氣」及
「氣」字詞彙，其中包括：氣色、勇氣、血氣、天氣、夜氣、朝氣、
溫氣、寒氣、暖氣、陰氣、陽氣、邪氣、風氣、火氣、氣力等，大都
是從中國引進的詞彙，還有一些日本式的「氣」字詞彙，如：短氣、
氣詰（不舒暢）、勘氣（受懲罰）、癔病氣、苦氣、兵氣、同氣，等
等。《太平記》中出現的這些「氣」（ki），已經從此前的「け」（ke）
當中擺脫出來，表明日本人已經將神秘不可知的「氣」加以切實理解
和真正把握，並在繼承中國之「氣」的基礎上，做了充分的發揮與活
用。到了江戶時代，戲劇文學家近松門左衛門（1653-1724）在其
「人形淨琉璃」劇本中，大量使用「氣」字詞組，據日本學者赤塚行
雄在《「気」的構造》中的統計，其數量多達三百六十六種。[2]近松門

2　赤塚行雄所統計的這些詞彙如下：気遣，気色，悋気、狂気，気の毒、病気、気に
いる、気にいらず、気をつけ、気味，勘気、辛気，短気、健気、気合，気にかか
る、気違、気がつく、気がつかず、若気、大人気、血気、気高く、気転、気を通
し、気を急ぐ、気もつかず、気もおくれ、気が亂れ、気も亂れ、気立、気の詰ま
る、気ずまり、気質、気が晴れ、気を晴らす、気を揉み、気を失う、気が短い、
浮気、気弱、気も落ち、気がせく、気儘、気が盡る、気が張る、気も消え、気
輕、気味、気兼、気晴、意気地、毒気、気病、疝気、気を奪う、気を奪はれ、気
散、正気、怖気、恐気、男気、寒気、気がある、気がない、気を配る、勇気、気
付、本気、気が上がる、気が通らぬ、気に違う、気を砕く、人気、荒気、気盡
し、景気、上気、惜気、気根、雲気、気力、気にかけ、気隨、気にくわぬ気苦
勞、邪気、移気、気の細い、気はない、気がちがう、気もちがわね、気がゆる
む、気を落ち著け、せまい気、元気、気慰、気扱、気は焦る、素気、気強、湯
気、気も輕い、女気、気もそぞろ、気がそぞろ、気取り直し、気むつかし、気を
兼る、気楽、気質、気早、気が逆上つて、気結ぼれ、気ばし、気にさわる、気を
取る、気がたるみ、気をまわす、気の和かな、気が抜ける、気がもやくつて、気
に染む、気に込む、苦し気、気がわるい、気を結ぶ、気うつ、気の働き、気のひ
ろい、気に合う、気もへる、癲気、和気、店意気味、侍気、臭気、一気、咳気、
気疏、天気、怯気、損気、可愛気、気配、色気、気狂、気取、土気、銳気、気を
つめ、気が注いだ、気にばし、気がすむ、気がすまず、強気、朧気、気ざし、憎
気、気が定まる、気精、気がめいる、気うと、気を養ふ、気を上げ、気を休め
る、気も遠く、気を背く、気がふれる、気が疲れ、気もしづみ、気が死ぬ、気を

左衛門的戲劇在江戶時代的市井社會中相當流行，觀眾甚多，他所使用的「氣」字詞彙，應該是活躍在市井庶民日常口語中的常用詞，否則普通觀眾就聽不懂，而這些詞組也被大多被保留在現代日語中。由此可見「氣」字在日本語中的造詞功能之強。日語中「気」字詞組數量，也多於漢語中的「氣」字詞組。查收錄古籍詞彙的大型辭典《辭源》，「氣」字詞組共四十一個。這與日本的「気」字詞組相比，在數量上少得多。另一方面，在日語中，「気」字詞彙大多與人的心情、

死なす、気ざし、気が腐る、武士気、気に逆ふ、気を屈し、気難い、気がもどる、気になって、気のとり、気も塞ぐ、気も重い、うらめし気、気もはやく、思ふ気、うろたへ気、死なぬ気、気によう似て、気をつくる、気もふわふわ、気につれて、きたない気、気は落とさせじ、気が多い、気をおさへ、気を思ひやすり、戀する気、気を逆立つ、きかぬ気、気が宙に、気をのばし、気晴々し、気の料簡、気も猛く、気ぶさい、気をゆるす、気にひがみ、気づかわし、気ぶさけ、気になる、気をつかし、気狂ひ、気が納らず、気を若やぎ、気ばかり、気をたはむれ、気を見て、気痛み、気をのませ、気もくらみ、気がひがむ、気をなだめ、さほしい気、我が気、人の気、気圧、六気、老気、気當り、気迷ふ、気逸、気を取られ、気にこたへ、気を折れ、気をまはし、呆気者、小気、雪気、體気、聲気、鬱気、気疲、憂気、熱気、気掛、気達者、心意気、あわれ気、気任せ、気技、気骨、風邪気、悪るさ気、鈍気、気丈、不興気、気につかへ、気をくして、気を痛ませ、気が痛む、気をせかれ、気でしめる、気はげむ、気はいらつ、気も仇浪、気がむく、気を持つ、へだつる気、気の薬、気がそれる、気を靜め、気をゆるす、気をはこぶ、気が進む、気に止める、撒く気、気を占ふ、気を苦しめ、気が苦しい、気が利かぬ、気がうっとり、気もがく、気しきる、気にしむ、気もしづみ、気がしれる、気を打たれ、気を知る、王気、労気、気、動気、不便気、稚気、奇妙、天機、六根気、萬機、内気、気候、風気、二気、夜気、似気、霊気、機會、暖気、濡気、義気、驕気、食気、雨気、気息、飲気、物數奇、同気、小意気、妄気、気逸物、智恵気、葡庵気、睡気、濁気、気懸、無常気、機気、陰陽気、亂気、気層者、気性、気象、気負、小気者、気血、暑気、根気、売気、火気、數奇屋、気、酒気、金気、気成、気癪、上り気、うろたへ気、気をとり、気を開き、気を汲む、気の取り、気を喰ひ、気を抜く、お気に參る、気もくらみ、気は上べり、気を吐く、気が暗う、気も恥かしい、気をかへ、気も據らず。其中，「機」、「奇」與「気」在日語中雖同音，實際上是不同的詞，因而除去相關的幾個詞，「気」字詞仍有三百六十多個。見〔日〕赤塚行雄：《気の構造》（東京：講談社，1974年），頁137-139。

情緒、感受有關，證明了日本人對「気」的理解，主要不是從天地自然的角度，而是從「人」自身的角度出發的。

關於日本的「氣」的特點及其與中國的「氣」的關聯，日本學者小澤野精一在《氣的思想——中國自然觀與人的觀念的發展》一書的序言中，從語義的層面上做過大略的比較。他寫道：「如看一下出現這些用法的場合，雖可指出其在用語方面和中國的類似性很多，但支撐這些詞語意義最基本的東西，無疑還是以在日本產生成長起來的人們的生活方式和對於自然、社會的對應方法為核心的，這大概也是無法否認的吧！只是如作為古典的東西，用語中有從中國文獻中引入的內容，在形態上相互一致，意義上也顯出共同性。概括而言，日本的這些『氣』的使用方法，總有這樣的特徵：以人為主體的情緒性的傾向很強，是作為與人有關聯的整體的气氛；而只有在對象化、客觀化的場合，才與流動的性質有關。」[3]所謂「以人為主體的情緒性的傾向很強」，是說在日本語言文學中，「氣」與人以及情緒感受不可分割，「氣」的主體是人，而不是「物」；只有當把人的主體性加以對象化、客觀化的時候，「氣」才與人以外的事物有關，例如「寒氣」、「溫氣」、「濁氣」、「陰陽氣」、「天氣」等，所指代的雖是大自然中的事物，但卻與人的主觀感受有關。

三　日本古代文論中的「氣」

正是因為「氣」這個詞在日語中「以人為主體的情緒性的傾向很強」，所以「氣」在日本傳統哲學、美學與文論中的概念化、範疇化的程度不高。概念與範疇是人的抽象思想的產物。從情緒與感受中產生形容詞，而客觀性的概括與抽象則產生名詞；名詞一旦脫離具體事

3　〔日〕小澤野精一、福永光司、山井湧編，李慶譯：《氣的思想》（上海市：上海世紀初版集團，2007年）。

物的指代，一旦形成較為抽象的內涵與外延，便形成了概念；概念一旦有所固定，一旦被學術化、學科化，便成為範疇。從這一點上看，「気」是中國哲學、美學與文論中的重要範疇，而由「氣」生成的「気」字詞及詞組，在日語中絕大多數屬於形容詞。因此，「氣」在日本難以形成穩定的概念，更難以形成固定的文論範疇。

　　相反，在中國，「氣」是傳統哲學、美學與文論的幾個最重要的概念與範疇之一。就中國古代文論而言，自從曹丕在《典論》〈論文〉中提出「文以氣為主」的命題之後，以「氣」論文及其「文氣」說，已經成為中國古代文論中的一個悠久傳統。中國古代文論中以「氣」論文的範圍極廣，「氣」可以指影響人、影響作家詩人創作的自然氣候、地方特色與時代風氣，也可以指代作家詩人的個性氣質，更可以指文學作品自身的創作內容、藝術特色與總體風格。在中國古代文論中，以「氣」字為中心，形成了一系列文論概念，其中包括：氣、氣象、氣骨、氣質、氣格、氣體、氣脈、氣魄、氣勢、氣調、氣味、文氣、意氣、神氣、靈氣、生氣、骨氣、體氣、才氣、聲氣、風氣、正氣、浩氣、豪氣、大氣、清氣、剛氣、勁氣、奇氣、逸氣、俠氣、儒氣、霸氣、仙氣、村氣、俗氣、真氣、矜氣、喜氣、爽氣、書本氣、文士氣、脂粉氣、台閣氣、頭巾氣、菩薩氣、山林氣，如此等等。中國的「氣」之所以能夠成為文學理論與文學批評中廣泛使用的概念，是中國較早地將大自然的「雲气」之「氣」，即「天氣」，轉換為以人事為對象的「氣」，從而實現了由「天氣」的向「人氣」的轉化。在此基礎上，又將人之「氣」平行轉移到人所創作的文學世界中來，從而產生了「文」之「氣」（文氣）。「文」一旦有了「氣」，就成為與人的生命結構同構的「文」之「體」，即「文體」，「文」就有了類似於人體的生命結構。這樣就把「氣」從人的情緒感受中延伸出去、轉移出來了，從而在更高的層次上實現了「氣」的客觀化。當然這是「唯心的客觀化」，而不是「唯物的客觀化」。

　　從語義學的角度看，中國之「氣」經歷了四個發展演化的階段——

　　　有形的雲氣之氣（天氣）→ 抽象的元氣（宇宙本原之氣）→
　　　人之氣 → 文之氣

　　以此反觀日本，「氣」由「有形的雲氣之氣」開始，接著中國的抽象的宇宙本原之「氣」，轉換為可感知的神靈之氣，然後進一步改造為情緒化、情感化的人之「氣」，即：

　　　有形的雲氣之氣 → 可感知的神靈之氣 → 人之氣

　　如此，日本的「氣」就一直處在具象感受或形象感知的層面上。不僅「氣」字如此，气字詞組也是如此。例如，在日語中的氣字詞組中，最具有抽象性的當屬「げんき」（genki）一詞，漢字寫作「元気」或「驗気」或「減気」。這個詞在漢語中原本就是「元氣」，早在西元前2世紀時就由中國思想家董仲舒作為一個哲學概念提了出來，指的是宇宙天地與生命力的本原。也許是因為「元氣」這個詞過於抽象，在江戶時代以前的日本文學與文獻中一直寫作「驗氣（げんき）」，是指在人有病時向神靈祈禱祛病安康，並顯出了靈驗。例如江戶時代井原西鶴的小說《本朝二十不孝》第二章有「驗氣もなく，次第弱りの枕に」（沒有「驗気」，逐漸病危）的語句。「驗氣」有時也寫作「減氣」，此處的「氣」指的是人生病的樣子，「減气」是指病狀緩解的跡象。無論是「驗氣」還是「減氣」，作為祛病消災的祈禱行為及其靈驗效果，其「氣」都是具體可見的。江戶時代的一些漢學家、儒學家們，在其著作中開始直接使用作為哲學概念的「元氣」一詞。例如，伊藤仁齋（1627-1705）在其代表作《語孟字義》中開門

見山地提出：「蓋天地之間，一元氣而已。」因天地有「元氣」，故「天地是一大活物」。「元氣」一詞經日本漢學家及儒學家使用後，卻很快由一個哲學概念變成了一個表示身體健康狀態的形容詞。日本人日常的招呼語「お元気ですか」，就是問「您元氣嗎？」（您身體好嗎？）。從中國的「元氣」，到日本的「驗氣」（「減氣」），再到「元気」，一步步由中國的一個宇宙本體概念，演變為可感知的神靈之气（驗気、減気），最後變成了「人之氣」（元気），指代人的身體健康狀況。「气」在日本逐漸具體化、具象化的軌跡，由此可見一斑。

　　由於日本人通過種種途徑將中國之「氣」的抽象化的、本體論的性質加以消解，並賦予具象化、人情化的內容，就使得「氣」無法成為一個抽象概念。在日本古典文論中，也就不能實現從「人之氣」向「文之気」的延伸與轉換。因此，在日本古典文論著作中，極少看到中國文論那樣的俯拾皆是的「以氣論文」的情形，在極少量的使用「気」的場合，也是在「人之気」的意義上、而不是在「文之氣」的意義上使用「気」字的。例如，著名歌人、和歌理論家藤原定家（1162-1241）的〈每月抄〉中，在論述如何吟詠他所提倡的「有心體」的和歌時，就用了「蒙氣」和「景氣」兩個詞，他寫道：

　　……不過，有時確實吟詠不出「有心體」的歌，比如，在「蒙気」強、思路凌亂的時候，無論如何搜腸刮肚，也就詠不出「有心體」的歌。越想拚命吟詠得高人一籌，就越是違拗本性，而致事與願違。在這種情況下，最好先詠「景氣」之歌，只要「姿」、「詞」尚佳，聽上去悅耳，即便「歌心」不深，亦無妨。尤其是在即席吟詠的場合，更應如此。只要將這類和歌詠上四、五首或十數首，「蒙氣」自然消失，「性機」放鬆，即

可表現出本色。[4]

　　這裡就是用「氣」來指代歌人及其和歌創作時的心境、心理狀態。藤原定家顯然意識到歌人如何用「氣」，是歌人的修養，也是歌人創作成敗的關鍵。這種說法，顯然是受到了中國古代文論中「以氣論文」的影響。但在這裡，「氣」的主體是人，是歌人，而不是文學作品（和歌）。藤原定家所說的「蒙氣」、「景氣」，是指歌人的創作心態或創作心理。其中，「蒙氣」一詞不見中國典籍，是藤原定家的造詞，似乎可以理解為一種缺乏冷靜與平和的莽撞之氣，懷著這樣的「蒙氣」，就創作不出藤原定家所理想的「有心」體的和歌。而「景氣」一詞，則是漢語詞。查《文選》〈晉殷仲文南州桓公九并作〉有：「景氣多名遠，風物自淒繁」；唐代韓愈〈獨釣〉詩之三：「獨往南塘上，秋晨景氣醒。」「景氣」在這裡既是詩人眼中的景物與景象，更是詩人心境的一種外化。藤原定家所謂「『景氣』之歌」，大致就是指描寫自然景物而又表現散淡心情的作品。這顯然不是中國文論那樣的「以氣論文」，而是「以氣論人」。

　　到了十四世紀，著名戲劇家、戲劇理論家世阿彌（1363-1443）在其能樂理論著作〈風姿花傳〉（1400-1418）中，也運用了「氣」的概念，他寫道：

　　……一切事物，達到陰陽和合之境就會成功。晝之氣為陽氣，所以演「能」要儘量演出靜謐的氣氛來，這屬於陰氣。在白晝之陽氣中，加入一些陰氣，則為陰陽和諧，此為「能」的成功之始，觀眾也能感到有趣。而夜間為陰氣，因此應千方百計活

4　〔日〕藤原定家：〈每月抄〉，載《日本古典文學大學大系65　歌論集：能樂論集》（東京：岩波書店，1961年）。

躍氣氛，一開場就上演好曲目，這樣使觀眾心花開放，此為
陽。在夜之陰氣中融入陽氣，就能成功。而在陽氣之上再加陽
氣，陰氣之上再加陰气，就會造成陰陽不合，就不會成功。不
成功，如何讓觀眾覺得有趣呢？ 另外，即使是白天，有時也
會感覺劇場氣氛陰暗沉悶，要知道這也是陰氣所為，要想方設
法加以改變。白晝有時會有陰氣發生，但夜晚之氣卻很少能夠
變為陽。[5]

　　這是世阿彌在他的所有戲劇理論著作中，最集中地使用「氣」概
念的段落。他是運用中國的陰氣、陽氣及陰陽和合的觀念，來解釋能
樂劇場的藝術氛圍營造的問題。但是，他所說的「氣」仍然屬於
「氣」的最原初的意義——雲气之氣、天气之氣；其次，他是主張用
人的表演，即人之氣，來調節天地陰陽之氣。可以看出，世阿彌的
「氣」，是「天氣」加以「人氣」，而不是「文氣」以上的「氣」。

　　日本之「氣」的「人」化而非「文」化，在江戶時代的市井庶民
（日本稱為「町人」）文化鼎盛時期表現得尤為顯著。在市井文學
中，描寫花街柳巷的通俗小說、大眾讀物特別多，在這些作品中就產
生了一個與「氣」相關的詞——「いき」（yiki）。「いき」這個詞，在
發音上講，應是漢語的「意氣」。所謂「意气」，在當時的作品中，常
常指妓女的脾氣、性格。由於這種「意氣」也屬於「気」，所以「意
氣（いき）」有時也可以寫作「気」，而讀作「いき」（yiki）。男人們
對妓女的脾气性格，即「意氣」能夠很好的了解、掌握和利用，就叫
作「粹」。這個「粹」與「意氣」、「氣」的讀法一樣，也是「いき」
（yiki）。粹（いき）就是男人精通情場三昧，在花街柳巷與風塵女子

5　〔日〕世阿彌：〈花鏡〉，《日本古典文學大學大系65歌論集・能樂論集》（東京：岩
　　波書店，1961年）。

融洽相處時，所表現出的那種時髦瀟灑、受女人喜愛的形象。「粹」（いき）是江戶時代市井社會的一種生活理想與追求，也是一種美的理想，因此，粹（いき）這個詞，與意義相近的「通」（つう）一道，被日本現代學者視為日本江戶時代美學中的一個重要理念，並加以種種闡發。日本現代哲學家、美學家九鬼周造（1888-1941）寫了一本著名的小冊子，叫作《「いき」の構造》，認為「いき」是當時日本人的一種審美意識，是「武士道的理想主義和佛教的非現實性兩者的有機結合」。[6]這種解讀，就將「粹（いき）」這一原本是極為形而下的卑俗的東西加以美學化了。然而，這種觀念，已經與中國的「气」相去甚遠了。

　　曹丕《典論》〈論文〉曰：「文以氣為主，氣之清濁有體，不可力強而致。」我們現在套用曹丕的話，可以說：中日之氣，氣之清濁各有體。在中國古代文論中，「文以氣為主」，文論則以「文氣」論為主；而在日本語言文學的傳統中，則亦可謂「文以氣為主」，但文論卻不以「氣」論為主，可見中日兩國「氣之清濁有體」。在日本，「氣」較中國為「清」。「清」即單純，它主要是用來說明與形容人本身、特別是人的情緒、感受與人際交往的詞彙；中國之「氣」則「濁」，「濁」即複雜，它既是宇宙本體論、也是生命本體論、更是文學作品本體論的概念與範疇。因此，中日之「氣」不僅最終形成了「氣」與「気」的寫法不同，意義與用法也有差異。或許正因為如此，一九七〇年代，十幾位日本學者合作撰寫《氣的思想——中國自然觀與人的觀念的發展》一書，以約合漢字五十萬字的龐大篇幅，縱橫捭闔地論述了中國「氣」思想的方方面面，卻僅僅在序言中用了幾百字對中日之「氣」做了粗略的比較（上文已引用）；日本學者赤塚行雄在研究日本之「気」的小冊子《気的構造》中，也沒有對中日之

6　〔日〕九鬼周造：《「いき」の構造》（東京：岩波書店，1979年）。

「氣」展開比較。實際上，日本的「氣」不是哲學的、思想的「氣」，在這一層面上，它與中國之「氣」形成了明顯的不對稱性，因而難以展開比較研究。而本文以比較語義學的方法，以語言文學作為中日之「氣」比較研究的平臺，意在指出日本之「氣」（氣）在日本語言文學中的重要性，闡明日本「人」之「氣」與中國的「本體」之「氣」如何同源異流，庶幾有助於讀者理解：為何日本之「氣」在日本古典文論中未能成為一個固定的概念與範疇，並可從中管窺日本傳統文學與文論基本特點的一個側面。

修辭立「誠」

——日本古代文論的「誠」範疇及與中國之「誠」關聯考論[1]

　　《易》曰：「修辭立其誠。」在中國文化中，「誠」是一個重要的哲學倫理學範疇，在日本古代文論中，「誠」也是一個重要範疇，既有中國之「誠」的影響，又有自己獨到的闡發和運用方式。日本的「誠」及相關範疇「真」、「實」等，在和歌論、物語論、俳諧論中得到了系統的闡發，形成了源遠流長的「誠」論。

一　「誠」的早期形態：「實」與「真」

　　在日本古代文論史上，對「誠」的理解有一個漫長的、不斷深化的過程。最早是將「誠」理解為「實」，而且將「實」與「花」（華）相對，形成了「華實」（花實）的概念。如九世紀平安時代文學家菅原道真在用漢語寫成的《新撰萬葉集・序》一文中，用「花」與「實」來概括新舊時代和歌的不同風格，其中寫道：「倩見歌體，雖誠見古知今，而以今比古，新作花也，舊制實也，以花比實，今人情彩剪錦，多述可憐之句。古人心緒，織素少綴，不整之豔。」[2]這一段文字中，菅原道將新作比作「花」，舊作比作「實」，認為今人的表

1　本文原載《山東社會科學》（濟南），2016年第4期。
2　菅原道真：〈新撰和歌集序〉，見王向遠譯；《日本古代詩學匯譯》（北京市：崑崙出版社，2014年），上卷，頁73。

達上情彩剪錦，有令人感動之句，而古人則樸素少修飾，這就是「華」與「實」的表徵。作者在這段文字中雖然也使用了「誠」字，但顯然是作為副詞來使用的，而不是作為名詞概念的「誠」。

　　「華實」在十世紀歌人紀貫之等人用漢語寫成的《古今和歌集・真名序》中，仍有沿用。在談到和歌古今變遷的時候，紀貫之認為，晚近「和歌漸衰」，其表現就是「人貴奢淫，浮詞雲興，豔流泉湧，其實皆落，其花孤榮。至有好色之家，以之為花鳥之使，乞食之客，以之為活計之媒，故半為婦人之右，難進丈夫之前。」[3]這裡不僅使用了「花」與「實」二字，而且明顯地表現出對「花」與「實」的價值高低的判斷，即推崇「實」而排斥「花」。接下來在對代表性的六位歌人「六歌仙」加以具體評論的時候，也做出了「花實」的判斷，例如認為花山僧正的和歌「尤得歌體，然其詞華而少實，如圖畫好女徒動人情」。也就是說，「華而少實」的和歌就像圖畫中的美女，雖然可以動人情，但仍然不缺乏真實感，所以說是「徒動人情」。

　　在上述的漢文序（真名序）之外，《古今和歌集》同時還有一篇用日文寫成的〈假名序〉，表達雖是大致相同的意思，但像「花」、「實」這樣的重要概念都做了對應的日文翻譯。其中，值得注意的是，對漢字的「實」這一概念，〈假名序〉解釋性地翻譯為「まこと」（makoto）。但後世的各種版本沒有將「まこと」對應漢文序中的「實」，而是訓釋為漢字的「誠」，同時也將其他許多假名文字置換成了漢字。這既反映了後世學者的理解與解釋，也為了方便一般讀者理解。然而實際上，這只是後人的訓釋，而不是《古今集》時代人們對「まこと」的理解。〈假名序〉之所以是「假名序」，就是因為它是用假名文字寫成的，漢字使用是極個別的。保留〈假名序〉原貌的，當

3　〈古今和歌集真名序〉，王向遠譯：《日本古代詩學匯譯》（北京市：崑崙出版社，2014年），上卷，頁76-77。

是佐佐木信綱編《日本歌學大系》[4]第一卷中的版本，其中全篇只有寥寥幾個漢字，應是原始狀態的「假名序」。

　　至於〈假名序〉中用來對〈真名序〉中的「實」加以訓釋的「まこと」一詞，則是一個日語固有詞。表明了當時的日本歌人是從「實」的立場來理解「まこと」的。而且這個「實」是「華實」（花實）相對應意義上的「實」。當時人們對和歌的審美要求，是首先傾向於「實」。在有「實」的基礎上，再有「花」，而不能「華而不實」。像古歌那樣的有「實」而無「華」也是可取的，但理想的和歌，則是紀貫之在《新撰和歌集・序》中提出的「花實相兼」[5]。

　　從《古今和歌集》之後，和歌理論中的「實」（まこと）一直是和歌批評的基本用語之一。這裡的「實」（まこと）主要是指與語言形式（「花」）相對而言的「內容」，是「充實」之「實」，而不是「真實」之「實」。換言之，我們不能將傳統和歌理論中的「實」（まこと）論簡單地理解為「真實」論，而應理解為與形式修飾相對而言的「內容充實」論。在這個意義上，長期以來，形式上的修飾即「華」及其與內容上的「實」的關係問題，即「華實」論，才得以成為和歌理論中的基本問題之一。例如鎌倉時代歌人鴨長明在《無名抄》一書中，也從「華」與「實」的對立統一的角度，談了和歌風格上的變遷，他認為：從前文字音節未定，只是隨口吟詠，和歌的體態（樣）也代代有所不同。從《古事記》的「出雲八重垣」開始，才有五句三十個字音。到了《萬葉集》時代歌人也只是表現自己的真情實感，對於文字修飾不甚措意。他說：「及至中古《古今集》時代，『花』與『實』方才兼備，其樣態也多姿多彩。到了《後撰集》時代，和歌的詞彩已經寫盡了，隨後，吟詠和歌不再注重遣詞造句，而只以『心』

4　佐佐木信綱：《日本歌學大系》（東京：風間書房，1958年）。

5　紀貫之：〈新撰和歌集序〉，見王向遠譯：《日本古代詩學匯譯》（北京市：崑崙出版社，2014年），頁85。

為先。《拾遺集》以來，和歌不落言筌，而以淳樸為上，而到了《後拾遺集》時期，則嫌儂軟，古風不再。」[6]這裡不但把「華實」的消長作為和歌風格變化的標誌，跟紀貫之一樣認為「華實兼備」是理想的境界，而且還明確地將「實」等同於「心」，將「花」等同於「詞彩」，也就是把「華實」關係理解為內容與形式的關係。

與鴨長明持有同樣觀點的是同時代的和歌理論家藤原定家，他在〈每月抄〉中寫道：

> 亡父俊成卿說過：「應以『心』為本，來做詞的取捨。」有人用「花」與「實」來比喻和歌，說古代和歌存「實」而忘「花」，而近代和歌只重視「花」，而眼中無「實」。的確如此，《古今和歌集》的序文中也有這樣的看法。關於這個問題，據我一愚之得，所謂「實」就是「心」，所謂「花」就是「詞」。古歌中使用強的詞，未必可以稱作「實」。即使是古人所吟詠的和歌，如果無「心」，那就是無「實」；而今人吟詠的和歌，如果用詞雅正，那就可以稱作有「實」之歌。不過，如果說要以「心」為先，也就等於說可以將「詞」看成是次要的；同樣，如果說要專注於「詞」，那也就等於說無「心」也可，這都有失偏頗。「心」與「詞」兼顧，才是優秀的和歌。應該將「心」與「詞」看成是如鳥之雙翼，假如不能將「心」、「詞」兩者兼顧，那麼與其缺少「心」，毋寧稍遜於「詞」。[7]

6　鴨長明：《無名抄》，王向遠譯：《日本古代詩學匯譯》（北京市：崑崙出版社，2014年），上卷，頁164。

7　藤原定家：〈每月抄〉，王向遠譯：《日本古代詩學匯譯》（北京市：崑崙出版社，2014年），上卷，頁178。

在藤原定家看來,「華實」關係就是「心詞」關係,「華實」論就轉換為「心詞」了。換言之,「心」(作品內容)的屬性上是「實」(まこと),「詞」的屬性則是「花」。在這樣的思路下,「華實」之「實」(まこと)就是作品內容充實之「實」。

和歌論中的「實」(まこと)論及「華實」論,在連歌論中也被繼承下來。連歌理論的泰斗二条良基(1320-1388)在《十問最秘抄》中,在回答「連歌應該是以『花』為先還是以『實』為先」的問題時,認為:「應該花、實皆備,有花而無實不好,有實而無花也不好。花與實猶如鳥之雙翅,缺一不可。……偏於『心』則『詞』受損,偏於『詞』則『心』受損,此事應小心。以『花』為要,辭藻華麗而有吸引力,也很有意思;以『心』為要,用詞卻牽強粗陋,則不可取。這就好比是本之茶[8],本來就很香,沖飲方法得當,則更為芳香四溢,無論多好的拇尾、宇治所產的茶,沖泡不當,味道都會受損。連歌也一樣,無論多好的風情,如在表達上不加斟酌,則不會有美麗的風姿。」[9]這裡也明確地將「實」(まこと)與「心」等同起來,即把「實」看作上作品的內容;同時又「花」則與「詞」等同起來,看作上作品的形式因素,從而強調「華」與「實」皆備、心與詞相兼。

無論紀貫之、鴨長明,還是二条良基,「實」(まこと)都是就作品而言的。換言之,「實」(まこと)及「華實」論、「華實」之辨都是作品本體論,而不是作家主體論。而到了十五世紀的室町時代,作為作品本體論的「實」(まこと)開始向作家主體論轉換。十五世紀的連歌理論家心敬在《私語》上卷又論及「實」(まこと)及「華實」的問題,並談到了他對藤原定家的觀點的理解:

8　本之茶:當時的一種名茶,據說是由僧人明惠在拇尾(とがの尾)所栽培。
9　二条良基:《十問最秘抄》,王向遠譯:《日本古代詩學匯譯》(北京市:崑崙出版社,2014年),上卷,頁259-260。

定家又強調：「『花』與『實』都要學好」。《古今集》序中也有
「其『實』皆落，其『花』孤榮」之類的話，希望「人『心』
之為『花』」，說「以『豔』為基，不知和歌之趣者也」。這些
講的都是勿要失去誠實之心。以此來衡量當今之世，則「實」
已蕩然無所存。[10]

　　心敬這段話雖然看上去是在祖述和強調上述的藤原定家和紀貫之
的觀點，但實際上他在悄悄地將前人的「華實」論由作品本體論向作
者主體論轉換。上述的「勿要失去誠實之心」的「誠實」，心敬原文
使用的是假名「まこと」，而所謂「『實』已蕩然無存」一句中的
「實」，原文使用的是漢字「實」。這也就意味著，心敬所要表達的
「誠實之心」的「實」不是漢字的「實」所能概括的，而假名「まこ
と」則不僅可以標記為漢字的「實」，也可以標記為「真」、「誠」；
「實」的所指是作為客觀事物的作品，而「真」、「誠」的所指則更多
的是作者主體。實際上，這樣一來，就使得「まこと」的範圍由
「實」而擴展到了「真」、「誠」。

　　關於「まこと」的「真實」這一所指，在心敬之後的連歌師宗長
的《連歌比況集》中做了更清楚的表達。在回答「學習連歌是以
『花』為先，以『實』為本，可否？還是『花』與『實』都要日夜兼
修」的問題時，宗長強調指出：

　　歌道花與實相伴，是為真實之道。花，彷彿雲雀飛空；實，彷
　　彿雲雀歸巢。連歌乃為接續前句，要在「心」無所依憑之時有
　　心，在無聲息處有聲，此乃為歌道。忘掉根本，「實」即捨

―――――――――――

10 心敬：〈私語〉，王向遠譯：《日本古代詩學匯譯》（北京市：崑崙出版社，2014
　　年），上卷，頁435。

棄，是為脫離歌道。望用心體會。[11]

　　所謂「歌道花與實相伴，是為真實之道」（原文是「歌道も華実相伴なる真実の道といへり」），這個判斷在日本文論史上具有重要意義。他認為，和歌之道是「花」與「實」相伴的。如上文所說，此前的「花實」之「實」，實際上並不是「真實」之意，而只是「充實」之「實」，是對作品內容的一種要求和描述。而在宗長看來，「花與實相伴，是為真實之道」。這裡的所謂「真實」（しんじつ），由此前的「華實」之「實」，由內容充實之「實」，發展為「真實之道」之「真實」，這可以說是日本古代歌論中對「實」（まこと）概念的進一步延伸與擴展。換言之，所謂「真實」，不是「華實」之「實」，而是「華實相伴」，即內容與形式相兼所產生的更高程度的「真實」（真実），它完全可以用日語假名的「まこと」來標記，但卻不是漢字的「華實」之「實」所能包含的。

　　綜上，在日本古代和歌論、連歌論中的「誠」論，最早從中國古代文論中的「花實」論起步，以固有的「まこと」訓釋漢字的「實」，但一直在「花實」論之「實」的意義上來理解和使用「まこと」，到了宗長的《連歌比況集》，則將「華實相伴」理解為「真實」，在「花實」的「實」之外，賦予了「まこと」以「真實」義。

　　而在這些和歌論、連歌論之外，《源氏物語》的作者紫式部，一開始就在「真」、「真實」的意義上使用「まこと」。紫式部在《源氏物語》的《螢之卷》中，借源氏與玉鬘的對話、談論物語文學的真實與虛構、理解與欣賞問題，並使用了「まこと」這個詞。作品寫到源氏看到玉鬘很喜歡讀物語，於是對她說：

11　宗長：《連歌比況集》，王向遠譯：《日本古代詩學匯譯》（北京市：崑崙出版社，2014年），上卷，頁495。

這些物語故事中，很少有真的。你明知是假，卻真心閱讀這些不著邊際的故事，甘願受騙。……但是這也怪不得你。除了看這些從前的物語故事，實在沒有什麼辦法可以放鬆心情、排遣寂寞的了。而且這些偽造的故事之中，看起來頗有物哀之情趣，描寫得委婉曲折的地方，彷彿實有其事。所以雖然明知其為無稽之談，看了卻不由地徒然心動。[12]

　　所謂「這些物語故事中，很少有真的」一句，原文是「ここらのなかに、まことはいと少なからむ」，其中的「まこと」有的版本訓釋為「真」；所謂「這些偽造的故事」中的「偽造」一詞，原文是（いつわり），有的版本訓釋為「偽り」。可見，「真」（まこと）的反義詞就是「偽」。「真」與「偽」，與上述和歌、連歌論中的「花」與「實」，形成了兩對相互聯繫、卻又不完全重合的子概念，但無論「真」還是「實」，在日語中都是同一個詞，即「まこと」。由此可見，在物語論與歌論中，「まこと」分別被賦予了「真」與「實」兩個側面的含義。

　　歌論與物語論對「まこと」的界定與理解為什麼形成了「真」與「實」兩個不同的側面呢？這恐怕是由和歌連歌的抒情功能與物語的敘事功能有所不同造成。作為以敘事為主的物語，首要的問題是所描述的內容的「真」與「偽」問題。物語論主張「真」而排斥「偽」，但同時從藝術創作的角度理解「真」。紫式部認為無論物語描寫的事情多麼「稀奇」，「都不是世間所沒有的」，都是世界有可能發生的，所以不能「一概指斥物語為空言」。[13]所謂「空言」就是「偽」，不寫「空言」就要「真」。因此物語敘事的真偽問題，就成為物語創作、

---

12 紫式部：《物語論》，王向遠譯：《日本古代詩學匯譯》（北京市：崑崙出版社，2014年），上卷，頁92。
13 紫式部：《物語論》，王向遠譯：《日本古代詩學匯譯》（北京市：崑崙出版社，2014年），上卷，頁93。

物語欣賞中的首要問題，也是決定物語有無價值的基本條件；相對而言，以抒情為主的和歌連歌，重要的不是敘事的真偽問題，而是作品內容的「實」與作品形式「花」的關係問題，而「實」又主要由抒情主體所決定，所以「實」的問題有時被等同為「心」的問題，和歌是否「實」，就是抒情主體之「心」是否真誠，這一點，在江戶時代的俳諧論中得到進一步的確認和闡發。

二　俳論中「誠」範疇的確立與「風雅之誠」論

值得注意的是，無論是物語論中的「真」（まこと）論、還是歌論中的「實」（まこと），都是就作品而言的；「實」（まこと）及「華實」論、「華實」之辨都是作品本體論而不是作家主體論。到了十七世紀以松尾芭蕉及所謂「蕉門弟子」為中心的俳諧（俳句）理論中，日本文論中的「真」、「實」論的重心由作品本體走向了作者本體，於是「真」、「實」論就發展到了「誠」（まこと）論。

江戶時代以松尾芭蕉為中心的所謂「蕉門俳諧」，提出了「風雅之誠」的主張，對後世影響甚為深遠。所謂「風雅」，指的是俳諧（俳句）這種文體，也指「俳諧」這種文學樣式所應具有的基本精神。而「風雅」之所以是「風雅」，就在於一個「誠」（まこと）字。否則，本來以滑稽搞笑為特徵、以遊戲為旨歸的「俳諧」，就只能是一種消遣玩物，而不會是詩意而又本真的「風雅」。正因為如此，「誠」就成為「風雅」的靈魂。

關於俳諧的「誠」，芭蕉的弟子服部土芳在《三冊子》一書中有較多的論述。他說：

> 俳諧從形成伊始，歷來都以巧舌善言為宗，一直以來的俳人，
> 均不知「誠」（まこと）為何物。回顧晚近的俳諧歷史，使俳

　　諧中興的人物是難波的西山宗因。他以自由瀟灑的俳風而為世
人所知。但宗因亦未臻於善境，乃以遣詞機巧知名而已。及至
先師芭蕉翁，從事俳諧三十餘年乃得正果。先師的俳諧，名稱
還是從前的名稱，但已經不同於從前的俳諧了。其特點在於它
是「誠之俳諧」。「俳諧」這一稱呼，本與「誠」字無關，在芭
蕉之前，雖歲轉時移，俳諧卻徒然無「誠」，奈之若何！[14]

　　在這裡，服部土芳指出了芭蕉以前的俳諧都不知道「誠」（まこ
と）為何物，其表現是「以巧舌善言為宗」、「以遣詞機巧知名」。這
就表明，這裡所說的俳諧之「誠」首先是就語言層面而言的。要有俳
諧之「誠」，就不能是「巧舌善言」或「遣詞機巧」，而應該有「誠之
言」。同時，服部土芳指出「『俳諧』這一稱呼，本與『誠』字無
關」，說明「俳諧」這種文體作為一種遊戲性的文體，本來可以虛飾
矯情、有口無心，不可能與「誠」有關。而詩歌（漢詩和歌）作為嚴
肅的文體樣式，一直強調「以心為先」，「花實相兼」，實際上已經有
了「誠」，所以不必特別強調了。而俳諧則不然，不強調「誠」，則俳
諧會離「誠」甚遠。所以服部土芳認為，「在芭蕉之前，雖歲轉時
移，俳諧卻徒然無『誠』」。而沒有「誠」的俳諧就不可能成為真正的
語言藝術，因此「誠」是俳諧的生命。就是這個意義上，服部土芳高
度評價了芭蕉的「誠」，他強調：「從前詩歌名家眾多，均出自於
『誠』而循之以『誠』，先師芭蕉於無『誠』之俳諧中立之以『誠』，
而成為俳諧中永久之先達。時光流轉至此，俳諧終於得之以『誠』，
是先師不負上天的期待，豐功偉績，何人可及！」[15]

14　服部土芳：《三冊子》，王向遠譯：《日本古代詩學匯譯》（北京市：崑崙出版社，
　　2014年），下卷，頁631-632。

15　服部土芳：《三冊子》，王向遠譯：《日本古代詩學匯譯》（北京市：崑崙出版社，
　　2014年），下卷，頁632。

　　對於「誠」，服部土芳在《三冊子》中做了不同角度的闡釋。

　　首先，「誠」應該具備審美之心。換言之，誠之心就是審美之心，就是用審美的眼光關注大自然的一切，特別是要在漢詩、和歌認為不太美的事物中發現美，在《俳諧之「誠」》一節中，服部土芳寫道：「漢詩、和歌、連歌、俳諧，皆為風雅。而不被漢詩、和歌、連歌所關注的事物，俳諧無不納入視野。在櫻花間鳴囀的黃鶯，飛到檐廊下，朝麵餅上拉了屎，表現了新年的氣氛。還有那原本生於水中的青蛙，復又跳入水中的發出的聲音，還有在草叢中跳躍的青蛙的聲響，對於俳諧而言都是情趣盎然的事物。」這樣將日常、尋常事物加以詩化，用審美的「心」去貼近和擁抱大自然中的一切事物，「以風雅之心看萬物」，就是俳諧之「誠」。[16]由此，服部土芳強調：「多聽、多看，從中捕捉令作者感動的情景，這就是俳諧之『誠』。」[17]又說：「獻身於俳諧之道者，要以風雅之心看待外物，方能確立自我風格。取材於自然，並合乎情理。若不以風雅之心看待萬物，一味玩弄辭藻，就不能責之以「誠」，而流於庸俗。」[18]而要擁有這種俳諧之「誠」，就需要俳人做到「高悟歸俗」。據服部土芳說，「高悟歸俗」是先師芭蕉的教誨，就是俳人首先要有「高悟」，也就是高潔的心胸、高尚的情操、高雅的趣味，然後再放低身段「歸俗」，也就是要求俳人以雅化俗，具有貴族的趣味、平民的姿態。這就是「誠」，是一種很高的人生修養。服部土芳強調，要做到這種「誠」，就要向先師松尾芭蕉學習，「要獲得『誠』，遠則需要探求古人的風雅精神，近則需要研究先師芭蕉之心。不了解先師之心，則『誠』無從獲得。而

---

16 服部土芳：《三冊子》，王向遠譯：《日本古代詩學匯譯》（北京市：崑崙出版社，2014年），下卷，頁634。

17 服部土芳：《三冊子》，王向遠譯：《日本古代詩學匯譯》（北京市：崑崙出版社，2014年），下卷，頁634。

18 服部土芳：《三冊子》，王向遠譯：《日本古代詩學匯譯》（北京市：崑崙出版社，2014年），下卷，頁649-650。

要了解先師之心，就要研究他的作品，熟悉他的創作，然後方能使自己凝神正心，投身俳諧之道，以求有所自得。下如此功夫，可謂得之以『誠』」。[19]在俳諧論之外，江戶末期的歌學理論家香川景樹在《〈新學〉異見》中也強調：「天地之間，不出於『誠』的美的事物並不存在，只有本於『誠』，才能有『純美』的事物產生。」[20]強調的都是「誠」的審美特性。

其次，「誠」畢竟是「誠」，不僅要有主體的誠之心，也要尊重客體的「真」，因此，「誠」不但要求俳人以審美的眼光看待外物，同時也強調，不能過分逞縱「私意」，就是不能太主觀，要尊重客觀事物的真實。據服部土芳說：先師曾說過：「松的事向松學習，竹的事向竹討教。」他認為這就是教導俳人「不要固守主觀私意，如果不向客觀對象學習，按一己主觀加以想像理解，則終究無所學。」服部土芳認為：「向客觀對象學習，就是融入對象之中，探幽發微，感同身受，方有佳句。假如只是粗略地表現客觀對象，感情不能從對象中自然產生，則物我兩分，情感不真誠，只能流於自我欣賞。」[21]他提到，有一次，「先師對我說：『你還是在心裡冥思苦索。』我聽了暗自驚訝。這是先師知道我未能領會他的思想，批評我仍在憑『私意』作俳諧。如果不能融入客觀對象，就不會有佳句，而只能寫出表現『私意』的句子。若好好修習，庶幾可以從『私意』中解脫出來。」[22]由此，他更進一步提出了「去私」的主張。「誠」既然要求「去私」，也

---

19 服部土芳：《三冊子》，王向遠譯：《日本古代詩學匯譯》（北京市：崑崙出版社，2014年），下卷，頁650。

20 香川景樹：《〈新學〉異見》，王向遠譯：《日本古代詩學匯譯》（北京市：崑崙出版社，2014年），下卷，頁1030。

21 服部土芳：《三冊子》，王向遠譯：《日本古代詩學匯譯》（北京市：崑崙出版社，2014年），下卷，頁650。

22 服部土芳：《三冊子》，王向遠譯：《日本古代詩學匯譯》（北京市：崑崙出版社，2014年），下卷，頁664。

要求去除私心「雜念」。服部土芳提到，有一次先師在一次俳諧會席上講話時順便對他說：「你要隨時發現良機，作出『誠』的俳諧來。」俳諧會東道主聽了此話，問土芳：「芭蕉翁說的『誠』的俳諧，是一種什麼樣的俳諧呢？」土芳回答說：「依我的理解，大概就是沒有雜念的俳諧吧。」[23]這顯然是在強調「誠」作為審美心胸與狀態的純粹性。就是要物我合一，因而需要「去私」，需要不帶功利觀念的純粹。

再次，俳諧之「誠」是所謂「不易」與「流行」的統一。

作為松尾芭蕉及「蕉門俳諧」的美學術語，「不易」、「流行」就是俳諧中「不變」（不易）與「變」（流行）的辯證統一，是所謂「千歲不易、一時流行」兩者的統一。一般而論，作為一種人格修養、道德倫理的「誠」，就是要有誠心守道、一以貫之、輕易不變的特徵。但作為俳諧美學的審美範疇的「誠」，也強調有些根本的東西是「千歲不易」的。服部土芳在《三冊子》中的《赤冊子》中，對此做了闡述。他說：

> 先師的俳諧理論中，有「千歲不易」和「一時流行」兩個基本理念。這兩個理念，歸根到柢是統一的，而將二者統一起來的是「風雅之誠」。假如不理解「不易」之理，就不能真正懂得俳諧。所謂「不易」，就是不問古今新舊，超越於流行變化，而牢牢立足於「誠」的姿態。[24]

服部土芳認為，考察歷代歌人之作，就會發現歌風代代都有變

---

23 服部土芳：《三冊子》，王向遠譯：《日本古代詩學匯譯》（北京市：崑崙出版社，2014年），下卷，頁664。

24 服部土芳：《三冊子》，王向遠譯：《日本古代詩學匯譯》（北京市：崑崙出版社，2014年），下卷，頁648-649。

化。另一方面，不論古今新舊，那些為數眾多的使人產生「哀」感的、物哀的作品，就是「千歲不易」的東西。換言之，和歌中不變的東西就是要抒發感悟興歎的物哀之情。但另一方面，千變萬化也是自然之理。若沒有變化，風格就會僵化凝固。風格一旦僵化，就會自以為沒有落伍，也完全失去了「誠」。他強調：「歸根到柢，對於先師芭蕉的俳諧理念而言，千變萬化，就是「誠」的變化。」[25]「誠」並非一成不變。不變中有變化，變化中有不變，就是「誠」。這與中國古代文論的「通變」也有相同之處。

可見，「誠」與另一個俳諧美學範疇「寂」一樣，是日本俳諧美學、尤其蕉門俳諧美學的核心概念之一。兩者內涵上有相通之處，但「誠」是心物合一、主客合一、乃至天人合一的最高本體。《中庸》曰：「誠者天之道，誠之者人之道也。」《孟子》曰：「誠者天之道也，思誠者人之道也。」「誠」是人所思、所追慕的主體，而「寂」則是「誠」的表現，有了「誠」，則會表現為「寂」。同時，「寂」不僅適用於俳諧，也使用於其他文學藝術，只是「寂」在俳諧中得到了更為集中的體現。[26] 然而「誠」作為一種美學狀態，卻是俳諧本來難以具有、但又是必須具有的。俳諧無「誠」，就只能流於滑稽搞笑、卑俗不堪的文字遊戲。一旦有了「誠」，則能變俗為雅、似俗而實雅。關於這一點，芭蕉稍後的俳人上島鬼貫在其俳論著作《獨言》中有著更為深刻的論斷，他認為，「心」與「詞」的統一、特別上「心深」才有「誠」；去除「偽飾」才有「誠」，沒有偽飾才叫作「自然之誠」，真正體會出來的藝術技巧，而不是玩弄技巧，才含有「誠」。他進而斷言：「『誠』之外無俳諧」——

---

25 服部土芳：《三冊子》，王向遠譯：《日本古代詩學匯譯》（北京市：崑崙出版社，2014年），下卷，頁649。

26 參見王向遠：〈論「寂」之美——日本古典文藝美學關鍵字「寂」的內涵與構造〉，載《清華大學學報》2012年第2期。

　　不能一概將俳諧理解為「狂句」，俳諧應是有其深奧之意的。
延保九年的時候我從內心深處意識到了這一點，此後對於其他
事情一概置之不問，專心致志於俳諧。如此過了五年，到了貞
享二年春，我認定：「誠」之外無俳諧。從此以後，我對於斟
字酌句的修飾，哪怕是一句之巧也不再追求。對我來說，那些
東西都是空言。[27]

他把俳諧創作看成了俳人的一種「誠」的精神修煉，把「誠」看作俳
諧之本與俳人之魂。

三　日本之「誠」與中國之「誠」

　　總之，作為日本古典文論、特別是俳論之重要概念的「誠」，有
著自己獨特形成與發展演變的軌跡，它的演變是從日本的固有的「ま
こと」這個詞出發的。起初是「花實」之「實」，然後是「真偽」之
「真」，最後是華實相兼、心詞統一的「誠」。「實」、「真」、「誠」都
讀作「まこと」；換言之，「まこと」這個詞根據使用的語境場合，可
以有「實」、「真」、「誠」這三個當用漢字，顯示了其意義的多層次
性。而從「まこと」這個詞本身的內在構造來看，它原本也是一個合
成詞，其中「ま」可以標記為漢字的「真」，「こと」則既可以標記為
漢字的「事」，也可以標記為漢字的「言」。這樣一來，「まこと」也
就可以轉寫為「真事」、「真言」。本來，「真事」、「真言」是兩個不同
層面的東西。「事」是客觀的事物，「言」是主觀的表達，兩者是所指
與能指的關係。但在「まこと」這個詞中，「事」與「言」是合一

27　上島鬼貫：〈獨言〉，王向遠譯：《日本古代詩學匯譯》（北京市：崑崙出版社，2014
　　年），下卷，頁676。

的。也就是說，在古代日本人的意識中，「言」與「事」是反映與被反映的關係，兩者必須吻合一致。於是，在歌論中的「花實」關係論中，「まこと」被分為「花」與「實」兩個方面，理論家們都主張兩個方面必須吻合統一，否則就不是真正的「まこと」；在物語論中的「真」與「偽」關係論中，「偽」本是虛構的、不真實的東西，但對物語而言，「偽」必須含有「真」，即作者的真情、真心，這樣才能打動讀者，使讀者信以為真，並使讀者從中得到精神慰藉和閱讀美感。換言之，「事」雖是「偽」的、虛構的，但「言」卻是「真言」。於是，事偽言真，「事」與「言」就這樣得到了統一，這才是真正的「真」（まこと）。

　　「花實」的「實」是「花實相兼」，「真偽」的「真」是虛實統一。做到這個，就達到了「誠」。對文學而言，「誠」就是花實相兼、事偽言真，就是真事、真言、真心的統一。日本古代文論中的「誠」這一概念就這樣有邏輯地、自然而然地演變而來，簡單圖示之，就是：

　　　　實（花實相兼）→真（事偽言真）→誠（真事‧真言‧真心）

　　另一方面，上述圖示的「實→真→誠」三者的所指也各有不同，並經歷了一個逐漸拓展推移的過程。也就是說，「實」的所指是作家的創作過程，要求內容與形式、心與詞的辯證統一；「真」的所指是已完成的作品，是生活真實與藝術虛構的統一；「誠」的所指則是作為創作的主體的作者，即要求作者生活與藝術態度需要真誠，需要具有心物合一、物我合一而又純一不雜的審美的、藝術的態度。簡單圖示之，就是：

　　　　實（創作過程）→真（作品）→誠（作者）

　　可見，「誠」的所指既是文學創作及其作品，也指作者，是一個具有高度統括性的範疇。

　　從中日概念範疇的關聯的角度來看，日本之「誠」與中國之「誠」具有一定關聯。

　　在中國，「誠」主要是一個倫理學的概念。在日本的傳統倫理學中，「誠」也是一個重要的範疇。例如江戶時代思想家富永仲基在《翁之文》一書中大力提倡所謂「誠之道」，認為「誠之道，是如今日本當行之道也」。[28]對當時的工商業者即「町人」提出了一系列行善去惡的道德行為上的要求，這顯然上是受了中國古代理論哲學特別是「誠」論的影響。作為中國哲學史上、倫理學史的重要範疇，「誠」十分重要。「誠」、「仁」、「樂」是中國學者關於真、善、美的三個範疇，是最高的、最根本的「真」，是人向最高本體的回歸，是「天之實」與「心之實」的統一，亦即天人合一、心物合一而達成的「誠」。故而《中庸》曰：「誠者天之道，誠之者人之道也」；《孟子》曰：「誠者天之道也，思誠者人之道也。」在中國的學者「誠」論中，包含著許多深奧複雜的義理思辨，特別是在宋明理學中，「誠」完全被思辨化了。但是在日本，作為倫理學的「誠」卻略去了中國之「誠」的語義思辨之煩，而做了簡潔的理解和明快的運用，就像上述富永仲基所做的那樣。

　　在日本，作為倫理學概念的「誠」較為樸素，理論抽象程度不高，而且倫理學的「誠」與作為文論範疇的「誠」，兩者之間的交集也很少，這種情形與中國也有所不同。中國的「誠」雖然也首先是倫理哲學範疇，但它一開始便與文學與美學問題密切相關。可以說，作為文論術語的「誠」是倫理哲學之「誠」的一個延伸。《周易‧乾文言》有「修辭立其誠」之說，很早就把「誠」作為「修辭」（語言表

28　富永仲基：《翁之文》，見《日本の名著》（東京：中央公論社，1978年），卷18，頁62。

達與寫作）的一種要求。《莊子・漁父》：「孔子愀然曰：『請問何謂真』？客曰：『真者，精誠之至也。不精不誠，不能動人。』」莊子所言之「精誠」及「動人」者，顯然與文藝創作有關。歷史上一些文論家對「誠」也有所論及。如元好問在《楊叔能小亨集》中說：「唐詩所以絕出於〈三百篇〉之後者，知本焉爾矣。何謂本？誠是也。……故由心而誠，由誠而言，由言而詩也，三者為一。……故曰不誠無物。夫惟不誠，故言無所主，心口別為二物，物我邈其千里，潛然而往，悠然而來，人之聽之，若春風之過馬耳，其欲動天地，感鬼神，難矣！其是之謂本。」這段話在中國文論的「誠」論中很有代表性，與上述日本蕉門俳諧中的「誠」論頗有相通之處。但是，由於中國的「誠」概念主要是作為哲學特別是儒學範疇而使用的，因而它還不是一個重要的文論與美學的概念，沒有像在日本文論中那樣被頻繁使用、並形成一個獨立的範疇。日本的「誠」是在其古代文論領域才被真正理論化、範疇化的。如果說，中國的「誠」範疇主要是作為一個倫理哲學的範疇而存在，那麼日本的「誠」範疇則主要是作為文論與美學的範疇而存在。像香山景樹所強調的「只有本於『誠』，才能有『純美』的事物產生」，就是直接將「誠」與「美」聯繫起來。總而言之，日本的「誠」論是一個含義豐富、層次清晰的文論與美學範疇，不像一些學者所理解的僅僅是「寫實的真實文學的思潮」[29]，而是作品內容充實論、作品本體真實論，更是作家主體的審美修養論。

---

29 葉渭渠：《日本文學思潮史》（北京市：北京大學出版社，2009年），古代篇第六章〈寫實的真實文學思潮（一）〉、第八章〈寫實的真實文學思潮（二）〉，頁78-90；頁109-120，。

「理」與「理窟」
——中日古代文論中的「理」範疇關聯考論[1]

　　文學是「情」與「理」的結合。與「情」字一樣，「理」字也是中日古代文學理論的基本範疇之一。從「理」入手，不僅可以看出中國思想文化對日本文學及文論的深刻影響，也可以發現中日兩國傳統文學及文論的根本分歧。

一　漢語的「理」與日語的「理」（ことわり）

　　「理」是中國傳統文論中的重要概念之一。在先秦諸子文獻中，「理」往往與「道」相聯繫。《韓非子・解老》：「道者，萬物之所然也；理者，成物之文也。」《莊子・繕性》：「夫德，和也；道，理也。」這是哲學本體論意義上的「理」，又稱「天理」、「地理」、「物理」、「大理」等；《墨子・小取》：「察名實之理，處利害、決嫌疑。」是說在名與實，即概念與實物中，都存在著「理」即內在的邏輯關係，這是邏輯學上的「理」；《孟子・告子上》：「心之所同然者，何也？謂理也，義也。」這裡的「理」是人間倫理之「理」，與「義」並提，稱作「義理」，亦即倫理學意義上的「理」；《維摩詰經・弟子品》：「情不從理謂之垢也。若得見理，垢情必盡」，又說：「佛為悟理之體。」這裡的「理」指的是佛理。後來，「理」字常常與其他的字組成雙音詞，而更清楚地表現哲學之理、倫理學之理、邏輯

1　本文原載《社會科學研究》（成都），2016年第2期。

學之理，如《荀子》中的「理」就有「道理」、「事理」、「物理」、「義
理」、「文理」等。既然「理」是「成物之文」，那麼事物內部有了秩
序、結構、構造，也就是有了「理」，有了這樣的「理」，那就是
「文」了，也就是有了美感，這也是「理」成為文論與美學概念的
前提。

　　「理」作為文論與美學概念而被使用，集中體現在劉勰的《文心
雕龍》中。《文心雕龍》的「理」基本是屬於作品的思想層面上的概
念，指的是立意、構思、確立思路。例如：「經正而後緯成，理定而
後辭暢」（〈情采〉），指的是作品的基本思路、理路；「或明理而立
體，或隱義以藏用」（〈情采〉），這裡的「理」指的是作品的立意與思
想；「理得而事明，心敏而辭當」（〈附會〉），這裡的「理」指的是作
品的邏輯結構。

　　「理」這個詞傳入日本，較早見於西元八世紀初用漢文書寫的日
本史書《日本書紀》所記載的聖德太子頒布的《十七條憲法》中，
「理」這個漢字出現了三次。第一條中有「上和下睦諧於論事，則事
理自通」；第十條有「是非之理，詎能可定」；第十七條有「若疑有
失，則與眾相辨，辭則得理」。[2]這裡「理」的含義不言而喻。稍後，
留學唐朝的空海大師的《文鏡秘府論》一書中，「理」作為一個重要
概念多次出現。這部書雖然主要是祖述中國六朝隋唐文論，但在
「理」的問題上他也帶有自己的理解與判斷。他認為過於講究「理」
就會失去自然天真，故曰：「且文章關其本性，識高才劣者，理周二
文窒；才多識微者，句佳而味少。」[3]但另一方面也認為，創作也要
講「事理」。他寫道：「凡作文之道，構思為先，亟將用心，不可偏

2　聖德太子：《憲法十七條》，《日本思想大系2　聖德太子集》（東京：岩波書店，1975
　年），頁12、頁18、頁22。。

3　弘法大師撰，王利器校注：《文鏡秘府論》（北京市：中國社會科學出版社，1983
　年），頁327。

執。何也？篇章之內，事義甚弘，雖一言或通，而眾理須會。……必使一篇之內，文義得成，一章之間，事理可結。」[4]是說作文要講篇章的布局構思，不僅個別具體的句子都要通順，還需要整體上貫通理順（眾理須會），這樣才能在一篇文章中，使文句與詞義相符合（「文義得成」），在一章中，敘事具有條理性（「事理可結」），又強調文章「皆在於義得理通，理相稱愜故也」。[5]

　　空海對「理」的強調，一方面是在祖述中國文論的「理」論，另一方面只就漢詩文的創作而言，而不是就日文而言。日本的文章（和文）起源於女性日記，本來寫出來就不是為了給人看的，而是為了「慰」的，因而自由自在、較為隨意，無所謂立意布局，漫無章法，是所謂「隨筆」、「漫筆」。在《萬葉集》等早期日本和歌中，音調音律也比較自由，內容和表達也很質樸，「理」的意識不強。但空海（弘法大師）在《文鏡秘府論》等著作中所討論的「理」，對同時期日本的和歌理論是有影響的。和歌理論文獻中，「理」字也時有所見。例如八世紀歌人藤原濱成的〈歌經標式〉有用漢語寫成的「功成作樂，非歌不宜；理定制禮，非歌不感」[6]之句，其中的「理」字似指社會上的一般法理，認為和歌是要對人的事功、事理加以感歎和詠歌的。「和歌四式」之一《孫姬式》在生澀的漢語行文中，也用了「理」字，如「雖文辭同義，理已異，亦無妨也。」而且還使用了「義理」這一概念，如「文辭雖異，義理其同最不宜耳」。[7]這裡將

4　弘法大師撰，王利器校注：《文鏡秘府論》（北京市：中國社會科學出版社，1983年），頁336。

5　弘法大師撰，王利器校注：《文鏡秘府論》（北京市：中國社會科學出版社，1983年），頁342。

6　藤原濱成：《歌經標式》，王向遠譯：《日本古代詩學匯譯》（北京市：崑崙出版社，2014年），下卷，頁63。

7　孫姬：《孫姬式》，王向遠譯：《日本古代詩學匯譯》（北京市：崑崙出版社，2014年），下卷，頁67。

「理」、「義理」與「文辭」相對而言，可見指的是作品的意義、內涵方面。十世紀的歌人壬生忠岑在《和歌體十種》中，也使用了「義理」一詞。在解說「和歌十體」之一「器量體」的時候，說：「此體與高情難辨，與神妙相混，然只以其製作之卓犖，不必分。義理之交通耳。」[8]「義理」似指作品的文意、思路。

上述日本平安時代的文論文獻中的「理」即「義理」等概念，是直接從漢語傳入的。只在有漢學修養的社會上層中使用，特別是在漢文中使用。而在日本固有的文學樣式，例如和歌、物語中，漢語「理」概念及相關概念的使用則極為罕見。在《萬葉集》時代早期，漢語的「理」概念似乎尚未傳入，因此《萬葉集》中也找不到「理」這個漢字詞。用「萬葉假名」（用漢字標記日語固有的發音）標記的「許等和理」，便是日本固有的詞「ことわり」（kotowari）[9]。這個詞在意義上大體相當於漢語中的「理」。例如《萬葉集》第八百首開頭幾句，原文（萬葉假名）是：「父母乎　美禮婆多布斗斯　妻子美禮婆　米具斯宇都久志　余能奈迦波　加久敘許等和理。」[10]這裡的「許等和理」相當於「ことわり」四個假名。從詞源學的分析的角度看，「ことわり」（許等和理）由「こと」（事）與「わり」（割）構成，就是對事物加以分割、分析的意思。其中的「こと」也被訓釋為漢字的「言」。在古代日語中，「事」與「言」不分，「事」即「言」，「言」即「事」，能指與所指、事與所言之事合而為一。要對「事」或「言」加以切割分析，就見出了其中的道道紋路，其意義相當於漢字的「理」。《說文》：「理，治玉也。從玉，裡聲。」可見漢字的「理」字是從打磨玉石而來的。未經打磨的玉石叫作「璞」，打磨後見出紋

8　壬生忠岑：《和歌體十種》，王向遠譯：《日本古代詩學匯譯》（北京市：崑崙出版社，2014年），下卷，頁89。

9　ことわり：舊假名寫作「ことはり」。

10　意即「尊敬父母，憐愛妻兒，此乃世間當然之理」。

路的叫作「玉」。可見「理」是從事物的打磨、研磨、打理、研究中才能見出的。換言之,「理」雖然是事物本身所具有的,但往往隱含在事物中,需要切割、分析方得以顯現。在這一點上,日語的「ことわり」即「事割」或「言割」,與漢字的「理」的打磨玉石的含義是高度契合的。所以後來日本人使用「理」字來訓釋「ことわり」。

在日本奈良、平安時代,漢語的「理」、「道理」的概念在日本人的漢文、漢詩中被使用,但在日文中使用的例子極為罕見。尤其是以宮廷女性為主體的王朝文學,更多的使用日本固有的相當於漢字「理」的「ことわり」。例如《源氏物語》中的「ことわり」,作為名詞、形容動詞、動詞、副詞等,共使用了近二百次。而漢語的「理」、「義理」、「道理」等詞則完全未見。總體考察《源氏物語》中「ことわり」,可以看出主要有「常理」、「道理」、「理由」、「理所當然」、「合乎道理」、「原來如此」的意思。例如,在「常理」的意義上,《源氏物語》往往把「ことわり」與「世」合為一個詞組,寫作「世のことわり」,有時寫作「ことわりの世」,亦即「世間道理」或「世間常理」。在這些用法中,常常表現個人的情感、想法、意願與「世間之理」處在糾葛、矛盾的狀態,而個人又迫不得已、不得不對「理」(ことわり)有所顧忌、或不得不服從、就範。因此,在《源氏物語》乃至整個平安文學中,「ことわり」常常與人的感覺、感情相對立,也與人的審美感受相對立。這些也都表明,以《源氏物語》為代表的平安王朝貴族文學,其本質是感性的,而不是知性的、說理的;是審美的,而不是言志載道的。

二　中日兩國哲學思想史上的「理」

日本鎌倉時代之後的中世時代,隨著佛教典籍在日本的傳播,從漢語中引進的「理」,作為哲學、倫理學概念而使用,在佛教著作

中，常常用作「因果道理」、「佛法道理」之類。例如鎌倉時代著名歌
人、僧人、學者慈圓的史學論集《愚管抄》（1220），「道理」以及
「時運」、「自然」、「因果」是其核心詞之一，其中「道理」共約使用
了一百三十次。《愚管抄》對「道理」的界定是「世間與人都要遵守
的約定俗成」，是諸種現象的普遍原理。認為隨著時過境遷，約定
（さだめ）和「俗成」（ならい）是有所變化的，慈圓以此來解釋日
本歷史與現實中權力的更迭交換，並極力向幕府將軍解釋這一「道
理」，努力讓其把握這一「道理」。受中國佛教哲理思維的深刻影響，
慈圓的《愚管抄》以「理」、「道理」為核心範疇，是日本中世時代思
想史上罕見的有一定邏輯性、抽象思維色彩的著作。

　　江戶時代，儒教成為官方意識形態。作為儒學、特別是朱子學的
關鍵詞的「理」，也自然成為日本儒學的關鍵詞。林羅山在《三德
抄》中說：「學問之道，必須究理，方可致智。合於理者，善也；背
於理者，惡也。」[11]日本朱子學的奠基者山崎暗齋把「窮理」與「持
敬」作為兩個支撐點。朱熹在《通書・誠上注》中說「道即理之謂
也」，認為「道」就是「理」，把「理」提高到了本體論的範疇，所以
被稱為「理學」。在理學中，「理」是第一性的、是物質世界的總根
源，兼有萬物本源與萬物主宰者的特性。「理」的具體表現則是
「氣」。山崎暗齋受中國朱子學影響，把「理」提到了很高的地位，
進而用朱子學的「理」來作為日本「神道」的理論基礎，主張「神理
一致」，在「吉川神道」即「理學神道」的基礎上，進一步用中國理
學的概念附會日本的神道，對日本始祖伊邪那美命與伊邪那岐命生產
日本國土，生天照大神等諸神，再生人與萬物的神話加以理論化，這
可以說是對中國「理學」的套用。

11　林羅山：《三德抄》，見《日本思想大系28・藤原惺窩　林羅山》（東京：岩波書店，
　　1975年），頁152。

　　稍後，出現了與羅山、山崎朱子學相拮抗的所謂「古學派」。古學派的代表人物伊藤仁齋以「氣」的範疇，以「氣」來沖淡「理」的範疇。在中國朱子學的「理」與「氣」的關係論中，一般認為「理」是本體，「氣」是理的顯現。他反對朱子學即山崎暗齋的「理」的一元論，而主張「氣」的一元論，認為「理氣不可分」，「理在氣中」。他強調「氣」，實際上是以「氣」來沖淡「理」。據此，他在《童子問》中主張不能專以「理」字判斷天下事，因為凡事以「理」來判斷，則殘忍刻薄之心多，而寬容仁厚之心寡，認為「理」的態度雖然是善惡分明，但聖人也講「三赦三宥」，這實際上是超越了「理」的慈悲之心。可見仁齋是站在人類相親相愛的「仁」的立場上來否定和批判「理」的。

　　另一位儒學家荻生徂徠，既批判羅山、暗齋的朱子學，也批判伊藤仁齋，站在「古文辭」的立場上展開了他的「古學」，被稱為「古文辭派」。在《弁名》中，他認為「理無定準」，「理」是人們可以主觀理解的東西——

　　　　凡人欲為善，亦見其理之可為而為之；欲為惡，亦見其理之可為而為之。故理者無定準者也。何則，理者無適不在者也。而人之所見，各以其性殊。……人各見其所見，而不見其所不見。故殊也。故理苟不窮之，則莫能得而一焉。然天下之理，豈可窮盡乎哉！[12]

　　根據這樣的判斷，荻生徂徠認為，「理」難以成為指導人生的準則。認為「窮理」其實是具有天賦聰慧的中國古代聖人的所為，而且

---

12 荻生徂徠：《弁名》，見《日本思想大系36　荻生徂徠》（東京：岩波書店，1973年），頁244。

即便是聖人對如何窮理也沒有說的太多，而是制定了禮樂制度，讓人踐行之。人只有遵從「義」，不再拘泥「理」，敬天信聖人、遵從禮樂之教，才是正道。

　　荻生徂徠關於「理」的觀點，也被稍後的日本的「國學」家們接收過來。江戶時代的國學家們以批判中國理性文化、弘揚日本感性文化為宗旨，在儒學的「理」與「事」的區分中，自然是極力排斥「理」，而強調具體的真實的「事」。因為「理」太道理化、太清楚明白了，因而缺乏曖昧性、審美性，與日本傳統文化中的審美主義、唯情主義的取向與文學趣味不相符，所以他們便排斥「理」，同時對中國的「道」字卻情有獨鍾，並大力宣揚以「神道」為中心的日本之「道」，因為「道」即便是在中國，也是「不可道」的，是「玄之又玄」的。對玄妙的「道」的提倡，對明理的「理」的否定，或者對具體的「事」或「實事」的強調，對抽象之「理」的貶斥，是日本江戶時代國學家們的共同趣味。如平田篤胤說過：

> 世上的一些學者認為，真正的「道」在實事中是不存在的，若非閱讀一些說理性的書籍，人們是不可能得「道」的。實際上，這種看法甚為荒謬。為什麼呢？因為有了實事，就不需要說理了。而正是因為沒有「道」的實事，所以才有了說理。因此「說理」這種東西，比其實事來，是非常微不足道的。《老子》曰「大道廢，有仁義」，就是一句一針見血的話。[13]

　　這是以「事」排「理」，與伊藤仁齋的「以氣沖理」的思路是一樣的。因為「氣」可以感覺感受，「事」可見可觸，但「理」實際上

---

13 平田篤胤：《入學問答》，見《平田篤胤全集》（東京：平田篤胤全集期成會，1918年），卷15，頁1。

本來是不存在的東西。在這個意義上，國學家本居宣長認為：「天地之『理』（ことわり），均是神之所為，此世中靈妙不可思議的神秘之物，是有限的人智所完全不可蠡測的。」[14]因此，無論是佛教所說的「理」，還是儒教提倡的「理」，都是自作聰明、自以為是的東西，而且其中包含了「私心」。用本居宣長的話來說，「聖人之所為，無異於賊人之所為」，聖人制定了種種教理，其實只是為了維護自己的權力寶座。同時，宣長認為「人欲」與「天理」實不可分，「人欲豈不也是天理嗎？」從而否定了宋明理學的「天理」與「人欲」的區分，實際上也就是解構了「理」，從而肯定了人欲。

　　與「理」相關聯的另一個重要概念是「義理」。「義理」是「理」的人倫化的概念，來源於《孟子》，在朱子學中被提煉為一種觀念。在中國，「義理」指的是人倫關係中的應履行的責任義務，在狹義上也特指君臣之道，具有至高無上的規定性。凡是「義理」，不管感情上是否樂意都必須履行。但是，「義理」傳到日本後，逐漸被日本化了，加入了感情色彩和個別因素，而成為一種道德與人情、感情的混合物，是道德的人情化，是身邊小社會中的不言自明的行為模式。換言之，日本的「義理」，不管是武士的「義理」，還是市井町人的「義理」，與其說是約定俗成的外在於自我的東西，不如說是基於我判斷，對他人的心靈上的呼應、回應與理解。例如，對他人好意的感知與反應，對他人信任、信賴的感謝，對他人恩情的感恩與報答；做了錯事、對不起人的事，或未能履行承諾，那就要謝罪；而受到了別人的侮辱，就要復仇而不惜殺人或自殺。做不到這一切，就被認為是不懂義理，而不懂義理就是很不名譽、很不體面的、感到羞恥的事，於是，很多情況下，是為了自己榮譽、體面而踐行「義理」。正如井原西

---

14 本居宣長：《直毘靈》，見《日本の名著21　本居宣長》（東京：中央公論社，1970年），頁172。

鶴在小說集《武家義理物語》一書所描寫的那樣。而在現實生活中，
不同的側面的「義理」與「義理」之間不可兼顧，不能兩全，於是發
生悲劇性的事件。對此，江戶時代戲劇家近松門左衛門在《景清》等
作品中做了生動描寫。這些都表明，與中國的普遍性的、抽象的義理
相比，日本的「義理」是個別主義、事實主義的，是具體化的、心情
化的。可以說，日本式的「義理」是基於人情，「義理」的觀念是
「理」觀念的具象化，也是「理」的情感化、情緒化、曖昧化。

　　可見，日本哲學思想史上，經歷了這樣的一個過程，先是引進
「理」，然後套用「理」，接著，或以氣沖理，或以事排理，都是用日
本固有的趣味，來排斥「理」、否定「理」，對「理」加以淡化、矮
化，最後對「理」加以相對化、神秘化，曖昧化，並以此來批判「佛
法道理」與儒學之「理」。與此同時，還有一些作家、文論家，將
「理」與「人欲」、「人情」相交融，一定程度地將「義理」轉化為
「人情」。人情即義理，義理即人情，從而改造了中國儒學中的「義
理」這一概念。

三　日本文論對「理」、「義理」的排斥及「理窟」說

　　日本古代文論中的「理」，與上述日本哲學史、思想史上的
「理」有著深刻的關聯。也可以說，日本文論中的「理」，是日本哲
學思想之「理」的延伸與展開。在日本古代文論中，來自中國的
「理」也是重要概念之一。但不同的日本文論家對「理」的理解和運
用也有所不同。有人主要按中國朱子學、理學對「理」的界定來理解
和運用「理」，有人則按日本人特有的文學趣味來理解「理」。這一點
突出地表現在江戶時代圍繞國學家荷田在滿的題為《國歌八論》的文
章所進行的那場爭論中。荷田在滿《國歌八論》認為，日本的「國
歌」（和歌）與漢詩不同，它「既無益於天下政務、又無益於衣食住

行」，也不能「感天地、動鬼神」，實際上「只是歌人的消遣與娛樂」。[15]這一看法引發了田安宗武的批駁。田安宗武在〈国歌八論余言〉一文中，認為荷田春滿所說的和歌的消遣與娛樂的功能，只看到了「事」，而忽視了「理」。他認為：「諸道皆有『事』與『理』之分，歌道亦然，應明辨之。」[16]反對荷田在滿的輕「理」而重「事」的傾向。現在看來，宗武所說的和歌之「理」（ことわり），指的不僅是道理之「理」，思想之「理」，而且更多地泛指內容充實之「理」，與之相對的則是「事」，假名寫作「わざ」。「わざ」也可以寫作漢字的「技」，可見田安宗武所謂的「事」主要是指技巧形式，並與作為思想內涵的「理」相對而言。本來，「理」與「事」是中國的程朱理學的一對重要範疇。田安宗武的重「理」的歌論更多地接受了中國理學的影響，而荷田在滿的歌論則顯示了江戶時代「國學」派擺脫中國的「理」性文化，強調日本固有的「感」性文化的價值取向，並由此發生了關於和歌的「理」與「事」的論爭。

在江戶時代的文學家即文論家中，不管他屬於儒學家，還是屬於「國學家」，他們中的大部分的「理」論，基本上就是對來自中國的「理」、「義理」加以排斥、加以清算的「理」論。

例如，在漢詩文領域，荻生徂徠（1666-1728）在〈徂徠先生問答書〉中，從詩文論、文學之美的角度，談到了他對「理」的看法，他寫道：

> 吾道之元祖是堯、舜。堯舜是人君，因而聖人之道是專治天下之道。所謂「道」，並非是事物應當遵循的「理」，也不是天地

---

15 荷田在滿：《國歌八論》，王向遠譯：《日本古代詩學匯譯》（北京市：崑崙出版社，2014年），下卷，頁767。

16 田安宗武：《国歌八論余論》，佐佐木信綱編：《日本歌學大系》（東京：風間書房，1985年），卷7，頁99。

自然之道，而是由聖人建立的「道」。「道」就是治理天下之
道。而聖人之教，專在禮樂，專在風雅文采，而不是落入「心
法」之類的「理窟」。宋儒卻捨棄了「事」，而以「理窟」為
先。把風雅文采都丟掉了，而流於野鄙。忘記了天子之道，而
把專講道理、使人開悟作為第一要務。於是便陷於是非正邪之
爭論，而欲罷不能。這種空談議論達到極端，無論如何用功，
也不可能增進見識。只能是膠柱鼓瑟、徒費心思。這是教法的
錯誤，與孔門之教法有天壤之別。至於文章，宋儒的文章是循
規蹈矩寫出來的虛偽之文，文辭粗卑淺陋，若被這樣的書籍所
污染，漢代以前三代的書籍就看不下去了。若將其間的差別搞
清楚，才能有所長進，有所深入。¹⁷

　　這裡需要注意的是，荻生徂徠使用了「理窟」這個詞。「理窟」
（りくつ）是日本特有的漢字詞，到了近世時代大量使用。這個詞形
象地表明了日本人對「理」的看法：「理」就是窟窿、是陷阱，太講
「理」、過於膠著於「理」，就是掉入了「理窟」（即「理窟詰め」），
就是會「得理不饒人」（「理窟責め」）。此外，「理窟」也寫作「理
屈」，讀法相同，但「理屈」並非漢語的「理虧」或「理屈詞窮」的
意思。而是強行使「理」彎曲、講歪理、強詞奪理的意思。言下之意
就是太講理，則不免強詞奪理、膠柱鼓瑟。中國朱子學的以「理」為
先，被荻生徂徠故意用日語表述為「以理窟為先」。他認為「事」是
具體實在的，而「理」或「道理」是空洞的，認為像宋儒那樣膠著於
「理」、講大道理，便違背了聖人之教。因為聖人之教是講究禮樂、
風雅和文采的，而且講「理」的文章，往往是「循規蹈矩寫出來的虛
偽之文」，文章以「理」為先，就沒有美感文采可言。荻生徂徠從這

---

17 荻生徂徠：《徂徠先生問答書》，《日本古典文學大系94　近世文學論集》（東京：岩
　波書店，1966年），頁172。

個角度將「理」作為「理窟」予以否定了。

　　在漢詩論的領域，江戶時代詩人祇園南海在用日語寫成的詩話著作《詩學逢原》上卷中，從漢詩及漢詩論的角度，對「理」、「理窟」做了批判。他反對宋儒以「理」說詩，認為凡欲學詩者，須先知詩之原。所謂詩之原，就是詩為心之聲、心之字。因此詩是「音聲之教」，而「宋儒對此不知，反以理窟說詩，實乃大誤。……〈詩大序〉所謂『動天地、感鬼神』指的是從前音律和鳴的時候才會有的效果，後世只靠吟詠，恐怕就沒有從前那樣的感覺了。」他強調：「詩歌並不是說理和議論的工具。宋人以詩議論道學、評價歷史人物，更有甚者，認為杜子美的詩寓一字之褒貶，稱之為『詩史』，稱讚他議論時事的時候，不忘忠義君等等，其實這些都與詩的本意無干。」[18]祇園南海和荻生徂徠一樣，也將「理」貶為「理窟」。

　　江戶時代另一位詩人廣瀨淡窗《淡窗詩話》「泛論詩」一節中，把「理窟」作為漢詩創作中的二弊之一：

　　　　當今之詩有二弊。就是「淫風」與「理窟」。詩人之詩，容易流於淫風；文人之詩，容易陷於理窟。二者相反，弊害相同。什麼叫「淫風」呢？指的不僅是描寫男女之事，也指詠梅詠菊，雕琢字句，綺靡浮華、以竟機巧者，都屬「淫風」。什麼叫「理窟」呢？指的不僅是專用禮法教誡之言，那些以敘事為主，喜歡發議論、以文為詩者，都屬「理窟」。李商隱、溫庭筠的詩屬於詩人之詩；韓昌黎、蘇東坡的詩不免帶有文人之詩的味道。李白、杜甫昭昭乎如日月，其詩篇雖有巧拙，到不偏離詩道。李白的樂府詩，雖然豔麗柔婉，但並未流於「淫

18　祇園南海：《詩學逢原》，王向遠譯：《日本古代詩學匯譯》（北京市：崑崙出版社，
　　2014年），下卷，頁707、頁710。

風」。杜甫以諸位武將為題的五首，議論崢嶸，卻未陷於「理窟」。要好好學習李杜之詩，可以免於「淫風」與「理窟」。[19]

　　對「議論」、「說理」風氣的排斥，在中國的詩學詩論中也是常見的。在這方面，廣瀨淡窗並沒有什麼新意，但他用日語的「理窟」一詞來論漢詩創作中的「理」，和祇園南海、荻生徂徠一樣，則體現出了日本漢詩論的特點。

　　本居宣長的「理」與「理窟」論更有自己的特色。他的《紫文要領》從「物哀」論的角度，把「理」作為「物哀」的對立物，認為《源氏物語》沒有像有些人所說的表現了儒家與佛家的教義或思想觀念，因為「從紫式部個人氣質上看，她很不喜歡自命不凡、賣弄學問，各卷均能顯示這種虛心。她的《日記》同樣也顯示了她的虛懷若谷。」她沒有裝出自己深諳佛學教理的樣子，來教誨讀者。在《源氏物語》中，也未必能看出其中有什麼「中道實相的妙理」，也沒有特意表現有人所謂的「盛者必衰、會者定離，煩惱即菩薩的道理」。本居宣長特別提示，《源氏物語》中〈帚木〉卷中有這樣一段話——

　　　　無論男女，那些一知半解的人，或略有所知便裝作無所不知、並在人前炫耀的人，都很招人厭煩。無論何事，如果不了解何以必須如此，不明白因時因事而有區別，那就不要裝模作樣、不懂裝懂，倒可平安無事。萬事即使心中明白，還是佯作不知者為好，即使想說話，十句當中留著一兩句不說為好。[20]

　　宣長認為，這段話值得好好體會。紫式部對佛學有所鑽研，她的

---

19 廣瀨淡窗：《淡窗詩話》，王向遠譯：《日本古代詩學匯譯》（北京市：崑崙出版社，2014年），下卷，頁758。

20 這是《源氏物語‧螢之卷》「雨夜品評」中左馬頭所說的最後一句話，上文已有引用。

佛學修行曾得到天臺宗的認可，但她認為要將中道實相、煩惱即菩薩
等道理向人傳授，並非女人的本分。〈帚木〉卷有云：「淺薄之輩，稍
有所學，便以為無所不知。」，又云：「女人若對三經五史無所不通，
就不那麼可愛了。」由此可見，有關《源氏物語》的一些注釋書認為
作者表現了《春秋》、《詩經》以及仁義五常的道理，是無稽之談。總
之，本居宣長認為，物語文學的宗旨是表現「物哀」，是讓讀者「知
物哀」，而「理」與「物哀」是對立的，為此就不能講「理」。

　　在《石上私淑言》中，本居宣長又從和歌論的角度，站在中日比
較文學的立場上，發表了他對「理」的看法。他認為中國的詩「在
《詩經》時代尚有淳樸之風，多有感物興歎之篇，但中國人天生喜歡
自命聖賢，區區小事也要談善論惡，諸事百端以我為是。周代中葉以
降，隨著歲月推移，此種風氣越演越烈。詩也出自此心，人情物哀之
本蕩然無存，所詠之詞皆墮入生硬說教」，而且，「所謂『經學』之
類，在中國無孔不入、洋洋盈耳，人們舉手投足均受其束縛，無論何
事均以善惡相論，而絲毫不知人情風雅之趣。與經學相比，詩人之情
趣遠為優雅。然以中國漢詩與日本和歌相比，漢詩雖有風雅，但為中
國風俗習氣所染，不免自命聖賢、裝腔作勢，偶爾有感物興歎之趣，
仍不免顯得刻意而為。」[21]他還進一步強調和歌與漢詩的不同，強調
「和歌不像中國詩歌那樣意在說教、用詞繁冗、喋喋不休、汙人耳
目。」[22]

　　江戶後期歌人、歌學理論家香川景樹在〈歌學提要〉中，從他所
主張的「調」或「音調」（即和歌的音律美感）論出發，也明確提出
反對和歌創作中追求「意向」（原文寫作「趣向」，指的是在吟詠和歌

---

21 本居宣長：《石上私淑言》，見王向遠譯：《日本物哀》（長春市：吉林出版集團，
　　2010年），頁219-220。

22 本居宣長：《石上私淑言》，見王向遠譯：《日本物哀》（長春市：吉林出版集團，
　　2010年），頁224。

中刻意表現某種主題或意義），更反對和歌表現「義理」。他說：「詠歌追求某種「意向」，是多餘的事。優秀的古歌哪有什麼『意向』？藤原顯輔卿的『秋風吹浮雲』，什麼意向也沒有，只是吟詠了日常的景象而已。這首歌已經距今七百餘年，面對明月，我們仍會自然而然地想起這首和歌來，難道不是不可思議的事情嗎？現在我們只是舉出這一首提請讀者注意。這首歌所吟詠的情景誰都知道，誰都能說，但一旦說出往往覺得無甚趣味，於是就不想這樣說，而是要追求更深一層的寓意，因此也漸漸離開了和歌的意境，卻自以為只有這樣詠出和歌才是和歌，殊不知反倒失去了和歌的本體。實際上，只要直面實物、實景，將心中所思所感如實吟詠出來，那就自然有了音調、有了節奏。看看如今那些自以為是的歌人的作品，只以追求意向或義理為主旨，正如庭院中被人剪枝修葉的樹木，失去了自然之美、自然風姿。莫說感人，就連讓人聽懂都很困難。」他的結論是：「和歌的本質在音調，而音調是『無義理可尋』的」；「和歌不在說理，而在音調。沒有義理說教的歌才有賞玩的價值。與歌無關的『理』不值一說。」[23]

在俳諧創作領域，以松尾芭蕉三代表的「蕉門俳諧」及俳諧理論，主張俳諧不能說理、不能表現「義理」。蕉門弟子、俳人服部土芳在俳論著作《三冊子》中，談到了對一首和歌作品的欣賞與理解，說從前歌學家藤原定家認為理解和歌時「不可死扣義理」，對此芭蕉說：「定家卿討厭和歌死扣義理。這很有意思。」[24]「死扣義理」，原文是「義理を詰る」。在這裡，他直接將來自中國儒家哲學的「義理」一詞用作俳諧理論，但這裡的「義理」已經不同於上述作為社會學的

---

23 香山景樹：《歌學提要》，《日本古典文學大系94　近世文學論集》（東京：岩波書店，1966年），頁150-151。

24 服部土芳：《三冊子》，見《新編日本古典文學全集88　連歌論集　能樂論集　俳論集》（東京：小學館，2001年），頁643。

倫理學的「義理」，而與「說理」的「理」、以「以理為詩」的「理」同義了。「死扣義理」就是說理，是俳諧創作與欣賞的障礙。

　　由上分析可見，日本文學史及文論史上的「理」，基本上是作為負面概念來使用的。它是日本思想史、哲學史上的排理傾向的一個延伸。這從一個側面表明了日本傳統文化、文學中的唯情主義、重情輕理的傾向。這一傾向與日本人固有的思維方式密切相關。現代日本東方學家中村元先生在《東洋人的思維方法》一書中，對東西方、東方各主要民族的思維方法做了比較，強調了日本人思維的重要特點之一就是「非合理主義」的傾向，其中包括「非邏輯的傾向」、「邏輯嚴整的思維能力的缺乏」、「邏輯學的不發達」、「直觀的、情緒的傾向」、「建構複雜表象能力的缺乏」、「對單純的象徵性表象的愛好」、「對關於客觀秩序之知識的缺乏」。[25]日本學者末木剛博先生在《東方合理主義》一書談到日本人的思想特徵時寫道：「在以情緒為本位的日本思想中，理性被不恰當地冷遇了，邏輯也幾乎沒有被顧及。這種態度，在培養洗練情緒上確有很大作用。而日本文化，作為無邏輯的非理性文化，在審美方面卻無比發達。」[26]

　　所謂「非合理主義」，當然是要排斥「理」的。而這一點，日本在世界各文明民族中似乎是獨一無二的另類。在中國漫長的思想史、哲學史與文學文論史上，不同歷史時期在情理之間有搖擺，但總體上說，「道」與「理」是一以貫之的，「事」與「理」是辯證統一的，「氣」與「理」是互為依存的，「情」與「理」是相輔相成的。歐洲傳統文化史也是如此，其感性與理性是在不同歷史條件下否定之否定的運動中不斷變化與發展著的。印度人宗教文化的想入非非的幻想

25 中村元：《東洋人の思惟方法3》，見《中村元選集》（東京：春秋社，1962年），卷3，頁285-351。

26 末木剛博撰，孫中元譯：《東方合理主義》（南昌市：江西人民出版社，1990年），頁6。

性，與它的體系性的、抽象性的思維思辨、與其因明學的邏輯是並行不悖的。相比之下，只有日本是「不講理」的文化。平安時代以紫式部、清少納言等女性作家為主體的王朝貴族文學，片面地發揮了女性特有的感性的那一面，她們只能在男女戀情裡體味和表現人生，從而淹沒了陽剛的「男性感」，導致抽象方法、宏觀視域的缺乏，於是就「不講理」，也就有了「物哀」之美的高度發達，就有了古典的唯美主義的開花。正如現代哲學家大西克禮在〈「物哀」論〉一文中所指出的，在平安時代，「當時的審美文化與知性文化之間存在嚴重的跛行現象」，「物哀」之美正是在哲學思考、理性文化、知性文化、科學知識嚴重缺乏、感性文化高度畸形發達的條件下形成的。[27]到了鎌倉時代、室町時代即日本中世時代，以佛教僧人為主體的文學僧侶文學是以佛教禪宗的參禪、頓悟的非理性思維為支撐的，以《平家物語》為代表的歷史戰記文學、表現的是「無常」的世界與生死流轉的「無常」之美，而不是對歷史大勢的理性判斷、表現與把握，而以《今昔物語集》為代表的民間佛教說話集，則表現輪迴報應的神秘主義。這些文學樣式都沒有「理」的位置。到了江戶時代，在中國儒學特別是朱子學的全面深刻的影響下，一些日本儒學家開始對「理」這一抽象的範疇展開探討，但如上文所說，「理」不久就被做了日本化的改造、排斥乃至否定。而在漢詩論、和歌俳諧論等文論著述中，「理」被說成「理窟」，講「義理」被視為「強詞奪理」，其排「理」的、非合理主義的傾向表現得更為集中、清晰和明確。在中日比較的語境中，我們對日本古代文論的「理」及「理窟」論做出辨析考論，有助於凸顯日本傳統文化與文學「不講理」這一基本特點，也可以為日本的傳統的「非合理主義」文化提供更有力的佐證。

---

27 大西克禮：〈「物哀」論〉，王向遠譯：《日本之文與日本之美》（北京市：新星出版
　　社，2013年），頁256-259。

中日古代文論中的「情」、「人情」範疇關聯考論[1]

　　《易‧繫辭下》有云：「聖人之情見乎辭。」不僅是聖人之情，所有人都把言辭作為表達感情的基本方式和途徑，而最能充分地表達感情的是作為語言藝術的文學，因此「情」不僅是哲學心理學的基本範疇，也是文學及文論的基本範疇，這一點古今中外皆然，中日亦然。「情」作為日本傳統文學、文論的重要範疇，與中國的「情」、「人情」概念有密切關聯。但是日本學者對於「情」及「人情」研究卻相當薄弱，專文專著均罕見，值得一提的是，源了圓先生的通俗性學術讀物《義理與人情》[2]，把「義理」與「人情」作為一對相反相成的概念並提，並加以研究，較有新意。但其出發點是社會文化研究，而非文論與美學的研究，其中大部分篇幅是在談作為社會學概念的「義理」，對「情」及「人情」的論述卻相當簡略。對於日本文論中「情」與「人情」範疇的研究，必須在與中國的「情」與「人情」概念的比較中，才能順利而有效的進行。

一　日語的「情け」（なさけ）與漢語的「情」

　　漢語的「情」字的語義與使用很複雜，「情」既是社會學、政治

1　本文原載《西南民族大學學報》（成都），2016年第4期。
2　〔日〕源了圓：《義理と人情》（東京：中央公論社，1973年）；中文譯本（天津市：天津人民出版社，1996年）由李樹果、王健宜譯。

學概念，也是倫理學、心理學概念。在先秦時代的文獻中，「情」字多指人所了解的真實情況，而且多是在社會政治層面上的。如《尚書・康誥》中的「天謂棐忱，民情大可見，小人難保」，是「民情」二字連用，指的是所看到的民眾的真實情況。《易・繫辭下》：「八卦以象告，爻象以情言。」這裡的「情」指情況、事情。《左傳・僖公二十八年》：「險阻艱難，備嘗之矣；民之情偽，今知之矣。」「情」字都是指「真實情況」之意，與「偽」是反義詞。《論語》中「上好禮，則民莫敢不敬；上好義，則民莫敢不服；上好信，則民莫敢不用情」，朱熹的注解是：「情，誠實也」，說的是國君若是「好信」即誠實講信用，那麼民眾就不敢不講實話實情（「莫敢不用情」）。《莊子・滕文公上》：「夫物之不齊，物之情也。」指的都是事物的客觀、真實的狀況，同時也進一步將「情」字用作心理學的意義。《莊子・德充符》「既謂之人，惡得無情？」指的就是人的好惡等感情判斷，而不是那種是非、真假的價值判斷。屈原〈惜誦〉：「惜誦以致愍兮，發憤以抒情」，指的是一般的廣義上的人的感情。《荀子》則進一步大量使用「情」字，並將「情」固定為感情、情感義，作為其哲學體系中的基本概念。《荀子・天論》云：「好惡喜怒哀樂臧焉，夫是之謂天情」，界定好惡喜怒哀樂這樣的感情是與生俱來的基本感情，即「天情」。《荀子・天論》又云：「生之所以然者謂之性……性之好惡喜怒哀樂謂之情。」將「性」與「情」加以區分，《荀子》還最早把「情」作為詩學、美學的概念來使用，在《樂論》中提出：「夫樂者，樂也。人情之所必不免也。」把人之感情（人情）作為音樂產生的根源。

漢代〈毛詩序〉進一步將「情」用作詩學概念，提出：「詩者，志之所之也，在心為志，發言為詩。情動於衷而形於言……情發於聲，聲成文，謂之音。」這就把「情」作為詩歌創作的內在推動力了。但是，上述的先秦兩漢時代各家所論之「情」，都不同程度地帶

有社會學、倫理學、政治學的色彩。在儒家的語境中，又與倫理色彩
濃厚的「志」聯繫起來，更多地指代人的社會性感情，而非個體的、
個別的、純感覺性、審美性的。到了魏晉時代，由於文藝理論作為一
種學術與思想形態走向獨立與成熟，「情」字也進一步被用作詩學美
學概念。陸機在〈文賦〉中提出了「詩緣情而綺靡」的命題，劉勰在
《文心雕龍》中全面論述了「情」的詩學意義，提出了「情以物
興」、「情以物觀」（〈詮賦〉）、「情以物遷」（〈物色〉）、「宅情曰章」
（〈章句〉）、「理融情暢」（〈養氣〉）等一系列命題，還有「情理」、
「情文」、「情貌」、「情采」等一系列「情」字概念群，為此後的
「情」概念的闡發與運用打下了基礎。

　　在日本，作為漢字概念的「情」，最早在以漢文書寫的文論著作
中用例較多。如八世紀日本高僧空海在祖述中國古代六朝至唐代詩學
的時候，更多地是從六朝隋唐詩學的角度理解和援引「情」字，如他
在《文筆心眼抄》中說：「凡古今詩人，多稱麗句，開意為上，反此
為下。如『盈盈一水間，脈脈不得語』，『臨河濯長纓，念別悵悠
阻』，此情句也。如『白雲抱幽石，綠篠媚清漣』，『露濕寒塘草，月
映清淮流』，此物色帶情句也。」又說：「凡詩工創心，以情為地，以
興為經，然後清音韻其風律，麗句增其文彩。」[3] 講的都是人的感
情，而且是審美性的感情，這與中國早期文獻中的「情」字的客觀
性、社會性的內涵有著顯著的不同。十世紀編纂的《古今和歌集·真
名序》（用漢字寫的序）也數次使用「情」字，如在論述日本和歌發
展史的時候，「但見上古之歌，多存古質之語，未為耳目之玩，徒為
教誡之端。古天子每良辰美景，詔侍臣預宴筵者獻和歌，君臣之情，
由斯可見，賢愚之性，於是相分，所以隨民之欲擇士之才也。」此處

3　空海：《文筆眼心抄》，見王向遠譯：《日本古代文論選譯》（北京市：中央編譯出版
　　社，2012年），古代卷上，頁14。

的「君臣之情」的「情」,是人之間的感情的含義;「其後雖天神之
孫,海童之女,莫不以和歌通情者」,說的是以和歌溝通彼此感情,
「情」即人的感情;在評價古人的和歌時,也以「情」字論,說:
「在原中將之歌,其情有餘,其詞不足,如萎花雖少彩色而有薰
香。」也就是說,在原業平的和歌感情表達很充分,但辭藻方面有所
不足。

　　另一方面,在用日語書寫的古代文論文獻中,作為漢字概念的
「情」字使用較晚。例如,上述的《古今和歌集》的〈真名序〉之
外,還有一篇用日語寫成的〈假名序〉,內容與真名序基本相同。但
在〈真名序〉使用「情」的地方,〈假名序〉卻未使用,如上述〈真
名序〉在評論在原業平和歌時,說他「其情有餘,其詞不足」,而在
〈假名序〉中,卻表述為「在原業平之歌,其『心』有餘,其『詞』
不足」,「情」字被置換為「心」。「情」與「心」被作為同義詞互換使
用,但正如上文所說,「情」從屬於「心」,「心」的概念是大於
「情」的。就和歌文學而言,「心」是文學作品的內容,「詞」是形式
與表達,而「情」則是「心」的某種表現。

　　在漢字的「情」概念之外,還有一個日本固有的概念,假名寫作
「なさけ」,讀作「nasake」。當漢字及「情」字傳入日本後,日本人
便以「情」字來標記和訓釋原有的「なさけ」,通常標記為「情け」。
日本固有的「情け」較之漢語的「情」字的含義要單純得多,因為他
們一開始就把「情け」理解為人的主觀感情。以角川新版《古語辭
典》、三省堂版《新明解古語辭典》等權威辭書為例,結合日本古典
文獻中的用例,可以列出「情け」(なさけ)的幾種主要的釋義:

　　第一層意思是指同情心,關心和同情他人,感情、友情、情愛。
如《源氏物語・桐壺》有:「有人緣的人,善解人意都有一顆有情的
心。」(人柄のあはれに情ありし御心を); 第二層意思是指風雅、
風流之心,或指解風情、風情、情趣、有情趣。如《伊勢物語》第一

〇一節：「懂風情（有情趣）的人，在瓶裡插花。(「情けある人にて瓶に花をさせり。」)；《徒然草》第一三七節：「閉門不出，不知春天已去，反倒顯得更知物哀，情趣更深。」(「たれこめて春の行くへ知られぬも、なほあはれに情け深い」)；第三層意思是指男女之情，情愛、愛情、戀情，乃至如《源氏物語・藤裡葉》：「雖不是故意為之的，但那個年輕人還是顯出貌似有情的樣子。」(わざとならねど情けだち給ふ若人は)；《徒然草》：「男女之情，難道可以說完全是緣於邂逅相遇嗎？(「男女の情けも、ひとえに逢い見るをば言うものかは」)。在男女之情的意義上，又往往特指肉體意義上的色情、情色、交歡。如《宇治拾遺・二》有：「那女子也認識那男人，於是一邊交歡，一邊……」(「女も男見知りて情け交しながら」)；近松門左衛門《壽門松・上》：「可憐吾妻不得不出賣情色。」(「情けを商売になさるる吾妻様」)；第四層意思，是作為審美範疇的「情け」。如上所述，日語中的「情」（なさけ），從一般的、普通的、純粹的感情、情趣，到男女之間的愛情、情愛，再到肉體層面的色情，其基本特徵是側重人的主觀情感，是屬於「人情」範疇的「情」。換言之，日語中的「情」（なさけ）」一開始便在個人的感情，特別是戀情、風雅戀情等意義上使用，這就順乎其然地將「情」納入了審美判斷的範疇，即用來指風雅、風流、風情、情趣，從而使其成為日本傳統文論與美學的重要概念範疇。

從中日文論範疇關聯與比較的角度來看，一方面，「情」字在字源與語義上相通相連，另一方面，對「情」在思想史與文論史上的位置則有很大差異。總體看來，日本對「情」採取了善待善用、順其自然的態度，具有「人情主義」傾向；中國對「情」採取了防範節制的態度，雖然在兩千多年間，對「情」的抑制時鬆時緊，但總體上具有「抑情主義」傾向。

在中國的哲學思想史與文論史上，一直貫穿著「情」與「理」、

「情」與「禮」的辨析與選擇。一方面，中國古代思想家承認了「情」的自然存在及其價值，但另一方面又認為「情」必須用「理」和「禮」加以控制。《論語》中提出「發乎情，止乎禮義」，《荀子‧性惡》認為「從人之性，順人之情，必出於爭奪，合於犯分亂理而歸於暴」，人情是惡的根源，因此必須用「禮儀之道」加以控制。《莊子》曾提出了「無情」：「吾所謂無情者，言人之不以好惡內傷其身，常因自然而不益生也。」故主張以「無情」來順應「自然」。到漢代董仲舒在《春秋繁露‧舉賢良對策》中進一步提出：「人欲之謂情。情非度制不節。」王充在《論衡‧答佞》中雖然肯定情生於自然，但又主張「以禮防情」。到了魏晉南北朝時代，一些風流雅士則反撥此前的「抑情」，提倡「越名教而任自然」（嵇康〈釋私論〉），犯禮尚情，縱情放蕩，矯枉過正。到了隋唐時代，「抑情主義」的情惡論再次成為思想界與文論界的主流，他們把「性情」加以區分和剝離，「性」是理想和道德的，「情」是喜、怒、哀、懼、愛、惡、欲七者的根源，是騷動的、不安分的、是邪妄的，「性」與「情」兩者勢不兩立。這種觀念的集大成的人物就是唐代的李翱，他在《復性書》三篇中，提出了「滅情復性」的主張，「滅情」是「抑情」的極端狀態。到了宋代，朱熹等理學家們則不再走這種極端，而是將「性情」合為一談，認為「情」也有善惡之別，探討如何用「心」、用「理」來統御「情」。明代則是中國歷史上少有的「主情」的時代，王陽明在《傳習錄》中則提出「七情順其自然而流行」，認為情不可過於張揚，否則就成了「欲」，本質上還屬「抑情主義」。而在明代的文藝界裡，則有更多人提倡「情」，戲劇家徐渭認為「人生墮地，便為情使」（〈選古今南北劇序〉），人就是為情而生的；馮夢龍則認為「六經皆以情教」，並編著《情史》一書，在序中宣稱：「天地若無情，不生一切物。一切物無情，不能相環生。生生而不滅，由情不滅故。四大皆幻沒，惟情不虛設。」湯顯祖在〈耳伯麻姑游詩序〉中提出：「世總

為情，情生詩歌而行於神。」清代的學者文人及文論家們，則進一步探討論述「情」與「心」、與「性」、與「禮」與「理」的關係，而主張相互之間的制衡與相容。綜觀中國思想史與文論史，儘管不同時代有不同向度的搖擺，但其主流還是「抑情」。

　　日本思想史與文論史上，從來都沒有像中國這樣貶低、懼怕「情」，在「情」與「理」、「情」與「禮」的矛盾中，更多地傾向於「情」。這一點，從日語的相關詞彙中即可窺見一斑。在日本人的觀念中，一個人不可沒有「情」。沒有「情」又會怎樣呢？有一個常用的形容詞──「情けない」（古語寫作「情け無し」），字面意思是「無情」。如《平家物語・維盛都落》：「一天到晚跟這麼一個無情的人在一起，真是沒想到的事。」（「年頃日頃これほど情けなかりける人とこそかねても思はざりしか。」）在古代文獻及文學作品中，這個「情け無し」有如下幾個意思：第一，無情，缺乏同情心、冷酷；第二，不風流，不風雅，缺乏風情；第三，悲慘、呆頭呆腦、令人掃興。到了現代日語中，「情けない」又進一步衍生出了「可恥」、「可憐」、「沒出息」等否定性的意義。可以說，在日本人的觀念中，一個人假如沒有了「情」（無情），就等於「可恥」、「可憐」、「沒出息」，就應該被徹底否定了。這樣的意義，在漢語涉及「情」的詞彙中是沒有的。

　　正因為「情」如此重要，日語中的「情字概念群」中所有的詞都從正反兩方面表現「情」的重要。例如，「情けがる」（裝作有情的樣子）、「情けばむ」（裝作有情的樣子）、「情けごかし「（佯作有情），同一個意思用三個詞在表述，表明在日本人看來，「情」字很重要，很可貴，所以人們有時不得不裝出有「情」的樣子來。但裝作有情的樣子，畢竟還是沒有情，所以這些詞就成為帶諷刺意味的貶義詞。此外還有「情け情けし」（一往情深的樣子）、「情け深い」（情深）等形容詞。這樣一來，「情」（なさけ）這個詞在日本就具有了完全正面的

意義。即便「情宿」這樣的詞也不帶漢語的「姘居」這樣的貶義。日本「俳聖」松尾芭蕉在《閉關之說》一文中甚至寫道:「好色為君子所惡,佛教也將色置之於五戒之首。雖說如此,然戀情難舍,刻骨銘心。……戀情之事,較之人到老年卻仍魂迷於米錢之中而不辨人情,罪過為輕,尚可寬宥。」[4]戀情、好色這樣的在中國嚴加防範的「情」,在松尾芭蕉看來屬於自然的「人情」,哪怕算是罪過,也是可以原諒的。

與此同時,在日本,無論是日語固有的「情け」還是漢字概念的「情」,不僅作為獨立的詞或概念,而且也作為構詞的詞幹、詞素,因而形成了數量較多的相關詞彙,我們可以稱之為「情字詞」或「情字概念群」。其中,以漢字「情」字為詞素構成的詞彙,有的是從漢語中直接引進的,如八世紀的平安時代歌人藤原濱成在歌論〈歌經標式〉開篇,用漢語寫道:「原夫歌者,所以感鬼神之幽情,慰天人之戀心者也。」《石見女式》也模仿承續此說:「夫原和歌者,感鬼神之幽情,慰天人之戀心。」此處的「幽情」顯然就是漢語的「幽情」,是班固「發思古之幽情」的「幽情」,是王羲之「一觴一詠,亦足以暢抒幽情」的「幽情」,指的是一種帶有很強時空感的深刻、複雜的感情。此後九世紀的滋野貞主在漢詩文集《經國集》的序言中,有「緊健之詞,體物殊聳;清拔之氣,緣情增高」一句,使用了「緣情」一詞,顯然來自陸機〈文賦〉中「詩緣情而綺靡」,指的是詩歌創作因人的情感而生成,「清拔之氣」也因為「情」而有所「增高」。十世紀歌人、歌學家壬生忠岑《和歌體十種》,將和歌分為「古歌體、神妙體、直體、餘情體、高情體、器量體、華豔體、兩方體」等十體,即十種風格,其中「餘情體」的「餘情」也是漢語,陶淵明

4　松尾芭蕉:《閉關之說》,王向遠譯:《日本古代文論選譯》(北京市:中央編譯出版社,2012年),古代卷下,頁399。

云：「其人雖已沒，千載有餘情」，何遜有「鑒前飄落紛，琴上聽餘情」。《和歌體十種》認為「餘情體」的特點是「詞標一片，義籠萬端」，就是用若干有限的詞語，來表達多義複雜的情感內容。後來，「餘情」不僅限於和歌一體，而是成為日本文論中的一個重要概念。至於所謂「高情體」之「高情」，似乎是作者杜撰的新詞。「此體詞雖凡流，義入幽玄，諸歌之為上科也，莫不任高情。仍神妙、餘情、器量皆以出是流，而只以心匠之至妙，難強分其境。待指南於來哲而已。」所指的是「高情」體的和歌用詞雖然較為普通平凡，但具有高格調，而其他的十種體式，也都須出自「高情」。此外還有「風情」一詞，例如鎌倉時代著名歌人、散文作家、鴨長明在《無名抄・關於近代歌體》中使用了「風情」的概念，「風情」不必說也是漢語詞，其中寫道：「中古之體容易學，但難出秀歌，因中古之體用詞古舊，專以風情為宗旨。」又說：「……別人暫且不說，以我自身經驗而論，以前參加人數眾多的歌會，聽了他們的歌，具有獨運匠心之風情者極少，不少作品差強人意，但立意新鮮者卻難得一遇。」「……而風情不足者，尚未登堂入室，徒然貽笑大方。」不僅指感情，似乎還包括表達感情的能力。

二　「人情」概念與日本文論中的「人情主義」

從古代文論範疇的層面上看，在「情」字概念群中，最重要的還是「人情」這個範疇。在漢語中，「人情」一詞，可以看成是一個偏正詞組，即人之情。較早使用「人情」一詞的，是《禮記・禮運》：「何為人情？喜怒哀懼愛惡欲，七者弗學而能。」所以需要對人情加以控制：「故聖王修義之柄、禮之序，以治人情。故人情者，聖王之田也。」《荀子》較早把「人情」作為與文藝相關的詞彙加以使用，他在《樂論》中提出：「夫樂者，樂也。人情之所必不免也。」

　　既然「人情」是人普遍性的自然的情感欲望，那麼對統治者來說，人情就是需要了解的。《史記‧李斯列傳》有：「且趙君為人精廉彊力，下知人情，上能適朕，君其勿疑。」這裡的「人情」將「人」加以群體化與一般化，與「民情」、「世情」同義。這樣一來，作為個別的「人情」就成為一般意義上的「人情」，又引申為人們所共有的、通常的想法或做法。如《莊子‧逍遙遊》：「大相逕庭，不近人情焉。」唐代詩人韓愈〈縣齊有懷〉：「人情忌殊異，世路多全詐。」近代寧調元〈燕京雜詩〉：「人情葉葉都如此，世路悠悠古所難」，指的都是普通的一般的共性的東西，即人的群體性、社會性，所以「忌殊異」，不能太個性了。不僅如此，「人情」更用來指人與人之間的利益關係、功利性的應酬往來。如元代關漢卿〈魯齋郎〉第三折中：「父親、母親人情都去了，這早晚敢待來也。」元代劉壎《隱居通議‧世情》：「蓋趨時趨勢，人情則然，古今所同也。」《紅樓夢》第六、八回：「外頭從娘娘算起，以及王公侯伯家，多少人情客禮，家裡又有這些親友的調度。」由此可見，在漢語的語境中，「人情」這一概念從個人的感情到普遍的「人情」，一般都是在政治學、社會學的意義上使用的。「人情」所強調的並不是個人、個體的喜怒哀樂的主觀情感，而是多指人際交往的一般情形。甚至到了近現代漢語中，出現了「送人情」、「講人情」、「欠人情」、「人情世故」等說法，帶上了強烈的功利性交往、利益交換的意味，有時甚至「送人情」的「人情」指的是用來潤滑人際關係的金錢財物，與人的感情完全不相干了。因此，「人情」在漢語中，一直是一個社會學、政治學、儒學的詞彙概念，後來則在此基礎上，相當程度地俗惡化了。在這種情況下，「人情」難以成為一個文論概念或審美範疇。

　　日本的「人情」（にんじょう）一詞，是從漢語傳入的。這個詞很早就傳入日本，成為日語中的一個重要的漢字詞。但日本的「人情」一直保持著漢語「人情」的本義，指的是人與生俱來的基本感

情。日本權威辭書《大言海》對「人情」的釋義是：「人心所自然具備的性情，人之心、人之情。」《廣辭苑》對「人情」一詞也只有兩個釋義：（1）基於自然的人間相愛之情；（2）人心的自然的活動。小學館《國語大辭典》的「人情」釋義只有一條：「人情：人與生俱來的心的活動；又指人所自然具有的情愛、感情、慈愛、關愛。」可見在日語中「人情」很單純，完全沒有社會學上的、人際交往、利害考量的含義，而專指人的自然具備的各種的感情，而且是美好的感情。這樣，「人情」一詞便自然而然地單純作為文論、詩學或美學概念來使用了。從最早的《古今和歌集・真名序》中使用的「人情」，到十七世紀後的江戶時代，「人情」一詞就成為一個重要的文學概念與文論概念了。其中，在小說類型中，出現了「人情本」（人情小說）這種品類，是專門表現「人情」，主要是男女之情的，而且不是落俗套的一般世俗的婚姻戀愛，而是花街柳巷中超越世俗的、超世俗功利的、純審美狀態的男女情感交集、糾葛與悲歡離合，這種小說發展到現代，就是所謂「純愛」小說。「純愛」也就是純情。

　　另一方面，在理論層面上，無論在漢學家的文論中，還是在「國學家」的文論中，「人情」都成為一個重要的被頻繁使用的文論與詩學範疇。這個範疇首先在漢詩論（詩話）中使用。漢詩人、詩學理論家祇原南海在用日語寫成的詩話著作《詩學逢原・上卷》中寫道：

　　　　中國上古三代之初，詩以人情貫之，發於聲而鳴於物，周代時，各國詩歌由太史採集，以詩觀列國之風及善惡興衰，是詩歌的功用之一。又，詩和之以管弦，在朝廷廟堂之上，祭祀饗宴之時吟誦，用於邦國、閨門，通和人情、以成樂章，也是詩歌的一種功能。到了孔子時代，弦歌諷誦、斷章取義，又是詩的功用之一。至唐代，更以詩取士，也使詩歌具有了後世的那種遊戲因素。這也是詩的功用之一。相同的一首詩歷經數代，

被使用的途徑方式不一，所不變者，乃是因為它源於人情，所
表現的也是人情。故而今日我們所作之詩，能不負詩之本意，
即是斯道大幸。[5]

　　這裡表達的是以「人情」為價值本位的文學觀。祇原南海所說的
「人情」，是指人性的自然，是作為個體的自然感情，認為表現人情
是「詩之本意」，詩就是「吟詠性情」，從而對宋人的以理入詩、以史
論詩的做法表示排斥和反對。真摯的人情是詩的根本，「所謂『情生
於文，文生於情』，是說情感真摯時，自然成文，正如風吹萬物，自然
成音，是同樣的道理。」江戶時代另一位漢詩人、詩學家廣瀨淡窗在
《淡窗詩話》中認為：「會寫詩的人溫潤，而不會寫詩的人刻薄；會
寫詩的人通達，不會寫詩的人偏狹；會寫詩的人文雅，不會寫詩的人
粗魯。這是為什麼呢？詩是出於性情之物，不喜歡詩的人，是因為其
天性中缺少情的部分，若讓這些人學詩，就可以使其感情變得豐富，
但是以偏狹的情感，無論怎樣努力，也是學不好詩的，任其發展下
去，越來越墮入無情之窟。」[6]這就不僅把「情」作為詩歌的根本，
也把「情」作為人之根本了。

　　在江戶時代，來自中國的儒學被推為官方之學與官方意識形態，
照理說中國儒學的「抑情主義」也會隨之而立。實際上，無論是日本
的各派儒學在具體問題上有多大分歧與論爭，但在「情」的問題上卻
都顯示了與中國儒學的不同。他們都不同程度地反抗中國儒學主流的
「抑情主義」，而普遍提出「人情主義」。可以說，江戶時代日本儒家
的最大特點，是一致反對中國宋明理學中的唯理主義，而大力弘揚

5　祇園南海：《詩學逢原》，王向遠：《日本古代詩學匯譯》（北京市：崑崙出版社，
　　2014年），下卷，頁709。

6　廣瀨淡窗：《淡窗詩話》，王向遠：《日本古代詩學匯譯》（北京市：崑崙出版社，
　　2014年），下卷，頁740。

「情」、「人情」。如山麓素行在《謫居童問》中主張「去人欲非人」，認為沒有人情、人欲，那就不是人了；伊藤東涯在《古學指要》一書中提出了「因情知性」說，認為「情」是人的最真實、最自然的東西，由情才能見出人性；荻生徂徠則批判宋儒的「存天理、去人欲」，比起「天」來，他更強調「人」，比起「天道」的既定性，更強調人為性。對「情」的這種態度，是中國儒學日本化的一個顯著標誌。

　　這種「人情主義」傾向，在反抗中國儒學而產生的所謂「國學」派的思想、特別是其文學理論著述中，得到了更為系統鮮明的闡述。由於日本的「情」的思想大多是通過文學創作加以表現的，因而日本的國學家們便更多地在日本傳統文學的研究中發掘「情」的價值，宣揚「人情主義」。這樣一來，有關的文論著作便成為集中闡發「人情主義」的典型文本，而且對「人情主義」的宣揚，與對中國文化的批判始終結合在一起。其中，站在唯情主義立場上，批判中國傳統的理性文化、弘揚日本的「人情主義」的最有代表性的文論家，是十八世紀的著名國學家本居宣長。

　　本居宣長的「人情」論是從屬於他的「物哀」論的[7]。他在《紫文要領》一書中認為，儒學、佛學與日本獨特的「物語」文學，其根本的不同，就在於儒佛之道對人情加以嚴厲抑制，將按人情恣意而為者視為「惡」，而將控制壓抑人情者視為「善」；認為日本的物語文學有自己的獨特的人物評判的標準，那就是「情」，物語「以『通人情』者謂善，以『不通人情』者為惡」。他強調：「物語中的所謂『通人情』，並不是叫人按自己的想法恣意而為，而是將人情如實地描寫

7　關於「物哀」論，可參見王向遠：〈感物而哀——從比較詩學的視角看本居宣長的「物哀論」〉，原載《文化與詩學》2011年第2期；〈中國的「感」「感物」與日本的「哀」「物哀」——審美感興諸範疇的比較分析〉；原載《江淮論壇》2014年第2期；〈日本的「哀・物哀・知物哀」——審美概念的形成流變及語義分析〉，原載《江淮論叢》2012年第5期。

出來，讓讀者更深刻地認識和理解人情，這就是讓讀者『知物哀』。」[8]總括起來看，本居宣長所謂的「人情」，是人的天然的、本能的情，也是不加掩飾的真實之情。

首先，天然的本能的人情，最集中的表現就是人的情欲，而在情欲中，最強烈的就是肉欲，就是男女之戀情。這正是中國儒家文化說的「男女之大防」，是嚴厲地加以排斥的。本居宣長則認為，最能體現人情的莫過於「好色」，《源氏物語》等日本物語文學恰恰建立在男女之情的描寫基礎上。文學不寫「好色」，就不能深入到人情的幽微之處。他又在和歌研究專著《石上私淑言》中指出：和歌中的題材之所以以戀愛為最多，原因是「戀愛乃是一切感情中最動人的感情，戀情也是人最為難耐之情，所以在感物興歎的和歌中，以戀歌為最多」。對於男女戀情，宣長認為：沉溺於戀情為人情之所難免，為戀情而魂不守舍、心旌動搖者，無論賢愚，均屬常見，且多有出軌之事。[9]這些戀情都屬正常的人情，不必說一般人，就算是出家的和尚也有戀情，所以日本文學史上，歷代和歌集多有和尚的戀歌，和尚吟詠戀歌是無所顧忌的；戀情雖然往往不合道德，但日本人並不加以苛責，這並非說明日本人特別好色，而是日本人不以人情為惡，順其自然，並自然而然地在文學中加以表現，而不像中國人那樣加以防範和斥責。

其次，宣長所謂的人情，不是裝出來的堂而皇之的東西，而是不加掩飾的人心最深處的東西。他在《紫文要領》中斷言：「真實的人情就是像女童那樣幼稚和愚懦。堅強而自信不是人情的本質，常常是表面上有意假裝出來的。如果深入其內心世界，就會發現無論怎樣的

8　本居宣長《紫文要領》，王向遠譯：《日本物哀》（長春市：吉林出版集團，2010年），頁44。

9　本居宣長：《石上私淑言》，王向遠譯：《日本物哀》（長春市：吉林出版集團，2010年），頁228。

強人，內心深處都與女童無異。對此引以為恥，極力隱瞞，是不正確
的做法。中國人寫的書就是極力裝潢門面，而忽略了對真實的人情描
寫。看上去、聽上去似乎冠冕堂皇、威風凜凜，實則是裝腔作勢、色
屬內荏。」[10]他在《石上私淑言》中對中日文化做了對比，認為中國
文學作者都從治國安邦考量，「以致無論何事，都作一本正經、深謀
遠慮之狀，費盡心機，杜撰玄虛理論，對區區小事，也論其善惡好
壞。流風所及，使該國上下人人自命聖賢，而將內心軟弱無靠的真情
實感，深藏不露，以流露兒女情長之心為恥。更何況賦詩作文，只寫
堂而皇之的一面，使他人完全不見其內心本有的軟弱無助之感。這是
治國安邦之道所致，乃虛偽矯飾之情，而非真情實感。」[11]可見，以
本居宣長為代表的日本古代文論家，抽掉了「情」或「人情」的社會
性、倫理性的內涵，而把「人情」單純地加以審美化的理解與運用。

三　中日「情」與「人情」範疇的複雜性與單純性

　　將中日「情」、「人情」語義的演變加以比較，就可以看出，中國
的「情」、「人情」逐漸從原初的人的自然的基本感情義，而層層累積
了社會學的意義；從單個的、個別的人之感情之義，發展到群體的、
一般的「情」與「人情」；又在人們情感交流的意義上，賦予「人
情」以人際交往意義上的規則、潛規則的意味。同時，在哲學的層面
上，中國的「情」範疇也有不少的相關範疇，與「情」保持著互為依
存的關係，需要不斷地進行「情」與其相關範疇的辨析。在中國思想
史上，尤其是在先秦諸子、宋明理學中，圍繞「情」的內涵及與相關

---

10 本居宣長《紫文要領》，王向遠譯：《日本物哀》（長春市：吉林出版集團，2010
年），頁106-107。
11 本居宣長：《石上私淑言》，王向遠譯：《日本物哀》（長春市：吉林出版集團，2010
年），頁221。

範疇的關係，曾有過長期的論析與論辯。例如在哲學思想領域，從不同角度辨析「心」與「情」、「情」與「性」、「情」與「志」、「情」與「意」等的關係；在文論與美學的領域，中國古代古人則深入辨析和論述「情」與「境」、「情」與「景」之間的複雜關係。而日本的「情」與「人情」，卻在使用的過程中被不斷地剝離著與周邊相關詞語的關聯，從而保持了其相對單純性。

　　與中國不同，由於日本之「情」的範疇的限定性、語義的單純性，使得日本人對「情」字與其他概念範疇之間的關聯，例如「心」與「情」、「情」與「志」、「情」與「意」、「情」與「欲」等，都不做過多深入的區分與辨析。較早涉及「情」及相關概念之關係的，是空海的《文筆眼心抄・凡例》第二：「凡詩本志也。在心為志，發言為詩。情動於中，而形於言，然後書之於紙也。」這裡顯然是在祖述中國詩學，並且點到為止，但這也清楚地表明了他對「心」與「志」與「情」三者的關係的簡潔明快地理解：「心」是本體，「志」是心的產物，「情」是心與志的動力與表達。在心即情，情即心，在許多情況下，「情」可以讀作「こころ」（kokoro，即「心」的讀音）。在日本人看來，「心」的作用是通過「情」表現出來的。「情」可以讀作「心」，當要有意識地強調「情」的時候，則將「情」讀作「こころ」（心）。十七世紀日本國學家本居宣長的《石上私淑言》中所說的「情詞」也就是「心詞」。「情」與「心」同義，但「心」字不能讀作「情」（「なさけ」），這說明「心」的概念大於「情」，「情」從屬於「心」。在中國哲學中，「心」概念的綜括性極強，包含度極高，而在日本人的理解中，「心」常常就是「情」。「情」也被完全限定在「心」所具有的主觀的、個性化的範疇內。本居宣長在《石上私淑言》中，還對「情」與「欲」做了區分界定。認為：「『情』和『欲』是有區別的。首先，人心之所想均是『情』，在所思所想中最想得到的那一部分叫作『欲』，兩者互為依存。一般而論，『欲』是『情』的

一種。如若加以區別，對人加以憐愛，或者對人寄予思念、擔憂之類，謂之『情』。出乎『情』者即涉及到『欲』，而出乎於『欲』者也涉及到『情』，兩者難以截然區分。」[12] 雖說難以區分，但他還是把「情」限定為沒有實踐性的東西，從而與具有實踐指向的「欲」相區別。關於「情」與「意」的關係，江戶末期漢詩人廣瀨淡窗在《淡窗詩話》（上卷）中，將「人心」分為兩部分，即「情」與「意」，他認為「意」是一種是非、利害的判斷，有益的事情就做，無益的事情就不做，這是「意」的職責；而明知此事不該做，而又難以捨棄，這就是「情」。[13] 這就把「情」中的利害權衡剔除了，從而使「情」單純化。總之，日本人對「情」所做的詞義辨析，主要是撇清「情」與其他心理、思想因素之間的關係，而使「情」保持單純化。

　　從學科分野的層面來看，如果說，中國古代文論中的「情」是在哲學、倫理學、社會學等多維視域中加以思考與觀照的，那麼日本的「情」則只是在心理美學的層面上加以觀照。中國文論中的「情」在特定的語境中是審美範疇，但即便作為審美範疇使用時，也不排斥非審美的判斷，而且常常是讓非審美的判斷先入為主了。即便是主張緣情而作的唐代的一些詩人，如劉禹錫、盧重元等，在談到「情」的時候也以善惡論。日本文論中的「情」論，雖也承認「情」確實有善惡之分，但卻把「情」視為人性自然，而在文學創作中做真實的描寫，並不隨意加以善惡道德的判斷。表現在文學創作中，中國文學不是沒有寫情，而且對人的情欲，包括男女戀情、乃至色情，都有大量的描寫，在描寫的程度上甚至遠超日本文學。詩歌中的《玉台新詠》及唐宋的宮體詩詞，都大量地表現了戀情，與日本的《古今和歌集》、《新

12　本居宣長：《石上私淑言》，王向遠譯：《日本物哀》（長春市：吉林出版集團，2010年），頁226。

13　廣瀨淡窗：《淡窗詩話》，王向遠：《日本古代詩學匯譯》（北京市：崑崙出版社，2014年），下卷，頁741。

古今和歌集》中的戀歌不遑相讓。中國明代的言情小說中的人情、色
情描寫，與江戶時代的所謂「好色物」（好色小說）、「人情物」（人情
小說）相比，也有過之而無不及。但與日本文學不同的是，中國的
《金瓶梅》、《肉蒲團》等小說是帶著道德訓誡的目的來描寫情欲的，
先對情欲本身做了惡的判斷與定位，因而其描寫往往失之於醜惡、乃
至墮落，而《源氏物語》對「情」本身視為自然，以表現「物哀」、
讓讀者「知物哀」這樣的美學動機為旨歸，所以在理論上，日本由
「情」生發出獨特的「物哀」論美學，將「情」加以美學範疇化。而
漢代以降，中國的「情」論主要是作為人性論哲學概念、倫理學概念
來使用的，其次才是文論與美學概念。正如有學者所指出的那樣：兩
千年來的中國歷史，一直是在「情的解放──情的氾濫──情的壓
制」中往復循環，由此形成了三個歷史圓圈：兩漢─六朝；隋唐─五
代；宋─明末。[14]相比之下，日本則沒有這樣的圓圈，而是呈現了三
個階段，即《古今和歌集》之前（十世紀之前）自然地表現「情」，
到了十世紀後〈古今和歌集序〉從理論範疇上意識到「情」，再到十
七世紀後江戶時代思想家、文論家從理論上闡發與確認「情」。可以
說，日本的「主情主義」是一以貫之、線性發展演進的。

在日本古代文論中，對「情」的理解與界定是如此，對於「人
情」這個範疇也是如此。

首先，日本人通過「人情」與另外一個相關概念「義理」之間的
辨析，來達成「人情」範疇的單純化。日語的「義理」（ぎり，讀若
giri）似來自中國的《禮記・禮器》「義理，禮之文也」，但含義與漢
語的「義理」頗有不同，指的是日本傳統社會中的「恩義」、「情義」、
「情分」、「情面」、「義務」等約定俗成的社會性的風俗禮儀與規矩規
則。受儒家文化的影響，加上日本武士道文化的道德要求，「義理」

---

14 胡家祥：《志情理：藝術的基元》（南昌市：百花洲文藝出版社，頁138），2005年。

是日本社會人際關係的核心觀念。值得注意的是，「義理」的這些含義，恰恰是中國的「人情」的含義。換言之，日本的「人情」僅僅指個人的自然的內心感情，而中國的「人情」概念是把「恩義」、「情義」、「情分」、「情面」、「義務」這些東西包含在內的。「人情」由個人性逐漸延伸到社會性。所謂「講人情」、「懂人情」就是熟諳社會規則與潛規則，就是懂得並能很好的處理「人情世故」。「人情」與「世故」並提，而不是衝突。所以，中國的「人情」沒有像日本的「義理」這樣的對蹠的概念。而在日本，社會性的「義理」常常與個人性的「人情」構成一對相反相成的對蹠概念。講「義理」，既可以出於內心自然的「人情」，也可以不出自內心情感，而僅僅是為了社會道德的規則與潛規則。而實際上，「義理」常常指的是後者，這就常常會與「人情」發生衝突。這種衝突也是江戶時代文學藝術的一個基本題材與主題。無論是井原西鶴的市井小說，還是近松門左衛門的戲劇文學，都貫穿著「義理」與「人情」之間的矛盾衝突，表現了人物在兩者之間艱難選擇的痛苦。

　　到了近代文論家那裡，「人情」這個範疇仍然保持著它的單純義。如近代文學理論的奠基者坪內逍遙在《小說神髓》一書中明確主張：「小說的主旨是寫人情，其次是寫世態風俗。」接著給「人情」下了一個明確的定義：「所謂人情是什麼呢？人情即人的情欲，所謂的一百〇八種煩惱是也。」[15]這裡明確地將「人情」與「世態風俗」作為兩個不同的領域加以區分，使其限定在人的自然感情的範疇之內。而浪漫主義文學理論家北村透谷的〈內在生命論〉一文，則把「人情」與「人性」並提，主張「人性無上下，人情無古今」，「人情」是人類的普遍的基本感情，也是他所弘揚的人的「內在生命」。[16]

---

15 坪內逍遙：《小說神髓》，王向遠譯：《日本古代文論選譯》（北京市：中央編譯出版社，2012年），近代卷上，頁219。

16 北村透谷：〈內在生命論〉，王向遠譯：《日本古代文論選譯》（北京市：中央編譯出

至於夏目漱石在《文學論》中提出「非人情」的文學，認為「非人情」的文學「就是排道德的文學」。[17]作為漢學家的漱石的「人情」概念顯然深受中國「人情」概念的影響，不僅把「人情」看作個人的基本感情，也把它看成是社會道德，實際上是將「義理」的內涵也包含在「人情」當中了，所以他認為排斥了這樣的「人情」的「非人情」的文學，「就是排斥道德的文學」，也是「不涉及道德」的文學、不做道德判斷的文學。由於夏目漱石的「人情」概念受漢語的影響，所以並不是日本人傳統的「人情」概念的主流，但他畢竟將「非人情」作為一個文論概念提出來，這與日本文論與美學史上將「情」、「人情」作為文論與美學範疇加以使用，是一脈相通的。

版社，2012年），近代卷下），頁426-427。

17　夏目漱石：《文學鑒賞中的排除法》，王向遠譯：《日本古代文論選譯》（北京市：中央編譯出版社，2012年），近代卷下，頁661。

日本的「侘」、「侘茶」與「侘寂」的美學[1]

　　「侘」是日本傳統美學、文論中一個十分重要的、富有民族特色的概念。它以「侘」這個漢字「人在宅中」的會意性，寄寓了日本人獨處或與人雜處時的空間存在感。「侘」既包含著人們在特定的、有限的空間裡有距離地接近的那種和諧、淡交的倫理觀念，也寄寓著「人在宅中」、享受孤寂的那種「棲居」乃至「詩意棲居」的審美體驗，可以視為「棲居美學」的範疇。「侘」就是不僅在獨處時消受孤寂，而且在人多雜處時仍能感受孤寂，從而與他人保持一種優雅的距離感。在日本文學與美學史上，從古代的貴族的「部屋」、到中世僧侶的草庵，到名為「草庵侘茶」的面積極小的茶室，再到近代自然主義作家熱衷描寫的那種視野封閉的「家」，乃至直到二十世紀末那些「宅」在家中自得其樂、不願走上社會的御宅族、宅人、宅男與宅女，更不必說當代名家村上春樹所熱衷建造的所謂「遠遊的房間」了。古今日本人所熱衷描寫的都是狹小空間中的那幾個人，描寫他們深居簡出的那種孤寂的生命體驗及對孤寂的享受，體現了空間逼仄的海島民族對狹小空間的特殊迷戀。如此種種，用一個字來概括，就是「侘」。以「侘」為中心，形成了日本文化的一種獨特傳統，並與大陸文學藝術的廣闊恢弘的大氣象形成了對照。

　　對於茶道及「侘茶」，現代日本學者做了大量的研究，可謂連篇

1　本文原載《東嶽論叢》（濟南），2016年第7期。

累贅，在史料與觀點上都值得參考。中國學者在這方面的研究中也有出色的研究成果，如張建立著《藝道與日本的國民性——以茶道和將棋為例》（北京市：中國社會科學出版社，2013年）一書上篇中關於茶道的章節頗有見地，但是已有的成果對於「侘」這個關鍵概念本身仍然沒有說透。長期以來，由於日本的一些研究者漢學功力不逮，或者在研究這個概念時脫離中國語言文化的語境，缺乏比較語義學的方法，對「侘」字的「人在宅中」的空間上的意義缺乏理解，甚至不少專門的研究者在其著作中，例如桑田忠親的《茶道の歷史》、西田正好的《日本の美その本質と展開》一書中的第三章〈わびの本質と展開〉、大西克禮的《風雅論》一書中的有關章節等，均誤將「侘」誤寫作「佗」。儘管「侘」與「佗」字形極為相近，但兩個字的意義卻風馬牛不相及。在這樣的情況下，要對「侘」做出深入的闡釋與研究，就很難做到了。

一　「わび」（wabi）：孤獨淒涼的心態與生態

「侘」是日本的固有詞彙，在十四至十五世紀之前，一直沒有使用「侘」這個漢字來標記，《萬葉集》時代使用的是「和備」這兩個「萬葉假名」（用漢字作為符號來標記日語發音），假名文字發明使用後，才逐漸被整理替換為假名，常用作動詞（寫作「わぶ」，音 wabu）、名詞（寫作「わび」，音 wabi）或形容詞（寫作「わびし」，音 wabisi）。《萬葉集》有十幾首和歌使用了該詞，《古今集》、《新古今集》等歷代和歌集及其他文學作品使用更多。

例如，《萬葉集》卷四第六百一十八首：「靜靜的黑夜，千鳥啼啼喚友朋，正是侘之時，更有哀之鳴」。「正是侘之時」（わびをる時に）的「わび」是一種寂寞無助的狀態。

《萬葉集》卷十二第三千〇二十六首：「思君而不得，只有海浪

一波波，豈不更侘麼？」。「豈不更侘麼」的「侘」原文是「わび
し」，做形容詞，表達寂寞孤獨之意。

《萬葉集》卷十五第三千七百三十二首，「身不如泥土，想起妹
妹來，可憐心口堵。」用了「思侘」（思ひわぶ）這個詞，作為合成
動詞，指的是心口堵得慌、苦惱的意思。

《古今集》卷一第八首文屋康秀的歌：「春日照山崖，山巔白雪
似白髮，觀之倍感侘。」這裡的「侘」是形容詞「わびしき」，表達
感傷寂寥之意。

《古今集》卷十八第九百三十七首小野貞樹的歌：「若有宮人問
我：日子過得如何？請如此回答：侘居山裡在雲霧中。」其中最後一
句原文是「雲居にわぶと答えよ」，用「雲居」來形容自己離群索居
的「侘」（わぶ）的狀態。

《古今集》卷十八第九百三十八首小野小町的歌：「吾身如此侘，
像根無根的浮草，隨水漂去吧！」其中「我身如此侘」的「侘」原文
是「わびぬれば」指的是一種生活狀態，一種無依無靠的敗落狀。

《古今集》卷十八在原業平：「有人如詢問，答曰住須磨海邊，
像漂浮的海草一樣侘」。這裡的侘（わぶ）是動詞，指的是一種落魄
寂寥的生活境況。

《後拾遺集》卷八有：「從前曾奢華，如今零落淪為侘，只穿下
人衣服啦。」這裡的「侘」（わびぬれば）也用作動詞，描述一種窮
困潦倒的狀態。

要之，在日本古代文學文獻中，「わび」指的都是一種被人疏
遠、離群索居的寂寥與淒涼，所描述的是一種迫不得已的、負面的、
消極的生活與心理狀態。

到了室町時代，上述的「わび」仍被使用，但其含義卻發生了顯
著的變化。室町時代是日本傳統文化的成熟時期，傳統的宮廷貴族文
化、新興的武家文化及庶民文化三者融為一體，同時完成了對大陸的

唐、宋、元文化的吸收。由於連年不斷的武士爭戰所造成的社會動盪
的常態化，以及佛教思想的深入，也使人在無可奈何中形成了一種化
苦為樂、亂中求靜、躲進小樓成一統的超越心理，逐漸形成對外界事
物的超功利、超是非的觀照、觀想的態度，於是形成了以佛教禪宗為
統領、以審美文化、感性文化為核心的，與中國的政治文化與倫理文
化有所不同的獨特的日本文化，在文化藝術方面集中體現在連歌、能
樂、茶道等幾個方面。而在美學趣味上，則是追求寧靜、簡樸、枯
淡、孤寂，這些大都集中體現在「さび」（寂）與「わび」（侘）這個
重要概念上。

　　在「わび」的使用中，雖然基本意義與以前沒有根本變化，但這
個詞的感情色彩卻發生了根本的變化，由一個主要描述和形容負面意
義的詞，而向正面意義轉化；或者說，由表示消極的價值，轉換為表
現積極的價值。例如，相國寺鹿苑軒主的《陰涼軒日錄》，在文正元
年（1466）閏二月七日有這樣一條記事：

　　　　細川滿元家有一位家丁，老家在讚岐，名叫阿麻。不知因為什
　　　　麼緣故觸怒了主人滿元。滿元一氣之下把阿麻的俸祿取消了。
　　　　此後阿麻並沒有回老家，仍然住在京城。因沒了生活來源，逐
　　　　漸陷入了困頓。但是阿麻不以為苦，甘於京城的貧窮生活，倒
　　　　也過得悠悠自在。沒有錢買吃的，他就去挖杉菜（すきな）等
　　　　野菜來充饑，如此度日。以前的熟人都笑他，他卻吟詠了一首
　　　　和歌，表達了自己的心情：

　　　　侘人過日子，
　　　　吃的是杉菜，
　　　　倒也滿自在。

滿元聽聞後，很受感動，便恢復了他的俸祿。這正是當今一件風雅之事，對此，無論是僧侶還是俗人，皆以此為楷模。[2]

　　作者在《陰涼軒日記》中把阿麻的故事作為風雅之事來記錄，表現的是無怨無怒、隨遇而安、甘於貧窮的「侘人」的生活狀態。在上引的這首和歌中，也許是和歌擬古的緣故，「侘人」的「侘」仍然寫作「わび人」，而沒有用「侘」字，但是文中的「阿麻不以為苦，甘於京城的貧窮生活，倒也過得悠悠自在」一句，恰恰是以表示居住狀態的「侘」對「わび」的最恰切的表述。表明此時的「わび」的感情色彩已經與以前大有改變。阿麻的這首和歌，之所以能讓主人感動，還是因為把吃杉菜（すきな）與「風雅的」（日語「數奇な」或「すきな」）兩個同音詞，以雙關語的形式相提並論，表現了以清貧為風雅的意思。這就使得「わび」這個詞，由一種描述生活狀態的詞，近乎成為一種審美概念了。

　　不僅這個詞的感情色彩發生了變化，而且在室町時代的文學作品中，「わび」開始用漢字的「侘」來標記了。在室町時代最有代表性的文藝樣式「能樂」的劇本「謠曲」中，常常使用名詞「わび」、動詞「わぶ」或形容詞「わびし」。但詞幹大都開始「侘」這個漢字來標記。用漢字「侘」字來標記，也就意味著此時的日本人發現了「侘」與「わび」的契合性，並以此來訓釋「わび」了。而「わび」的漢字化，也就使得原來的「わびし」、「わび」由一個普通的形容詞、名詞，而具有了概念的性質。

　　例如，在能樂的著名曲目《松風》中，有一節行僧的臺詞：

感謝施主美意。俺出家人雲遊四方，居無定所，而且對著須磨

2　轉引自數江教一：《わび——侘茶の系譜》（東京：塙書房，1973年），頁39。

海邊一直有留戀之情，所以特別來此地侘住之（「わざと侘び
てこそ住むべけれ）」。古時在原行平曾有歌曰：「設若有人問
蹤跡，海邊鹽灘侘而居也（藻塩たれつつ侘ぶと答えよ）！」
再說那海灘上有一棵老松，據說兩位漁家女松風、村雨的遺
跡，今日有幸過此，自當憑弔一番。

在這裡，兩次使用「わび」，第一次是「わび」作為一個名詞與另一
個名詞合成「侘住（侘住まい），第二次使用了動詞形「わぶ」，寫作
「侘ぶ」。這兩個詞都跟人的居住相關，都把「侘」作為一種有意追求
的風雅狀態。而在這種語境中，古代歌人在原行平的原本帶有感傷意
味的和歌，在此被引用之後，「侘而住之」、「侘而居」的狀態也帶上
了積極的意味。同時，在許多文獻中，「侘」作為一個詞素，與其他
字詞構成一個詞，常用的有「侘歌」、「侘言」、「侘聲」、「侘住」、「侘
鳴」、「侘寢」、「侘人」等，都是以「侘」來修飾、說明和描述的一種
行為或生活狀態，特別是「侘住」，可以看作是「侘」的基本義。

　　這樣一來，當用「侘」這個漢字來標記的時候，此前「わび」的
寂寞、孤獨、失意、煩惱之類表達人的心理的情緒詞，便轉向了一種
「空間體驗」，即「侘」這個漢字的會意性之所在——「人在宅中」。
同樣，在室町時代之前，這個「わび」與另外一個詞「さび」幾乎完
全同義，而從室町時代起，「さび」用「寂」字來標記，主要指的是
存在的時間性、時間感，具有經歷漫長的時間沉澱、歷史積澱之後，
所形成的古舊、蒼老、以及呈現在外的灰色、陳舊色、鏽色，並以此
體現出的獨有的審美價值。而「わび」則用「侘」來標記，主要指存
在的空間性及空間感覺，即在與俗世相區隔的狹小的房屋中的孤寂而
又自由自在的感覺。換言之，「寂」屬於「時間美學」的範疇，主要

用於俳諧創作與俳諧理論；[3]「侘」則屬於「空間美學」的範疇，主要用於茶道。

　　遺憾的是，一直以來，包括日本學者在內的相關研究者們，都沒有將這一點道破。實際上，寂（さび）與侘（わび）兩個詞意義相同，但維度有別。晚近以來，也有學者將「寂」與「侘」並稱，如當代美國學者李歐納・科仁（Leonard Koren）寫了一本簡短的名為《wabi-sabi》（1994）小冊子，中文譯本譯為《侘寂之美》[4]，實際上主要是從建築美學的角度著眼，其側重點在於「侘」的簡約性。而在不需要嚴加區分的一般意義上，特別是在空間美學與時間美學相交的意義上，我們也不妨將兩個詞合稱為「侘寂」，也更符合中文詞彙雙音雙字的標記習慣，如此，「侘寂」這個詞更容易使中國人上口、使用，「侘寂」可以成為理解日本傳統美學的一個關鍵詞。

　　「侘」的這種由消極意味到積極意味的變化，到了室町時代興起的「茶道」（「茶湯之道」）的世界中，成為一個重要的核心理念。茶與「侘」相聯繫，或者說茶作為「侘」的載體，形成了所謂「侘茶」。「侘茶」之「侘」所表達的是一種排斥物質的奢華、甘於簡單和清貧，而追求佛教禪宗的枯淡的、「本來無一物」的高潔的審美境界，而受到富貴者、貧寒者不同階層的普遍歡迎。「侘茶」對於一般市井百姓而言，是安貧樂道、修心養性的所在。侘茶的簡樸乃至寒磣，又與當時以追求奢華為特點的安土、桃山時代的新興武士貴族文化，特別是富麗堂皇的造型藝術、建築藝術正好相反，但卻得到了當時的武士強人織田信長、豐臣秀吉的支持。叱吒風雲、所向披靡的武士強人織田信長、豐臣秀吉之所以喜歡並支援紹鷗、千利休的「侘

3　參見王向遠：〈論「寂」之美——日本古典美學關鍵字「寂」的內涵與構造〉，原載《清華大學學報》2012年第2期。

4　李歐納・科仁撰，蔡美淑譯：《wabi-sabi 侘寂之美——寫給產品經理、設計者、生活家的簡約美學基礎》（北京市：中國友誼出版公司，2013年）。

茶」，其根本的原因還是能夠在空間狹小、簡樸的草庵茶室中，體會
那種與日常的征戰殺伐、刀光劍影，或紙醉金迷、富麗堂皇的城堡幕
府完全不同的世界，在那裡暫時獲得與世隔絕般的、恬淡無欲的
「侘」的感覺。對他們而言，「侘茶」是一種調劑，一種補充，一種
對比，是現實的功利的世界，走向超現實的、非功利的審美世界的簡
便途徑，也是禪宗修行的一種方法與途徑。這便是「侘茶」得到當權
者庇護和推崇的原因。慢慢地，以茶道及「侘茶」為媒介，「侘」成
為日本傳統的重要審美觀念之一。

　　日本學者數江教一認為：「『わび』（wabi）的意思似乎一聽就
懂，實際並不真懂。是因為這個詞不能以其他詞來加以說明。『わ
び』就是『わび』。要是換上『枯淡』、『閑寂』，或者『樸素』之類的
詞來表示，那麼『わび』的語感就喪失了，意思也大相逕庭了。」[5]他
說的「『わび』就是『わび』」，不能用其他詞來做替換解釋與說明，
是很對的。但「わび」雖然不能用「枯淡」、「閑寂」、「樸素」之類的
詞來解釋，但並非不能解釋，實際上，室町時代以後的日本人實際上
已經解釋了，那就是用漢字「侘」來解釋和訓解「わび」；同樣的，
我們現在要對「侘」做進一步解釋與闡發，惟一可行的方法，仍然是
從漢字「侘」的字義入手。

二　從「わび」到「侘」：「人在宅中」之意與「屋人」解

　　在漢語中，「侘」這個字屬於生僻字，無論在古漢語、還是在現
代漢語中，都一直很少使用，在先秦時代，「侘」有時則與「傺」兩
字合成「侘傺」一詞，見於屈原的《九章‧哀郢》：「慘鬱鬱而不通
兮，蹇侘傺而含慼」，又有「忳郁邑餘侘傺兮」，表達的都是失意、憂

5　數江教一：《わび──侘茶の系譜》（東京：塙書房，1973年），頁10。

鬱、落魄、孤獨無助的狀態與心情。漢代劉向的《九歎・愍命》有：
「懷憂含戚，何侘傺兮！」也是同樣的意思。總之，漢字「侘」在為
數很少的用例中，往往與「侘傺」合為一詞，因而「人在宅中」的意
思無法孤立表達。日語卻將「侘」字孤立使用，顯然是基於對「侘」
這個字字形──「人」字加「宅」字所形成的「人在宅中」的會意性
理解。關於這一點，千利休的孫子、江戶時代初期的茶道及「侘茶」
的代表人物寂庵宗澤在《禪茶錄》一書中，明確談到了他對「侘」的
理解──

> 物有所不足的狀態，就是茶道的本體。作為一個人，不與俗世
> 為伍，不與俗人為伴，不喜萬事齊備，以不盡如意為樂。這才
> 是奇特的屋人。稱為數奇者。[6]

　　千宗旦在這裡使用了「屋人」這個詞，「屋人」就是「侘人」。
「屋人」強調的是「人在宅中」或「人在屋裡」的空間存在狀態。
「屋人」更明確地顯示了千宗旦對「侘」的感悟和解釋。宅在屋裡是
屋人，屋人「不與俗世為伍，不與俗人為伴」，認為這樣的人可稱為
「數奇者」。
　　「數奇」這兩個漢字，從詞源上看，似乎最早是對日語中表示
「喜歡」、「喜愛」之意的「すき」（suki）的漢字音讀標記，又可以
標記為發音相近的「數寄」（suki）。其中，寫作「數奇」時，由漢字
「數奇」本身所具有的「有數次奇特遭遇」而延伸出「命運多舛」、
「經歷坎坷」的意思。「數奇」者，就是久經磨難之後的安閒、安
靜，正如長途跋涉的人，那種萬物無所求、只須坐下來喝口水歇息一

6　寂庵宗澤：《禪茶錄》，見千宗室編：《茶道古典全集》（京都市：淡交社，1977
　　年），卷10，頁301。

下的單純的舒適感。人正因為曾有了「數奇」的磨難體驗，所以特別
嚮往「侘」，希望作一個「屋人」。這才是茶道的根本精神所在。這樣
的人，稱為「侘數奇」。山上宗二在《山上宗二記》中所謂「無一
物，是為『侘數奇』」，就是說，「侘數奇」不求一物，不持一物，而
僅僅就是喜歡「侘」。

　　在《禪茶錄》中，寂庵宗澤更進一步闡述了「侘」與中國古代文
化與文學的關係。他寫道：

> 「侘」這個字，在茶道中得到重用，成為其持戒。但是，那些
> 庸俗之人表面上裝作「侘」樣，實則並無一絲「侘」意，於是
> 在外觀上看似「侘」的茶室中，花費了好多金錢，用田地去置
> 換珍稀瓷器，以向賓客炫耀，甚至將此自詡為風流。這實際上
> 都是因為完全不懂「侘」為何物。本來，所謂「侘」，是物有
> 不足，一切盡難如意、蹉跎不得志之意。「侘」常與「傺」連
> 用，《離騷注》云：「侘立也，傺住也，憂思失意，住立而不能
> 前。」又，《釋氏要覽》有云：「獅子吼普隆間云：『少欲知
> 足，有何差別？』佛答曰：少欲者，不求不取；知足者，得少
> 不悔恨。」綜觀之，不自由的時候不生不自由之念，不足的時
> 候沒有不足之念，不順的時候沒有不順之感。這就是「侘」。
> 因不自由而生不自由之念，因不足而愁不足，因不順而抱怨不
> 順，則非「侘」，而是真正的貧人。[7]

在這裡，寂庵宗澤對「侘」的語源、含義等做了相當清楚的解釋。他
明確地指出了「侘」來自於中國古代文獻中的「侘傺」、「侘立」和

7　千宗旦：《禪茶錄》，見千宗室編：《茶道古典全集》（京都市：淡交社，1977年），
　　卷10，頁296。

「侘住」。同時，他又明確提出了「貧人」的概念，並與「侘人」相對而言。「侘人」就是知足少欲，就是面對不自由、不足、不順而泰然處之，無怨無悔。

　　南坊宗啟在《南坊錄》中，談到紹鷗的「侘茶」的本質時，也談到並使用了「屋」或「茅屋」的比喻：

> 紹鷗的侘茶，其精神實質，可以用《新古今集》中定家朝臣的一首和歌來形容，歌曰：「秋夕遠處看，鮮花紅葉看不見，只有茅屋入眼簾。」鮮花紅葉比喻的是書院茶室的擺設。現在鮮花紅葉都不見了，放眼遠望，深深詠歎，呈現在眼前的是「無一物」的境界，只看到了海岸上一間寂然孤立的茅屋。這就是茶的本心。[8]

也就是說，「侘茶」所見的，就是這樣的「無一物」的境界，就是擺脫對五光十色的紛雜世間的顧盼，排斥視覺上的華麗，而只將「海岸上一間寂然孤立的茅屋」納入眼簾。「侘人」就是「屋人」，同時也是心裡有此屋、眼裡有此屋的人。

　　從詞義演變的角度看，由假名標記的日本固有詞彙「わび」到用漢字「侘」來標記的「侘」，最大的變化是偏重於「人在宅中」的理解。但單純表示孤獨、寂寞的意思時，可以用假名「わび」來標記，如江戶時代「俳聖」松尾芭蕉在〈紙衾記〉一文中，有「心のわび」（意為「寂寞之心」）的用法，因單純表示寂寞之意，故未用「侘」字來標記。但一旦用「侘」字來標記，則幾乎總是與人的空間存在狀態有關，而且大多帶有「人在宅中」的本義。「人在宅中」之「侘」既可以表示「孤獨、孤立、無助」等消極的意味，也可以表示「閒

8　南坊宗啟：《南坊錄》，見《近世芸道論》（東京：岩波書店，1996年），頁18。

居、恬靜、安閒、獨居、幽居安樂、自得其樂、自由自在」等積極的
意味。應該承認,「侘」這個漢字的「人在宅中」的會意性,在漢語
文獻中的實際用例是極為罕見的,而室町時代及之後的日本人用
「侘」來訓釋表示離群索居狀態的「わび」,便使「侘」字的「人在
宅中」的本意得以凸顯。這表明,一個詞用另一個外來詞加以對應互
釋的時候,那麼這個詞的意義便可以得到進一步闡發。筆者認為,必
須從漢字「侘」的「人在宅中」的本意來理解「侘」以及它所訓釋的
「わび」,否則要嘛不得要領,要嘛強作解人。

　　例如,日本學者唐木順三在《千利休》一書中,也認為應該從
「侘」的漢字本意來理解,但又認為「侘茶」之「侘」反映的是無可
奈何的落魄者貧寒狀況,但他卻無法說清為什麼「侘」可以用來表達
這種落魄貧苦的狀態。[9]難道「人在宅中」的「侘」比其流離失所、
無家可歸的狀態還要落魄貧苦嗎?另一派日本學者相反,如久松真
一、水尾比呂志,他們從積極的意義上理解「侘」,認為「侘」是
「侘人」的一種人生境界、也是一種獨特的藝術創造,即「侘藝
術」,「侘藝術」就是「無」中生「有」的境界。[10]但是這種說法仍然
只說明「侘」的形態,而無法說明「侘」何以能夠如此。因為他們沒
有點破:「侘人」之所以能夠創作「侘藝術」,根本上因為「人在宅
中」,是因為人擁有了一個自由自在的空間,可以把孤獨寂寞轉化為
藝術想像與藝術創造的必要條件,在狹小的「侘住」中冥思觀想,因
此,「侘」首先是一種空間美學。

　　又如,對「侘」之美,日本學者一般認為,「侘」就是對不滿
足、不完美、有缺陷的狀態(「不完全美」)的一種積極接受,就是對
缺陷之美的確認。[11]但對於「侘」的這種理解,與對「寂」的理解是

9　唐木順三:《千利休》(東京:筑摩書房,1973年),頁22-27。
10　久松真一:《わびの茶道》(京都:燈影舍,1987年),頁30-34。
11　數江教一:《わび──侘茶の系譜》(東京:塙書房,1973年),頁195。

一樣的，也就是說，將「侘」與「寂」這兩個概念混同了。實際上，「寂」是俳諧美學的概念，主要強調時間性；「侘」是茶道美學概念，主要強調空間性，有空間造型感。表層上，「侘」是對茶室建築、茶具、茶人狀態的描述與形容詞。深層上，「侘」是一種空間上的審美體驗，是「人在宅中」的那種孤寂感、安詳感、溫馨感、自由自足感。

「人在宅中」本身是一種客觀狀態，因此有人可以把「侘」感受並理解為孤獨寂寞無助，有人可以感受理解為孤寂自由自在，這是由各人的主觀感受為轉移的。所以，「侘」歷來有消極、積極兩個方面的對立與轉換。然而，「侘人」、「侘茶」的「侘」，則完全是在積極意義上而言的。但國內一些學者則把「侘」理解並翻譯為「空寂」[12]，同樣也遠離了「侘」的本義。實際上，人在宅中的「侘」不是空寂，毋寧說「侘」通過將空間加以區隔與收縮，而使人不覺其「空」，而更能感受到空間的實在感，進而在佛教禪宗的意義上，去感受無限虛空中的「有」。

三　「侘茶」之「侘」是人間和諧相處的倫理學與詩意棲居的美學

按「侘」的「人在宅中」的本義，我們就能對茶道的「侘」的營造與利用，有更準確的、深入的理解。

「侘」首先是空間的狹小化、自然與樸素化。茶道及「侘茶」的創始者村田珠光（1422-1502）首創的茶湯，在茶室的設計上，一反此前富麗堂皇的「書院座敷」（書院廳堂）的豪華，而建立了「草庵茶湯」，其基本特點是草頂土壁，空間狹小、結構簡單。珠光將此前

---

12 葉渭渠、唐月梅著：《物哀與幽玄——日本人的美意識》（桂林市：廣西師範大學出版社，2002年），頁87-102。

寬敞的茶室改造成四個半榻榻米的狹小茶室，並簡化了其中的裝飾。
而到了「侘茶」的集大成人物千利休（千宗易，1521-1591），對「侘
茶」的空間「侘」，用心甚深。據山上宗二《山上宗二記》一書的記
載，千利休將村田珠光、武野紹鷗時代的三個半榻榻米的草庵茶室，
進一步簡化、並加以縮小，先是設計了三個榻榻米的細長的茶室，進
而更縮小為兩個半榻榻米，甚至還在京都建造了一個半榻榻米（約合
2.5平方米）的極小的茶室。為什麼要設計建造這樣侷促狹小的茶
庵，顯然還是為了強化「侘」，就是強化「人在宅中」的感覺。因為
茶室很小，茶人可以、而且只能「一物不持」，這有助於茶人進入禪
宗的「本來無一物」的體驗與境界，只在吃茶中體會「人在宅中」的
「侘」的感覺。但「侘茶」的茶會與古代和歌中所表現的一個人獨在
一宅的「侘」相反，「侘茶」是多人在同一時間內共處一宅一室中。
這樣一來，「侘茶」的根本之處就在於如何進行同一空間內的人際交
往。一個人獨處宅中，是「侘」；多人共處一宅中，則是「侘茶」之
「侘」。千利休就是通過收縮茶室的空間，來強化「侘」之感，實際
用意在於最大限度地與俗世紛擾相區隔，以便不把茶人放在俗世背景
下，從而在物理空間和心理空間上強化自我的主體性，不受物質世界
的牽累束縛，不受俗世尺度的衡量，不與俗世俗人較勁攀比，而自行
其是、自得其樂。日本茶道「石州流」的繼承人松平不昧在《贅言》
（1764）一書中提出了「侘茶」之道本質上是「知足之道」，是切中
肯綮之語。

　　正因為有了超世俗的、超功利性的要求，「侘茶」的茶會也不能
成為炫富鬥富比闊的場所。在這一點上，千利休更是以身示範，告訴
人們，任何貧窮的人都可以做「侘茶」這樣的茶湯，從而進一步排斥
了此前珠光、紹鷗過於重視所持文物茶具、茶人以持有珍貴文物茶具
而自重的傾向，對茶會上茶具的質量、來路等不做講究，而只是注意
其搭配與諧調，從而使「侘茶」真正成為以茶為媒介的修心養性、審

美觀想的場所，而使珠光、紹鷗開創的「侘茶」，進一步擺脫文物茶具等外在物質束縛，而真正得了「侘」的精髓，蔚然而成茶道新風，在當時及後來產生了極為深遠的影響，「侘茶」成為一種以簡樸、清貧為美的人際交往方式與藝術形式。

　　照理說，多人共處，人就不再是孤獨的、寂寞的、無助的了，因此就不再是「侘」了，而多人共處的「侘茶」，其「侘」又如何保持呢？換言之，獨居的時候，「侘」是較為容易擁有的。但在眾人雜處的時候，「侘」是否還能擁有呢？這便需要特別的規矩規範，需要特別的修煉。為此，從茶祖珠光開始，都對茶會的人間相處做出了明確的規定。「侘茶」就借助茶會茶席，而使人在人群中仍能保有自我，從而體驗和修煉眾人雜處狀態下的「侘」，認為這樣的「侘」才是真正的「侘」。這顯然來自佛教禪宗緣木求魚、南轅北轍、水中取火、面南望北的心性修煉的基本思路。那就是必須把自我置於人群中然後保持自我，在吃喝飲食中體會恬淡無欲，在苦澀的茶味中體味那遠遠超越香甜美味的至味。簡言之，就是群而不黨、聚而孤寂、雜中求純、不渴而飲、苦中求甘、化苦為樂，而這些，「侘茶」借助茶湯聚會，都可以做到。為了做到這些，「侘茶」確立了一系列行為規範。當年，珠光在《御尋之事》中講了茶席上的五條規矩要領，包括：一舉一動要自然得體，不可惹人注意；在茶室，裝飾性的花卉要適當從略；若焚香，以不太讓人感覺到為宜；茶具使用上，年輕人、年老者各有其分；入席以後，主客心情都要平淡安閑，不可嘩眾取寵，這一點對茶道而言至關重要。這五條規矩，其實都是為了保證多人在宅的情況下，能夠各自保持其「侘」，所以不可以過分顯擺自己，不可以嘩眾取寵，不可以亂了老幼秩序，不可以讓鮮花、焚香等分散了人的注意力。總之，「侘茶」的草庵茶室的環境，就是要保證每個人既要意識到他人的存在，又要保持自己的「平淡安閑」之心。這種狀態就是「侘茶」之「侘」。

　　珠光稍後,「侘茶」的重要奠基者武野紹鷗（1504-1555）在《紹鷗門第法度》中,制定了茶會上的十二條規矩,其中,「茶湯需要親切的態度」、「禮儀須正,以致柔和」、「不可對別處的茶會說三道四」、「不可傲慢」、「不可索要他人的茶具」、「不可拉客人的手」等,都是強調茶會上的交際規則。其中,「不可拉客人的手」是對主人的要求,但也表明,在草庵「侘茶」這樣空間狹小的場合,人與人之間在身體上需要保持距離,不可有過於親密的肢體接觸,這一點,與西方握手、擁抱等交往禮儀,有了明顯的不同。又有一條規矩是:「平淡適合此道,但過度追求之則適得其反;刻意表現『侘』,也會出乖露醜。兩者有所分別,切記。」要求一切都須自然而然。總之,相互之間要有一種優雅的距離感。

　　相傳武野紹鷗還寫過一篇關於「侘」的短文章,即〈紹鷗侘之文〉,其中有云:

　　　　「侘」這個詞,前人在和歌中都常常使用,但晚近以來,所謂「侘」指的就是正直、低調、內斂。一年四季當中,十月最為侘。定家和歌有云:「無偽的十月啊,人間誰人最誠實,聽那瀟瀟時雨。」這樣的和歌只有定家卿能吟詠出來。別人心與詞難以相應,定家卿卻能相得益彰,於事於物皆無所漏。
　　　　茶事原本是閑居所為,以在居所超然物外為其樂,朋友熟人來訪,以茶點招待之,再隨意折些鮮花來欣賞,以作慰藉。請教先師,先師云:這些都不是有意為之,而是以不擾各自的內心為本,在不知不覺中怡情悅性。這才堪稱奇妙,方為難得之事。……[13]

13　武野紹鷗:〈紹鷗侘之文〉,載戶田勝久:《武野紹鷗》（東京:中央公論社,2006年）,頁154。

　　在這裡，紹鷗對「侘」的基本內涵的界定是「正直、低調、內斂」。這些要求實際上都是對人在社交上、道德倫理上的要求，乍看上去與審美沒有什麼關係。但是，接下來值得我們注意的是，作者認為茶事本來是不帶社交性的，是一個人的「閑居所為，以在居所超然物外為其樂」，但若朋友熟人來訪，也不妨一起做茶事，還可以一起賞賞花。但這裡有一個前提，就是「以不擾各自的內心為本」；也就是說，「侘」及「侘茶」本來就是自己獨立的閑居狀態，當有親朋好友來聚時也可以有「侘」，以茶為媒介的相聚，就是「侘茶」。「侘茶」要有助於「侘」，就必須在人群中把持自我，一方面考慮別人的存在感，一方面保持自我自由自在的狀態，所以「侘」在這個層面上就提出了道德上的要求，即「正直、低調、內斂」。表面看這也是一種人際交往的要求與準則，但要求茶人「正直、低調、內斂」的目的，最終還是為了保持「超然物外」、「怡情悅性」的精神狀態，也就是審美的心境與狀態。茶會上與朋友熟人相聚，但主客之間都是無功利的、審美的關係，而不是主僕的關係、利益的關係或相互利用的關係。換言之，「侘茶」要體驗的「侘」是人群中的孤寂，是非功利、超現實的人際氛圍與人際關係，這也就是「清」，即心靈世界的清潔與清淨。在「侘茶」的狹小的空間裡，既要相互間和與敬，又要互不相擾，各自保持心清氣閑。因此，侘茶之「侘」，既是道德修養，又是審美的修煉。「君子之交淡如茶」是「侘茶」人際交往的本質要求，因而日本茶人很喜歡使用漢語的「淡交」一詞來概括茶道的精神。

　　喝茶總是跟聊天聯繫在一起。怎樣聊天，也是「侘茶」規矩中有明確要求的。據《南坊錄》記載，南坊宗易將茶室的規矩的草稿拿給千利休過目討教，千利休看罷非常贊同，並令刻於木板揭載。其中有兩條，涉及到茶會上的人際交往準則，一是「無論庵內庵外，世事雜話，一律禁之」；二是「茶會上主客分明，不可巧言令色」；三是「茶會時間不超過兩刻（約合四小時——引者注），但清談『法話』（關於

佛教的話題——引者注）則不限時間。」在這裡，茶會上不准談「世事雜話」，無論主客之間也都不可說「巧言令色」之類的恭維奉承的話，但是有關佛教的「法話」、無關乎世俗功利的「清談」除外，這是千利休「侘茶」的規矩。本來是無事了喝茶聊天的，聊天就勢必會聊一些「世事雜話」，但一旦聊起世事雜話，則使「侘茶」不「侘」了，因為「侘」的實質在於用狹小的空間與俗世間相區隔，造成一個相對封閉的單純的空間環境，而若大談「世事雜話」，則「侘」與俗世了無區別，也就喪失了「侘」。同樣的，「侘」之所以是美的，在於「侘人」的自我主體性的確認，在於不受外交牽制的身與心、心與口的統一，而茶會上主與客之間的相互恭維、有口無心的虛假客套，都屬「巧言令色」。總之，人與人之間要有親切、平淡、自然的距離感，便是「侘茶」之「侘」的狀態。既不能在人群中迷失自我，也不能無視他人的存在，相反，卻是非常珍視他人的在場。

　　這種「侘」跟茶會上所謂「一期一會」的心情也密切有關。千利休的高足山上宗二在茶道及侘茶名著《山上宗二記》一書中，提出了茶湯之會要有「一期一會的心情」。這裡的所謂「一期一會」，意思是每次相見，都要懷著「這是此生此世最後一次見面了」這樣一種心情而倍加珍惜。想到是「一期一會」，那麼即便平日裡曾有什麼矛盾糾葛、有什麼利害衝突，有什麼恩恩怨怨，都不必介懷了。所以，茶會上才不需要談一些俗世家長短的雜話，因為那很可能將日常俗事牽扯進來，而破壞「侘茶」的審美氛圍。自然，「一期一會」的心情並不是「侘茶」及茶道獨有的，但自從山上宗二明確提出後，到了江戶時代末期，彥根地方的藩主井伊直弼（號宗觀）著述《茶湯一會集》，在序文中對「一期一會」的含義做了闡述，認為「一期一會」的意思是：即便是熟人多次來會，但是今日之會只是今日，不再有今日的第二次了，故而今日之會在今生今世就是一生一次的珍貴之會，所以主人客人都不能以馬馬虎虎的心情來赴此次茶會。並認為這是茶道的

「極意」。之所以將「一期一會」作為「侘茶」的「極意」，本質上是建立在對「侘」的理解體悟之上。人的存在其本質是孤獨的，人與人的相處與相會是短暫的，也是不可預期的；換言之，對「侘」的體悟，須建立在與他人「一期一會」的體悟的基礎上。有了「一期一會」的覺悟，自然就有了「和敬清寂」這四個字的要求。據說幕府將軍足利義政向珠光詢問茶事，珠光把「茶湯之道」歸納為「謹、敬、清、寂」四字經，到了千利休則將「謹」字改為「和」字，即「和、敬、清、寂」四字，成為茶道尤其是「侘茶」的基本法則。「和」與「敬」側重人際關係而言，要求人們在狹小的茶室裡，能做到相互恭敬、氣氛和諧，茶席散後也會把這種精神放大到一般社會。

　　如果說「和」與「敬」是對外在的行為的要求，而「清」與「寂」則側重於心境修煉而言，其中「清」主要指茶湯對精神世界的洗濯、潔淨作用，也就是村田珠光在《一紙目錄》中所說的「心的掃除」，就是借助茶湯這種最低限度的物質中介，來陶冶性情，剔除俗心雜念，強化隱遁之心，進入類似佛教禪宗的「觀想」的狀態。在這裡，喝茶成為一種修行，是要在茶湯的苦味中，體味到「侘茶」二味，即「禪味」和「茶閑味」。為此，「侘茶」的名人們都強調「侘茶」的茶人要成為「侘數奇」。這裡也涉及到「侘」的另外一個相關概念，就是「數奇」（すうき），又可寫作「數寄」（すうき），兩詞發音相同。寫作「數寄」的時候，因為「寄」（寄る，yoru）作為日語中的動詞，有靠過來、走過來、聚會、聚集等意思，便很適合於茶會的以茶會友的意思，「數寄」就是「數人聚會」的意思，於是「數寄」也就等於數人聚於屋中，也就是「侘」的意思。而所謂「數寄」，就是喜歡之意，言「侘茶之道」就是一種單純的愛好，別無其他動機與目的。來吃茶的人，不是為了茶湯中解渴，不是為了在茶食中滿足口福之欲，更不是因有求於他人而來，而僅僅是為了在茶會上找到人間的「和」與「敬」，在茶湯中尋求心靈中的「清」與「寂」。

它是對茶湯的清淡、苦澀的享受品味，是對草庵茶室對粗陋、缺陷之美的認同，是對「清貧」本身的審美觀照。

所以，武野紹鷗在《紹鷗門第法度》中對「數奇者」有重要的一條要求，就是「所謂『數奇者』，隱遁之心第一就須有『侘』，要深解佛法意味，理解和歌之心。」這是「侘茶」的美宗教學上的要求。所謂「隱遁之心第一就須有『侘』」，反過來就是說，「侘」就是有禪宗的隱者精神，超越俗世、不入時流。同時，提出「要深解佛法意味，理解和歌之心」，將「佛法」與「和歌」兩者相提並論，表明「侘」的隱遁的孤寂的生活態度，與日本和歌美學中的純粹審美的「幽玄」、「物哀」的抒情精神本質上是共通的、一致的。實際上，「侘茶」在美學上也確實受到和歌及連歌的很大影響。「連歌」作為多人聯合詠歌的一種社交性的藝術形式，人們必須具備「座」的意識，即與他人同處一個空間的連帶感。而「侘茶」則也須有「侘」的意識，也是與人共處的一種連帶感。兩者都是要營造一種藝術性的人間氛圍，不同的是，連歌媒介是和歌，「侘茶」的媒介是茶湯。連歌本身是集體創作的和歌藝術，而「侘茶」則是力圖將非藝術的日常生活加以藝術化；連歌的最高審美境界是「幽玄」，「侘茶」的最高審美境界是「侘」。而「侘」中的「清寂」，本來就是「幽玄」的題中應有之意。

總之，「侘茶」是通過茶湯之會，體會並實踐以「和敬清寂」為理想的人間倫理學及交友之道，是一種不帶任何功利目的、以茶會友、和諧相處、參禪悟道、修心養性、詩意棲居的「侘寂」美學。因此，「侘茶」不僅是一種茶湯之會，也是一種美學儀式和審美過程。就美學狀態而言，「侘茶」的「侘」，與俳諧（俳句）美學中的「寂」是完全相通的，「侘」與「寂」基本可以看作是同義詞。「寂」字在「侘茶」中的「和、敬、清、寂」四字經中殿後，亦可表明它是「和、敬、清」的最終歸結。換言之，最終要由「侘」而達於「寂」，故而我們可以將「侘」與「寂」合璧，稱為「侘寂」，使其超越社會倫理學的範疇而成為一個茶道美學的概念。

後記

　　六月初，天尚未完全熱透的時節，忽受恩師王向遠先生吩囑，說由李鋒師兄張羅，臺灣的萬卷樓圖書公司要出版《王向遠教授學術論文選集》十卷，問我能否拿出一點時間，負責編校其中的第九卷。老師已發表的論文數量已經蔚為大觀，能系統編纂出版，是一件大好事。特別是在恩師從教滿三十週年之際，這當然是一個很好的紀念。十年前《王向遠著作集》十卷本編輯時，我還是個中學生，現在卻能夠參與編校《王向遠教授學術論文選集》，實屬榮幸，我自欣然從命。

　　特別是先生讓我負責第九卷《日本古典文論與美學研究》，我很感念他的良苦用心——先生定是知我近幾年一直在藤原定家及其周邊歌論上艱苦用力卻收穫不多，故特別囑我分校這一卷。遺憾的是，我學術根基尚淺，除了能訂正一些引文及標點之外，實在發現不出什麼了不起的問題，因此這次所謂的編校，其實只是我逐字拜讀學習領悟的過程，這裡寫的編後記，至多聊作是一篇讀後感而已。

　　《王向遠教授學術論文選集》第九卷所收十七篇文章，絕大多數是先生於二〇一〇年至今陸續撰寫發表出來的新作，是以其對多部日本古代經典文論的翻譯為堅實基盤，圍繞著日本古代文論的諸多核心概念生發出來的一系列重要研究，實踐他提出的「比較語義學」的構想，將「考」與「論」結合起來，篇篇有新意。這些文章中有一部分是我在北師大讀書期間，曾在先生課堂上聽過的，如〈日本的「哀・物哀・知物哀」〉、〈入「幽玄」之境〉等，此番重溫，自是別有一般

滋味。又有一些篇目是先生在門裡聚會的飯桌上講過，比如〈日本身體美學範疇「意氣」語義考論〉中涉及到的「意氣」這個概念。那是二〇一二年九月吧，先生門下的新老碩博士生齊聚一堂，席間無酒，先生侃侃而談九鬼周造〈「意氣」的構造〉，從九鬼周造的身世說到岡倉天心，繼而暢談九鬼「意氣」所指的媚態、意氣地、諦觀三個層面，最後又自然引申到現實中如何處理戀人關係的問題，並諄諄教誨我們在座的女生們如何談一場高質量的戀愛，云云。我覺得大家當時都有些醉。

關於〈論「寂」之美〉所涉「寂」之問題，我最深刻的感受莫過於二〇一一年五月底在華山之巔，聽先生論「寂」了。恰逢機緣巧合，我和幾位師兄師姐陪同先生登華山南峰。儘管乘了一段索道，但至中途眾人還是被眼前綿延無盡的蒼莽奇峰給震懾了，於是索性坐在絕壁邊一棵老松下，俯眺如帛鋪展的漠漠平原。這時，一枝乾枯的松椏掉落在石桌上，驚嚇了一隻小松鼠慌忙著逃竄。那枝幹松彎曲在石桌上，背後是近在咫尺的天與纏綿繚繞的雲，那場景真是美極！先生看著這一幕，忽然說，你們看，這就是「寂」啊！接著順口吟詠了一首「五七五」格律的漢俳（可惜當時沒有記下來），這是先生如詩人的這一面。

當然，《王向遠教授學術論文選集》第九卷中更多的內容是我所未讀過的，如〈日本「物紛」論〉，現在這篇文章和本居宣長的〈物哀論〉，已經成為我和學生解讀《源氏物語》時的座右之書。另有〈日本的「侘」、「侘茶」與「侘寂」的美學〉是剛剛發表一篇新作，深度闡釋了「侘」字所蘊含的「人在宅中」之美學，提出在離群素居中體味和享受自由孤寂的美感，是與茶道之美密切結合的。校對此篇文字時，我已暫時移居至東京近郊的武藏野，獨自就著山中寓所之四

壁。怕是此情此景之故，讀這篇論文時毫無澀滯之感，甚至多處讓人生感動虔敬之心，這也是我此番校對的最深刻感受吧。是為後記。

　　　　　　　　　　　　　　　　　　　　　郭雪妮
　　　　　　　　　　　　　　　　二〇一六年九月三日於東京

作者簡介

王向遠教授一九六二年出生於山東，文學博士、著作家、翻譯家。

一九八七年北京師範大學畢業後留校任教，一九九六年破格晉升教授，二〇〇〇年起擔任比較文學與世界文學專業博士生導師。現任北京師範大學東方學研究中心主任、中國東方文學研究會會長、中國比較文學教學研究會會長，中國作家協會會員。

主要研究領域：東方學與東方文學、比較文學與翻譯文學、日本文學與中日文學關係等，長期講授外國（東方）文學史、比較文學等基礎課，獲「北京師範大學教學名師」稱號。

主持國家社科基金重大項目一項，重大項目子課題一項，獨立承擔國家社科基金一般項目兩項，國家社科基金後期資助項目一項，教育部、北京市社科基金項目共四項。兩部著作入選為國家社科基金項目中華學術外譯項目。

在《中國社會科學》、《文學評論》、《外國文學評論》、《外國文學研究》、《中國比較文學》、《北京師範大學學報》等刊物發表論文二百二十餘篇。著有《王向遠著作集》（全十卷，寧夏人民出版社，2007

年）及各種單行本著作二十多種，合著四種。譯作有《日本古典文論選譯》（二卷4冊）、《審美日本系列》（4種）、《日本古代詩學匯譯》（上下卷）及井原西鶴《浮世草子》、夏目漱石《文學論》等日本古今名家名作十餘種共約三百萬字。

　　曾獲首屆「高校青年教師教學基本功比賽」一等獎、第四屆「寶鋼教育獎」全國高校優秀教師獎、第六屆「霍英東教育獎」高校青年教師獎、教育部「新世紀優秀人才獎」；有關論著曾獲第六屆「北京市哲學社會科學優秀成果」一等獎、第六屆「中國人民解放軍優秀圖書獎」（不分等級）、首屆「『三個一百』原創出版工程」獎等多種獎項。

東方學研究叢書　1801001

王向遠教授學術論文選集
第九卷　日本古典文論與美學研究

作　　　者	王向遠
叢書策畫	李　鋒、張晏瑞
責任編輯	蔡雅如
特約校對	林秋芬

發 行 人	陳滿銘
總 經 理	梁錦興
總 編 輯	陳滿銘
副總編輯	張晏瑞
編 輯 所	萬卷樓圖書股份有限公司
排　　版	林曉敏
印　　刷	百通科技股份有限公司
封面設計	斐類設計工作室

發　　行　萬卷樓圖書股份有限公司

臺北市羅斯福路二段 41 號 6 樓之 3

電話 (02)23216565 傳真 (02)23218698

電郵 SERVICE@WANJUAN.COM.TW

大陸經銷　廈門外圖臺灣書店有限公司

電郵 JKB188@188.COM

香港經銷　香港聯合書刊物流有限公司

電話 (852)21502100

第九卷 ISBN 978-986-478-077-8

全　套 ISBN 978-986-478-063-1

2017 年 3 月初版

定價：18000 元（全十冊不分售）

如何購買本書：

1. 轉帳購書，請透過以下帳戶

合作金庫銀行 古亭分行

戶名：萬卷樓圖書股份有限公司

帳號：0877717092596

2. 網路購書，請透過萬卷樓網站

網址 WWW.WANJUAN.COM.TW

大量購書，請直接聯繫我們，將有專人為您
服務。客服：(02)23216565 分機 10

如有缺頁、破損或裝訂錯誤，請寄回更換

國家圖書館出版品預行編目資料

王向遠教授學術論文選集 / 王向遠著.

李　鋒、張晏瑞 叢書策畫.

-- 初版. -- 臺北市：萬卷樓, 2017.03

冊 ；　公分. -- (王向遠教授學術著作集)

ISBN 978-986-478-063-1(全套：精裝)

ISBN 978-986-478-077-8(第九卷：精裝)

1.文學 2.學術研究 3.文集

810.7　　　　　　　　　　106002083